한국 이주내력 및 생활담

먼 길 떠나온 주인공들이 들려주는 '사람'의 이야기들

건국대 서사와문학치료연구소
다문화 구비문학대계 20

한국 이주내력 및 생활담
먼 길 떠나온 주인공들이 들려주는 '사람'의 이야기들

2022년 5월 10일 초판 인쇄
2022년 5월 15일 초판 발행

지은이 신동흔 외
펴낸이 이찬규
펴낸곳 북코리아
등록번호 제03-01240호
전화 02-704-7840
팩스 02-704-7848
이메일 ibookorea@naver.com
홈페이지 www.북코리아.kr
주소 13209 경기도 성남시 중원구 사기막골로 45번길 14
우림2차 A동 1007호
ISBN 978-89-6324-870-7 (94810)
978-89-6324-850-9 (세트)

값 20,000원

건국대 서사와문학치료연구소
다문화 구비문학대계 20

한국 이주내력 및 생활담

먼 길 떠나온 주인공들이 들려주는
'사람'의 이야기들

신동흔 박현숙 김정은 오정미
조홍윤 김영순 황혜진 강새미
김민수 김자혜 김현희 엄희수
이승민 이원영 한상효 황승업

북코리아

머리말 : 현장에서 만난 1,364편의 생생한 이야기

캄보디아, 베트남, 필리핀, 중국, 일본, 인도, 카자흐스탄, 에스토니아, 브라질….

세계 여러 나라에서 온 이주민 화자들이 한국어로 구술하는 설화들을 들으면서 마치 꿈속의 한 장면에 들어와 있는 듯했다. 그들의 입에서 가지각색 설화들이 술술 흘러나오고 있는 광경이 거짓말 같았다. 책에서나 볼 수 있었던, 아니 책으로도 볼 수 없었던, 깊은 재미와 의미가 차락차락 우러나는 원형적 이야기들! 그 보물 같은 이야기들을 현장에서 만날 수 있다는 것은 최고의 축복이었다.

한국에 이주해서 생활하는 외국 출신 제보자들을 대상으로 한 설화 조사를 계획하면서 기대보다는 걱정이 컸다. 한국과 달리 설화 문화가 유지되고 있어서 구전설화를 기억하고 전해줄 수 있으리라는 기대가 있었지만, 30~50대가 주축을 이루는 제보자들이 설화를 오롯이 구연할 수 있을지 의문이었다. 모국어가 아닌 한국어로 구술해야 하는 상황이라서 더 그랬다. 한국생활이 쉽지 않을 이주민들이 선뜻 마음을 열어줄까 하는 걱정도 없지 않았다.

결과는 기대 이상이었다. 수많은 이주민 제보자들이 기꺼이 자국 설화 구연에 나서 주었다. 모국의 이야기와 문화를 알린다고 하는 책임감과 자부심이 주요 동기였지만, 그들은 곧 설화 구연이 매우 즐겁고 유익한 일이라는 사실을 깨달았다. 그들은 한 명의 문학적 주체가 되어서 자신이 아는 이야기들을 성심성의껏 들려주었다. 고향에 계신 어른들에게 연락해서 묻거나 숨은 자료를 찾아서 구연해 주기도 했다.

모든 이야기는 책이나 자료를 읽어주는 형태가 아니라 내용을 기억하고 새겨서 말로 구술하는 형태로 조사를 수행했다. 마음으로 기억해서 재현한 것이라야 화소(話素)와 스토리가 살아있는 진짜 구비문학 자료가 되는 것이기 때문이다. 제보자들이 구술로 전해준 이야기들 속에는 실제로 구비문학적 힘이 생생히 깃들어 있다. 재미있고 의미심장하며, 현장감이 넘친다. 그 언어는, 살아 있다.

조사 과정에서 이야기를 들으면서 놀란 적이 한두 번이 아니다. 이주민 제보자들은 평균적인 한국 사람들보다 훨씬 이야기를 잘했다. 한 사람이 수십 편의 설화를 유려하게 구술한 사례가 여럿이며, 한 편의 설화를 30분 이상 완벽하게 구연한 경우도 꽤 많았다. 캄보디아의 킴나이키 제보자 같은 경우는 한 편의 설화를 2시간에 걸쳐 생생하게 구연하기도 했다. 한국의 유력한 이야기꾼들에게서도 좀처럼 보기 어려운 모습이다.

10여 명으로 구성된 조사팀이 만 3년에 걸친 현지조사를 통해 만난 화자는 150명 이상이며, 수집한 자료는 약 2,000편에 이른다. 이 중 공개 동의를 얻지 못한 이야기와 완성도가 낮은 이야기들을 제외하고 가치 있는 것들을 선별한 결과 27개국 130여 명 제보자가 구술한 1,364편의 이야기 자료가 추려졌다. 자료마다 기본 구연정보와 줄거리(개요) 등을 갖추어서 정리하니 분량이 단행본 20권을 채우게 되었다. 양적·질적 측면에서 '한국구비문학대계'에 비견될 '다문화 구비문학대계'라고 해도 좋겠다고 생각해서 이를 총서명으로 삼았다. 『한국구비문학대계』(1980~1988; 전 82권)는 한국 구비문학 조사사업의 빛나는 성과이자 인류의 소중한 문화유산으로서, 갈수록 가치가 증대되고 있는 구술자료집이다. 우리의 『다문화 구비문학대계』도 그와 같은 역할을 하게 될 것으로 믿는다. 세계 각국의 설화를 생생한 한국어로 집대성했다는 점에서 전에 없던 새롭고 특별한 언어문화 자료집이다. 이와 같은 현지조사 성과는 세계적으로도 유례없는 일임을 강조하고 싶다.

다문화 구비문학대계는 20권의 자료집과 1권의 연구서로 구성되어 있다. 자료집 구성은 다음과 같다.

1~2권 : 캄보디아 설화 (64편)
3권 : 태국·미얀마 설화 (53편)
4~5권 : 베트남 설화 (114편)
6권 : 필리핀·인도네시아·대만·홍콩 설화 (72편)
7~9권 : 중국 설화 (186편)
10권 : 몽골 설화 (92편)
11~12권 : 일본 설화 (149편)
13권 : 인도·네팔 설화 (78편)
14권 : 카자흐스탄 설화 (61편)
15권 : 러시아·중앙아시아 설화 (55편)
16권 : 유럽·중동·중남미 설화 (57편)
17권 : 세계의 문화와 풍속 이야기 (93편)
18권 : 세계의 속신·금기와 속담 (160편)
19권 : 세계의 신과 요괴 전승 (91편)
20권 : 한국 이주내력 및 생활담 (39편)

1~16권까지 각국 설화를 나라별로 정리해 실었고, 17~20권에는 세계 여러 나라 문화 이야기와 속담, 생애담 등의 구술담화를 모아서 수록했다. 15권의 '중앙아시아'에는 우즈베키스탄, 키르기스스탄, 타지키스탄이 포함되며, 16권에는 에스토니아, 스웨덴, 터키, 아제르바이잔, 사우디아라비아, 도미니카공화국, 칠레, 브라질, 파라과이 등 9개국 자료가 실려 있다. 다 합치면, 설화가 수록된 나라는 총 27개국에 이른다. 중국편 자료가 가장 많은데, 한족과 조선족 자료를 포괄한 것이다. 7권에 한족 제보자의 구술자료를, 8~9권에 한국계 중국인 제보자 구술자료를 수록했다. 설화는 각 나라마다 앞쪽에 신화와 전설에 해당하는 것들을 싣고 뒤쪽에 민담을 실었다. 같은 유형의 자료를 한데 모으고 서로 내용이 통하는 자료를 이어서 배치함으로써 효과적으로 내용을 견줘볼 수 있게 했다.

27개국 총 1,364편에 해당하는 설화 자료 가운데는 한국에 처음 소개되는 것들이 매우 많다. 1, 2권에 해당하는 캄보디아 설화는 대부분 길고 흥미로운 것들인데, 모두가 한국어로 처음 출판되는 것들이다. 필리핀과 몽골, 인도, 카자흐스탄 등의 수많은 이야기들도 대부분 새로운 것들로 구성돼 있다. 베트남과 중국, 일본 설화 가운데는 한국에 알려진 유명한 이야기들도 포함돼 있지만, 새롭게 소개되는 것들도 많다. 각국의 대표 설화, 예컨대 베트남 설화 〈의붓자매 떰과 깜〉이나 일본 설화 〈복숭아 동자 모모타로〉 같은 경우는 제보자마다 이야기를 구술해서 최대 7~8편에 이르는 각편을 수록했는데, 세부 내용상 크고 작은 차이가 있다. 각편(各篇)마다 미묘한 차이가 있는 것은 구비설화의 본래적 특징으로, 이는 중요한 연구대상이 된다. 각국 주요 설화의 구술자료 각편들을 생생한 구어로 풍부하게 갖춘 것은 해당 국가에도 없던 일로서, 본 자료집의 가치를 더욱 높여주는 요소가 된다.

구비문학에 낯선 독자들로서는 구술을 녹취한 본문이 처음에 다소 어색하게 여겨질 수도 있을 것이다. 하지만 찬찬히 읽어나가다 보면 구술 담화의 맛과 가치를 생생히 느끼게 되리라고 믿는다. 구술자의 다양한 목소리가 귀에 쟁쟁 울려오는 듯한 경험을 할 것이다. 이주민 구술자들에 대하여, 이들은 오롯한 문화적·문학적 주체이자 구비문학 아티스트라고 말하고 싶다. 설화를 전공하는 한국인 연구자들에게 한국어 구술로 큰 감동과 깨우침을 안겼으니 특별한 아티스트가 아닐 수 없다. 현지조사 과정에서도 틈나는 대로 부탁했거니와, 이들이 앞으로도 적극적인 설화 구술로 21세기 한국어문화의 한 주역이 되어 주기를 기대한다.

본 자료집은 구비문학 연구와 언어문화 연구, 다문화 한국사회 연구를 위한 기초 자료로 널리 활용될 수 있다. 학술연구 외에 문화콘텐츠와 교육용으로도 본 자료집은 큰 의의를 지닌다. 작가와 기획자들에게 새롭고 특별한 소재를 제공할 것이며, 각급 학교와 평생교육 기관 등에서 다문화 교육자료 등으로 활용될 것이다. 아울러 본 자료는 일반 독자들에게도 재미있고 소중한 문학적·문화적 경험을 전해줄 것이다. 한국인 독자들은 외국의 문학과 문화에 대한 이해를 넓히는 한편으로 이주민들에 대한 인식을 일신할 것이며, 이주민과 다문화가정 구성원들은 문화적 정체성과 자부심을 내면화할 것이다. 아무쪼록 이 책이 한국사회 구성원들이 열린 마음으로 서로를 이해하는 가운데 상생적 화합과 발전을 이루어나가는 데 기여하기를 바라는 마음이다.

3년간의 현지조사와 정리 작업은 한국학중앙연구원 한국학 토대연구 지원 사업에 힘입어 진행되었다. 꼭 필요한 지원이 이루어져서 좋은 자료들을 널리 수집할 수 있게 된 데 대해 감사의 뜻을 밝힌다. 자료의 출판은 연구지원과 별개로 이루어진 것으로, 출판사의 후의와 결단에 의해 이루어졌다. 자료집의 가치를 이해하고 기꺼이 출판을 맡아준 북코리아 이찬규 사장님과 편집부 김수진 과장님께 깊은 감사 인사를 드린다.

이 자료집이 나올 수 있었던 것은 현지조사와 자료정리의 실무를 맡아 수고한 전임연구원과 연구보조원들이 있었기 때문이다. 팀장을 맡아서 일련의 길고 힘든 작업을 훌륭히 감당해준 박현숙, 김정은, 오정미, 조홍윤 박사와 이원영, 황승업, 김자혜, 김현희, 한상효, 김민수, 이승민, 엄희수, 강새미 등 여러 연구원의 노고에 감사와 사랑의 마음을 전한다. 공동연구원으로서 현지조사와 연구작업을 적극 뒷받침해준 김영순, 황혜진 선생님께도 깊이 감사드린다.

이 책은 기꺼이 이야기를 들려준 여러 제보자들에 의해 이루어진 것이다. 낯선 조사자들을 반갑게 맞이하고 바쁜 시간을 쪼개어 열성껏 이야기를 풀어내 주신 130여 명 제보자들께 머리 숙여 인사드린다. 본 자료집이 특별하고 귀중한 문화유산으로 자리 잡아 오래도록 널리 활용됨으로써 제보자들의 열정과 노고가 빛을 발할 수 있기를 바라 마지않는다. 모두들 행복하게 씩씩하게 잘 지내면서 한국사회의 실질적 주역 구실을 해주시기를 기원하며, 다시 만나 많은 이야기들을 즐겁게 나눌 수 있기를 기대한다.

2022년 5월
저자를 대표하여
신동흔

목차

일러두기

1. 본 자료집은 한국에 와 있는 세계 여러 나라 이주민이 한국어로 들려준 설화와 생애담, 문화 이야기 등을 화자가 구술한 대로 녹취하여 정리한 것이다. 현지조사는 구비문학 전공자들이 만 3년에 걸쳐서 진행했으며, 구비문학 조사 및 정리 방법에 따라 자료를 수집 정리했다. 27개국에서 온 130명 이상의 제보자를 직접 만나서 구술 자료를 녹음했다. 제보자의 주축은 결혼이주민이며, 유학생과 이주노동자도 포함돼 있다.

2. 자료집은 총 20권으로 구성되어 있으며, 총 1,364편의 구술 이야기 자료가 수록되어 있다. 1~16권에는 각 나라별로 신화와 전설, 민담 등 설화자료를 실었고, 17~20권에는 여러 나라 문화 이야기와 속신·속담, 신과 요괴 전승, 생애담 등을 종합해서 실었다. 별권으로 연구서 『다문화 이주민 구술설화 연구』를 갖추어 조사사업의 성격과 의의를 밝히고, 자료 총목록을 제시했다.

3. 모든 자료마다 조사일시와 장소, 제보자와 조사자 등 기본 구연정보를 제시하고, 이야기 줄거리(또는 개요)를 제시하여 이해의 편의를 도왔다. 그리고 모든 설화와 생애담 자료에 '구연상황'을 제시하여, 해당 이야기가 어떤 맥락에서 구술되었는지 알 수 있게 했다. 설화집에 해당하는 1~16권 말미에는 나라별 제보자에 대한 정보가 제시되어 있다. 제보자 인적사항과 특성은 조사 당시를 기준으로 삼은 것으로, 추후에 변동되었을 수도 있다.

4. 이야기 본문은 녹음된 내용을 그대로 받아 적었으며, 현장 상황을 생생히 전하기 위해 조사자와 청중의 반응 부분을 함께 담았다. 한국어 어법에 맞지 않는 구술도 그대로 반영하여 전사했으며, 오해의 소지가 큰 경우 괄호 속에 표준어 표기를 제시했다. 내용 이해를 위해 필요한 경우에는 각주를 달아서 보충 설명을 했다.

5. 이야기 본문에서 제보자의 구술 외에 조사자와 청자의 반응은 [ ] 속에 넣어서 정리했으며, 기타 보충설명은 ( ) 안에 제시했다. 여러 조사자가 발언한 경우 '조사자 1', '조사자 2' 등으로 표시했는데, 번호는 구연정보의 조사자 순서에 준한다. 본문은 이야기 전개 흐름에 따라 문단을 나누었으며, 대화에 해당하는 부분은 행을 바꾸어 표현했다. 대화에 부수되는 언술은 행을 달리하되, '고'나 '구'는 구어체 특성을 살려 대화문 뒤에 붙였다. 2인 이상의 제보자가 공동으로 구술한 자료는 각 제보자와 조사자의 발화를 단위로 삼아 단락을 나누는 방식으로 편집했다.

6. 본 자료집에 자료를 수록한 모든 제보자들에게는 사전에 자료공개 동의를 받았다. 다만, 생애담 등의 구술에서 사적 정보가 노출될 수 있는 부분은 내용을 일부 삭제하거나 **로 표시하기도 했다. 조사장소도 개인정보 보호를 위해 번지수와 같은 세부정보를 삭제했다.

캄보디아

모국에서의 시련과 한국에서의 새 삶

● 구연정보

조사일시 : 2016. 12. 17(토) 오후
조사장소 : 강원도 횡성군 횡성읍 읍하리
제 보 자 : 체아다비 [캄보디아, 여, 1983년생, 결혼이주 8년차]
조 사 자 : 박현숙, 김민수

● 구연상황

동석한 일본의 모우에 히로꼬 제보자가 〈야만바와 부적 세 장〉 이야기 구연을 마친 뒤 조사자가 체아다비 제보자에게 살아온 이야기를 들려달라고 요청했다. 그러자 제보자가 어린 시절부터 결혼하기까지의 삶을 차분하게 구연했다. 제보자는 구연 내내 미소를 띠었다. 오숙민 작가와 모우에 히로꼬 제보자가 이야기판에 청자로 참여했다.

● 줄거리

캄보디아에서 살던 시절, 예전엔 조부가 군수를 지낼 정도로 부유했었다. 제보자의 삼촌들은 전쟁 중에 끌려가 죽임을 당했다. 조모는 돌아오지 않는 삼촌을 끝까지 기다렸다. 제보자의 아버지는 주유소를 운영했는데 화재가 발생하여 하루아침에 빚더미에 앉았다. 가족들은 집에 찾아오는 채권자들로 인해 많이 힘들었다. 제보자는 어릴 때의 일이라서 신나게 놀았던 기억이 더 많다. 열세 살부터 공장에 취직하여 집안 생계를 도왔다. 팀장으로 진급을 했다가 결혼하여 한국으로 이주하면서 퇴사했다. 지금은 자녀와의 원활한 소통과 취업을 위하여 열심히 한국어 공부를 하고 있다.

부유했던 가문을 망가트린 전쟁과 화재

[조사자: (제보자가 책에 쓴 글을 확인하며) 여기 보면 캄보디아 친정 식구들 얘기, 그다음에 이제 고향에 갔던 얘기, 쭉 갔다 오신 거 적으셨잖아

요.] 네네. [조사자: 그 적었던 내용들 중에 이야기로 들려줄 만한 재미난 얘기, 안 재밌어도 돼요. 친정식구들 얘기, 내가 결혼하기 전에 생활했던 이야기, 내가 다시 고향에 갔을 때 이야기 그런 거 좀 편하게 해주세요.]

아, 친정 이야기 기억 많이 남은 거는 친할머니 이야기, 친정. 저 친할머니가 전쟁 나기 전에 제 할아버지가 이제 높은 사람이었어요. 군수, 군수인데 75년인가 전쟁이 나면서 필링●, 필링할 때 필링, 이 전쟁. 할머니가 얘기 많이 들었어요. [조사자: 할머니한테?] 네네.

[조사자: 어떻게 얘기해 주시던가요?] 어, 그 제 할아버지는 군수였고, 할머니는 그 동네에서 유명하고, 외모가 유명해요. 예쁘다고 해서. 이제 결혼하면서 아들 셋만 낳았어요. 딸은 없고 아들, (웃음) 아들만 낳았어요. 근데 이제 할머니가 이제 딸 갖고 싶잖아요. 딸, 계속 기도하면서 딸, 기도하면서 계속 바랐어요.

그래가지고 전쟁 났어요. 필링 전쟁이 이제 젤 큰아버지는 높은 사람이었고 둘째아버지도 높은 사람이었고 아빠는 막내 이제 나이 좀 어려요. 어려서 아직 공부하니까. 그 옛날에 전쟁할 때는 이제 사람 손바닥 봐요. 까칠까칠하면,

"글 모르는 사람이구나."

하고 맨들맨들하면 이제,

"이 사람이 공부 많이 했구나."

무조건 그때는 잡아 죽였어요. [조사자: 워낙 어려우니까.] 손만 보고 그래가지고 큰아버지는 죽고 둘째아버지는 이제 할머니가 어디 끌려가면 소문 알아요. 이제,

"아, 오늘 이제 이 집 아들은 이쪽으로 끌려간다."

그래 끌려갔더니 이제 죽었는지 살았는지 소식 없고. 인제 큰아버지는 죽었다고 소식 왔어요. 뭐 전달, 죽었다고.

둘째 큰아버지는 죽었는지 살았는지 소식도 없고 전달 없으니까 할머니가 계속 기다리는 거예요. 계속 몇 년 인제 돌아올 때까지 계

● 1975년부터 1977년까지 베트남 사회주의 공화국과 캄보디아의 사회주의 공화국인 민주 캄푸치아 사이에 무력 충돌이 일어난 베트남-캄보디아 전쟁이다.

속 기다리고 그 필링 전쟁 난 후 한 3~4년은 도망갔던 사람, 미국에서 도망가서 가족 찾은 거예요. 그래 이제 우리 동네 가족이 많이 찾아왔어요. 뭐 미국이든지 일본이든지 인제 막 찾으러 왔는데 할머니가 계속 기다리는 거예요. 기다리면서 아, 이제 둘째아버지 얘기하면서 '이렇게 이렇게 착하다', '뭐, 공부도 잘한다' 막 쭉 이야기 맨날 저한테 이야기해요.

저도 어렸을 때는 할머니한테 엄청 친했어요. 엄마보다 할머니 좋아요. (웃음) 태어날 때부터 할머니랑 같이 잤어요. 그래서 엄마는,

"너는 내 딸 아니다."

[조사자: 할머니 좋아한다고?] 네, 맨날 할머니 좋아한다고 해서. 뭐든지 다 할머니 편이에요. 그리고 아빠는 결혼하면서, 엄마랑 결혼하면서 이제 딸만 다섯 낳은 거예요. 딸만 다섯. (웃음) 그래 할머니가,

"내가 할 때는 아들만 셋인데 딸 갖고 싶다고 했는데 왜 너는 딸만 다섯이냐?"

쭉 이야기해가지고 엄마는 아들 셋만 낳고, 저기 아들은 딸만 다섯 낳고. 지금은 또 저한테 얘기해요, 엄마가. 뭐야?

"할머니는 아들 셋만 낳고 나는 딸만 다섯 낳고, 너는 왜 딸만 둘 낳냐?"고.

또 셋째 동생도 딸만 넷이에요. 그리고 둘째는 딸만 하나예요. 그럼 다 딸딸이에요. 아들 없이. [조사자: 할머니가 능력이 좋으셨네, 그럼.] 네. 할머니 그때는 뭐,

"할머니가 뭐 잘못했나? 그럼 딸만 걸러지고."

[조사자: 그래도 할머니가 얼굴이 예뻤어가지고 전쟁 때 좀 힘들지 않으셨대요?] 할머니는 많이 힘들었어요. 힘들고 재산도 다 잃고 저는 기억이 나요.

뭐 동네 옆에는 다 땅 주인 찾고 이제 조금 멀리 있는 곳은 숲도 많고 그러니까 아무도 주인 없어요. 그럼 자기가 이제 풀도 캐면서 나무도 캐내고 인제, '이만큼 내 땅이다.' 그럼 표시 놔요. 그럼 저는 할머니 많이 따라서 많이 했어요. [조사자: 표시했어요? 이거 할머니땅 이렇게?] 네네.

나무도 캐고 돌도 캐고 이러니까 하다가 할머니가 얘기하는데,

“너 이건 니꺼다.”

얘기하면서 그땐 뭐 아무 생각 없이 그냥 재밌었어요. 그래 지금은 한참 생각해 보니까,

‘할머니는 많이 힘들었구나.’

그런 생각 들어요. [조사자: 돌이켜보니까 그런 생각이 들어요?] 네. 그때는 뭐 도움도 못 됐고 도와주지도 못하니까.

그리고 제, 뭐랄까, 제 가족은 이제 막 힘들게 살았어요. 아빠는 이제 잘 나가던 사업이 갑자기 망해서. (웃음) 아빠, 이제 뭐 주유소 기름 같은 거 해요. 막 크게도 땅을 짓고. [조사자: 주유소?] 네네. 그러하다가 이제 불이 났어요. 화재 나면서 막 다 잃은 거예요, 다. 전체 다. 거기 옛날에 뭐 소방차도 없이 물 한 바가지 구해서 불을 끄니까 어쩔 수 없이 포기인 거죠, 그냥. 막 타 버리고. 저도 어렸을 때니까 기억이 잘 몰라요, 엄마가 얘기 들었는데.

그래가지고 아빠가 힘들어가지고 죽을 만큼. 자살 시도도 몇 번 했고 그러니까 이제 뭐든지 다 하기 싫어요. 막 포기니까 이제 엄마는 이제 아이 엄마는 저를 넷째 아이 딸만 넷 있고, 인제 엄마가 이것저것도 하면서 돈도 벌고, 이제 옛날 살던 기억은 막 빚쟁이. [조사자: 아, 빚쟁이 찾아왔구나.] 빚쟁이 찾아오면, 뭐 막 도망 많이 갔어요. 그런 거 기억, 그런 기억.

우린 넷. 저하고 넷이 동생이 넷인데요. 그냥 하루 거짓말 없이 이틀 삼일 굶은 적도 있고 그러니까 막 밭에 가서 뭐 줍고 돌멩이도 줍고 먹었어요. 그리고 그때는 뭐 슬프지 않고 그냥 신나게. [조사자: 이게 노는 건가 싶어서?] 네. 그냥 노는 건가 싶어서 신나게 놀았어요. 지금 한참 생각해보면,

‘아, 참 힘들게 살았구나.’ (웃음)

어린 나이부터 시작한 공장 생활과 한국행

그래가지고 저는 크면서 저는 학교를 많이 못 가고 2000년부터 공장을 다녔어요. [조사자: 그때 실제 나이가 몇 살 때부터죠?] 실제 나이는 2000년은 열셋. [조사자: 2000년은 열세 살인데 그게 공장에 들어갈 나이가 안 돼서.] 안 되죠. [조사자: 그럼 몇 살로?] 열여덟 살. [조사자: 열여덟 살로?] 네. [조사자: 그럼 열세 살부터 일을 시작하신 거죠?] 네. [조사자: 그럼 그 얘기를 좀 해주세요.]

열세 살부터 계속 처음에는 구두공장 많이 다녔고 키가 또 작다 보니까 많이 일도 많이 당했고. 이제 막 셀 수 없이 많이 당했어요. 막 언니 오빠들이 많이 괴롭히고 또 막내다 보니까 뭐든지 다 맡기는 거예요. [조사자: 시켜?] 네, 막 시켜.

그래가지고 구두공장 몇 년 일 하다가 또 저기 실, 목도리 옷감 그런 거 실공장 그런 데서 또 몇 년 하다가 하고, 이제 마지막은 옷공장. 그 공장 하다가 점점점점 뭐 아무래도 오래 일하다 보니까 기술도 있고 이제 미싱 같은 거 있으면 이제 점점 올랐다가, 마지막 애기아빠 만나기 전에 마지막 공장은 저는 공장장 아니고 한 팀을. [조사자: 팀장?] 네, 팀장 그거 맡았어요. 그래서 좀 덜 힘들고.

[조사자: 그러면 이제 나이를 더 올리면 이름은 또 바꿔야 되는 거 아니에요?] 아니에요, 안바꿔요. [조사자: 아, 이름은 안 바꾸고 나이만.] 네, 이름은 계속 쭉- 이름만 쓰고 나이.

[조사자: 그러면 처음에 구두공장 갔을 때는 키도 작고 어리다고 나이 많은 선배들이 심부름 같은 거 좀 시키는 게 그게 힘들고. 또 어린 나이에 일하는 게 어떤 점이 많이 힘들었어요?] 어떤 점 이제 뭐 힘도 힘들고 제일 외로운 거는 가족들이랑 떨어지니까. [조사자: 거기 그럼 기숙사 생활하는 거예요?] 네, 기숙사 생활 혼자 하는 거죠. 뭐든지 다 혼자니까.

[조사자: 그럼 근무를 몇 시에 시작해서 몇 시에 끝나고?] 거기는 7시부터 5시까지. [조사자: 아침에 7시에 시작해서 저녁 5시에 끝나고.] 네 네. 여덟 시간 같은 건데 야근도 하면서 근데 월급에 안돼요. 그때는 기본 월급이 40달러밖에 안 되고 보너스는 5달러니까 45. [조사자:

그럼 야근수당이 붙으면?] 붙으면 뭐 이제 기본 월급 나눠서 한 시간당 얼마 얼마.

[조사자: 그럼 월급 받아서 어떻게 하세요?] 월급 받으면 뭐 기숙사는 내고 생활비. [조사자: 그럼 45달러에서 생활비는 얼마 내야 돼요?] 5달러. 그럼 한 10달러는 쓰고 생활하고 빼놓고 나머지는 고향 보낸거죠. [조사자: 다 보내요? 고향에?] 네네. 그때는 힘들다 생각 안 하고 시내서 하니까 신나죠. [조사자: 멋도 많이 냈어요?] 아뇨, 멋도 못 했어요.

[조사자: 그럼 주 며칠 일을 해요?] 일 거기는 월요일부터 토요일까지. [조사자: 일요일 쉬고?] 네, 일요일 쉬고. [조사자: 쉴 때는 주로 뭐했어요?] 쉴 때는 주로 잠만 잤어요. [조사자: 아, 쉴 때는 밀린 잠을 잤구나. 근데 공장이면 되게 위험한 상황도 많이 벌어지잖아요.] 네, 위험해요. [조사자: 그렇게 되게 위험해서 주변에 위험한 일 당한 사람이거나 본인이 위험했거나 그런 경험은 없어요?] 저는 위험한 경험 없고 옆에 있던 사람은 손 잘리는 거 많이 있어요. 구두 만드는 기계 뭐예요? 가죽 모양 잡는 거. [조사자: 모양 잡는 거?] 네, 여기는 팔 모양이고 가죽하고 옆 잡잖아요. [조사자: 기계에다 넣어요?] 네. 기계에다 넣으면 한 두세 대 두들기면 어쩌다 덜 잡히면 이제 자기 손으로 막 하니까 잘못하면 손 잘린 적도 있고. 미싱에다가 바늘 박은 것도 있고 그거 많이 했어요.

저는 그냥 이것저것 일없이 뭐 자리 없이 그냥 도우는 대로 큰언니 오빠가 시키는 대로 막내니까, '뭐 좀 해 달라', '이거 해 달라' 그냥 보조. 만약 화장실 가면 하는 사람 없으니까. 어차피 기계 돌아가는 거 맞춰야 하니까.

[조사자: 그럼 이제 팀장 되고 나서 월급이 얼마까지 올랐어요?] 한 70 얼마 [조사자: 오, 그럼 두 배는 올랐네요, 처음 시작할 때보다?] 네. [조사자: 그러면 그때는 월급 어떻게 쓰셨어요?] 기숙사비는 이제 점점 오른 거죠. 10달러. [조사자: 월급 오른 만큼 기숙사비도 오른 거고. 그럼 이제 65달러 정도는 어떻게?] 65달러 중에서 생활비는 10달러. [조사자: 생활비는 안 올랐네?] 원래 생활비는 10~15달러 정도 하고 나머지

는 다 보내고.

[조사자: 그렇게 해서 공장 생활을 그럼 몇 년 하신 거예요?] 저는 오래 했어요. 몇 년, 한 십 년 넘게 했어요. [조사자: 십 년 넘게 하고?] 십 년 넘게. 여기도 와서 한 십 년 넘게 일하고 있고. [조사자: 젊어서 일을 한참 더해야지.] (웃음)

[조사자: 그래도, 육체적으로 힘들고 그래도 별로 힘들다고 생각 안 하시고 되게 긍정적이신 거 같아요. 그쵸?] 별로 힘들다고 생각 안 하고 어차피 캄보디아 사람, 아니 캄보디아 아니고 어디 가도 이제 자기 지역에 맞춰 사니까 뭐 쉽게 하면 한국 오면 왕족 같은 거죠. 대접도 많이 받고. 여기 그만큼 살면 아주 편한 거죠. 캄보디아에서는 안 그랬지만. 움직여야지 살지. (웃음) [조사자: 움직여야지.] 움직여도 뭐 살기 힘들어요, 거기는.

자녀를 위해 새로 시작한 공부

[조사자: 그럼 한국에 와서 제일 힘든 건 어떤 거였어요?] 제일 힘든 건 적응. [조사자: 적응하는 게?] 네, 적응하는 게. [조사자: 어떤 게 제일 힘들던가요?] 아무래도 말이 안 통하니까 서툴고 이제 막 뭐든지 모르니까 막막하고. [조사자: 근데 또 한국 어른들은 자세하게, 친절하게 가르쳐주진 않죠?] 어떤 분은 친절하고 어떤 분은. (웃음) 막. [조사자: 그 눈치껏 빨리빨리 알아서 잘 하길 바라시거든요.] 네. 그리고 여기는 저기 직장생활 못 하거든요. 그러니까 직장생활도 궁금하고 어떻게 했나 싶어서 지금은 직장 못 다니지만 궁금해요. [조사자: 궁금해요?] 네.

[조사자: 이제 빨리 검정고시 봐가지고. 근데 어떤 일 해보고 싶으세요, 나중에 기회가 되면?] 기회 되면 어떤 일이든 생각해보지 않고. [조사자: 그래도 검정고시 준비하시고 하면, 그래도 한국에서 좀 더 공부하고 그러고 싶은 마음은 있는 거죠, 여건이 되면?] 아무래도 저는 뭐 일 크게 바란 적 없는데 검정고시는 이제 애들 위해, 엄마는 글 모르니까 애들 가르치기 어렵고 이건 다 애들 위해 배우는 거고, 네. [조사자: 요

즘은 뭐 저희들도 잘 못 가르쳐요, 집에서.] 못 가르치면 뭐 이제 알림장 같은 거 오면 대충 알잖아요. '아, 이거 뭐다 뭐다'. 지난번에 뭐 뭐라 '진급', '진급'이 뭔지도 몰라요. 어린이집에서 막 일 년마다 애들 진급하는 거 있어요. [조사자: 윗반으로 올라가는 거죠?] 네네. 저는 몰라 가지고 그냥 사인만 하고 진급이 뭔지도 몰라서 원장님한테 전화로 물어봤어요, 진급이 뭐냐고. (웃음)

"진급이 뭐예요?"

그럼 선생님이 쭉 설명해주고.

"아, 네, 알겠습니다."

싸인하고 보내드릴게요. 그래가지고 안 그래도 그런 거 어려우니까.

우리는 어떻게 한국인과 결혼했나

● **구연정보**

조사일시 : 2017. 01. 18(수) 오후

조사장소 : 경기도 화성시 향남읍 행정리

제 보 자 : 디다넬 [캄보디아, 여, 1988년생, 결혼이주 5년차]

포유미네 [캄보디아, 여, 1988년생, 결혼이주 6년차]

조 사 자 : 오정미, 이원영, 이승민

● **구연상황**

설화 구술이 끝나갈 무렵, 조사팀이 포유미네와 디다넬 제보자에게 결혼하게 된 사연을 물었다. 두 사람은 친분이 있었음에도 서로의 결혼 이야기를 전혀 모르는 상황이었다. 그래서 구술자이면서 동시에 청자의 입장으로 서로가 서로의 결혼 이야기를 듣고, 들려주었다. 포유미네 제보자가 더 많은 시간 동안 구연했다.

● **줄거리**

포유미네 씨의 둘째 언니가 먼저 결혼해 한국에서 살고 있었다. 둘째 언니가 제보자에게 한국 남자와의 결혼을 추천했고, 형부의 소개로 남편을 만났다. 캄보디아로 온 남편을 처음으로 만났는데, 결혼이 결정될 때까지 제일 예쁜 막내 여동생을 최대한 숨기고 남편에게 소개하지 않았다. 한국어도 잘 모른 채 남편과 보디랭귀지를 하며 데이트를 하고, 결혼식까지 올렸다.

디다넬 씨는 소개해주는 사람을 통해서 남편을 만났는데, 결혼하고 한국에 온 지 한 달 만에 임신을 했다. 임신한 몸으로 한국어도 잘 모른 채, 시집살이를 했다. 처음에는 한국에서의 문화적응이 어려웠지만 착한 남편과 시동생의 배려로 많이 감사하며 살고 있다.

언니 소개로 만난 남자

포유미네 : 저? 그 저 친언니 소개해 줬어요. 지금 친, 친언니는 성남에서 살아요.

조사자 2 : 아, 정말요?

포유미네 : 네.

조사자 2 : 같이 들어와 있어요?

포유미네 : 네.

조사자 1 : 아, 되게 그래도 다행이네요.

포유미네 : 저 뭐 친언니 남편은 법, 법사? 법.

조사자 1 : 법무사.

포유미네 : 네. 법무사예요. 그래서 좀 소개해주고, 그냥 가서 만났어요.

조사자 2 : 그럼 덜 외롭겠네, 언니가 있어서.

포유미네 : 근데 자주 안 만나요.

조사자 2 : 맞어. 못 보죠.

포유미네 : 저 형부이(형부가) 옛날 사람이에요. (웃음) 아내 밖에 나가면 안 돼요.

디다넬 : 아유, 언니 힘들겠다.

포유미네 : 그래서 동생 만나고 싶어도 계속 달래는데, "안 돼. 공부해라." 지금 저 언니는 고등학교 다녀요. 네. 내년에 3월에 대학교 시험 보고 대학교도 들어가요.

조사자 1 : 언니는 그러면 포유미네 씨보다 한국에 온 지 더 오래 되셨겠네요, 시간이.

포유미네 : 네, 6년 좀.

조사자 2 : 나이가 좀 더?

포유미네 : 네, 삼십 넘어요.

조사자 2 : 몇 살 차인데요, 네 살?

포유미네 : 아니요. 저 언니는 삼십오? 서른다섯, 여섯 살일 거 같은데요. 그 돼지, 돼지띠니까.

조사자 1 : 나중에 언니랑 같이, 언니 좀 소개시켜 주세요. 언니랑 만

나면 되게 언니랑 좋으실 거 같아, 우리랑 가니까. 아님 언니 만날 때 같이 만나도 되고.

조사자 2 : 맞아.

포유미네 : 저, 언니 여기 5년 왔는데 언니 두 번 만났어요. 저(저희) 집에.

조사자 1 : 아, 딱 두 번밖에 언니 못 봤어요?

포유미네 : 아니, 저 가는 거는 자주 가요.

조사자 1 : 잘 가는데.

포유미네 : 네, 언니는 여기 두 번밖에 못 왔어요. 네.

조사자 1 : 여기서 성남으로 가려면 뭘 타야 되지? 버스가 있나?

포유미네 : 버스 타고 가도 돼요. 아니면 자가용 타고 가요.

디다넬 : 저희 옛날에 성남 살았는데 성남이 되게 좋아요. 좋아요. 저 집 되게 좋아요.

포유미네 : 근데 저(저희) 형부는 좀 무서워요. 언니랑 같이 만나는 사람은 딱 봐야 돼. 나쁜 사람…

조사자 2 : 인지 아닌지?

포유미네 : 아니면, 네. 안 돼요. 지난번에 예수하는 사람 집에 자주 들어가는데 형부가 전화했어요. "우리 집에 들어오지 마. 내가 싫어. 우리 아내 같이 만나지 마." 그랬는데,

조사자 1 : 그럴 수도 있어요, 혹시나.

조사자 2 : 법 쪽에 계시니까 더 그럴 수도 있어.

디다넬 : 언니가 친구 많이 없네, 그러면. 외롭겠다.

포유미네 : 친구 옛날, 친구 많이 있는데, 근데 형부는 자꾸, "공부해라, 공부해라." 그래서 친구는.

조사자 1 : 언니 위해서, 언니 위해서 그런 거지.

포유미네 : 네, 조금만 만났어요.

조사자 2 : 언니는 한국말 잘하세요?

포유미네 : 잘해요. 지금 고등학교 다니는데 나중에 뭐 번역할 거예요, 언니는.

조사자 1 : 빈말이 아니라 언니, 언니하고 한번 통화해서 언니랑 포

유미네 씨랑 같이 만나도 되고. 근데 현실적으로 이게.

디다넬 : 언니가 남편 안 되고.

조사자 1 : 언니가 괜찮은 그 성남 어디서, 언니는 멀리 오면 안 될 거 같아, 딱 들어도.

조사자 2 : 그 집 근처 뭐 카페나.

조사자 1 : 집 아니고.

포유미네 : 근데 언니 지금 시간 별로 없어요, 4월에 대학교 시험 보니까. 지난, 이번 주 시험 봤어요. 지금 되게 속상해해요. 만날 공부하는데 지금 시험 보는 거 어렵게 나와서 계속 열심히, 저도 만날 시간도 없어요, 지금은.

조사자 1 : 그럼 나중에 시간 있을 때.

포유미네 : 네. 시간 있으면.

조사자 1 : 천천히.

나의 결혼과 새 가족 이야기

조사자 2 : 그러면, 디다넬 씨는?

디다넬 : 아, 저는 소개해주는 사람 있거든요, 예, 만났어요.

조사자 2 : 어디 딱 보고 첫눈에 딱 좋았어요?

디다넬 : 예, 그대요(그런데요). 저는 처음에 왔을 때 되게 많이 힘들었어요.

조사자 1 : 그러게 한국말 거의 못 했을 거 아냐.

디다넬 : 시어미(시어머니)도 같이 살잖아요.

조사자 1 : 아, 처음에 와서는.

디다넬 : 근데 되게 신기하는 거는 저희 시동생이요, 저 지금 시동생 감사하고 살고 있어요. 시동생 착해요, 착한 분이에요. 맨날 저만 편하게.

조사자 2 : 시동생이 디다넬 씨보다 나이가 많아요?

디다넬 : 네. 이제 사십? 되게 착한 사람, 저희 신랑보다 착해요.

조사자 2 : 근데 다 그래요.

조사자 1 : 같이 살아보면 안 그럴 수도 있어요.

포유미네 : 아니 신랑도 착해는데 뭐.

디다넬 : 응, 착해 근데.

포유미네 : 근데 말 잘 안 해요.

디다넬 : 근데 우리 신랑 진짜 참 착해요. 근데, 근데 우리 시동생은 집에 와서 막 형수님 뭐 밥해줘요. 이렇게 하는 거 없어요. 와서 열두시 밤에 중에도 집에 가요, 집이 인천이에요. 왔다갔다 왔다갔다 해요. 우리 신랑은 시간이 없어요. 일만 해요. 뭐 어디 갈 때는 시동생보고 데리고 간다고, 저는 너무 미안하잖아요. 근데 첨에 시어미 와서 말 안 통하니까 뭐 저 이렇게 가만히, 저 오자마자 임신했어요. 근데.

조사자 1 : 그러니까 아까 나이 계산해 보니까.

포유미네 : 네, 오자마자 임신했어요.

디다넬 : 그러니까, 뭐 음식, 음식, 고향 음식도 먹고 싶고, 얼굴 이렇게 계속 안 웃어요. 시어미가, "너 왜 안 웃니, 어디 갈 때 인사도 안 하고." 저희 나라는 그냥 지나가는데 인사 안 해도 돼. "너 여기 한국이야 배워." 뭐, 한 달도 안 됐는데.

포유미네 : 자주 만나도 꼭 인사해야 돼요.

디다넬 : 한 달 안 됐는데 외국어 많이 시켜요. 딴 사람 보고. "어, 저기 언니 며느리네." 며느리래요. 저는 알아들었는데 대답이 못해요. 네, 많이 혼났어요.

나의 남자와 결혼하기까지

조사자 1 : (포유미네 씨는) 남편분은 몇 살이세요, 그러면?

포유미네 : **살일 거 같은데.

조사자 1 : 그러면 언니가 소개시켜 준 거예요? 언니는 또 형부가 소개시켜 줬겠네.

포유미네 : 네, 그럼 처음에는 저 형부가 저 남편 모르는데, 그 저 아주버님하고 형부는 아는 사람이라서 운동하다가 얘기하는 거예요. “우리 그 동생이 있는데, 아직 결혼도 못 했어요. 뭐 아는 사람 있나 없나 좀 소개해 주라.” 그럼, “네, 딱 있는데.” 내가 그, 뭐지? “그 아내 동생이요.” 그래서, “그럼 사진 먼저 보여줘.” 네. 사진 먼저 보고 그 저 아주버님은 저 언니 몇 번 자주 찾아봤어요. “언니, 어떤 사람이냐? 착해냐(착하냐)?”

조사자 1 : 그치, 내 동생.

포유미네 : 네, 계속 봤어요. 그래서 알았어. 그럼 캄보디아 같이 가서 이렇게 약간, 저 남편은 몰랐어요. 아내 소개해주는 거. 근데 딱 못생긴, 옛날 못생긴 사진, 저 사진 못생긴 거 보여줬어요. 그래서, “예뻐. 괜찮은데.” 근데 저 남편은 부끄러운 거 되게 많아요. “괜찮은데?” 그래서, “가서 만나가, 만나, 한번 만나 봐.” 그랬는데 저 캄보디아에서 처음에 남편 사진 봤어요. 저 생각, ‘일본 사람일 거 같은데.’ 근데.

조사자 1 : 일본.

포유미네 : 네. 사진은 일본 사람 같애요. 그래서 딱 보더니 계속 그 사진 보고 웃는 거예요. 저 큰언니. “넌 왜 그래? 딱 그 남자 처음 봤는데 계속 웃어. 마음에 들었나 봐.” 근데 저 큰언니는 말 안 하고 저 그 얘기 셋째 언니, 아, 둘째 언니예요. 한국에 있는 거. 둘째 언니하고, 큰 언니, 엄마. 자주 통화해요, 저 그 사람 만나주라고. 저 몰라게(모르게). 그럼 저 알면 제 생각 많이 하니까. 걱정해서 잠도 못 잘 거 같애. 아무 말 안 했어요. 그날 갈 때. 계속 들어. 좀 이상해요.

큰언니는 밤에 저 불렀어요. “넌 한국 가고 싶어?” “가고 싶은데 왜요?” “그래 넌 생각해봐, 만약에 가면 너 편하게 살아. 우리 생각 안 해, 안 해줘도 돼.” “그럼 네, 알았어. 제가 가도 돼.” 네. 가도 되는데, 그럼 그때 저 둘째 언니 한국에 사는 거 전화했어. “넌 다음 달 그날 공장에, 아 공항에 예쁘게 화장하고 와라.” (웃음) 저는, “왜 예쁘게 하고 가? 내가 싫었는데.” “안 돼 예쁘게 하고 와. 옷도 예쁘게 입고 와. 넌 만나주는 사람 있어."

그럼 저, 그 작은 동생 한 명 또 있어, 여자. 근데 요거 제일 예뻐요. 그래서 그 공항에서 만나는데 그 여자 동생은 숨었고. (웃음) 제 남편 못 보여줬는데 만약에 만나면, 만나면, 저 아주버님이 마음 바꿨나 봐(바꿀까 봐). 그래서, "너 동생 넌 차 안에 있어. 막 그 얼굴 자주 보여주지 마." 그랬는데.

그냥 저 안 쑥스러워요. 제 남편은 딱 내려오자마자 저 그냥, "아, 저 처음 뵙소." 이랬는데 그 남편은, "네." 그랬는데. "네." 그랬어. 근데 저 옆에 있는데 계속 이렇게 쳐다보는 거예요, 부끄러워서. 그럼 저 형부는 그 저 동생은, "차 끝에 앉아라. 앞에 앉아지 마." 그래서 뭐 호텔 같이 갔는데 동생은 밖에 있어. 그래서 저 같이 가서 할머니, 아빠, 또 같이 들어갔는데 소개해주는 거예요. 그럼 그 남편은 계속, 계속 (힐끗거리는 흉내를 내며) 이렇게 눈쳐는(눈치보는) 거예요. (웃음) 저 부끄럽지도 않아요. 그 남편은 계속. "그럼 그냥 내일 우리 만나자." 그랬는데.

조사자 1 : 데이트?

포유미네 : "집으로, 집으로 가서 만나자." 그럼 저 친동생은 계죽(계속), 계속 숨었어요. 집에 가서 또, "넌 밖에 좀 돈 갖고 가서 나가라."

조사자 1 : 그 친동생은 지금 그 예쁜 동생은 어디 살아요? 그럼?

포유미네 : 캄보디아에서 살아요. 네.

디다넬 : 사진 있어?

포유미네 : 사진 있어요.

조사자 1 : 그렇구나, 아 재밌다.

포유미네 : 그 동생 계속 숨었어요.

조사자 2 : 그 동생도 결혼했어요?

포유미네 : 아직 결혼 안 했어요. 지금 뭐, 영어 선생님이에요. 근데 그 동생은 대학생이에요. 그래서 제 남편도 좀 나이 많이 있으니까, 더 나이 좀 어려워서 찾아주니까 그래서 계속 숨었어요.

조사자 1 : 재밌다. 그 동생이 얼마나 답답했을까.

디다넬 : 언니 때문에.

조사자 2 : 자기도 보고 싶을 텐데.

디다넬 : 예, 맞아요.

포유미네 : 아니 다음에 그 남편 저하고 마음에 들으니까 그때 가서.

디다넬 : 그때 보여주는 거예요?

포유미네 : 네. 그때 보여줬어요. 뭐 결혼, 결혼비도 내주고, 뭐 귀걸이 같은 거도 주고. "그럼 프놈펜에서 같이 놀러 가서 데이트 좀 하자." 처음에 오토바이, 그 남편 오토바이 운전할 수 있는데, 근데 좀 무서워요. 운전하는 거.

디다넬 : 우리나라 오토바이 많이 있거든요.

포유미네 : 그 한국 같은 거 운전하니까, 제가 그 말 못하니까. "노No, 안 돼. 여기는 안 돼. 안 돼." 그래서, "뒤에 타." 제가 운전하는데, 계속 제 허리 잡았어요.

조사자 2 : 무서워.

디다넬 : 맞아요, 한국은 오토바이 많이 없어요.

포유미네 : 근데 오토바이 탈 때, 가볍게 안 해주고 계속 무겁게 해주는 거예요.

디다넬 : 굉장히.

포유미네 : 이렇게. 잘 잡혔는데. 아니면 떨, 넘어질까 봐, 남편은 무거워서. 그래서.

조사자 2 : 힘들었구나.

포유미네 : 카페, 카페 갔는데, 갔어요. 그 남편 말해. "뭐 카페? 커피? 커피? 저 이거 뭔데? 모르는데." "그럼 그냥 커피. 커피 생각해." 뭐 영어, 커피 그랬는데, 그냥 커피 알려줬어요. 설탕 넣지 말래, 얼음도 넣지 말래, 제가. 그러면 딱 먹으면 써, 설탕.

조사자 2 : 설탕도 안 넣고.

포유미네 : 그냥 네.

조사자 1 : 그때는 한국말 전혀 못했을 때구나.

포유미네 : 네, 못했어요. 그래서 커피 같이 먹고. 그 옛날에 그 사람 많이 죽는 데 갔어요. 머리만 있는 거, 이름 뭐지? (캄보디아어

로 대화하고) 무덤, 무덤 같은 거. 근데 옛날에, 옛날에 사람 많이 죽었는 곳 가봤어요, 둘이서 가고. 그럼 저 아주버님하고, 아주버님은 친구 한 명도 더 데리고 갔어요. 의사선생님 데리고 왔어요.

조사자 2 : 아, 킬링필드 거기.

포유미네 : 네. 여기까지 갔는데 계속 웃는 거예요. "너희 둘이 오토바이 같이 타. 내가 툭툭 타고 갈 거야." 그래서, '저 한국말도, 말도 모르는데 어떻게 같이 타고 가지?' 딱 가서 이거 하루 지났고, 다음 날부터 프놈펜도, "같이 가자." 같이 가서 그 꾸이뛰어우, 저 형부 꾸이뛰어우. 캄보디아로.

디다넬 : 국수.

포유미네 : 국수 먹고 싶은데, 국수집 계속 찾아 돌아다니는 거예요. 그럼 그 식당 들어갔어요. 그거 먹고, 먹고 갔더니. 한국말 전혀 몰랐는데 근데 저 아주버님하고 그거 형부, "그냥 둘이 데이트하자." 근데 저희 형부는 캄보디아 말 조금 조금 할 줄 알아요.

조사자 1 : 그렇지, 언니랑 같이 살았으니까.

포유미네 : 네. 제 형부는 캄보디아 말 잘 배워요. 저보다 잘 써요. 네, 지금 번역, 책 번역하고 있어요.

조사자 1 : 아, 진짜?

포유미네 : 네. 그래서, "너희 둘이 좀 데이트하고 와." 그래 계속 저희 형부는. "미네야 가, 가. 그래 가." 딸, 그냥 캄보디아말 말해주는 거예요. 가서 커피 집, 저희 남편 커피 먹고 싶었는데, 그냥 커피 집 갔어요. 근데 그 집이 너무 비쌌어. 저 한 컵 달랐어요. 한 컵 달라 하고, 빨대 두 개 달라요. 그, 그 일하는 사람 좀 이상할 거 같아. "왜 하나만 달래? 두 명인데?" "아니에요. 저 커피 잘 안 먹어서 그냥 한 컵만 주세요. 얼음도 주세요. 뭐 설탕 같은 거도." 그럼 빨대 꽂아서 (컵에 꽂은 빨대를 잡고 먹는 시늉을 하며) 이렇게 하는 거예요. 제 남편 계속 꽉 잡았는데, 저 근데 그냥 편하게 먹고, 그럼 손 계속 잡아 다니고 갔다 왔어요. 그래서 뭐, 근데 말 안 하고 다음 날, 결혼하는 날에 아침에 결혼하고 밤

에 끝나고, 그 이거 호텔 같이 가는 거예요. 저희 집에서 밥 많이 먹고 왔는데 계속 남편이 술 좀 먹고 싶어서, 그 뭐 "어디 좀 같이 가자." 그랬는데. "맥큐, 맥큐." 계속. "맥큐 맥큐. 먹고 싶어."

디다넬 : 맥주?

조사자 2 : 맥주?

포유미네 : 네. 그 호텔 옆에 그 식당 있어요. 그럼 그 한국은 뭐 번데기? 번데기처럼 생겼는데 그 남편 계속 먹고, 이거 계속 주문해 달래. 그래서 저 먹고 한 그릇 달래서 먹는 거예요. 많이 배불렀는데 결국엔 못 먹고, 그 큰 생맥큐 캔? 생맥큐?

조사자 1 : 생맥주.

포유미네 : 네, 큰 거. "한 잔 같이 하자." 그럼 그 식당 아줌마가, "어, 남편 한국 사람이야?" 저, "네. 한국 사람인데." "어떻게 결혼했어? 넌 한국말 할 줄 알아?" "몰라요." "그럼 어떡해? 둘이 같이 잘 때 어떻게 말해야 돼?" 그냥, "노No, 안 돼?" 그냥 이렇게 이거 응? 이거 움직여야 하는 거예요. 그래서 그 아줌마, "좀 이상해라. 아 좀 이상해. 한국말도 모르고 영어도 모르고 어떻게 한국 사람 결혼을 하는 거야?" "아니 그냥 결혼하고 싶어서 결혼하는 거예요." 근데 생맥큐 큰 캔 같이 먹는데, 저 남편은 형부 만나서, "제 맥큐쟁이야. (엄지손가락을 치켜들며) 잘 마셔라." 잘 마셨어. 그럼 그때 무서운 것도 모르고 그 한국말도 모르는데 그냥, "노, 노" (두 손으로 엑스 표시를 하고) 이렇게 그 움직이기만 하는 거예요.

조사자 1 : 지금은 이제 잘하시네, 그래도. 이제.

한국의 엄마로 살면서 꿈꾸는 자아 찾기의 길

● **구연정보**

조사일시 : 2018. 01. 12(금) 오후
조사장소 : 강원도 인제군 인제읍 남북리 사회복지관 2층 교육실
제 보 자 : 킴나이키 [캄보디아, 여, 1991년생, 결혼이주 6년차]
조 사 자 : 박현숙, 김민수

● **구연상황**

제보자가 〈집안에 갇혀 살던 도둑 양딸의 결혼과 신부수업 유래〉 이야기 구연을 마친 뒤 잠시 소강상태가 되었다. 조사자가 다시 이야기판 분위기를 살리기 위하여 결혼과 이주과정에 대해 질문하자 제보자는 결혼, 임신, 출산에 관한 경험담을 구연했다. 이주생활담을 구연할 때 간혹 흥분하기도 했지만 비교적 차분하게 구연했다.

● **줄거리**

한국에 오기 전에는 한국에 빌딩이 많을 거라고 생각했다. 그런데 결혼해서 강원도 인제에 와 보니 생각과는 달리 산이 너무 많고 날씨도 추웠다. 그리고 한국 사람들은 커피를 많이 마시는 것 같았다. 임신했을 때에 입덧이 심해서 고생을 많이 했다. 먹고 싶은 고향 음식은 비쌌고, 한국 음식은 입에 잘 맞지 않아서 제대로 먹지 못했다. 출산 후에는 매일 끼니마다 미역국을 먹어야 하는 일이 곤혹스러웠다. 그리고 말도 잘 통하지 않는 한국에서 남편과 단둘이 하는 육아의 힘겨움으로 눈물짓는 일도 많았다. 처음에는 한국 음식을 매워서 잘 못 먹었지만, 지금은 매운 음식을 좋아한다. 그리고 제사 음식도 모두 만들 줄 안다. 한국생활에서는 새장 속의 새가 된 느낌이 들곤 했다. 하고 싶은 일을 스스로 찾아서 하던 본래의 모습을 되찾고 싶다.

한국의 첫인상, 많은 산과 커피

[조사자: 시집오는 날 얘기 좀 해주세요.] 제가 와서 되게 한국 오는데 어떻게 표현하면 제가 꿈 많은 생각에 한국에는 빌딩 엄청 많고, 사람도 많고 되게 우리나라보다 훨씬 잘 사는 거 생각했는데. 그거 맞는 말도 있었지만 근데 한국 오자마자 왜 이렇게 산이 많아요. [조사자: 산이 많아?] 엄청 많아요. 어딜 가도 산이 있어요. 그래서,

'왜 이렇게 산이 많아요?'

이렇게 생각했는데. 사람도 별로 없고, 되게 가끔 동네 있고, 동네 지나서 산. 산 이렇게, 바다 이렇게.

'내가 생각한 대로 아니네.'

그래서 집에 와서,

'오! 내 집에 뒤에도 산이네. 이 나라 왜 이렇게 산이 많아?'

이렇게 생각했어요. 되게 깜짝 놀랐고 그래서.

[조사자: 산 많은 거 보니까 어떻든가요? 느낌이.] 뭐 실망 정도는 아니지만, 근데 생각하는 대로 안 나오네요, 이게. [조사자: 여기 할머니들 얘기 들어보면 여기 강원도는 산이 많아요. 그래서 딱 나와 봤더니 사방이 다 산이더라고. 그래서 도망을 가고 싶어도 무서워서 못 간다고.] 아, 그런 정도 아니에요. 제가 원래는 제가 생각했던 거는 도시보다 시골 같은데 살고 싶어요. 자연 이렇게 나오고 나무 좋게 이렇게 남편이랑 앉아서 얘기하는 거 되게 행복한 거예요. 그래서 시간 나면 또 강에 가고 앉아서 이렇게 해 뜰 때도 보고 이렇게 같이 있는 거 되게 좋아요.

[조사자: 그래서 오자마자 인제 왔더니 많이 춥던가요?] 추워요. 공항 내리자마자 추워요. [조사자: 공항 내리자마자.]

'어휴, 왜 이렇게 춥지?'

이렇게 생각했어요. 지금도 익숙하지 않아요. [조사자: 그렇죠.] 겨울 하면 그냥 집에 있으면 좋겠어요. [조사자: 강원도가 너무 추워요. 근데 인제도 되게 추운 데 아닌가? 인제, 원통, 여기 되게 추운 데지. 하필이면 또 추운 데로.] 추워요. (웃음) [조사자: 근데 실장님(남편) 되게 좋아 보

이세요.] 네, 순해요. 사람이 되게 순해요. 양보도 잘 하고. 옆 사람 마음도 잘 알아서 잘 만난 거 같아요. [조사자: 그렇구나. (제보자에게 핫팩을 건네면서) 진작에 드릴 걸, 핫팩을.] 따뜻해요. [조사자: 다행이에요.]

근데 한국 처음 올 때 그 산에 처음 깜짝 놀란 거면 두 번 깜짝 놀란 거면 어디 가자마자,

"커피 마실까요?"

이렇게 물어보는 거예요. [조사자: 아, 사람들이?] 우리나란 그런 거 없잖아요. 그냥 집에 오면,

"물 한잔 드릴까요?"

이렇게 된 건 바라지 않고 그냥 갖다 드리는 거. 야채 과일이랑 같이 드리지만. 한국 도착하자마자 어딜 가도,

"커피 한잔 먹을까?"

이렇게 물어보고 그 커피는 또 우리나라랑 똑같지 않고 믹스커피 나오잖아요, 한국에서. 우리나라는 그냥 진 커피 주니까. 그래서 생각한 게,

'오! 커피 싼가 보다.'

하는데 사람 올 때마다 커피 주는 거 문화인가 이런 생각 들어요.

[조사자: 믹스커피 처음 드셔보셨어요? 한국 오셔가지고?] 네. [조사자: 맛이 어떻든가요?] 되게 연하게 맛있어요. [조사자: 맛있어요?] 아직도 믹스커피 이렇게 먹으면 괜찮아요. [조사자: 특히 시골은 좋아해요, 믹스커피를.] 네, 연하게. 저 이런 커피 잘 안 마셔요. [조사자: 아메리카노보다 라떼 더 많이 마셔요?] 네, 이렇게 잘 먹어요. [조사자: 다음에는 알고 잘 가져올게요.] 아, 괜찮아요. 집에서도 그냥 저 믹스커피 더 좋아해요.

[조사자: 어머님도 같이 사세요?] 아니요. [조사자: 시부모님은 같이 안 살고?] 네.

[조사자: 그게 이상했구나. 커피 마시러 가자고 한 게. 근데 한국도 그렇게 된 지 얼마 되지 않아요.] 그쵸. 그냥 갑자기 잘사니까. [조사자: 그래서 다들 밥보다 더 비싼 커피 먹는다고 하잖아요. 밥보다 더 비싸요, 커피가.] 근데 한국 사람들 요즘 커피 너무 유명해서 되게 밥 먹자마자 커

피 마시잖아요. 제 남편도 그랬어요. 커피 너무 유명해서 되게 장사도 잘 되는 거 같아요. [조사자: 근데 또 너무 많아서, 커피점이 너무 많아서.] 인제도 보통 열 몇 개 나오는데 조그만 인제에.

임신 중 입덧으로 인한 고생

[조사자: 그럼 애기 낳고 산후조리는 어디서 하셨어요?] 네? [조사자: 우리가 애기 낳고 나면 몸조리한다고 하잖아요.] 자연조리예요. 그때는 되게 속상해요. 고향 그립고. 혼자 사니까 남편도 애기 낳으면 또 잠시 빼지도 못했고, 시댁도 멀고. [조사자: 시댁이 어디예요? 인제가 시댁이 아니에요?] 네. 현리 쪽 ** 가까이 현리 가기 전에 **이잖아요. [조사자: 그것도 다 인제 아니에요?] 인제인데 40분 정도 타니까. 그때는 어머니가 바쁘니까.

[조사자: 그럼 임신했을 때 입덧도 하고?] 어우! 너무 심해요! 엄청 심해요! 8개월까지도 입덧 나오니까. 제가 올 때 56키로 나오거든요? 너무 입덧해서 49키로까지 빠졌어요. 임신했는데. 그래서 아이가 좀 작아요. [조사자: 그럼 고향 음식도 먹고 싶고 그럴 거 아니에요] 네, 먹고 싶고. [조사자: 그럼 어떻게 했어요, 그럴 때?] 그때는 뭐 인터넷으로 사 먹고 싶었지만 근데 너무 비싸서 매일 못 먹잖아요. 그때그때만 너무 먹고 싶을 때만 사 먹지만 근데 우리 몸에 캄보디아 사람이니까. 그래서 그때는 처음 오니까 한국 음식도 잘 안 맞고 특히 참기름 냄새. 들기름 참기름 냄새 잘 안 맞아가지고. 그냥 입덧 너무 심해서 텔레비전만 보고 밥 먹는, 밥 만드는 방송만 보고도 토 나오는 거예요. 아주 심해요, 입덧이!

그래서 남편이 저도 너무 미안한 게, 그때 미안해서 요리도 못해주고 식사할 때는 그냥 밥 알아서 만드니까 식탁 밀고 쭉 방에 들어가서 혼자 먹는 거예요. [조사자: 남편이 알아서 밥 챙겨먹고 냄새 안 나게 하고.] 네. 저는 먹고 싶은 거 먹고 그때는 밥 잘 안 먹고 과일만 잘 먹어요. 수박 되게 잘 먹었어요. 아침 눈뜨자마자 수박 찾잖아요. 근데 애기 낳고 제 아들은 수박 안 좋아해요. [조사자: 너무 많이 먹어서 그런 거 아니에요?] 그런가? 그런 것도 있어요? (웃음) [조사자: 왜 우리 한 음식 되게 많이 먹으면 질린다고 하잖아요.] 그런 거 같아요. [조사자: 그래서 그런가?] 야채 잘 안 먹네요.

[조사자: 그러면 애기는 어디 병원에서 낳았구요?] 병원 그때는 춘천에서 낳았어요. [조사자: 춘천에서?] 네. 그래서 몸조리하니까 홍천에 와서, 산부인과 홍천에서 와서 뭐 3주 동안 [조사자: 3주 동안 산후조리원에 있었어요?] 네, 몸조심하고. 근데 그때는 모르는 사람이 많아서 되게 스트레스 많이 받았어요. 몸이야 일 안 하지만 마음이 편하지 않으니까. [조사자: 그렇죠.] 그래서 너무 불편해요.

출산과 미역국, 그리고 육아의 버거움

[조사자: 그러면 임신했을 때도, 아이 낳았을 때, 조금만 뭐 해도 되게 섭섭하고 눈물 쏟아지고 그러잖아요. 어떨 때 그랬어요?] 되게 많이 울었어요. [조사자: 그러니까 어떨 때 그렇게 많이 울었어요?] 어, 되게 아프거나 되게 혼자 문제 있는데 해결 못 해서. 우리 그때는 남편이랑 되게 처음 결혼 처음 했으니까 재밌는 거 잘 보내잖아요. 힘든 거는 어떻게 해야 하는지 잘 몰라요. [조사자: 그렇죠.] 그래서, 그래서 저 남편이랑 저랑 한국 사람 같지 않으니까 먼 나라들이니까 말도 잘 못 했고 얘기하면 내 얘기 어떤 뜻인지 내 마음 어떻게 해야 하는지 잘 모르잖아요. 그래서 되게 답답하고 속상하고 엄마 고향에서 너무 걱정했어요.

'내 딸 어떻게 해야 하나.'

임신하고 애기 낳고 엄마도 걱정하셨고. 얘기도 못 해주는 거예요. 너무 걱정하니까. 내가 왜 이렇게 고생하면 엄마 마음에 아까워서 참았어요. 그래서 저는 우는 거 잘 우는 거예요. [조사자: 그래서 그냥 울어 혼자?] 그냥 혼자 막 우는 거예요. [조사자: 아이고.] 그래서 지금까지 많이 울었어요. 그래서 지금은 튼튼하게 좀 살고 있어요.

[조사자: 그러면 여기 한국은 산후 조리할 때 미역국 계속 먹어요. 안 힘들었어요?] 아우! 저 그 미역국이 되게 잘 안 맞아요. 아유! [조사자: 먹어본 적도 없죠?] 네. 그래서 갑자기 임신하니까 먹는 거예요. 그런데 어떻게 한국에서는 아침, 점심, 저녁 다 미역국 주는 거예요? 되게 그거 보자마자 토 나오는 거예요.

'한국은 왜 이렇게 주는 거예요?'

그런 생각 들어요.

[조사자: 근데 계속 줘요?] 계속 줘요. 그 병원에서 계속 줘요. 아침, 점심, 저녁 다 주는데. 그래서 3주 동안 계속 미역국 먹지만 언제나 그냥 안 먹고 버리고 했어요. [조사자: (웃음)] 집에 와서 시어머님도 미역국 매일 주고. 그리고 뭐? 족발? [조사자: 족발.] 그거 끓여서 주는 거예요. 근데 어떻게 하면 냄새 너무 심하고. 우리나라도 족발 만들지만 근데 레몬 조금 넣고. 그래서 향이 조금 나잖아요. 향 있는 야채도 조금 섞어 넣으면 되게 맛있게 먹을 수 있지만, 한국은 그냥 끓여서 간장도 안 넣고 그냥 먹는 거예요. [조사자: 애기. 젖 잘 나오라고. 어머니가 해주셨어요?] 네. 그런데 그때는 젖이 잘 안 나와서 한 달, 두 달 동안 애기 먹이고 우유 먹였어요.

[조사자: 그럼 캄보디아에서는 젖 많이 나오라고 먹이는 음식이 어떤 거 있어요?] 캄보디아는 족발 같은 거. [조사자: 거기도 이제 족 우려가지고] 그래서 어떤 생선 있는데 그 생선 끓여서 먹어도 이렇게 잘 나오고 이렇게 그리고 생강? [조사자: 생강.] 이런 거 많이 먹어줘요. 후추, 생강. 그런데 그 음식이 젖 나온 거 아닌데? 근데 되게 어른들이 많이 먹여줬어요.

한국 음식과 제사 문화에 적응하기

[조사자: 그러면 그 미역국 먹는 게 애기 낳고 되게 힘들었고 그다음에 그냥 일상생활하면서 한국 음식이 잘 안 맞는 건 뭐가 있었어요? 일단 참기름, 깻잎은?] 깻잎은 처음에는 그렇게 향 강하지 않아요, 깻잎은. 그냥

들기름, 참기름 되게 잘 안 맞아요. 고추장. [조사자: 아, 매워서?] 그거! 매운 것도 맵지만 향이 잘 안 맞아요. [조사자: 향이.] 된장찌개는 괜찮고. 잘 먹고 있고. [조사자: 그럼 아들 생일 때 미역국 끓여 주세요?] 네. [조사자: 이제 잘 먹어요?] 저희 시댁은 되게 식구 되게 엄청 생각하는 식구 같아요. 그 문화 어떻게 하는 거 그대로 해야 돼요. 뭐, 잘 하고 있어요.

[조사자: 그럼 제사는 지내보셨어요?] 네, 제사 뭐 지난주에도 했어요. 엄청 많아요, 요새. [조사자: 그건 어떻든가요? 처음에 경험해 보니까.] 처음에는,

'이렇게 꼼꼼하게 왜 이렇게 사람 몇 명 없는데 왜 이렇게 음식을 만들어. 돈도 아끼지도 않고 팍팍 쓰지?'

한번 제사하면 50만원 정도 쓰는데 그런데 먹지도 않고 조금 한 입 두 입 먹어서 버려서 아유 되게 참 마음에 안 든다고 생각했어요. 그런데 이제 알고서,

'아. 그런 거구나.'

이게 그런데 시어머님이가,

"야! 너 잘 봐. 내 다음에 너 하는 거야. 지금 너 일하는 거 잘 봐."

"네, 잘 지켜보고 있어요."

[조사자: 남편분이 장남이에요?] 네, 첫째, 큰아들. [조사자: 그러면 어쨌거나 제사 이런 건 다 하셔야겠네요?] 네. [조사자: 이제 음식 같은 건 다 하실 수 있어요?] 네, 제사 정도는 할 수 있을 거 같아요. [조사자: 제사 음식은, 제사 음식 하면 다 하는 거 아니에요?] 다 아니에요. 저 동서 한 명도 있어요. 저보다 먼저. [조사자: 결혼했어요?] 어우 7년 동안 먼저 결혼하니까 한국 사람이니까 저보다 더 잘해요. [조사자: 그래도 물려받기는 큰아들이 물려받으니 한국에서는. 잘 보고 배우라고 어머니가 그러셔요?] 네. 그래서 음, 재미도 있고 힘도 들고 근데 되게 시댁이 너무 잘 맞는 거 같아요.

[조사자: 잘 맞아요? 그러면 제사 음식 중에서 입에 잘 맞는 게 있든가요?] 요즘은요, 아무거나 잘 먹어요. [조사자: 아무거나 잘 먹어?] 매운 거, 저 전에 매운 거 한 입도 못 먹었는데 조금 매운 것도 잘 못 먹었

는데 요즘은 오징어 볶음. 식당에서 엄청 매운 것도 되게 눈물 콧물 나도 잘 먹어요. [조사자: 맛있어요?] 네, 맛있어요. 되게 전에 매운맛 어떻게 맛있는지 모르지만 그런데 언제나 되게 그 맛이 그리워요. 그래서 먹으면 되게 맛있어요.

[조사자: 근데 캄보디아도 한국의 김치 같은 음식 있지 않아요?] 비슷한 거 있지만 근데 배추 만드는 거 이런 거 아니고 파파야 아세요? 그 과일로 만드는 거. [조사자: 거기도 젓갈 많이 쓰지 않아요?] 네, 많이 써요, 생선에 만드는 젓갈. 냄새 좀 안 좋지만. [조사자: 그럼 김치가 그렇게 입에 안 맞거나 그러진 않았겠네요?] 그렇지 않아요. 그런데 날씨가 너무 더워서 김치 만들면 금방. [조사자: 쉬어.] 네. 망가지니까 그래서 잘 안 만들어요.

새장을 벗어나 나의 자아를 찾아서

[조사자: 고생 많이 하셨네요. 음식도 안 맞고, 날씨도 안 맞고.] (웃음) 그러네요. 되게 한국 올 때 그때는 다시 생각하면 되게 우울해요. 되게 사람이 있는데, 조용하게 사는데 그런데 되게 혼자만 집에 보내는 시간이 너무 많아서 되게 느낌이 '새' 있잖아요. 그 새 잡아서 집을 만들고 그 집,

"너! 집만 지켜, 밖에 나오지 마."

이런 느낌이 들었어요. [조사자: 아! 내가 새장에 갇혀 있는 새 같은 느낌이 들었어요?] 네네.

왜냐면 누구도 모르고 마음대로 할 수도 없고. 우리 고향 같은 거, 먹고 싶은 건 알아서 먹고 우린 다, 다 크니까. 옷 예쁜 거 입고 싶으면 가서 그냥 사 입고 뭐 하고 싶은 거 다 마음대로 할 수 있잖아요. 근데 한국에서 하고 싶은 것도 어떻게 해야 하는지 모르잖아요. 남편 밖에 얘기해놓고.

근데 그거 싫어요. 그냥 내가 직접 가서 내가 알아서 하는 거 되게 원해요, 제가. 그래서 지금도 그 자연하게 100% 안 들어와서 자

신 내가, 내가 전에 내가 사는 모습에 다 안 왔어요. 한 80, 70% 정도? 한 30%는 잃어버렸어요. [조사자: 그걸 빨리 찾아야지.] 네. [조사자: 맞아.]

베트남

결혼으로 시작된 한국생활 이모저모

● **구연정보**

조사일시 : 2016. 11. 17(목) 오전
조사장소 : 강원도 횡성군 횡성읍 읍상리
제 보 자 : 누구엔티미두이엔(원지영) [베트남, 여, 1989년생, 결혼이주 6년차]
조 사 자 : 박현숙, 김현희

● **구연상황**

제보자가 〈달 속으로 간 꿔이〉 구연을 마치고 난 뒤, 조사자가 다른 이야기가 있는지 묻자 더 아는 이야기가 없다고 대답했다. 조사자가 화제를 전환하여 결혼과정을 비롯하여 한국에서의 이주생활담에 대해 물어보자 제보자는 진솔하게 자신의 경험을 들려주었다. 제보자가 조사자와 오랜 시간을 보내자 어린 자녀들이 엄마를 찾으며 칭얼거렸다. 조사자의 제안으로 잠시 휴식을 취하면서 조사를 이어 나갔다.

● **줄거리**

제보자는 결혼 전 베트남에서 부모님을 도우려 빵 장사도 하고 직장도 다녔다. 베트남에서 결혼식을 올린 후 한국어를 몇 개월 배워서 한국으로 왔다. 시댁 가는 길은 멋진 공항과는 달리 구불구불한 길이어서 시댁이 산속인 줄 알고 걱정했다. 한국에 와서 대문이 잠겨서 바깥에서 고생한 일, 의지한 친구와의 절교, 남편의 휴가가 끝나고 혼자 산후조리 한 일 등 여러 일이 있었다. 한국에서 나이순으로 형, 아우로 부르는 호칭 문화와 다른 사람에게 술을 따라 달라는 술 문화는 이해가 잘 안 됐다. 이제는 한국생활에 적응하여 각종 김치와 한국 음식을 쉽게 잘 만든다.

남편과의 만남과 두근두근 결혼식

저희 남편. 베트남 아가씨 있을 때는 엄마, 아빠 그 어려우니까 저 막 도와주고, 빵 장사도 하고 그리고 직장 회사도 다녔어요, 거기서. 다니다 보니까 안 되는 것 같다고 돈이. 저만 혼자 되는데 엄마, 아빠 도와주지 못한다고.

그래서 동네에 아는 사람들은 외국 시집 나간 사람들 거의 90% 정도? 부모님 도와주고 그리고 또 이쁜 집도 지어주고 돈도 팍팍 보내주고 그래서,

'나도 할 수 있을까.'

그래서, 그래서 소개팅 나가가지고 신랑이도 여기도 마담이라고 해요. 그 소개팅 하는 사람을. 그래서 마침 그때 저도 나가고 지금 저희 남편도 그때 가고 그래서 만났어요, 거기서. 근데 그 나가면 저만 혼자 있는 거 아니에요.

(자녀와 잠시 대화를 나눈 뒤 만남의 과정을 자세하게 설명함.)

그래서 저는 괜찮아서, 착하게 보인다 그래서 그다음 날 바로 결혼식 올렸어요.

[조사자: 그럼 그때는 언어가. 서로 대화가 안 되잖아요. 그러면 통역관이 양쪽에서?] 네. 통역사가 있어요. 결혼식 해주고 여행도, 신혼여행도 하루만 갔다 온 거예요. 가까운 근처에. 거 가고 며칠 후에 저 남편은 다시 한국에 들어가고. 저, 거기서 한국말 배우고. [조사자: 얼마 동안 혼자 있었어요?] 한 한 달 정도? 한국말 배웠어요. 거기서. 그리고 2개월, 3개월, 결혼한 지 3개월 후에 저 남편 다시 가서 인터뷰해요. 저랑 같이. 출입국 관리소에서. 베트남에 있는데, 저 한국말 어느 정도 할 수 있나.

그래서 괜찮대요. 그 사람들. 그래서 우리도 거기서 혼인신고 해야죠. 베트남에서. 혼인 신고하고 또 며칠 후에 또 저 남편 다시 들어가요. 한국에. 그래 저 한국 대사관에 가서 또 비자 만들어야 하지, 신고할 거 많아요. 서류해 주는 사람 있어요. 그냥 따라가면 돼요.

(제보자의 자녀가 제보자에게 말을 걸어서 구연이 잠시 중단됨.)

[조사자: 그러면 결혼식하고 결혼식 전에 부모님은 사윗감 안 봤어요?] 봤어요. [조사자: 결혼 결정하기 전에?] 아니요. 결혼하기 전이 아니고 결혼할 때. [조사자: 그러면 남편은 지영씨가 선택한 거네? 부모님 상관없이?] 네. 상관없이. 저만 혼자 결정하는 거예요. 저만 괜찮다면은 결혼하고.

[조사자: 혼례식을 하고 거기 뭐 재미난 일 없었어요? 결혼식 날?] 결혼식 날에요? 뭐 별로 크게 말도 안 통해서. 그냥 사진 촬영사가 '김치' 그러면 웃고 그러면 대충대충 했어요. [조사자: 남편분은 어땠대요? 그때? 결혼식 하고 그럴 때? 남의 나라 가서 아무 말도 못하잖아.] 네. 말 못하고 땀 막 뻘뻘 흘리고, 가만 있어도. 가슴이 두근두근하고. 아니 옆에 있어도 두근두근하는 건 알거든요. [조사자: 아, 긴장하는 게 보여요?] 네. 긴장하는 모습이. 그래서.

구불구불, 시댁으로 가는 길

그 또 비자, 제가 비자 나왔을 때, 한국에 올 때, 공항에, 처음에 한국 와서는 공항 엄청 커요. 어디 나가야 되는지 모르겠어요. 그 남편도 처음에 나오니까, 마중 나오니까, 같이 나가는 마당에 그 사람 몇 번 자주 하니까 아는데 저희 남편 모르니까. 같이 가서도 어디 문 나가는지. 한 명은 이쪽에 있고, 한 명은 이쪽에 있고. 막 찾아서도 어디 잘못 들어갔나 그랬어요. 그 마지막에 봤어요. 되게 반갑죠.

다행히 그때 여름일 때 왔어요. 8월에. 춥지 않았어요. 또 여기 와서 차 타면서, 차 타고 오면서 제가,

'어디 있나. 산에 가까운데 데려가나? 왜 이렇게 멀지?'

계속 이렇게. 왜냐면 인천공항에 내려왔을 때 그 운전자가 고속도로 간 거 아니라 일반국도. 아우 또, 양평에 거기 가면 꾸불꾸불한 길 많잖아요.

'아우, 어디 산속, 산속에 사나?'

고민 많이 했죠. 아우, 내 인생 어떻게든 걱정됐어요. 그때는.

집에 출입문이 많아서 생긴 에피소드

막 이 집에 왔을 때, 그때 제가 왔을 때 그 포도나무 많아요. 대문 들어가자마자 포도가 주렁주렁 이렇게 되게 멋있었어요, 그때는. 여기 앞에도 있고 바로 이렇게 따 먹으면 돼요. 되게 좋았어요, 그때는. 시원하고. 집에 들어오니까,

'아니 문이 왜 이렇게 많아? 어디로 들어가야 해?'

막 자꾸 잘못 나오고, 이쪽으로 나가면 저쪽으로 들어오고. 조금 있으니 익숙하고. 또 애 낳고도 살다 보니.

그때 제가 첫째 임신할 때 되게 당황하는 경험이 있었어요. 제가 집에 그때 약간 봄인가? 쌀쌀했는데. 그 저기 쌀쌀할 때 잠깐 화장실 나왔는데 문 모르고 잠궈 버렸어요. 다시 못 들어오잖아요. 그래서 계속 마당에서 남편, 떨떨 이렇게 기다렸는데. 그때 신랑 4시에 돼야지 끝나는데 제가 그때 나왔을 때, 한 두 시? 두 시에 나왔어요. 그래서 못 들어갔어요. 그리고 집에 있으니까 그 저기 털바지 있잖아요. [조사자: 털바지? 수면바지 같은 거?] 네. 그런 거 하고 목티 이렇게 입었는데. 그 추우니까 여 앞에 구멍 앞에 나와서 지나간 사람들한테,

"신랑한테 전화 좀 해달라."고.

"문 잠궈 버렸다."고.

그래서 말이 얼마, 그 사람 못 알아듣는 거야. 제가 이야기할까, 말까? 그래 나가니까 그 사람들도 이상해 보여요. 나갔을 때 누가 그런 바지 입고 나와요. 그래 골목에 기다렸다가 지나간 사람한테. 이렇게 얘기했어요.

"우리 신랑 전화해 주세요."

그랬어요.

그 사람이, 그 사람이 저 이상하게 봤어요, 눈치가. 그래서 미친 년 보는 것처럼. 그런 눈치가. 그래서 와서 기다렸어요. 집에. 계속 두 시간 동안. 문밖에 나갈 때 그 전화해 달라 했는데. 그 사람 말이 못 알아들어서 좀 이상한 눈치 보였어요. 그래서 두 시간 동안 남편 기다렸어요. 대문 앞이 아니라 마당에서. 마당에서 기다렸어요. (아

이가 보채서 구연을 중단하고 잠시 휴식을 취한 뒤) 그래서 그때 마당에서 기다렸죠.

오랜 삐침의 버거움

많은 일이가 일어났어요. 신랑하고 처음에 말 안 통할 때, 좀 뭐 사달라고 해도 못하고. 가끔씩 많이 오해했죠. [조사자: 어떤 오해가 있어서.] 그 적 한국에 그 만약에 부부 삐지면 몇 시간 후에 다시 이야기하잖아요. 그런데 우리 그거 좀 심한 거 같애요. (자녀와 잠시 대화를 나눈 뒤 이어서) 근데 우리 그런 거 좀 심해요.

[조사자: 삐치면 말 안 하는 게?] 네. 삐지면 말 안 해요. [조사자: 얼마나 가요?] 며칠 정도 가요. [조사자: 며칠까지 가요?] 네. 저희 남편이 그 부분이 답답하는 거예요. 그 같이 한 집에 있는데, 한 명은 계속 말 안 하고 인상 쓰고 그러면 자기도 불편하니까. 또 막 뭐라고 하니까, 좀 문화 틀리니까, 좀 그런 거 좀 힘들었어요. [조사자: 말을 안 해서?] 네.

산후조리 때 남편이 끓여준 미역국

그러고 처음에 왔을 때 애 낳을 때도. 친정도 옆에서 없고, 시어머니는 나이 많고 멀리 사는데. [조사자: 시어머니 어디 사시는데요?] 서울에 계세요. 수유시장에. 거기. 그래서. [조사자: 그래서 몸조리하고 그럴 때 애기 낳고 힘들었어요?] 네. 그렇죠. [조사자: 산후조리는 어떻게 했어요?] 그 신랑이 그 5일 그 연차 쓰고, 그 나머지는 제가 혼자 해야 돼요.

[조사자: 그러면 베트남에서는 산모들이 기력 회복하려고 뭐 먹는 게 있어요?] 예. [조사자: 어떤 걸 먹어요?] 족발이요. 족발 그 푹 끓여가지고 무하고 그런 거 먹으면, 출산하고 나서 젖이 많이 나온다고 했는

데. 여기는 미역국이 있잖아요. 미역 먹으면 피 맑아지고 젖이 많이 생기고 그런 거. [조사자: 그럼 남편이 미역국 끓여 줬어요? 5일 동안?] 네. [조사자: 그다음에는 뭐해 먹었어요?] 그다음에는 저 해먹고 미역국 끓여 먹고, 아니면 신랑이 그 곰탕 그 사주고. 저 끓이는 게 더 나아요. 신랑이 해준 거보다. 자기 원래 요리 잘 못해서 그냥 막 하는 거잖아요. 간이도 안 맞고. 지겨워서 한 달 동안 미역국 먹었어요. 계속.

오해로 빚어진 친구와의 절교

[조사자: 그런데 와서 되게 서럽고 이럴 때 없었어요?] 없어요. 그냥 처음에 말 안 통하고 신랑 맨날 일 나가고 밤중에 오니까. 일찍 나가고 주말도 가고 쉬는 날이 별로 없어요. 그래 좀 심심했죠. 친구 집에 놀러 가고, 놀러 가면 좀 귀찮고. 걸어가야 되니까. 그때 차 없었어요. 우리. 차 산 지 얼마 안 됐어요. 둘째 낳고 나서.

[조사자: 그럼 친구는 베트남 친구?] 네. [조사자: 여기 와서 사귀었어요?] 네. 근처에 살아요. 그런데 뭔가 오해 있어서 이제 안 만나죠. [조사자: 아, 무슨 오해가 있어서.]

[조사자: 그 친구분은 먼저 결혼하셨죠?] 같이. 똑같이. [조사자: 같이 왔어요?] 똑같이. 결혼 같은 날. [조사자: 그러면 그때 아저씨 오는 날 그때도 그 신랑분들 같이 오셔서.] 네네. 같은 날 결혼했어요. [조사자: 올 때도 같이 왔어요?] 그 친구 저보다 열흘 정도 일찍 왔어요.

그래도 우리는 그 오해를 이야길 해야지, 해결해, 어떻게 해야 되는데. 오해를 자기 마음만 담고 있고 얘기 안 하고 혼자 삐진 거예요. 그래 상대방도 더이상 이야기 못 하죠. 말하기 싫어요.

'왜 그러지?'

그러면, 자꾸 그러면,

'아 됐어. 뭐 하러 만나.'

[조사자: 됐어. 안 만나면 그만이고.] 점점. 몇 년 안 만났죠. 그런 거 좀 있어요. 나중에 그 사람 안 만나고 다른 친구 사귀었잖아요, 저도.

나중에 무슨 일 있으면 바로바로 하라고.

각종 김치와 한국 음식 조리도 척척

[조사자: 시집을 왔더니. 이 집에 왔을 때 시어머니랑 다 와 계셨어요?] 아니요. [조사자: 그냥 집에 바로 들어와서 처음에 음식과 안 맞아서 어떻게 했어요?] 그 처음에 왔을 때 신랑이 삼겹살 사줬어요. 저는 그게 최고예요. 처음 먹는 날에 아직 생각났어요.

'고기, 이거 맛있구나.'

그다음에 제가 혼자 해먹는 거 음식? 베트남 음식? 점점 한국 음식 좀 책 좀 보고 텔레비 보니까 광고 많이 나오잖아요. 갈비찜, 찌개, 김치 그런 거 보고. 그리고 인터넷? 나중에 남편 핸드폰 사주니까. 또 김치찌개 어떻게 끓이는지, 그래도 몇 번 해 봐야지. 실패도 있고, 맛없을 때도 있어요. 그래도 먹어야지 어떻게 해요. 그리고 김장도 배우고. 처음에 친구 집에 그 남편의 양엄마가 김장 가르쳐주고 우리 몇 번 배우고, 나중에 우리끼리 만나서 혼자 했어요.

[조사자: 먹을 만하던가요?] 네, 먹을 만해요. 맛있지 않고 먹을 만해요. 그 저기 우리 먹을 때 김장 말고 그전에 떨어지면 바로바로 해먹는 거. 겉절이? 알타리? 그 총각? [조사자: 총각김치.] 아니면 깍두기 그런 거. 뭐 하나만 하면 다른 거 똑같애요. 양념이. 그리고 소금 절일 때도 뭐 간을 잘 맞추면 되죠. 파김치나 갓김치 그런 거. [조사자: 말이 쉽죠. 어려워.] 그러니까 몇 번 해봐야죠. 실패도 해야 되고. 그래야지 나중에 맛이 좋아지죠.

베트남과 다른 한국의 호칭 문화

[조사자: 한국에 왔더니. 이런 건 진짜 이해 안 된다 이런 거 있었어요?] 이해 안 되는 거 그거 있어요. 그거 작은집인데 그 애가 먼저 낳

으면 형이라고 부르고, 큰집에 애 늦게 낳으면 그 동생이 되고. 그게 이해가 안 돼요. 우리 문화 그렇지 않아요. [조사자: 베트남은 어때요?] 큰집이면 큰집이에요. 애 늦게 낳아도 큰 애기가 형이나 누나, 언니 그렇게 불러야 해요. 나이 상관없이. 그래 처음에 제가 이상(했어요). 왜냐면 저희 남편의 그 사촌 있어요. 작은아빠 집에. 근데 한 명은 그 사람 형젠데, 한 명은 저희 남편보다 나이 적고 그러면 저희 남편보고 형이라고 부르고, 근데 저희 남편이 그 사람 형을 형이라고 불러요. 그럼,

'왜 그렇게 부르느냐. 원래 그 사람도 이 집에 형이라고 불러야 되는데.'

왜 그렇게 거꾸로 됐는 게, 나중에,

'아 그랬구나. 그 문화 있구나.'

그랬어요. [조사자: 나이 순서대로 부르는 게 이해가 안 됐구나.] 나이가 많은 사람 무조건 형이고, 큰집인지, 작은집인지 상관없어.

한국의 술 문화에 대하여

[조사자: 그리고 뭐 또 있어요?] 또 다른 거 없는데. [조사자: 어디 가서 다른데 물어봤더니. 술잔 돌리는 거, 자기 먹던 술잔 준다고. 이해 안 된다고 그러는 분도 계시더라고.] 아니면 여기서 술잔은 한 명에 한 잔 있는 거 아니에요? [조사자: 아, 한 사람 앞에 한 잔씩만 받아 보셨어요?] 네. [조사자: 그러면 이제는 문화가 많이 바뀐 술 문화를.] 아니. 우리나라 말고 한국에 술 마실 때 한 명, 한 잔. 따로따로 같이 안 먹잖아요. 그런데 거기서 한 잔 계속 돌려요. 이렇게 한 바퀴 한 잔만. [조사자: 한 잔만 가지고? 베트남에서도?] 네. [조사자: 한 잔을 쭉 돌리면서.]

그리고 그게 술 마실 때 자기 먹을 거 혼자 따라 먹으면 되는데 왜 남을 보고 따라 달라고 하는 건지. 자기 먹는 건데 왜 나보고 따라 달라고. 그런 거 재밌어요. 처음에 제가 그랬는데 저희 남편 막 웃었어요. 그래서,

"서방님 따라 주면 안 되냐?"고.

그래서,

"아이, 당신 먹는데 혼자서 따라 먹어. 난 음식 준비하느라 바빠 죽겠는데."

그래서.

한국에서 펼쳐가는 행복한 인생

● 구연정보

조사일시 : 2017. 11. 13(월) 오전

조사장소 : 충청북도 청주시 가경동 청주 다문화센터

제 보 자 : 팜티루엔(김민주) [베트남, 여, 1987년생, 결혼이주 10년차]

조 사 자 : 오정미, 한상효, 엄희수

● 구연상황

조사팀은 약속 시간에 제보자가 일하는 청주 다문화센터에 방문했다. 제보자는 조사팀을 함께 근무하는 사람들에게 소개한 후 다문화센터 안의 상담실로 인도했다. 간단한 인사와 명함을 교환한 후, 본격적인 조사가 시작되었다. 설화 구술에 앞서 조사자가 제보자의 이주과정과 결혼생활에 대해 질문했고, 제보자가 유창한 한국어로 편안하고 솔직하게 자신의 결혼생활과 문화적응에 대하여 들려주었다.

● 줄거리

베트남의 하롱베이가 고향인 팜티루엔 씨는 10년 전에 베트남에서 남편을 만나 결혼했다. 나이 차이가 좀 있었지만, 남편의 성실한 모습과 선한 모습을 보고 결혼을 결정했다. 결혼 후 아이들을 낳고 시어머니와 함께 청주에서 계속 살고 있다. 자상한 남편과 시어머니의 도움으로. 현재 청주 다문화가족 지원센터에서 통번역 일을 하고 있다. 통번역 일을 통해 베트남의 이주여성들을 만나서, 그녀들의 적응과정을 도우며 커다란 보람을 느끼며 살아가고 있다.

한국 남자와의 결혼과 이주

[조사자 1: 어 먼저 간단하게 선생님, 선생님 소개를 좀 부탁을 드릴게요. 선생님.] 안녕하세요. 저는 베트남에서 온 김민주라고 합니다. [조

사자 1: 김민주 혹시 베트남 성함으로는 어떻게 되세요?] 아 저 팜티루엔이요. 팜.티.루.엔. [조사자 1: 팜티루엔, 선생님. 한국이름으로는 김민주 선생님. 말씀해 주세요 선생님.] 한국 온 지 10년 될 거예요. 십 년요. [조사자 1: 십 년.] 아기는 둘이고, 큰애는 열 살이고, 작은애는 여덟 살 다 초등학생이에요. [조사자 1: 그러시구나, 베트남에서는 고향이 어디세요?] 저는 북쪽에 하노이 밑이고 하롱베이 혹시 아세요? 하롱베이? 예 거기 근처예요.

(조사자끼리의 대화로 잠시 이야기가 끊어짐.)

[조사자 1: 그러면 그, 십 년 전에 혹시 남편분을 어떻게 만나서, 아니면 한국에 그냥 왔다가 우연히 만나셨는지?] 아니요. 베트남에서 만났어요. 네, 그때 동네, 동네 언니들 따라가서 한국 남자 보고 싶다고 해서 같이 갔어요.

그전에는 남국, 아 저기 한국 남자들을 텔레비전에서만 볼 수 있거든요. 멋진 남자들을. (웃음) 그래서 언니들 따라가서 남편을 만났어요. [조사자 1: 아 정말 그때가 몇 살인 거죠?] 그때 스무 살. [조사자 1: 지금 서른 살이신 거세요? 지금. 보니까 어떠셨어요.] 처음에는 뭐랄까? 그 사람에 대해서 궁금하기도 하고 또, 여러 가지 그냥 결혼하나 하는 생각 안 했거든요. 그 사람 그렇게 생겼구나 생각 들어서. 그런데 나중에 쪼금 알아보면서 음. 괜찮은 사람 같기도 하고.

또 저기 친할아버지, 가, 친할아버지 뵈었거든요.

“이 사람 인상도 괜찮다. 착한, 착한, 착한 사람인 것 같기도 하고.”

[조사자 1: 팜티루엔씨 친할아버지가?] 네. 그래서,

“이 사람 믿고 한국 가도 된다.”

허락 맡고 여기 왔어요. [조사자 1: 그랬구나. 남편 혹시 나이가 어떻게 되세요?] 저희 남편 저하고 ** 살 차이. [조사자 1: 그럼 지금 **살?] 근데 좀 저희 남편이 워낙 좀 나이 비하면 좀 젊어 보여요. [조사자 1: 어, 사랑이 느껴지시네.]

그래서 저는 둘이 같이 갔거든요. 사람이 다, 저희 남편이 젊다고 소리 많이 듣고, 저는,

“아 그래. 그렇구나. 나이 그 정도. 음, 음.”

저는 어 그렇게 좀 늙었나 봐. [조사자 1: 그게 눈에 콩깍지죠. 들어보셨죠? 콩깍지 꼈다고 사랑에 빠지면.]

[조사자 1: 그, 10년 동안 그럼 선생님, 베트남에서 결혼해서 일로 사시면서 계속 청주에 사셨어요?] 네. 청주에. [조사자 1: 처음부터 지금까지?] 처음부터 지금까지. [조사자 1: 남편이 아마도 직장이 청주에 있으셔서 그런 거죠?] 네, 네. [조사자 1: 계속 사셨구나. 그럼 지금은 이렇게 네 가족만 사시는 거세요?] 아뇨. 저 시어머니도 같이. [조사자 1: 처음부터. 그건 힘들겠다.] 아뇨. 힘, 힘들다는 제가 뭐 별로 가끔에는, 아기 교육 관련해서는 고부 좀 갈등 좀 생기긴 하거든. 그런데 보니까 저는 아마 저는 제 생각 방향 시어머니는 시어머니 생각 방향. 근데 보니까 괜찮다고 해서 거의 제가 아기는 교육 같은 거 어머니 다 해줬거든요. 그래서 저는 오히려 편하고 저희 어머니가 영어를 잘하셔요. 간단, 기초적으로 잘하거든요. 저는 영어를 그렇게 모르고 알아도 저기 발음에 베트남어로 발음 약간 좀 다르게 해요.

[조사자 1: 그럼 맨 처음 왔을 때 한국어가 제일 어렵잖아요. 어떻게 남편분하고 의사소통을 하시고 한국어 배우기 시작하신 거세요?] 처음에 그때 그 당시에 제가 한국에 왔을 때는 스마트폰 같은 것도 없고. [조사자 1: 없고, 맞어.] 에, 또 그때는 사전에 그, 같이 사용하고 또 이거로 행동으로, 또 눈빛으로 에 그거로 신기하게 다른 사람은 모르거든요. 근데 저희 남편은 그거 보고 다 통역해 줬어. 주변 사람한테. 그래서,

'오. 아직 난 말 안 했는데?'

또는 저 눈빛 보고 남편이 알아서 하더라고. 네.

그리고 제가 말할 때는 거꾸로 말하거나 아니면 그냥 단어 하나 하나씩 물론 그때는 지금처럼 저는 이렇게 긴 문장 말할 수 없지만은, 근데 저희 남편은 제가 뭘 말하고 싶은지 그런 거 다 알아서 다 저기 통역해 주고. 그거는 장점도 있고 단점도 있어요. [조사자 1: 장점은 뭐고 단점은 뭐예요?] 장점은 그때 내 속마음을 다 알아주는 사람. 근데 단점에는 나는 그때 바로 바로 고쳐주면은,

'이젠 한국말을 더 잘할 걸.'

라고 생각 들거든요. 지금 가끔 제가 봐도 머리는 속, 이렇게 생

각하는데 말로 그대로 나오지 않거든요 어, 어휘, 문법에도.

[조사자 1: 잘 하시는 데요. 왜?] 아뇨. 아뇨. 그렇게 그때 왜냐면 아기처럼 세 살부터 아이처럼 말 시작할 때부터 부모님이 말 하나씩 하나씩 이렇게 고쳐주면 자연스럽게 그냥 똑바로 저기 가잖아요. 근데 다 알아들으니까,

"어 그렇구나."

다 알아들으니까, 저 저 입장에서 어디가 말 틀렸는지, 모르잖아요. 이제가고 남편한테 좀 원망스럽거든요.

'아. 그때 나를 그렇게 말 틀리면은 다시 고쳐주든지 이제는 응.'

이제는 그걸 조금 더.

[조사자 1: 근데 지금 너무 잘하시는데.] 아뇨. 아니에요. [조사자 1: 아니에요? 저희는 많이 만나니까. 그 인제 또 학교에서 강의를 하다 보니까 들으면은 발음도 좋으시고 말 너무 잘하시는데.] 저를 비행기 태워줘서 그렇죠. [조사자 1: 아니, 어 봐, 이런 표현도 아시잖아요. 지금.] 아니. 진짜로 그래서 저는 발음이 약한다고, 약하다고 생각해요. 저. [조사자 1: 약간은 억양은, 있긴 있으세요. 억양이 뉘앙스, 베트남.] 이렇게. [조사자 1: 그런 게 있긴 한데 사실 그거는 그렇게 중요하지 않거든요. 되게 잘 하시는데.]

다문화 상담 및 통역사로서의 삶

[조사자 1: 그러면 지금 요기 지금 다문화 청주 다문화 여기 센터에서 동시통역 일을 하시고 계신 거예요?]

네. 네. [조사자 1: 베트남 담당?] 네. [조사자 1: 그럼 주로 누구를 통역해 주시는 거세요? 이주여성들?] 네. 이주여성들. 네, 그리고 가족들에게. [조사자 1: 그러면 정말 중간에서 많이 막 가슴 아픈 것도 보고 그러셨겠어요.] 어. 맞아요. 어떤 경우에는 진짜. 그 사람 그런 경우에는 나 어떻게 해야 그 사람 도와 해줄 수 있는 거 자꾸 생각 들었거든요. 어떤 사람은 진짜 열심히 살았는데 시댁 가족이 사랑을 받지 않

거든요, 못 받아요. 어떻게 그 사랑을 받는지 여러 방법이 할 수 있는데, 신기하게 안 되더라고. 근데 어떤 사람이 그냥 와서 뭐 땡땡이 짓을 하고 밖에서도 저러고 하는데 그 사람을 어떻게 시댁에서 사랑해주고 좀 잘해주거든요. 그렇기도 하고.

또 부모갈등 통해서. 아 저기 부모갈등 생겨서 센터 와서 상담하고 저 상담통역하고 그 사람이 또 개인적으로 그냥 선배로서 언니로서,

"그 한국생활 이렇게, 이렇게 하자 조금 너 조금 이렇게 변하면 좋겠다."

이야기해 주고 그 친구 저 말 저 믿고 따라해 주거든요.

그럼 한 달 후에는 남편 연락 왔어요. 뭐,

"어떻게 이야기했길래 내 아내가 그렇게 변했다."고.

그래서 이제는 아침에 남편 밥도 잘해주고 저기 어디 가기 전에도 부모님 인사하고, 왔다하면, '저 갔다 왔다'고 이야기하고. 부모님, 부모님이 솔직히 그것만 봐도 너무 예쁘더라고. 그전에 그냥 외국 사람이라서 아마 조금 좀 눈빛이 그러더라고. 근데 이제는 완전 사랑, 받고 지금 행복하고 살았어요. 근데 저는 그럴 경우 그때마다 좀 뿌듯하고. [조사자 1: 어. 진짜 그렇겠어요.] 보람을 느껴요.

[조사자 1: 아니 그리고 사실 그분들한테 팜티루엔 선생님은 은인과도 같은 존재인 것 같아. 은인 뭔지 알죠.] 네. 네. [조사자 1: 말도 다 중간에서 통역해주고, 선배로서 내가 이렇게 살아보니 이렇다. 최고의 어떻게 보면 상담사 역할을 해주고 계신 거죠. 사실. 같은 입장으로서 무엇이 더 좋고 나쁘고 다 얘기해 주시는.] 저는 살아봤으니까 또 여러 가정을 지켜봤으니까.

어떤 남편이, 참 남편이 어떤 데는 스킨십 좋아하는 사람, 애교 좋은 사람, 또 어떤 사람은 무뚝뚝한 사람. '에이, 그런 거 하지 마라.' 그러는 사람.

그래가, 상대방 원하는 대로 그 해주면 되게 편하거든요. 근데 남편이 저기 애교에, 애교 부리는 아내한테 좋아하잖아요. 근데 아내가 무뚝뚝하면 그거 안 하면 또 양쪽이 안 맞으면 또 부부도 쉽게 갈등 생길 수 있잖아요.

근데 이야기를, 이야기해 주면은,

“네 남편이 이렇게 이런 사람이다. 쪼금 싫어, 싫어도 남편 갔다 오면, ‘당신 고생했다.’ 뭐 이렇게 한 마디 위로해 주면 남편이, 남편이 힘든 것들 없어져 버린다.”고.

“없애 버리니까 그러니 니도, 너도 좋고 남편도 좋고 그런 식으로.”

처음에는 그 사람이 쉽게 이렇게 나오지 않거든요. 애교 같은 거 뭐 한 마디 위로 주는 거 같은 거. 왜냐면 성격, 사람 성격이라서. 근데 조금씩, 조금씩 노력했어요 그 사람들도. 자기 가족을 위해서 남편을 위해서 그러고 저도 그 사람들 고맙다고 생각 들거든요.

[조사자 1: 근데 갑자기 궁금한 게 요기 이렇게 팜티루엔 선생님처럼 이렇게 이런 동시통역이며 이런 일을 할 수 있는 게 어떤 무슨 시험을 봐야 돼요?] 음 저희가. [조사자 1: 어떻게 무슨 어떻게 해서 이런 일을 하시게 된 거예요?] 저희가 시험이 지금 베트남에서는 고졸에 이상 기준으로 사용하고, 여기에 TOPIK 시험 4급 이상. [조사자 1: 토픽시험 보신 거예요? 4급, 4급이 나오신 거예요?] 저 5급 나왔어요. [조사자 1: 훌륭하네, 6급 하나 남았네.] 6급은 어 너무 이렇게, 이렇게 높아요. [조사자 1: 아니 근데 5급도 너무 잘하셨다. 진짜.] 5급 그렇게 어려웠는데, 5급하고 6급 사이에 진짜 이런 만큼이에요. [조사자 1: 맞아요. 맞아요.] 진짜 먼 급이에요. 6급 올라가려면 아직 좀 멀었어요. 저는. [조사자 1: 아니 근데 너무 잘하시는 게 보여. 얼굴도 밝으시고.] 감사합니다.

[조사자 1: 아, 베트남, 국적 따라 다르지만 베트남은 고졸 이상이어야 되고.] 네. 한국 토픽. [조사자 1: 한국 토픽시험 4급 이상이고.] 이거를 처음에 들어가고 그 기준이에요. 근데 들어가서 저희가 저기 면접도 통과하고 또 중앙에서 거기도 시험도 통과해야 되고. [조사자 1: 중앙에서 또 시험도?] 시험도 봐야 돼. [조사자 1: 이렇게 진짜 테스트.] 바로 통역, 통역도 하고 번 저기 번역도 해요. 그런 시험 통과해야. [조사자 1: 최곱니다.] 아니에요. [조사자 1: 남편분도 자랑스러워하실 것 같아. 그치.]

[조사자 1: 그러면 이젠 그 어떻게 해서 그래도 이 일을 해야 되겠다.

이렇게 생각을 하신 거세요?] 일이요? [조사자 1: 여러 가지 일이 있잖아요. 솔직히.] 저는 그냥 기왕이면 만약에 된다면은 계속 저기 다문화지원센터에서 근무하고 싶어요. 왜냐면 여기에서 저는 저희 힘으로 저는 할 수 있는 일이 저기 후배들을 도와 줄 수 있는 거는 제일 보람되는. [조사자 1: 굉장히 보람될 것 같애요.] 네. 또 여기도 일 기관이니까 거기 아기들한테 멋진 엄마로서 그 모습으로 보여주고 싶어요. 여기보다는 다른 엄마들은 그냥 뭐 그거는 뭐, 경제적으로는 어쩔 수 없지만 그 공장에서는 일들 힘들고 또 아기 같이 보낼 좋은 시간도 별로 없고.

그래서 저는 여기는 다른 데보다는 좀 월급이 좀 작아요, 솔직히. 그러는데 그거는 저는 그 무시하고 그냥 즐겁게 도움 할 수 있게 그 일을 하고 싶어요. [조사자 1: 지금 그럼 선생님 여기에는 선생님처럼 그 동시통역 하시고 일하시는 이렇게 선생님이 선생님 말고 또 다른 국적의 선생님도 계시죠?] 네. 몽골, 중국. [조사자 1: 맞아. 중국 그 선생님하고는 제가 통화했던 것 같아.] 그때 다들 바빠가지고. [조사자 1: 그렇게 얘기하시더라구요. 다 똑같이 이런 테스트를 거쳐서 여기 이렇게.] 네. 다 똑같아요. [조사자 1: 너무 좋은 것 같아요. 제가 많이 만났지만. 월급을 좀 이나라가 올려줬음 좋겠는데, 그걸 빼면 환경도 좋고.] 네. 맞아요. 여러 사람도 만날 수 있고.

[조사자 1: 아이들한테도 자랑스런 엄마의 모습이어서 돈 이상의 가치가 있는 것 같아요. 제가 볼 때는. 그쵸?] 맞아요. 저는 그거 애들만 생각하면, 애들도 어디에서도 엄마 어디 다니는 지 그 당당하게 말할 수 있는 거는 그게 제일 좋거든요.

따뜻한 한국 가족과 베트남 가족

[조사자 1: 그렇구나. 그러면 한번도 팜티루엔 씨는 여기 와서 막 가장 이렇게 고민되고 베트남으로 돌아갈 걸 이러고 힘들고 갈등하던 시기가 전혀 없으셨어요?] 네. 저는 그런 거는 진짜 전혀 못 느꼈거든요. [조사자

1: 남편분 잘 해주시나 보다.] 남편도 잘해주고 시어머니도 잘해줘요. 아 저 이런 말하면 안 되지만 친정엄마보다 시어머니가 더 잘해줘요. [조사자 1: 그거 뭔지 알아요. 저도 일하면서 저희 아들 시어머니가 봐주시거든요.] 그러니까. [조사자 1: 너무 감동적이야.]

[조사자 1: 그럼 베트남에는 다른 식구들은 다 베트남에 살고 계세요? 지금?] 저는 아빠가 한국 와 있어요. [조사자 1: 친정아빠가? 한국에 오셨어요? 그럼 어디서 사세요.] 아빠는 거 친구도, 친구 아빠 친구도 딸내미는 한국에 시집왔거든요. 저처럼. 거기에서 농사짓거든요. 그래서 거기에서 도와주고 용돈을 벌어요. 원래는 안 되잖아요. 일하는 비자 안됐거든요. 그냥 잠깐 잠깐 하고. [조사자 1: 그래도. 그럼 그 친구분과 같이 사시는 거세요. 아빠가?] 네, 아빠하고 그, 그 친구분. [조사자 1: 어디신데요? 여기 청주 아니고?] 청주 말고. [조사자 1: 그건 나쁘다. 얼굴 못 보네요. 그러면.] 아빠가 여기는 너무 친구도 만나고 친구들 말고 또 베트남도 같이. [조사자 1: 커뮤니티가?]

그렇게 아빠는 외롭거나 그렇지 않아요. 오히려 저는,

"아빠 나 이번 주말에 아빠 모시고 와서 맛있는 거 먹으면 좋겠는데."

"됐어. 너네끼리 놀아. 나는 나끼리 놀아."

그랬어요.

[조사자 1: 그러시구나. 근데 어떻게 아버지가 한국에 나오시게 됐어요? 그 계기가?] 아빠는 처음에 제가 그냥 그 뭐지 초청? 초청해서 왔어요. 아빠도 한국 온 지 얼마 안 됐어요. 그런데 또 설날에 다시 갈 거예요. 그냥 잠깐 잠깐 와서 놀러가고 또 용돈 조금 벌고. [조사자 1: 딸도 보고 좋다 진짜 좋다. 그러면 그래도 아버지가 있고 없고가 쫌 덜 외로울 것 같아요. 저라면. 그래도 있는 게 맨날 가서 보지 않더라도 마음먹으면 가서 볼 수가 있으니까.] 베트남에서 엄마 계시는데 맨날 통화해서 보고. [조사자 1: 얼굴 보고 그러니까, 이렇게 잘살고 있는 거 보면 자랑스러워하시는 것 같아.] 아빠는 어디에 가서도 자기 딸 어디에서 근무한다고.

[조사자 1: 아빠 여기 와서 이렇게 일하시는 거 보셨어요? 혹시?] 저 직장에 안 와봤어요. [조사자 1: 한번 꼭 모시세요. 직접 보면 어 말을 듣

는 것보다. 아버님은 한국어 하세요? 전혀 못하시죠.] 전혀 아니고, 조금 간단한 말 할 수 있어요. 인사도 하고 대화, 짧은 대화 할 수 있어요. [조사자 1: 그렇구나. 그러니까 한국생활이 그래도 하실 만한가 봐요.] 재밌나 봐요. [조사자 1: 요즘 한국 사람들은 베트남에 여행 되게 많이 가잖아요.] 네. 맞아요. [조사자 1: 다낭, 붐이잖아요. 하노이. 거꾸로 한국이 좋으셔서. 그렇구나.]

[조사자 1: 그러면 베트남에는 엄마랑 형제만 살고 있으신 거예요? 혹시 맏딸이세요?] 아뇨. 저는 저기 두 남. 두 남 2남 2녀. [조사자 1: 뭐 오빠나 남동생이 있고 또 여자?] 언니 있고 저는 셋째. [조사자 1: 아니 너무나 저기 느낌에 첫째 딸같이 듬직한 것 같아서 맏딸이냐고 여쭤봤어요. 그렇구나. 다른 형제들은 다 그냥 베트남에 살고 있는 거예요? 팜티루엔 씨를 부러워하시나요?] 언니는, 언니는 조금 농담이나 진담이나 모르겠지만, 그때 엄마한테 그랬어요.

“나도 한국으로 시집보내지, 그래.”

어 그러드라구. [조사자 1: 그래도 지금 농담이고 잘 살고 계신 거잖아요.] 네. 잘 살고 있어요. 형부가 잘해줘요.

[조사자 1: 베트남에는 그래도 결혼하신 다음에 한 번 가보셨어요? 여행삼아. 뭐 엄마 보러라든가? 베트남에. 결혼 후에?] 저는 많이 가봤죠. [조사자 1: 결혼 후에. 친정에? 남편이랑 애기랑?] 저희 가족은 특이하게 가면은 온 가족 다 가요. 시어머니는 뭐 저기 이쪽 일에 못 가지만은 저희 네 명이 다 가요. 다른 친구들은 그냥 아기만 데리고 가지만은 저는 남편이 동행하는. 저희 남편이 그랬어요.

“당신하고 나 한 몸이라고. 같이 가고 같이 와.”

그랬더라구. 그래 가끔은,

‘아, 이 남자는 나 못 믿는 거야? 아니면 나를 걱정해서 그런 거야? 아니면 나를 못 믿어서 그러는 거야?’

그런 생각 들었거든요. [조사자 1: 제가 볼 땐 사랑해서 그래요.] 아이 근데 가끔은 좀 베트남에 가면 다른 친구는 그냥 아기랑 같이 가면 한 달은 있다가 오거든요. 근데 저희 남편은 직장 다니니까 최대도 2주밖에 안 되거든요. 그래 그건 조금 더 [조사자 1: 아쉽죠.] 아쉽.

[조사자 1: 그렇구나. 네 이렇게 해서 한번 여쭤봤어요. 아니 아까 딱 봤는데 처음 인상이 밝으셔서 '아. 행복하시구나.'라는 그 느낌이 왔었죠. 얼굴 표정이나 이런 걸로.] 아 그래요? 저도 다들 그래요. 저 만나면은,

"오. 잘 사나 봐요."

이런.

[조사자 1: 밝은 에너지가 있어요.] 아 그래요? [조사자 1: 밝은 에너지가 있어요. 그거는 억지로 어떻게 안 되는 거 거든요. 밝은 에너지가 너무 잘 보여요.]

나의 한국문화 적응기

● **구연정보**

조사일시 : 2017. 12. 11(월) 오전
조사장소 : 충청북도 청주시 가경동 청주 다문화센터
제 보 자 : 띵티름(이지우) [베트남, 여, 1983년생, 결혼이주 9년차]
조 사 자 : 신동흔, 오정미, 한상효

● **구연상황**

팜티루엔 제보자의 구술조사 2회차에서 또 다른 제보자인 띵티름 씨를 처음으로 만났다. 팜티루엔 씨와 띵티름 제보자를 함께 만나 공동 구술조사가 시작되었다. 조사자가 띵티름 제보자에게 한국생활의 어려움 등을 물었고, 이에 간단한 자기소개와 함께 한국에서 경험한 이주민에 대한 차별과 편견에 관해 이야기했다. 팜티루엔 씨가 이야기판 청자로 참여했다.

● **줄거리**

제보자는 올해로 한국에 온 지가 구 년이 되었고, 나이는 서른네 살이다. 팜티루엔 씨와는 청주시 다문화센터에서 함께 베트남 전통춤 팀 활동을 하면서 친분을 쌓았다. 제보자는 한국에서 힘들었던 점을 묻는 질문에, 다문화 이주민에 대한 한국인의 편견에 대한 경험을 이야기했다. 한번은 임신 중에 버스를 탔고 몸이 힘들어서 노약자석을 먼저 차지한 아주머니께 자리 양보를 요청했다. 이때 아주머니가 자신을 보고 "외국 사람이구나."라고 말했는데 그 언행이 매우 불쾌했다고 기억한다. 제보자는 노약자석이기에 임산부인 자신이 자리를 요청한 것인데, 외국 사람이라 문화를 이해하지 못한 것처럼 아주머니가 응대했기 때문이다. 이외에도 제보자는 피부색 차이, 방송에서 다룬 다문화가정의 모습 등을 이야기하며, 한국 사람들이 가진 다문화 이주민에 대한 편견을 걱정하였다.

자기소개와 이주 사연

[조사자 2: 같이 이야기해 주시는 걸로 할게요. 근데 제가 지난번에 팜티루엔 선생님 다 이야기는 들어서 아는데 선생님은 제가 잘 모르니까는.] 네. 소개하겠습니다. 자기소개 하겠습니다. 안녕하세요. 제가 베트남에서 왔구요. 이름은 띵티름이라고. 띵티름. [조사자 2: 띵티름?] 름, 름. [조사자 2: 룸?] 름. 국적 취득하구요, 지금 이름은 이지우예요. 이지우. 한국에 온 지 지금 9년째, 딸 두 명, 남편과 딸 두 명과 같이 살고 있습니다. 여덟 살, 여섯 살.

[조사자 1: 몇 년 전에 결혼하신 거예요?] 네. 네. [조사자 2: 연세 여쭤봐도 돼요?] 저는 실제 나이가는 이제는 서른네 살이에요. [조사자 2: 서른네 살.] [조사자 1: 천, 천구백?] 85년. [조사자 2: 스물다섯 살에 오신 거네요. 선생님, 그쵸?] 네. 혹시 주민등록증도 제출. [조사자 2: 아뇨, 아뇨! 저희는 그런 게 아니에요. 이것도 참고로 쓰는 거예요.]

[조사자 2: 그럼 고향은 베트남 어디신 거예요?] 저는 하노이에서 저희 고향까지 가려면 거의 약 두 시간 정도 걸려요. 하이정이라고 해요.] [조사자 2: 북부 쪽이시네요.] 네. 북쪽이에요. [조사자 2: 남편분은 어떻게 만나셨는지 여쭤봐도 돼요?] 네. 네. 저는 사촌 언니가 한국에 먼저 일하고 오시다가 한국 분이랑 결혼하고, 저희 남편은 그 언니 신랑 후배예요. 같은 고향 후배고. 같은 고향사람. 그래서 언니가 소개해줘서 결혼했어요.

[조사자 2: 처음에 오셨을 때부터 여기 청주에 사셨어요? 선생님.] 네. 맞아요. 제가. 목대동에 살았어요. [조사자 2: 한국에 오셔서는 청주에서 쭉? 어떠세요. 살아보니까.] 처음에는 좀 많이 힘들었죠. 언어도 힘들고 문화, 풍습, 그다음에 음식도 많이 힘들었고. 다들 그래요. 저만 힘든 건 아니고. 다들 그래요. 그래 좀 애기 낳고 나서, 그래도 이 년, 이 년 후에 적응하게 되었어요. 지금도 아직 힘들어요. 한국어 못해서.

한국에서의 문화적응

[조사자 2: 너무 잘하시는데. 아니에요. 한국어는 그럼, 처음에 오셔서 뭐 언어교육원 같은데 복지관에서 하시는 수업 통해서?] 네. 저는 처음부터, 처음에는 저 목대동에 살았기 때문에 출입국관리소에서 한국어 교육 받았어요. 그리고 이 센터. 지금까지 계속 다니고 있어요. [조사자 2: 제일 먼저 얘기하시더라구요. 한국어 잘하는 다른 분 안 계실까 했더니 제일 먼저 얘기해 주시더라구요.] 감사합니다. 그 정도는 잘하는 거 아니고, 좀 시끄럽게 하니까. (웃음)

특별한 학생이, 센터에서 저는 쫌 특별한 학생이에요. 많이 떠들기도 다니고 시끄럽기도 하고. 어떤 면을 보면 좀 장점보다 단점이 많이 갖고 있는 학생. [조사자 2: 전혀 아니신데요.] [청자(팜티루엔): 겸손해요, 겸손.] [조사자 1: 두 분이 동갑이세요?] 아뇨. 저는 동생. 친구라고 편하게. [조사자 2: 되게 서로 두 분이 의지하시겠어요. 정말.] [청자: 저희가 같은 춤 팀이에요. 베트남 전통춤 팀이 있거든요. 저희가 같은.] [조사자 2: 춤 팀? 춤? 춤? 댄스?] 베트남 전통춤. 춤, 또 나가서 대회에서도 공연하고 상도, 훌륭한 상 아닌데 그래도 상을 좀 탔어요. [청자: 훌륭하지.] 자랑해야지.

[조사자 2: 그런 거 자랑하셔야죠. 근데 춤 팀 이런 건 어디서 만든 거예요? 센터에서?] [청자: 저희가 그전에도 있었어요. 근데 이제 센터에서 하반기 때부터 저하고 또 회원, 센터 회원 그중에도 이분도 있고. 저희 멤버는 아홉 명, 베트남 전통춤을 추고 한때 아이돌이 춤추는 거 있잖아요.] [조사자 2: 케이팝?] [청자: 그거 다 하고. 네, 저희가 봉사, 그거 봉사 나가요. 대회 있어도 대회 있으면 또 참석하고, 거의 봉사. 그 사회복지 기관들 가서 요양원이나.] [조사자 2: 너무 훌륭하시다 진짜.]

대표요, 춤 팀의 대표예요. 선생님. 왜냐면 저희가 따로 선생님이 가르쳐 주시지 않고 그냥 유튜브에서 봐서 따라하면서 그렇게 연습했어요. [조사자 2: 선생님 따로 계신 건 아니고.] 없어요. [청자: 저희가 그냥 스스로 그거 뭐 그 유튜부, 유튜부 그 나오는 거 똑같은 연습 아니고 저희가 이런 동작이 필요하면 좋겠다. 다 각각 의견이 들어가고 저희가 그

렇게 연습 진행했어요.]

한국에서 느낀 편견과 오해

[조사자 2: 멋있다. 아, 그렇구나. 그러면 그냥 하나만 더 여쭤보고 싶은데, 여기 와서 사시면서 그냥 그래도 제일 어떤 힘들었던 사건이나 이야기 같은 게, 사연 같은 거 있으세요?] 힘든 것보다 조금 속상했죠. [조사자 2: 어, 그거 쪼금만 자세히 좀 얘기해…] 네.

제가 임신 팔 개월 때, 임신 팔 개월 때 버스를 탔는데 그때 노약자석하고 임신부석 있었잖아요. 제가 올라갔는데 그 좌석 다른 분이 앉아 계셨어요. 그래서 제가 그냥 제가 그분 뒤에 기다렸어요. 내리시면 제가 앉겠다고 아무 말 안 하고 기다렸는데 그분 일어나서, 일어나서 내려가셨어요. 그런데 버스 안에는 사람 하도 많아서 배가 나와서 빨리 빨리 올라가지 못하고. 그 다른 분이 올라오신 분은 제가 딱 봐도 한 여자분이신데 나이가 연세가 한 사십 초반 정도 돼요, 그분 바로 앉으셨어요. 저는 올라가고 있는데 저는 그분 뒤에 저는 배가 이렇게 나와서 빨리 못 갔죠. 그래서 가서,

"네. 안녕하세요. 죄송하지만 저 임산부입니다."

인사는 했었는데 그분은 저 이렇게 보고,

"그러는데, 응. 왜?"

근데 제가 지금 그다음에 생각해보면 그분도 그거 노약자석도 모른다고 생각을 했었어요. 근데 그분은 저보고

"아. 외국 사람이구나."

그래서 그거는 그 말은 상처받았어요. 뒤에 어떤 아가씨가 그 얘기 듣고 저한테 양보해주셨어요. 양보해줬어요. 저는 그분한테도 고맙기도 하지만 부끄럽기도 해요. 왜냐면 다 버스 안에 다 저를 쳐다보고. 좀 부끄러웠어요. 근데 왜 뭐 제가 실수, 집에 가서 진짜 울고 싶었어요.

'내가 잘못했나? 내가 실수했나?'

자꾸 그런 생각을 했었어요. 근데,

"아. 너 외국 사람이구나."

그래서 그렇구나. 그래서 진짜 저는 그 말에 상처를 받았어요.

근데 되게 오래가요. 버스는, 그다음부터 버스 타고 다니면 그 노약자석 보면 늘 그, 그 사건 떠올라서, 지금도 그래요. 지금 차 끌고 다니지만 가끔씩 버스 탈 때도 노약자석을 보면 저는 앉지 안해요. 진짜로. 저는 그냥 옆에 사람 없어도 서 있어요, 옆에서. 지금까지도 몇 년 지났죠. 칠팔 년 지났는데, 그래도 늘 상처 떠올르고 그래요.

[조사자 2: 우리나라가 약간 임산부 배려가 조금 부족한 나라 중에 하나인 것 같아요. 제 생각에.] 근데 임산부 배려보다,

"너는 외국 사람이구나."

[조사자 2: 그러니까.]

"그래서 넌 자리를 달라고 하는구나."

그 말에 상처를 받았어요.

[조사자 2: 임산부인 게 먼저 보여야 되는데. 맞아요.] 그리고 또 가끔씩 또 지금은 많이 좋아졌지만 제가 처음 왔을 때는 이 시장을 돌아다녀서 물건을 살 때는, 어떤 이모가 저보고,

"너 한 달에 친정집에 얼마 보내냐"고. (웃음)

그래서 그럴 때마다 많이 속상했죠.

한국에서 느낀 행복

[조사자 1: 좋았던 일은?] 좋았던 일은, 처음에는 남편도 잘 만나고 잘사는 정도 아니지만 그래도 저한테는 잘해준 편이고, 그다음에 시부모님도 적극적 도와주시고. 또 여기 고마운 기관은 이 센터. 저희가 또 여러 가지 프로그램도 제공해주고 그거는 좋은 점이에요.

[조사자 2: 그래도 예를 들어, 아이들이 태어나서 물론 한국에서 계속 사시지만, 베트남이 아닌 한국에서 살아서, 나는 그래도 이런 점은 행복한 것 같다라는 이런 건 있으세요?] 그쵸. 알아본 거는 많죠. 에. 저는 원래

욕심이 하도 많아서. 조금 더 이거는 원하는 대로는 되는 건 아니지만, 저희 희망 있고 바라본 거니까. 좀 다문화 가정에 대해서 차별 같은 거 없었으면 좋겠어요.

그리고 특히는 저희는 그래도 결혼을 하고 성인이 됐잖아요. 아이들 학교에서 애들은, 애들은 죄가 없잖아요. 다 모르는데, 저희 큰애도 약간 저 피부를 닮아서 다른 애보다 피부가 좀 까매요. 근데 유치원 다녔을 때 어떤 친구가 우리 큰애보고,

"너 아프리카 사람 아니냐?"고.

근데 애들은 모르니까 그런 말 하니까. 그럴 때는 담임선생님께도 얘기해요.

"혹시 그 친구 부모님, 어머님께 한 말씀 좀 이야기해 달라."고.

부모님이 좀. 일단은 부모님부터 인식을 좀 해야 할 것 같아요. 그리고 그 우리 청원생명축제가 언제지? [청자: 10월 달?] 10월 달. 그때 저도 나가서 했었는데 어떤 어르신은 할머니 손녀를 데리고 오셔서 저희는 다문화 대해서 인식을 시키는데 옆에를 오셔서, 저는 애기 보러 갔어요. 혹시 우리 친구 반은 다문화 가정 친구 있냐고 물어봤는데. 옆에서 할머니,

"야 너 있잖아. 씨껌둥이 있잖아. 있잖아."

그래서 제가, 제가 볼 때는 좀 어른들부터 먼저 인식을 먼저 했, 했으면 애들은 잘 몰라요. 우리는.

"너 씨껌둥이 있잖아."

애들은 그대로 받아들여서. 아마 그거는 제일 바라고.

[조사자 2: 그래서 지금 저희 이렇게 이야기해 주시는 베트남 이야기나 여러 나라의 이야기들이 지금 말씀하신 거처럼 그런 다문화가정에 대한 어떤 선입견과 편견을 없애는 데 큰 힘이 될 거라 저희는 생각하고 이걸 하고 있는 거거든요. 그러니까 지금까지 우리나라 이야기만 학교에서 가르치잖아요. 근데 이제는 베트남 이야기, 중국 이야기, 몽골 이야기 다 다 이제 우리 이야기의 하나로써 수업 시간에 같이 공유하고 학생들이 이해하고, 그걸 저희가 생각하면서 이런 작업들을 하고 있는 거거든요. 선생님.]

[조사자 1: 이야기들이 굉장히 좋아요. 좀 보면은 그 말씀하시는 얘기

를 들어보면.] 네. 그래서 저도 그 이유로 여기 센터나 다른 기관에서 인터뷰나 방송도 나가서 찍어요. 다른 친구들은 안 해요. 진짜 다른 친구들은 안 해요. 저는 자랑해서 그런 건 아니라. 나는 멀리서 오니까 나는 열심히 사는 모습 다른 친구한테 보여주고 싶다. 그리고 혹시 몰라도 자신감도 생겨날 수 있잖아요. [조사자 2: 맞아요, 맞아요.] 그래서 성격도 그렇지만 이런 방송이나 누가 물으면 전 나가서 찍어요. 근데요. [청자: 씩씩해요.]

그래도 좀 단점이 있어요. 저는 CJB? 방송국에 CJB 방송국에 센터에 먼저 와서 찍고 또 저한테,

"혹시 개인 생활도 찍을 수 있냐?"고.

"개인 생활은 뭐 찍으실 거예요?"

물어봤는데 평일 일상생활 찍고 싶다고 해서. 저는 허락했어요. 우리 집에 와서 애들 얼굴도 보여주고 남편까지 얼굴도 보여줬는데, 찍는 내용과 방송국에 나오는 내용이 조금 달라요. 저는 나는,

'여기 멀리서 와서 열심히 사는 모습 보여주고 싶다.'

근데 방송에 나오는 건 저희가 다문화가정의 약자이다. 그런 내용이 나와요. 그래서 좀 단점이 있어요. [조사자 2: 저도 그런 방송 개인적으로 제일 화가 나요.] [청자: 맞아. 원래 그 정도 아닌데, 그 사람이 너무 시청률을 높이기 위해서는 조금 이렇게 표현. 좀 보다시피 기분 안 좋아요.]

[조사자 2: 저도 사실은 다문화가정 어머님들에 대해서 약간은 편견이 있었거든요. 근데 이렇게 만나면서 정말 깜짝 놀라가지고, 너무 다들 열심히 사시고 행복하시고 또 공통점들이 되게 씩씩하세요.] 감사합니다.

[조사자 2: 그래서 다 방송이 너무나 자꾸 한쪽에 기울어진 걸 만들어서.] [청자: 그치, 한국 사람 눈에는 저희가 한국 시집을 오는 거는 돈 관련해서 온 거다.] [조사자 2: 경제적으로.] [청자: 네 경제적으로 뭐 저희가 베트남에서 저희가 저희 집 친정집이 잘 살거든요. 방송 나오면은 꼭 못사는 집이 나와요.]

저번에 우리 체육대회 했잖아요. 어떤 국회의원에서 일하시는 분. 무슨 시정, 시정, 시장님 나오셔서 우리는 한국에서 다문화가정 없으면 누가 농사하겠냐고. (웃음) [청자: 맞아요. 맞아요. 그 말 했어요.

저희가 아니 그럼 아니 저희가 와서 농사하란 거예요? 어 진짜 그러니까 도정시장도 그런 인식을 들으면 듣는 사람은 어떻게 생각하겠냐고.] 네. 그래서 사실 말이에요. 저희 가끔씩 여기 어려운 일 겪으면 저희 친정집도 여기 도와줘요. 거꾸로 도와주러 와요. 네.

그래서 저는 바라는 거는 한국 어디나 좋은 사람 많지만, 그래도 다문화가정에서 조금만 더 이해 좀 해주시고 역할을 좀 바꿔서 생각 좀 해주시고. 왜냐면 여기 예를 들어 제가 딸 두 명 있잖아요. 나중에 제 딸을 키우고 커서도 외국 남자분한테 시집을 보내면 저희 마음은 어떻겠어요. 그죠. 그리고 우리 딸은 외국에 나가서 적응하기도 얼마나 힘들겠어요. 그렇게 생각만 해주시면. 진짜요. [조사자 2: 맞아요.]

저는 돈 달라고 하는 소리도 안 해요. 여기 와서도 열심히 살아요. 그래서 당연히 좀 어려운 가정도 있지만, 저희도 어렵고. [조사자 2: 한국 사람들 중에서도 어려운 가정이 있어요.] [청자: 맞아요. 저 생각에 지금 못사는 가정 되게 많은데, 근데 방송은 꼭 못사는 사람 다 틀어 방송하니깐요.] 그래서 일단은 좀 기관에서 일하시는 분부터 적극적으로 생각하고 도와주시고 그리고 저기는 학부모들도 인식을 좀 다문화에 대해서 좀.

[조사자 2: 그래서 저희가 선생님한테 듣는 그 이야기들 있잖아요. 그게 정말 그 나라를 존경하게 돼요. 진짜로 예를 들면 필리핀의 옛날이야기를 듣고 필리핀이란 나라에 대해서 다시 생각하게 되고. 베트남의 이야기를 들으면서 그 속에 왜 교훈과 지혜가 있잖아요. 그걸 들으면서 혹은 또 우리랑 너무 똑같다. 하면서 또 한번 감탄하고 그래서 저희는 어 선생님의 이야기. 옛날이야기가 지금 말씀하신 그런 힘을 발휘할 거라고 생각해요. 특히 어린아이들일수록 더욱 더.]

그전에는 베트남에도 좀 잘 못사는 나라라고 저도 인정해요. 요즘엔 다 괜찮아요. 요즘에는 저희 사실은 시집을 외국에 시집을 왔는데 지금 베트남에 가면 다른 아가씨 보면 저도 부끄럽기도 해요 진짜요. [청자: 우리보다 더 잘 살아요.] 더 잘 살고, 더 쓰는 것도 다 명품으로 쓰고. [청자: 맞아. 다 명품, 명품 사고.] 지금 아가씨들은.

베트남 문화와 한국 문화 사이에서

● **구연정보**

조사일시 : 2017. 08. 11(금) 오후
조사장소 : 경기도 가평군 청평면 상천리
제 보 자 : 쩐티아이쑤언 [베트남, 여, 1988년생, 결혼이주 7년차]
조 사 자 : 박현숙, 김현희

● **구연상황**

제보자가 〈쩌우까우 유래〉 구연을 마친 뒤, 조사자가 제보자에게 삶의 이력과 몇 가지 경험담에 대해 질문을 했다. 그러자 제보자는 한국에 오기 전 호치민에서 직장을 다니며 중국어를 배웠던 경험과 그 경험 때문에 한국어 공부가 어려웠던 일에 대해 말한 뒤 한국과 베트남 문화 차이에 대한 경험담을 들려주었다.

● **줄거리**

한국어와 관련해서는 '고마워요'라는 한국어를 배운 뒤 웃어른인 시어머니에게 자주 표현했다. 아직 한국어가 서툴러서 자녀 교육에 대해 어려움과 고민이 많다. 베트남과 한국은 생활 문화에서 소소한 차이가 있다. 베트남에서 체했을 때는 어떤 풀의 즙을 내어 먹지만 한국에서는 바늘로 손을 딴다. 식사할 때 베트남은 젓가락만 사용하지만, 한국은 수저를 같이 사용하고 밥그릇과 국그릇의 위치가 정해져 있다. 베트남에서는 보통 하루에 두 끼를 먹지만 한국에서는 세 끼를 먹는다. 설날에 한국에서는 떡만둣국을 먹지만, 베트남에서는 전통 빵인 반떽을 만들어 먹는다. 한국의 제사 음식은 매번 동일하지만, 베트남에서는 해마다 다른 음식을 만들어 먹는다. 한국 음식 중 좋아하는 음식은 순댓국, 순두부, 소불고기, 해물찜, 갈비찜, 회, 곱창, 닭발 등이다. 먹기 힘든 것은 깻잎, 생마늘, 생고추이다. 한국 음식은 대부분 만들 줄 알지만, 아직 김치는 담그지 못한다. 임신했을 때 베트남 음식 팥빙수, 쌀국수, 월남쌈 등이 먹고 싶었다. 특히 망고를 먹고 싶다고 해서 남편이 비싼 금액을 지불하고 사준 적도 있다. 임신 때 입덧이 너무 심해 고생을 많이 했다. 출산 후 미역국 먹기가 많이 힘들었지만, 지금은 잘 먹는다.

한국어와 한국문화의 어려움

한국어 너무 어려워요. [조사자 1: 어떤 게 그렇게 어려우셨어요?] 말하기하고 쓰기. 다 틀려요. 그 한글 쓸 때는 이렇게 쓰고, 그런데 말할 때는 다 틀려요. 그거는 너무 어려워요. 지금 선생님만 그렇게만 말하고 다시 저한테,

"한국어로 써주세요."

그렇게 말하면 그렇게 못 써요.

[조사자 1: 처음에 한국에 시집을 와서 어려웠던 건 어떤 게 있어요?] 문화. [조사자 1: 어떤 문화?] 한국 문화. 한국 문화 어렵고, 생활 조금 힘들고. 왜냐면 우리 베트남에서 이렇게 이렇게 했는데 한국에 와서 다 틀렸잖아요. 다시 애기처럼 점점 크면서처럼 똑같아요. 다시 태어날 때처럼 똑같아요. 모두 다 배우고 그래서 좀 힘들어요.

시어머니에게 잘못 사용한 한국어

[조사자 1: 어떤 걸 와서 배운 게 기억이 나요?] 한국에 와서 문화는 밥 먹을 때는 베트남에서 그냥 젓가락만 필요해요. 한국에서 수저에 숟가락, 숟가락에 같이 있어야 하잖아요. 그리고 밥그릇하고 국그릇이 꼭 있어야 돼요. 근데 베트남 안 그래요. 그리고 베트남에 아침 먹고 오후에 먹어요. 한국에서 아침 먹고, 점심 먹고, 저녁도 먹어요. 세 번씩 먹어. 그거 싫어요. [조사자 1: 그것도 좀 어려웠고.] 네.

그리고 한국 대화도 어렵고. 그 애기 태어날 때도 어떻게 키우는지 뭐, 다 모르고. 그리고 안돼서 어른한테 이야기하면 이렇게 저렇게 이렇게 '밥 먹어요', '진지 드세요', '식사하세요' 여러 가지 있잖아요. 그거 어렵고. 처음에 와서 그렇게 어렵지만 2년 동안 살면 좀 괜찮아져요. 한국어 조금, 한국 문화 조금씩 배우고, 다문화에 가서 한국에 와서 오자마자 다문화에 가서 그 한국어 좀 배우고 문화 조금씩 또 배우고 그때 조금 괜찮아져요.

[조사자 1: 그러면 한국어가 어려워서 상황에 맞지 않은 말을 하거나 그런 일이 많잖아요. 그래서 생겨난 에피소드 같은 거, 기억나는 거 있어요?] 한국어 배울 때? [조사자 1: 한국어 쓸 때, 내가 한국말을 어려워서 썼는데 상황에 안 맞거나 내가 했던 말이. 아까 제가 이야기한 것처럼 '안녕히 주무세요' 해야 하는데 '안녕히 죽으세요' 했다거나. 그런 것처럼 그런 에피소드 있어요?] 그리고 갑자기 '고마워요' 아, 어른한테 '감사합니다' 이야기해야 하잖아요. 몰라서 '고마워요', '고마워요' 그거 배웠는데. 어른한테 집에 와서 그냥 어머니가 뭐 해주면 '고마워요' 그렇게 말하면 너무 죄송했잖아요.

그거 모르고 그냥 우리처럼, 친구처럼 말하고 우리 어머니도 알았잖아. 알으니까 이해해주고, 그거 어머니한테 고맙고. 어머니가 저 한국문화도 잘 모르니까 조금 조금씩 또 알려주고, 그때 한국 와서 힘들지만, 어머니하고 남편은 도와주니까 너무 고마워요. 너무 고맙다고요.

베트남과 다른 한국의 식사 문화

[조사자 1: 그러면 밥은 베트남에서는 하루에 두 끼만 먹었는데, 한국에 시집오니까 세 끼를 주던가요? 그러니까 아침 점심 저녁을 다 주니까 이상했어요?] 네. 아침에 갑자기 금방 먹었는데, 점심도 잘 먹었는데. 제가 그렇게 갑자기 베트남에서 아침 먹고 오후 때까지 먹었는데 갑자기 한국에 와서 아침 금방 먹고 8시, 9시에 먹고 있다가 12시, 12시 반 쯤 또 먹어요. 제가 안 먹으니까 어머니,

"왜 안 먹으냐?"고.

"저는 베트남에서 그렇게 안 먹어요. 갑자기 한국에 와서 그렇게 먹으니까 전 못 먹는다."고요.

맨 처음에 그것도 어려워요.

[조사자 1: 그래서 지금은 세 번을 드세요? 아니면?] 네. 지금 세 번을 먹어요. 옛날에 한두 번만 먹고, 지금은 7년 동안 살았으니까 똑

같이 먹어야죠. 많이 안 먹으지만 조금씩 먹고. [조사자 1: 그럼 베트남에서는 오전에는 몇 시쯤 먹어요?] 오전. 집마다 다르니까 일찍 먹는 사람은 6시, 7시 먹고, 늦게 먹는 사람은 8시, 9시, 10시도 먹을 수 있어요. [조사자 1: 그렇게 먹고, 그다음에 오후에는 몇 시쯤 먹어요?] 오후에는 4시, 5시쯤 먹어요. [조사자 1: 4, 5시쯤 먹고 그다음에는 안 먹어요? 일절 아무것도?] 네. 저녁에 누가 배고프면 그때 과일이나 빵이나 그런 거 먹어요. [조사자 1: 간식으로 먹고. 그런데 한국 사람들은 아침 먹고, 조금 있다 점심 먹고, 또 저녁 먹고, 밤에 또 야식 먹고. 그렇죠? 그게 이해가 많이 안 되셨구나. 그다음에 베트남에서는 주로 젓가락만 사용해서 먹는 거죠?] 네. [조사자 1: 그런데 젓가락으로 사용했더니 어르신들이 뭐라 하세요? 시집와서?] (웃음)

그리고 한 가지 더 있어요. 밥그릇하고 국그릇에 있고 밥그릇 옆에. 그런데 저는 반대로. 옛날에는 몰랐으니까. 그리고 젓가락, 수저도, 수저도, 수저는 옆에 있고, 젓가락은 오른쪽이고, 숟가락은 왼쪽. 그거 무슨 뜻인지 저는 아직도 몰라요. (웃음) [조사자 1: 국그릇이랑 밥그릇 위치. 그다음에 숟가락이랑 젓가락 위치 이해도 안 되고 어려웠던 부분이구나.] 네. 그거는 무슨 뜻 쓰는지 아직 몰라요. 아직 궁금해요. [조사자 1: 아직도 궁금해요? 어머니한테 물어보지 그랬어요. 안 물어보셨어요?] 네. 아직 안 물어봤어요. [조사자 1: 한번 물어보세요. '어머니 왜 그렇게 하는 건지'] 나중에 한번 물어봐야겠어요.

[조사자 1: 한국에서 옛날에는 왼쪽을 쓰는 걸 뭐라고 했어요. 왼손 쓰고. 다 오른손으로 쓰라고 하고, 글씨를 쓸 때도, 밥을 먹을 때도 그러거든요. 왼손을 쓰면 굉장히 많이 혼났어요. 한국 문화에서는.] 왜요? [조사자 1: 이게 부정하고 나쁘다고 생각해. 혹시 베트남에는 그런 건 없어요?] 없어요. [조사자 1: 어떤 방향, 오른쪽, 왼쪽 이런 거에 대한 건 별로 없어요?] 그거 필요 없어요. 상관없어요.

[조사자 1: 그러면 한국에서는 젓가락이나 숟가락을 멀리 잡으면 시집을 멀리 간다고 하는 말이 있어요. 베트남에는 그런 건 없어요?] 그런 거 없어요. [조사자 1: 그러면, 그런 말 하고 관련된 그런 풍습이라고 해야 되나, 문화? 이런 건 베트남에는 어떤 게 있어요?] 베트남 문화요? (웃으면

서) 지금 갑자기 물어보면 또 잊어버리네요.

한국과 베트남의 민간요법 차이

[조사자 1: 그러면 그 이야기 해주세요. 한국에 왔더니 배가 아프거나 이러면 어머니가 병원에 안 가고 하는 방법들이 있었어요?] 손으로 배 위에 (배를 문지르며) 이렇게, 이렇게 해주면 배 안 아파져요. [조사자 1: 배를 문질러주면 안 아팠어요? 해보셨어요?] 네, 해봤어요. [조사자 1: 정말 안 아프던가요? 괜찮아졌어요?] 근데, 저는. [조사자 1: 별 효과 없었어요?] 네. [조사자 1: 그래서 약을 드셨어요?] 약으로 먹어요. [조사자 1: 약으로 먹고.] 네.

[조사자 1: 베트남에서는 '체한다' 이런 말이 있어요? 음식이 여기에 걸려서.] 있어요. [조사자 1: 체한다는 말이 있어요?] 네. [조사자 1: 그럴 때는 보통 어떻게 해서. 병원 안 갈 때는 어떻게 해요? 어른들은?] 그 옛날에 할머니들 그 밖에서 풀 있잖아요. 그거 따고, 짜서. 그거 물을 마셔요. [조사자 1: 뭘 딴다고?] 밖에 풀. 한 가지 풀이 있어요. [조사자 1: 풀 이름이 뭔데요?] 그 풀 이름이 저는 기억이 안 나는데. [조사자 1: 어떤 풀이 있는데 그거를 가지고 와서 태워?] 이렇게 짜서. [조사자 1: 찧어요?] 네. 이렇게 물 갖고 먹어요. [조사자 1: 아, 즙을 내서 그 즙을 먹으면 체한 게 내려가요?] 네.

그런데 한국에서는 체할 때는 바늘 손으로 찌르잖아요. 그 피 빼고 그때 없어져요. [조사자 1: 그것도 해보셨어요?] 네. [조사자 1: 근데 그건 효과가 있던가요?] 네. 괜찮아져요. [조사자 1: 근데 바늘 찌를 때 안 무서웠어요?] 안 무서워요. [조사자 1: 아, 그래요? 그건 효과가 있었군.]

그리고 베트남에서 감기 걸릴 때, 콜록콜록 걸릴 때는 옛날에 약을 안 먹고 병원도 안 가고, 그냥 밖에서도 그냥 풀. 그거 이름이 한국어도 저는 모르고 그런데 베트남어는 '꺼끄케오' 그거 이름이에요. '꺼어끄케오' 그거 따서, 몇 개 따서 집에 와서 짜고 소금 조금 넣고 짜서. 그거 물, 물 짜서 그 물 가지고 먹어요. 그럼 나중에 콜록콜록 없어져요. [조사자 1: 그럼, 기침이 없어져요?] 네. 기침이 없어져요. [조사자 1: 그럼 (아이)가 혹시 감기 걸렸을 때 해보셨어요? 그게 없어서 그거는 못 해보셨어요?] 네.

지금 옛날에 그거 옛날에 있었는데, 지금은 그거 필요 없어요. 지금 다 병원이 생기니까 아프면 다 병원에 데려가요. 그런데 옛날에 우리 엄마 아빠 있을 때, 우리 어렸을 때는 우리 엄마 아빠는 다 이렇게 해줘요. [조사자 1: 그러면 (아이)가 기침을 하거나 할 때 할머니가 베트남처럼 풀이나 뭐 가지고 기침 잦아들게 하거나 해주시는 건 없었어요?] 없었어요. [조사자 1: 다 병원 가시고?] 네. 다 병원에 가요.

한국과 베트남의 명절 음식

[조사자 1: 시댁에서는 제사는 안 지낸다고 했죠? 제사는 안 지낸다고 그랬죠?] 네. 제사 안 지내요. [조사자 1: 그러면 한국에서는 제사 어떻게 지내는지 본 적은 없으세요?] 우리 아직 제사가 없어요. [조사자 1: 아직 제사가 없는 거예요?] 네. 제사가 없어요.

[조사자 1: 그럼 명절 같은 경우 한국에는 명절 음식 같은 거 많이 하잖아요. 명절 문화는 베트남하고는 다른 거 못 느끼셨어요?] 한국에서 맨날 그 베트남에서 명절, 한국에서 명절 때 그 떡국, 떡만둣국 먹잖아요. 그런데 베트남에서 떡만둣국 아니고, 베트남에서 명절할 때는 전통 빵 있어요. [조사자 1: 이름이 뭐예요?] 그 '반떽' 그거 전통 빵이에요. 집에서 만들고 그 제사해요. [조사자 1: 제사 때도 올리는 음식이에요?] 네, 네.

[조사자 1: 반떽은 어떻게 만들어요? 방법을 아세요?] 나무. 아 그 바나나나무, 바나나잎, 바나나잎 따고, 그 햇빛으로 말려서 다 꺼내 와서 닦고 그거 찹쌀이랑 녹두, 녹두이구, 코코넛 같이 싸서. [조사자 1: 그걸 싸서 쪄요?] 네. 그렇게 싸서 쪄요. [조사자 1: 찐 다음에.] 찐 다음에 꺼내서 바로 가위로, 칼로 잘라서 조금씩 잘라서 먹을 수 있어요. [조사자 1: 그걸 명절 때 항상 조상한테 올리고 먹고 그러는 거예요?] 네.

(휴대폰으로 사진을 보여주면서) 녹두 이거 녹두예요. 이렇게 만들고 안에 겉에 안에 [조사자 1: 나중에 찹쌀이 밖에 나오지 않게?] 네. 이렇게 만들어요. [조사자 1: 아, 바나나 잎으로 싸서. 그러면 제사 때 올리는 게 이 반떽이랑 또 어떤 걸 올려야 해요? 베트남에는?] 음식 또 있어요. [조사자 1: 어떤 음식 올려야 해요?] 음식은 한국처럼 '꼭 이렇게 해야 해' 아니고요. 여러 가지 있어요. 전통은 빵이에요. 아까 빵. [조사자 1: 반떽이라는 빵. 그건 꼭 올려야 하고 나머지는 그냥 어떤 것이든.] 네. 베트남에서 명절 때는 음식은 별로 신경 안 쓰고 그냥 여러 가지 집마다 다 다르고, 우리 집은 이런 음식들 좋아하고 만들고, 다른 집은 다른 음식들 좋아하면 알아서 만들어서 먹어요.

[조사자 1: 근데 시집왔더니 한국에서 어떻게 하던가요? 명절에?] 명절에 저 왜 맨날 한국에서 왜 맨날 명절 때, 추석 때는 왜 꼭 음식들 왜 맨날 그렇게 음식 해요? 다른 음식들 없으세요? 왜 맨날. 우리 베트남에서 명절 때는 올해는 이렇게 만들고, 내년에 다른 거 만들고, 근데 한국에서 계속 그렇게. [조사자 1: 똑같은 거 해 먹어?] 맨날 떡국, 떡만둣국, 아니면 송편, 동그랑땡, 전, 그런 거밖에 없어. 잡채, 그런 거. 맨날 똑같이 음식 먹으니까 제가 만들고,

"왜 다른 음식들 없어? 왜 맨날?"

우리 어머니,

"한국에서 그렇게 먹어야 돼."

[조사자 1: 처음에 와서 음식 준비하는 것도 힘들었어요? 시집와서?] 처음에 와서 음식들 아직 모르니까 그냥 설거지만 해요. [조사자 1: 설거지만?] 지금은 조금씩 하고. 그런데 괜찮아요. 힘들지 않아요.

[조사자 1: 처음에 와서 명절 음식 먹어보니 입에는 맞았어요?] 처음에 와서? 아니요. [조사자 1: 안 맞았어요?] 안 맞았어요. 처음에 와서 오자마자 임신했어요. 그때 추석 때 전 만들 때, 동그랑땡 만들 때 기름(냄새) 많이 나잖아요. 저 입덧 때문에 너무 힘들어서 밖에 나갔어요. 그때 추석에 밖에 있어요. [조사자 1: 그럼 형님들은 오실 거 아니에요?] 네. 형님들 들어와서 형님들 같이 만들고.

저는 지금은 애기 컸으니까 추석하고 명절 때는 회사 안 다니면

집에서 있을 때는 형님들이랑 같이 집에서 음식 하고, 그런데 음식들 별로 어렵지 않아요. [조사자 1: 한국 음식 만드는 거 별로 어렵지 않아요?] 네. 어렵지 않아요. 쉬워요. 그런데 음식은 저 보기에는 별로 필요 없어요.

못 먹고 못 만드는 한국 음식

[조사자 1: 그러면 한국 음식 중에서 뭘 잘하세요?] 저요? 우리 남편 말은 김치찌개, 순두부찌개. 그런 거 잘해요. [조사자 1: 다 먹어보니까 입에 맞으시던가요?] 네. 지금 다 먹을 수 있어요. 깻잎과 고추만 빼면요. [조사자 1: 깻잎이 향이 별로라고 하시던데요?] 깻잎이 향이 냄새 너무 지독해요. 저 아직 깻잎 못 먹었어요. 못 먹어요.

[조사자 1: 고수는 원래 드시던 거니까 좋아하시고?] 고수? 베트남 고수? 베트남 저도 안 먹어요. 베트남에서 있을 때도 야채 무슨 향 나면 안 먹어요. [조사자 1: 향이 강한 걸 싫어하시는구나. 깻잎은 도저히 못 먹겠어서.] 네. 깻잎은 절대로 못 먹어요. 깻잎하고 생마늘, 생고추 그런 거 못 먹어요.

[조사자 1: 그러면 한국에 와서 김치 처음에 드셨을 때는 어떠셨어요?] 처음에 와서 김치는 그냥 새 김치 금방 만든 김치는 못 먹고, 시간 오래오래 써서 익을 때는 먹을 수 있어요. 그런데 나중에, 나중에는 먹을 수 있으니까 익은 거는 싫고 그냥 겉절이처럼 좋아해요. [조사자 1: 겉절이 좋아해요?] 네.

[조사자 1: 그러면 시집와서 김장도 해보셨어요?] 해봤어요. [조사자 1: 몇 포기나 해보셨어요?] 저 열 포기. [조사자 1: 많이는 안 하셨네?] 많이 안 해요. [조사자 1: 그러면 김장하는 건 이해가 안 되지는 않으시겠다.] 김장 아직 못해요. 시어머니랑 같이 할 때는 할 수 있는데, 저는 혼자 혼자 맡을 때도 한 번 있었는데 근데 맛이 이상해요. [조사자 1: 맛이 어머니가 하시는 것만큼 맛이 안 나요?] 네. 김치는 모두 다 할 수 있는데 김치만 아직 못해요. [조사자 1: 다른 건 다 하고. 김치 만드는 게

어려우시구나.] 음식은 모두 다 조금씩 할 수 있는데 아직 김치는 못 해요.

임신과 출산 때 기억나는 음식

[조사자 1: 그럼 임신했을 때 먹고 싶은 음식 있잖아요.] 다 베트남 음식 먹고 싶었어요. [조사자 1: 다 베트남 음식 어떤 거 먹고 싶었어요?] 팥빙수하고 쌀국수, 월남쌈 그런 거 많이 먹고 싶어요.

[조사자 1: 팥빙수? 팥빙수가 한국에 있는 팥빙수하고 달라요?] 베트남하고 달라요. 많이 달라요. [조사자 1: 어때요? 어떻게 만들어요? 그거는?] 베트남에서 녹두하고 재료 코코넛 같이 무조건 팥빙수는 코코넛이 들어요. 그런데 한국의 팥빙수는 베트남 팥빙수는 얼음도 안 넣어도 되고 그냥 먹을 수 있어요. 그런데 한국에서 팥빙수는 꼭 얼음이 있어야 되잖아요. 베트남에서 여러 가지 있어요. 뜨거운 팥빙수도 있고. [조사자 1: 팥빙수를 뜨겁게도 먹어요?] 네. 그리고 시원한 거 먹을 수도 있어요. [조사자 1: 시원하게 먹을 때랑 뜨겁게 먹을 때랑 방법이 어떻게 달라요?] 방법은 그냥 얼음 넣으면 돼요. [조사자 1: 얼음 넣으면 시원하고?] 네. 얼음 안 넣으면 그냥 위에 데우면 따뜻하게 먹으면.

[조사자 1: 그럼 국물이랑 같이 있는 거예요? 근데 그게 그렇게 먹고 싶었어요?] 네. 옛날에 너무 많이 먹고 싶어서 처음에 오자마자 임신했으니까 한국 음식 아직 못 먹었어요. 그래서 임신할 때는 맨날 베트남 음식 먹고 싶고, 과일은 베트남 과일도 먹고 싶고. 제일 먹고 싶은 과일은 망고예요. [조사자 1: 그때 당시는 망고가 흔하지 않았죠. 한국에도. 시집오셨을 때.] 네. 별로 없었어요. [조사자 1: 그럼 어떻게 하셨어요? 먹고 싶은 걸?] 먹고 싶을 때는 옛날에 인터넷에서 한 군데에서밖에 못 팔아요. 그런데 그때는 엄청 비싸요. 한 박스에 5만원, 6만원 정도. 그런데 너무 먹고 싶어서. 남편도 한 박스 사 줬었어요.

그리고 베트남 음식 먹고 싶을 때에는 마트에 가서 고기 사고 집에 와서 혼자 만들어서 먹어요. 그리고 저기 옛날에 베트남 마트, 저기 춘천에서 한 군데도 있고. 맨날 쌀국수 거기 가서, 병원 갈 때는, 병원 갈 때마다 거기 마트에 가서 쌀국수 계속 맨날 사고, 매일 매일 쌀국수 해 먹어요. 아침, 점심, 저녁, 오후에 다 매일 다섯 번을 먹어요. [조사자 1: 집에서도 만들어서도 드셔보셨죠?] 네. 집에서 만들어서 먹어요. [조사자 1: 시부모님이 드셔 보시고 뭐라셔요?] 아니요. 맛있대요. 우리 시어머니하고 시아버지는 쌀국수도 잘 드세요.

[조사자 1: 그러면 임신했을 때 베트남 음식이 되게 먹고 싶었던 게 힘든 거고, 나중에 애기 낳고 나서 아니면 임신했을 때 되게 섭섭하면 평생 안 잊어버려지거든요, 한국에서는. 한국 엄마들은. 그때 많이 속상하고 힘들었던 일은 없었어요? 임신했을 때?] 임신했을 때는 입덧 제일 힘들었어요. 4개월 동안 밥 하나도 못 먹고, 물 먹으면 물 먹어도 토하고 죽 먹어도 토하고 아무것도 못 먹어요. 4개월 동안. 그 몸이 너무 약해서 그 병원 가서 그 영양제 맞고. 그때 우리 남편이 많이 걱정해줬어요. 우리 와이프가 몇 개월 동안 임신했는데 몇 개월 동안 밥도 못 먹고 아무것도 못 먹었는데 입덧이 너무 심했어요. 그때 너무 힘들었어요.

[조사자 1: 그러면 애기 낳고 산후조리는 누가 해줬어요?] 시어머니가 도와줘요. [조사자 1: 시어머니가? 산후조리원 가셨어요? 아니면 집에서 하셨어요?] 병원에 애기 태어날 때, 병원에 2주 있고, 2주 끝나면 집에 와서 시어머니 조금씩 도와줬어요.

[조사자 1: 그러면 한국에서 애기 낳고 산후조리할 때 힘들었던 거 어떤 게 힘들었어요? 산후조리. 애기 낳고 나서 한 동안 아무것도 하면 안 되잖아요. 한국에서는 아무것도 못하게 하거든요.] 그냥 병원에서 2주 동안. [조사자 1: 먹는 거 안 힘들었어요?] 먹는 거? 맨 처음에 미역국 못 먹었는데, 애기 위해서 그냥 계속 못 먹어도 계속 먹으라고 해요. 열심히 먹고. [조사자 1: 미역국은 한국에 와서 처음 드셔 보신 거예요?] 네. 처음에. [조사자 1: 그런데 맛이.] 냄새 나서. 미역 냄새 나서. [조사자 1: 미역 냄새?] 네. 맨 처음에 못 먹었어요. 애기 태어나자마자 오후에 그 병원에서 있을 때 오후에 밥을 주잖아요. 그때 미역국이 나왔

어요. 근데 왜 그렇게 음식 하나도 없는데, 먹고 싶은 거 하나도 없는데, 미역국 냄새 확 나서.

우리 남편은 저한테 물어보잖아.

"미역국 못 먹으면 오빠가 쌀국수 사주라고 해."

그래서 쌀국수 사주고.

그런데 나중에 생각하니까 시어머니 말이 한국에서 태어나면, 애기 태어날 때, 출산할 때는 미역국 많이 먹어야 한다고. 그래서 젖이 많이 생기고. 그런 소리 들었으니까 싫어해도 아주 싫어해도 열심히 먹어요. [조사자 1: 억지로 먹었어요?] 네. [조사자 1: 그래서 얼마까지 먹었어요?] 그때. 저, 그때 애기 태어날 때 미역국 먹어요. 이전에 애기 태어나기 전에 미역국 진짜 못 먹어요. 그때 애기 태어날 때 미역국을 먹고 지금까지 계속 먹을 수 있어요. [조사자 1: 그때 먹은 이후로?] 지금은 맛있어요. 지금은.

[조사자 1: 그러면 생일날 한국에서는 미역국 끓여서 먹잖아요. 그러면 생일일 때 어머니가 미역국 끓여줘요? 항상?] 아니요. [조사자 1: 아니야? 며느리 생일 때는 안 끓여주세요? 그러면 ** 생일에는 엄마가 끓여줘요?] 네. 시어머니 생신 때도 저 끓여주고 저는 아무것도 없어요. [조사자 1: 생일날 뭐 드세요?] 남편이 케이크 하나 사주고, 그리고 선물도 사주고, 밖에 나가서 식당에 나가서 먹어요. [조사자 1: 외식하고.] 네.

좋아하는 한국 음식

[조사자 1: 그러면 한국에 와서 먹은 음식 중에서 '아, 이거 되게 맛있다'하고 맛있었다고 기억나는 음식은 뭐가 있어요?] 순댓국. [조사자 1: 순댓국이 맛있었어요?] 네. 순댓국하고 순두부찌개. 그리고 소불고기. (웃음) 소불고기 제일 맛있어요. 나중에는 점점에 갑자기 생각이 안 나네. 그 음식 이름. (단어를 잠시 생각하다가) 매운탕, 매운탕 아니고. [조사자 1: 매운 거예요?] 네. 엄청 매워요. 아, 해물찜. [조사자 1: 해물찜.] 네. 해물찜하고 갈비찜 그런 거 맛있어요. [조사자 1; 그런 거 맛

있었고.]

저는 제일 좋아하는 건 회. [조사자 1: 그런데 베트남에서는 회 같은 건 안 먹죠?] 먹어요. 그런데 회도 먹으는데, 그런데 자주 안 먹어요. 가끔씩만. [조사자 1: 근데 회가 맛있어요?] 네. 회가 맛있어요. 회하고, 저는 회하고, 닭발, 곱창 그런 거만 제일 좋아해요. [조사자 1: 그런 건 베트남에서 잘 안 드시던 음식인 거죠?] 아니요. 곱창은 먹어요. 닭발도 먹고. [조사자 1: 그럼 한국이랑 베트남 음식이 비슷한 거라서 잘 드시나요?] 좀 비슷비슷해.

[조사자 1: 비슷한 게 있어요?] 비슷한 거 있어요. 그 갈비찜은 베트남에서 비슷한 것도 있어요. 그리고 비슷한 거 많아요. [조사자 1: 음식이?] 네. 그런데 한국에 와서 맨 처음에 제일 잘 먹은 거는 불고기하고 갈비찜. 그거 제일 잘 먹어요. 맨 처음에 모두 다 못 먹으니까 그 갈비찜하고 소불고기 그때 먹을 수 있어.

서툰 한국어로 인한 자녀 교육의 어려움

[조사자 1: 그러면 한국에 오셔서 문화가 조금 달랐던 거 힘들고.] 네. [조사자 1: 지금 ** 학교 보내고 키우면서 힘든 점은 없으세요?] 있어요. [조사자 1: 어떤 게 제일 힘드세요?] 한국어. 저는 한국어 아직 모르니까, 애기 저보다 점점 더 잘해요. 저한테 갑자기,

"엄마 이거 뭐예요?"

엄마 모르니까 대답해, 대답 못 해줘서 미안하다구요. 그리고 애기한테 많이 대화도 많이 못 하고. 그리고 애기는 나중에 학교 가면 어떻게 어떻게 하는지 어떻게 챙기는지 아직도 걱정해요.

[조사자 1: 내년에 학교 보내야 하는데 걱정이 많으세요?] 네. 걱정 많이 해요. [조사자 2: **한테 베트남어를 가르쳐 주세요.] 그런데 **는 안 배우고 싶어해요. 베트남 갈 때는 가르쳐주면 그때만 하고 한국에서는 별로 말 안 해요. 기분 좋을 때는 얘기하면, 알려주면 얘기하고 기분 나쁠 때는 안 하고. [조사자 1: 안 하고?] 네. 근데 지금 베트남어를

가르쳐 주는 건 생각하는데 근데 지금 **가 아직 너무 어리니까. 그래서 나중에 학교 갈 때는 그때 알려줘요. 베트남어도.

이주로 포기한 꿈과 새로 찾은 꿈

● 구연정보

조사일시 : 2018. 12. 13(목) 오전

조사장소 : 서울시 서초구 양재동 카페

제 보 자 : 도티탄(이정민) [베트남, 여, 1989년생, 결혼이주 8년차]

조 사 자 : 오정미, 김민수

● 구연상황

제보자가 서울의 양재동에 위치한 서초 여성 인력센터에서 결혼이주민을 대상으로 한 강의를 하였다. 강의가 끝난 후 양재동에서 첫 만남이 성사되었다. 제보자는 강의자다운 멋진 모습으로 조사팀을 반겼고 근처 스터디 카페의 룸을 빌려 본격적으로 조사를 시작했다. 조사자가 기본적인 정보를 확인한 뒤 생애와 관련된 질문을 하자 제보자는 자신이 결혼을 결심하게 된 이야기와 한국에서 정착할 때 있었던 일, 특히, 자신의 꿈에 관해 이야기를 구술하였다.

● 줄거리

베트남 하이퐁이 고향인 제보자는 어머니의 권유로 한국 남자를 만나 결혼했다. 제보자는 고등학교를 졸업 후 대학에 진학하고자 했지만, 집안 형편이 여의치 않아 한국 남자를 소개받아 결혼하고 한국으로 왔다. 그 대신 한국에서 자신의 꿈을 실천하고자 한국어를 부지런히 습득하고 사회적 경험을 쌓았다. 결혼 후 대학에서 베트남 유학생을 돕는 일과 통번역 등의 일을 했고 결혼이주민을 위한 강사로 활동 중이다. 현재는 무역업을 꿈꾸며 준비 중이다.

꿈을 포기하고 선택한 결혼

[조사자 1: 혹시 아주 자세하게는 얘기 안 해주셔도 되고요. 남편분하고는 어떻게 간단하게 만났는지 여쭤 봐도 될까요?] 저희 같은 경우는 저

는 국제 당시 국제결혼 중개업을 통해서 결혼했고 한데.

다들 믿기지 않지만 저도 결혼하기 전에 남편하고 본 적도 없고, 그리고 (웃음) 결혼 당일날 울었어요. [조사자 1: 울었다구요? 왜 우셨어요?] 아니 저는 원하는 결혼 아니고 저희 엄마가 시키니까 어쩔 수 없이 하게 되어서. 그래서 결혼 당일 날 사진 찍는데도 되게 많이 울었어요. 다들 '이거 말도 안 된다'고.

[조사자 1: 아니 저는 말이 되는데, 어 그렇구나. 남편분하고 나이 차이가 좀 많이 나세요?] 네네. [조사자 1: 혹시 어느 정도 나세요?] 15년. [조사자 1: 아! 울 만한데요?] (웃음) 아니, 그것보다 제가 더 베트남에서 더 공부해서 하고 싶은데 갑자기 다 포기하고 결혼하고 게다가도 얼굴 쌩 모르고 또 결혼식에 가서, 근데 얘기해도 되는 시간 돼요? [조사자 1: 응응.]

그런데 결혼에 두 분 오셨어요. 남자분 두 분 오셨는데 둘 중에서 저도 같이 합동결혼이라고 하죠? [조사자 1: 아하.] 그래서 저도 한 명 더 있었어요. 그래서 남자 두 명 오니까,

'내 남편 누구지?'

[조사자 1: 아!] 다른 사람, 만약에 결혼한다고 생각하는 사람이 있기 때문에 인터뷰할 때 얼굴 보잖아요. 그런데 저는 안 봐요. 그래서 그 친구한테 물어봤어요.

"네 남편 어딨니?"

그랬더니, 그래서,

"저기."

"아유 그럼 나머지 한 명 내 남편이네?" (웃음)

[조사자 1: 아 그랬구나.] 아 그런데 거기부터 울었어요. 거기부터 사진 찍는데 해서 계속.

'이제는 정말 결혼하는구나.'

그랬어요.

[조사자 1: 그러면 어머니의 추천으로 그렇게 한국으로.] 네. 어쩔 수 없이. 당시 저도 교통사고 나가지고. [조사자 1: 누가?] 저, 제가 교통사고 나가지고 엄마는 항상 그전에 같은 경우,

"결혼 베트남 사람하고 하지 마라. 베트남에서 결혼하지 마라, 한국에서 해라."

그러고 저희 언니도 결혼 실패하시니까 어쨌든 좀 실망했었어요. 그래서 저보고는,

"너 여기서 결혼하지 말고 가라."

근데 그전에도 저는 사고 당하기 전에는,

'아! 나는 집을 나가도 결혼 안 하겠다. 계속 공부할 거다.'

하는데, 그런데 집에서 당연히 나갔는데 몇 달 후 사고가 나는 거예요.

그래가지고 사고가 나서 병원비든 뭐든 없으니까 어쩔 수 없이 그래서 엄마가 시키는 대로 했죠. [조사자 1: 아, 그러셨구나. 베트남에서는 무슨 공부를 하신 거예요? 선생님?] 아뇨, 베트남에서 당시는 저도 저희 집에서는 6남매거든요. 또 저는 둘째니까, 근데 또 저희 집에서는 여자가 공부 많이 안 해야 된다고 하셔가지고.

그래서 고졸해서 저는 베트남에 있는 대학에 들어가서 운 좋게 들어가서 일했어요. 그 당시 같은 경우는 잠시 한 1-2년 일하고 또 다시 대학교 들어가겠다고 열심히 했어요. 그런데 거기 들어가서 이러니까 엄마가 그렇게 해서 다 접고 왔죠. [조사자 1: 아 정말? 그러면 베트남 대학을 조금 다니다가 오신 거네요. 졸업까지는 아니신 거고?] 아니요. 다니지 못했죠. 그 당시는 다 왜 일하다가 돈 좀 모였으니까 대학 들어가려고 알아보고 있는데 [조사자 1: 준비하고 있는데.] 엄마 결혼하라 그래서, 그래서.

고향 하이퐁 소개

[조사자 1: 선생님 그럼 고향은 어디신지?] 베트남 하이퐁이요. [조사자 1: 하이퐁?] 하이퐁, 네. [조사자 1: 그럼 그게 하노이 쪽?] 하노이 쪽. [조사자 2: 요즘 엄청 유명한 곳이잖아요.] [조사자 1: 하이퐁이?] [조사자 2: 네, 휴양지로. 사람들 많이 놀러가요.] 이번에 제가 베트남 6월

달? 7월달에 갔나. 그런데 7월달에 가니까 마두이 거기가 다 한국 분이에요. [조사자 2: 지금 한국에서 엄청 인기가 좋아가지고.] 전에는 가면은 드물어요, 한국 분이. 그런데 이번에는 제가 마두 많이 갔거든요? 거기 놀이동산이나? 아기 있으니까? 그런데 가면 갈 때마다 다 한국 분이 제 옆에 앉은 자리도 한국 분이고 어쨌든 다 한국 분이었어요. [조사자 1: 아 그렇구나.]

[조사자 2: 요즘 한국에서 베트남 휴양지로 제일 인기 좋은 데라 많이 가더라구요.] [조사자 1: 가보고 싶다.] (웃음) [조사자 1: 하노이만 가봤어요 선생님. 하노이만.] 아, 그런데 요즘은 하노이하고 하이퐁 고속도로 뚫려가지고 되게 빨라요. 그래서 그것 때문에도 영향 될 수 있는 거고 또 하이퐁도 국제공항 생기니까 그래서 많이.

한국어를 배우고 성공한 문화적응

[조사자 1: 선생님 그럼 한국에 오셔서 어떻게 한국어 공부를 하신 거예요 선생님?] 저는 처음 한국에 왔을 때 알다시피 그 당시 결혼 이민자여서 어쩔 수 없이 결혼하니까 저도 아무 준비 없이 왔죠? [조사자 1: 못하죠, 네.] 그래서 처음 왔을 때는 시누이 만났어요. 그런데 누군지 물어볼 수 없으니까 남편이 누나라고 부르라고 그러시더라구요. 그래서 저도 누나라고 불렀어요. (웃음) 그래서 그 정도로 한국말 못했는데 저희 집은 시누이 네 분이 계세요. (웃음) 그중에서 살아남으려면 한국말 해야죠.

그래서 어느 정도 대화도 필요하기도 하고 필요성을 느끼니까 스스로 집에서 컴퓨터 틀어 놓으면서 공부하고. 그리고 그 당시는 2010년 같은 경우는 한국어 가르치는 기관 많이 없어가지고 거의 집에서 컴퓨터 동영상 보면서 공부했어요. 공부하고 한국 남편 들어오면 거기서 배웠던 거 다 말하죠. 그동안은 그때는 저희 시댁 식구들이 말이 너무 많다고 시끄럽대요. 저한테. (웃음) 그래서 그러면서 배웠던 것 같아요. 그냥 대화 속에. [조사자 1: 특별하게 무슨 어디 교육 기관에.] 특별히는 초기서는 저는 안 갔어요. 특별히 교육기관 없고 처음에는 교육기관도 잘 모르고 그다음에는 한 몇 년 지나면 약간 받았어요. 몇 년 지나니까 어느 정도 한국어 되고 그러면 조기 적응 프로그램, 아 조기 아니라 사회통합프로그램 이런 거.

[조사자 1: 아 알아요.] 거기서 한 잠깐. [조사자 1: 그게 전부신 거예요 선생님?] 네. [조사자 1: 아니 한국어를 너무 잘하셔서 여쭤보는 거예요. 거의 대부분은 가족에게.] 가족에게거나? 아니면 알다시피 저는 돌아다니는 거 좋아해요. (웃음) 그래서 뭐 오늘도 저도 이런 만남이 처음에는 좀 부담스러웠어요. 그런데 이걸 통해서 뭐 저는 느끼는 것은,

'아, 내가 한국어는 직접 배우지 않아도 얘기 통해서 한국어 늘 수 있는 것 같다.'

해서, 그래서 항상 이런 기회 뭐 하면 저는 참여하죠. 이런 제안 있으면 참여하고. [조사자 1: 너무 좋죠, 감사하고.] 저도 어느 정도는 이걸 통해서 저는 배울 수 있는 거고 얻을 수 있는 거니까. 그래서 그랬어요. [조사자 1: 아니 왜 여쭤보냐면 선생님 대학에서도 강의하시고 그러셨잖아요.]

으음 저는 대학에서는 근무, 일. [조사자 1: 일하신 거예요?] 네. 나머지는 초등학교 중학교 고등학교는 강사 하고. [조사자 1: 강사 하시고? 그래서 한국어를 그만큼 잘하시니까 혹시 어느 특정 기관에서 체계 있게 배우신 건지 여쭤본 거거든요? 그런데 혼자서 진짜 대단하시네요, 선생님.] 그런가요?

앞으로의 인생 계획

[조사자 1: 지금도 일하고 계시잖아요. 선생님.] 지금은 저는 올 6월 말까지는 대학교에서 일하고 동남보건대학에서 [조사자 1: 어디요 선생님?] 동남보건대. [조사자 1: 아, 동남보건대에서? 무슨 일을 하시는 거예요 선생님?] 그냥 유학생 관리. [조사자 1: 아, 유학생 관리, 베트남 특히 유학생들?] 그래서 거기서 일하고 나머지는 그냥 강사 활동하고

뭐 지금은 다른 쪽에 가려고 해서 준비하고 있어요.

[조사자 1: 지금은 다른 쪽 어느 쪽으로 여쭤봐도 될까요?] 네, 저는 대학에서 3년 일했잖아요. 되게 재밌고 그래서 잘못해서 다른 사람이 뭐라고 한 적이 없어요. 그런데 하다 보니까 잘하는 것보다 좋아하는 거 하면 좋겠다고 생각해서 적성에 맞는 걸 찾고 있어요. 그래서 보니까 무역 쪽에서 되게 괜찮은 거 같아가지고. 근데 알아보는데 근데 쉽지 않더라구요. (웃음) [조사자 1: 무역 어렵지 않나요? 어떻게 물건을 사고파는 일을 하고 싶으신 거죠? 베트남으로 수출하고?] 네, 수출하고. 근데 하고 싶은데 알아보고는 있는 단계인데, 그런데 좀 약간 뚫리지 않아서 지금은 좀 답답하고 고민 많아요. 요즘은.

[조사자 1: 아 그렇구나, 오늘도 선생님 서초 여성인력센터에서 강의하러 오신 거잖아요.] 네네. [조사자 1: 오늘은 무슨 강의 하신 거예요?] 저도 오늘도 결혼 이민자 상대로 그냥 어떻게 해야 한국어 하고 한국사회 어떻게 적응할 수 있는지. 솔직히 저도 그 고민 갖고 있잖아요. [조사자 1: 그렇죠.] 그래서 결혼 이민자도 아마 그 고민 갖고 있고. 그러면 서로 얘기 나누면서 거기서 어떻게 앞으로는 어떻게 해야 하는지 같이 얘기 나누고. [조사자 1: 그러니까 멘토 같은 역할 하신 거구나] 네.

[조사자 1: 되게 열심히 일하신 거 같아요. 그러면 선생님 지금 이렇게 서초 인력강의 센터에서 이런 거는 어떻게 연결이 돼서 하시게 된 거예요?] 아 서초 이거는 제가 저번에 코트라KOTRA● 취업 무슨 프로그램인데 이분 만나게 되가지고 이분이,

"강의 좀 어떻게 할 수 있겠냐?"

해서 그래서,

"저도 잘 할 수 있을지는 모르겠지만 한번 도전해 보겠다."

해서 이렇게 강의하게 되었구요.

[조사자 1: 보면 왜 저는 지방에 가면 주로 다문화 지원 센터에서 이중

● 코트라(KOTRA)는 대한무역투자진흥공사이다. 무역 진흥과 국내외 기업 간의 투자 및 산업 기술 협력 지원, 해외 전문인력의 유치 지원, 정부 간 수출 계약에 관한 업무를 하기 위해 설립된 산업통상자원부 산하 준정부기관이다.

언어 강사하시거나 동시통역 통·번역 일하시는 어머님들 많이 만났거든요.] 네네 맞아요. [조사자 1: 선생님도 그런 쪽 일 하셔도 너무 잘하실 거 같은데.] 저도 통·번역은 대학교에서 유학생 관리하면서 통역 거의 통·번역 담당했는데 그런데 해 보니까 자기 계발이 안 돼요. 어느 정도 약간 통·번역도 그런 쪽에서는 다 한 1년 몇 개월 하면 감이 잡히잖아요. 그럼 그러면 이대로 이 상태로 가요. 그러면 저는 좀 약간 그런 거 적응 안 되거든요. 어느 정도는 내가 적극적으로 뭘 해야 되지, 그 목표 정하고 그거 달성하는 성격이라서. (웃음)

그래서 가만히 앉아서 이렇게 일정대로 하면 좀 약간 답답하기도 하고 [조사자 1: 어떤 느낌인지 알 거 같아요. 그렇지.] 그래서 통·번역도 어느 정도는 요청 오는데 [조사자 1: 그럴 거 같아서 여쭤본 거예요.] 요청 오는데도 단지 만약에 내가 돈이 필요한 거면 가겠죠. 그런데 그냥 거기 그만두고 자기 계발하는 데 또 들어가면 그만두기가 아깝잖아요. 그래서 어차피 쉬었으니까 푹 쉬고 하고 싶은 일 찾고 그러고 싶어요. [조사자 1: 훌륭합니다. 선생님.]

한국 취업 과정과 정착기

● **구연정보**

조사일시 : 2017. 09. 24(일) 오후
조사장소 : 경기도 의정부시 민락동
제 보 자 : 응웬후우통 [베트남, 남, 1986년생, 이주노동 7년차]
조 사 자 : 박현숙, 김현희

● **구연상황**

조사자와 제보자는 제보자의 한국어 선생님의 소개로 의정부 한 카페에서 만났다. 제보자의 베트남 출신 아내도 함께 나왔으나 아내는 조사가 진행되는 동안 다른 자리에 앉아서 시간을 보냈다. 이야기판에는 제보자를 소개한 한국어 선생님이 동석했다. 조사자는 제보자가 편안하게 구술할 수 있도록 한국에 오게 된 경로와 직장생활 위주의 이주경험담 구술을 먼저 유도했다. 제보자의 한국어 선생님이 청자로 참여하며 제보자에게 적극적으로 질문했고, 제보자가 상황에 적절하지 않은 표현을 쓸 때는 즉석에서 정정해 주었다.

● **줄거리**

제보자는 2007년부터 한국으로 취업할 준비를 했으나, 한국 경기가 2년 정도 좋지 않아서 2010년에 시험을 치러 한국에 취업했다. 첫 직장에서 4년 정도 근무하다가 현재의 직장으로 이직했다. 직장생활하면서 의정부 외국인지원센터에서 한국어 공부도 힘겹게 병행했다. 제보자가 베트남으로 휴가를 가 있을 때 현재 아내와 연애를 시작했다. 한국으로 돌아와서도 SNS를 통해 국제연애를 하다가 3개월 전에 결혼하여 한국에서 아내와 함께 살고 있다. 한국의 직장생활에서 대체로 인간관계의 어려움은 없었으나, 한 상사가 제보자를 괴롭히거나 제보자 동료를 폭행하기도 했다. 제보자는 베트남 커뮤니티에서 많은 위로를 받는다. 커뮤니티에는 많은 취업 정보가 올라와서 베트남 출신 외국인노동자들에게 유익하다.

취업을 위한 준비과정

[청자: 뭐 만든다고 했지? 여기서?] 인테리어요. 이거 위에 거 만드는 곳이에요. 필름 같은 거하고 이거 붙이는 거예요. [조사자 1: 이런 필름 같은 거 만드는 곳이에요?] 이거 말고 자동차 안에 그거 생산해요. 이거 붙이는 거도 있잖아요. [청자: 이런 거도 있고 시트지?] 네. [청자: 시트지 하는 데야?] 네.

[조사자 1: 이 반지는 결혼반지예요?] 네. 이거 결혼반지예요. [조사자 1: 큰 거는?] 멋으로? [조사자 1: 왜냐면 한국에 ROTC 제대할 때 끼는 반지랑 비슷해서.] (제보자 기록지를 작성하면서) 이주 경력은요? [조사자 1: 2010년도에 오셨다고 적어주시면 돼요.] [조사자 1: 저희가 듣는 대로 적으니까 잘못 적을 수가 있어서 기본적인 정보는.] [청자: 베트남 사람들도 그렇고 이 동남아 사람들이 금을 번쩍번쩍해야 재는 '돈, 부자구나' 해서 폼으로.] [조사자 1: 아, 그래서 목걸이도 하셨구나. 우리 옛날에 왜 남자분들 많이 하셨잖아요.] [청자: 우린 깡패만 하잖아.] [조사자 1: 지금은 안 해도 옛날에는 진짜 많이 했던 거 같은데.]

[조사자 1: 한국에 와야겠다고 생각하신 건 언제부터 어떤 이유로 '한국에 가서 일해야겠다.' 이렇게 생각하신 거예요?] 2007년부터 한국에 오고 싶었는데요. 한국어 공부하다가 베트남에서 3개월 공부했지만, 한국의 경제가 안 좋아서 일자리 없다고 했어요. 그래서 2년 동안 공부 안 하다가 다른 일은 했어요.

[조사자 1: 그러면 베트남에서는 어떤 일 하셨었어요?] 내가 그냥 터미널에서 관리하는 사람이에요. [조사자 1: 터미널 관리?] 네. 그때는 2년 동안 한국에 가는 사람 없었어요. 갈 수 없어요. 일자리가 없기 때문에. [청자: 한국에서 그때 안 뽑았어?] 네네. 그때는 한국에서도 친구들이 놀고 있어요. 그때는 일자리 거의 없었어요. [청자: 2007년도인가? 경제난으로?] 2008년, 2009년이요. 이렇게. 그리고 2010년에 일자리 있어서 다시 시험 보고 합격해서 12월까진 갔어요.

첫 직장생활과 이직

[조사자 1: 그럼 한국에 왔을 때 처음 취직한 곳이 여기 **인가요?] 아니요. 처음에 왔을 때는 포천에서. [조사자 1: 포천에서 어떤 일하는 곳에서 일하셨어요?] 포천에서 신평리요. [조사자 1: 신평리?] 네. 신평리 2개월 했어요. [조사자 1: 2개월. 어떤 일 하셨어요?] [청자: 뭐 만들었어?] 소, 돼지 고기 먹는 거요. [청자: 사료?] 사료. 사료 만들었어요.

[조사자 1: 그때 외국인 노동자들이 더 있었나요? 같이 일하는 사람들?] 네네. 옛날에 포천에서는 처음에 한 명 있었어요. 4년 근무했고, 우리가 3명 새로운 사람 같이 왔어요. 왔다가 일이 좋아서 하고 일이 많아요. 처음에 와서 매일매일 12시, 1시까지요. [조사자 1: 몇 시부터요?] 7시 반부터요. [조사자 1: 아침 7시 반부터? 11시, 12시까지 일하셨어요?] 7시 일어나고, 7시 반 시작하고. 보통은 8시까지 퇴근해야 돼요. 일이 갑자기 생겨서 매일매일 1시, 2시도 있고, 3시도 있고 힘들어서 회사는 바꿔 타려고 했어요.

[조사자 1: 그때 처음 받은 월급이 얼마예요?] 처음에 기본급 85만원이요. [조사자 1: 85만원.] [청자: 기본급만 받았어? 야간 해서 오바타임?] 야간은 또 틀려요. 계약서는 그냥 기본급만 해요. 야간은 시간대로 하고 제일 많은 마지막 옮기기 전에 292만원 받았어요. [조사자 1: 마지막 옮기기 전에는.] 290. 엄청 많아요. 친구보다 엄청 많아요. [청자: 오바타임 많이 해서. 일 많이 해서.]

[조사자 1: 그래서 2개월 포천 신평리에 계시다가 그다음에는 어디로 가셨어요?] 지금 있는 회사가 **물산이에요. 여기는 친구 있어서 자리도 있고. [조사자 1: 그때 양주에 있었어요?] 지금 **물산이 양주에 있어요. [조사자 1: 그럼 그때부터 쭉 여기에 있는 거예요?] 네. [조사자 1: 사장님이 잘 해주시나 봐요?] 네. 이 회사는 큰 회사고 아무래도 괜찮은 거 같아요. [조사자 1: 조건도 괜찮고요?] 다른 회사도 좋은 회사 아니지만 괜찮아요. [조사자 1: 그러면 출근 퇴근은 일정해요?] 아니요. 우리가 회사는 8시부터 하고 10시까지요. 수요일 날은 7시까지. 그리고 토요일은 일하면 4시까지 퇴근해요.

[조사자 1: 한국에 와서 직장생활하시면서 월급을 안 주거나 그러는 사장님은 없었어요?] 네. 없었어요. [조사자 1: 다행이네요.] [청자: 여기서 조건이 밥을 한 끼 세 끼 주냐, 기숙사 비용을 빼냐 안 빼냐인데, 너네는?] 그거는 베트남에서 오기 전에 계약서 있어요, 인터넷으로. 밥은 제공 몇 번 하고 기숙사 제공하는지 나와 있어요. 만약에 우리가 계약서 보고 동의하면 갈 수 있고, 아니면 기다리고 다른 회사도 선택할 수 있어요.

[조사자 1: 처음에 오실 때 조건은 기숙사?] 기숙사도 있고 밥 세 번 제공해줬어요. [조사자 1: 하루 세 끼 제공하고? 비용은 따로 내셨어요?] 네. 이거는 따로 하고. [청자: 따로 줬어?] 네. 아니요. [청자: 월급에서 빼는 거 아니야?] 아니. 포함이에요. 그건 안 빼고 월급. [청자: 이거 포함, 기숙사비. 지금 회사는 하루 세 끼 줘?] 네. [조사자 1: 아침은 안 준다고 그러지 않았어요?] 아니요. 아침도 주고. 그런데 가끔만 먹어요. [청자: 니가 안 먹는 거야?] 네. 집에서도 요리해 먹고 가끔 빵, 우유 같은 거 먹어요.

[조사자 1: 부인은 언제 오셨어요?] 온 지 한 달 반 됐어요. [조사자 1: 어떠시대요? 한국에 지낼 만하시대요?] 괜찮다고 했어요. [청자: 그러니까 괜찮은 게. 원래는 기숙사에서 친구들이 한 방에 최소 둘 내지 넷이 같이 쓰는 데 혼자 쓰니까 와이프를 같이 기숙사에 데리고 온 거예요. 쉽지 않아요. 이렇게.] [조사자 2: 아, 기숙사도 주시는구나.] 우리가 기숙사에서 한 명씩 한 명씩 한 방 쓰고 있어요. 그래서 회사에서 와이프 오고 같이 살라고 했어요. 사장님이요. [조사자 1: 사장님 좋으시네요.] [청자: 와이프가 좋대요?] 네. 한국이 베트남보다 한국이 날씨도 좋고 공기도 깨끗해서 한국에 살고 싶다고 했어요.

[조사자 1: 아마 조건이 옛날에 오신 분들은 만나보면 베트남 음식이 너무 먹고 싶은데 없는 거예요. 그래서 정말 많이 우셨대요. 베트남 음식 과일 먹고 싶은데 지금은 많잖아요.] 제주도도 지금은 많이 생겼어요. 조금 비싸요. (웃음) [조사자 1: 조금 더 비싸죠? 베트남보다. 재료가 일단은 주변에 있으니까 해먹을 수 있잖아요. 그때는 재료도 아예 없었다고.]

[청자: 여기 의정부가 경기 북부잖아요. 근데 여기서 보면 아까 말한 포

천 그쪽이 외국인 근로자가 많아요. 그쪽이 그래서 포천 쪽인데 중심이 송우리라는 데예요. 그리고 양주 쪽에도 많고. 위로 갈수록 공장이 별로 없어요. 공장이 주로 양주 포천 그쪽에 많고. 그런데 의정부가 모든 외국인 근로자들이 모이는 장소예요. 여기 UFC가 의정부 외국인지원센터가 있어서 거기서 보통 300~400명 정도가 거기서 공부하거든요. 다 거기로 와서 공부해요.]

처음에 신청 너무 힘들었어요. 공부하기 위해 새벽에 세 시에 줄 서서 기다려야 해요. [청자: 전부 오는 순서대로 해야 하니까.] 센터가 5층이잖아요. 밖에 나가서 5층까지 자리가 없었어요. [청자: 이게 왜냐면은 그 당시에 300명 정도를 하는데도 다 이리 모이니까. 500, 600명 와서 줄 서서 있으니까 다 잘리는 거예요. 일찍 와서 번호 순서대로 하니까.] 의정부 센터 옆에 호텔도 사람들이 주변에 접수 날 되면 어제 밤에 두 시에 나오고 기다렸어요. 근데 공부하다가 일요일도 일도 하고 있고, 회사 옮기는 사람도 있고 하고, 공부하다가 어려워서 포기하는 사람도 많아요.

[조사자 1: 한국어 어려워요? 하긴 우리도 어려우니까.] 네. 우리도 계속 공부할 수 있는 게 아니에요. 만약 회사에서 일이 있으면 그건 일해야 해요. 그래서 공부 참석 못해요. 그리고 어려운데 몰래 보는 사람 없어요. 지금은 인터넷으로 올린 거는 문법하고 그렇게 할 수 있지만 2~3년 전에 엄청 힘들었어요. [조사자 1: 그랬겠네요.]

아내와의 연애와 결혼

[조사자 1: 결혼은 연애결혼 하셨다고 하셨잖아요. 이야기 좀 해주세요. 두 분이 만나서 좋아하고 결혼하기까지 스토리 좀.] 옛날에 학교 가다가 [청자: 학교 다닐 때.] 다닐 때 지금 와이프는 몇 번 만났지만, 그냥 몰라 왔어요. 근데 한국에 온 지 2년 돼서 휴가 있을 때 베트남 갔다가 다시 만났어요. 동네에서 커피숍에서 이렇게 처음 만났고, 이야기하면서 전화번호 받고 하고, 매일매일 페북에서 문자 주고받고 하고,

베트남에서 휴가 한 달 지나치면 한국에 들어왔어요. 들어왔다가 매일매일 일이 끝나자마자 통화하고 메시지 보냈어요. 1년 반 정도 그렇게 하고 결혼하기로 해서 베트남 가서 결혼했어요.

[조사자 1: 그러면 둘이 결혼하기로 하면 부모님들 허락받고 하는 거예요? 아니면 거기는 결혼을 어떤 식으로 되는 거예요?] 결혼하기 전에 부모님 서로하고 이야기했고, 부모님 허락 받고 나서 내가 베트남 가서 결혼했어요. [조사자 1: 아, 서로 양쪽 부모님은 아는 사이다. 그렇죠? 동네 분들이니까.] 동네하고 가까워서 부모님 옛날에 만났고 하고 다 알았어요.

[조사자 1: 근데 부인이 한번 만나보고 싶어서 일부러 커피숍에서 불러서 만난 거예요?] 아니요. 우연히 만났어요. [조사자 1: 아, 우연히 만났는데 전화번호 주고받고 하다 보니까?] 그 커피숍 친구 있고, 내가 커피 마시러 오라고 해서 우연히 지금 와이프는 만났어요. 그래서 몇 번 만나고 그냥 전화번호 받았어요. 그때부터 시작했어요. [청자: 친구가 하는 커피숍이야?] 네. [청자: 친구가 일하는 커피숍이야?] 아니요. 내가 집에서 근처에 커피숍 있어요. 보통 친구 이야기하는 커피숍에서 만나고 이야기했어요.

[청자: 아, 그냥 친구 만나고 있었는데, 거기서 있었다고?] 네. [조사자 2: 누가 먼저 말 걸었어요?] 내가요. [조사자 2: 와이프 예뻐서 좋아서요? 전화번호 달라고 했어요?] 네. 전화번호 달라고 했어요. [청자: 친구니까. 학교 다닐 때 친구였었고.] 네. [조사자 1: 페이스북으로 계속 서로 연락을 주고받고?] 네. 카톡 같은 거 그렇게 계속 하고.

[조사자 1: 베트남에서 남자가 서른 살이면 결혼을 늦게 하는 거예요? 아니면 빨리하는 거예요?] 네. 옛날에 비하면 너무 늦게 하는 거예요. 지금은 괜찮아요. 보통 우리가 남자는 스물여섯 살부터 서른까지 결혼하는 사람이 많아요.

비자 발급과 가족 계획

[조사자 1: 그럼 그때 E-9 비자 끝나고 베트남 들어갔을 때 결혼식을 하신 거예요?] 네. 맞습니다. [조사자 1: 그러면 결혼하시고 얼마 만에 다시 한국에 오신 거예요?] 8개월 후에. [조사자 1: 그럼 신혼생활은 8개월 같이 사셨어요?] 네. 우리가 2년 전에 약혼했고 한국에 끝나자마자 베트남 가서 같이 생활하고 한국에 3개월 전에 결혼했고 3개월 동안 같이 지내고 하고 한국에 떠났어요.

[조사자 1: 그때 어땠어요? 예쁜 부인만 혼자 두고 한국 오기가?] 그래서 한국 같이 살고 싶어서 한국에 와서 노력하고 비자 받았어요. [조사자 1: 비자 받기 위해 엄청 애쓰셨겠네요? 부인 데리고 오고 싶어서.] 네. [청자: 그리고 애기를 낳아야 하는데 만나야 되니까.] [조사자 1: 애기는 몇 명이나 계획하세요?] 베트남 사람들이 두 명이나 세 명이 좋다고 했어요. 부모님도 그렇게 하라고 했어요. [조사자 1: 그래서 두세 명 낳고 싶으세요?] 네. [청자 1: 와이프랑 동갑이야?] 아니요. 네 살 차이예요. [청자: 4살 어려?] 네. 스물여덟이요. [청자: 후배였네? 그러면. 학교 다닐 때.] 네.

[조사자 1: 한국에서는 네 살 차이면 무조건 잘 맞는다고.] 네. 베트남도 그렇게 해요. [조사자 1: 베트남도 그런 문화가 있어요?] 네. 네 살 차이가 딱 맞아요. 그런데 세 살 차이가 안 맞다고 그래요. [조사자 1: 한국에서는 그래서 결혼 전에 태어난 시간 날짜 양쪽을 맞춰서 봐요. 봐서 잘 맞는지 안 맞는지 이런 걸 하는데 베트남은 그런 거 없죠?] 5년 전에 그렇게 없지만 요즘에 청소년들이 지금 사귀기 전에 그렇게 물어봤어요. [조사자 1: 어디 가서 물어봐요?] 그냥 만나보고 전화 받고, 지금 인터넷으로 이야기하는 사람 많아요. [조사자 1: 아, 인터넷으로 연애하는 사람 많다고?] 인사하고, 이름하고.

[청자: 아니, 그 얘기가 아니고 한국 사람들은 서로 맞는지 안 맞는지 테스트를 하는데. 그걸 할 때 서로 나이, 이름, 몇 시에 태어났는지 이런 거 날짜 계산을 서로 해가지고, 맞는지 안 맞는지 점친다? 점 본다고 해. 베트남도 그런 게 있냐고.] 네. 있어요. [청자: 너희도 이런 걸 봐? 부모님들이

봐, 이런 거는.] 우리가 안 했지만 다른 사람도 그렇게 해요. [청자; 다른 사람들도 그렇게 맞춰?] 그런데 남자하고 몇 시 몇 시 그렇게 안 해요. 그냥 몇 살 몇 살 그렇게만 해요.

베트남의 결혼 문화와 쩌우까오 열매

[조사자 1: 그럼 전통결혼 하셨어요?] 네. 전통결혼 했었어요. [조사자 1: 그러면, 쩌우까오? 까오쩌우? 열매 결혼식 때 하는.] 까오. 쩌우까오. 네. [조사자 1: 열매 있잖아요. 열매에 얽힌 이야기가 있다고 하던데. 아셔요? 어떤 이야기예요?] 네.

오래 옛날에 쩌우라는 여자 같은 사람이 있고 남자는 까오. [청자: 까오가 무슨 뜻인데요?] 과일이요. [청자: 뜻이 있어요?] 네. 남자가 여자 사랑하고, 헤어졌다가 죽었어요. 그래서 같이 하고 싶은데 안 됐어요. 그렇게 여자는 쩌우요. 잎이요. [청자: 한국말로 해.] 한국에 없어요. 그냥 잎이에요. 까오는 나무하고 과일이에요. 그거는 같이 있어야 해요. [청자: 같이 먹어야 해?] 네. 그렇게 같이 먹어요. 그래서 항상 있어야 해요.

[청자: 무슨 말인지 이해를 못했어요. 이해했어요?] [조사자 1: 아, 네. 쩌우는 여자.] [청자: 같은 나무에?] 아니, 같은 나무가 아니에요. [조사자 1: 그게 아니라, 그 이야기를 해주셔야 해요. 이게 잎이 되고 열매가 되는 그 이야기 있잖아요. 그거 아셔요? 그거 한번 찾아보고 아시는 이야기인지.] [청자: 다 다른 나무야? 여자하고? 잎을 먹는 나무하고?] [조사자 1: 근데 이 잎이 다른 나무를 감는 거예요.] [청자: 아, 덩굴로? 아, 다른 건데. 덩굴 알아?] 넝쿨? [청자: 나무에서 이렇게 줄이 둘둘둘, 나무에서 감는 거요.] 네. 그렇게 있어요. 짜우 그렇게 해요. [조사자 1: 그렇게 해서 아마 이게 서로 다른 사람이 서로 엉켜서 그렇게 해서 아마 부부가 된다는 의미가 있는 거 같아요.] [청자: 그래서 그 잎에다가 그 열매를 같이 해서 먹는다고.]

[조사자 1: 맛은 없다고 하던데요. 맛있어요?] 그런데 사람들이 오십

넘어 먹으면 이가 좋다고 했어요. [청자: 그걸 먹으면?] 보통 결혼식에 꼭 있어야 돼요. [조사자 1: 그러니까 결혼식에 꼭 있어야 한다고 하더라구요.] (휴대폰으로 사진을 찾아 보여주며) 이게 사진이에요. 이게 까오, 이거 쩌우. [청자: 그러니까 덩굴.]

[조사자 1: 근데 신기하게 이 나무에는 항상 가나 봐요. 왜냐하면 이게 한 그루만 있는 게 아닐 거 아니에요?] [청자: 그럼 모든 나무에 그 덩굴이 올라가? 그 나무에?] [조사자 1: 그 나무가 많아요? 베트남에?] 네. 우리가 예전에 그렇게 다 있어야 돼요. 그리고 나이 먹는 사람도 그렇게 먹어요. [조사자 1: 결혼식만 꼭 먹어요? 다른 때도?] 다른 때도 먹어요. 그런데 겨울에 먹는 사람이 많아요. [청자: 남자가 먹어? 여자가 먹어?] 다 먹어요. [조사자 1: 그거 먹으면 이 빨개지는 거 아니야?] 네. 그런데 이가 튼튼하게 해줘요. [조사자 1: 그거 먹으면 이가 튼튼해진대? 그래서 나이 든 사람이 먹는다고?] 네. [청자: 이 빨개지는 거 먹는 사람 있잖아요. 이가 빨개지는 건 아니야?] 네. 빨개요. 좀 매웠어요. 그리고 처음에 먹으면 취할 수 있어요. [조사자 1: 그래서 일부러 먹이나 보다. 결혼식 날.] [청자: 알딸딸하게.] (웃음)

[조사자 1: 그 이야기 찾아보시면, 이야기 혹시 옛날 학교 다닐 때라도. 워낙 유명한 이야기라서.] [청자: 그 잎이 왜? 그 잎과 열매의 스토리?] [조사자 1: 네. 그 부부 이야기. 혹시 아실까 해서.] [청자: 그러게. 그런 이야기는 동화책으로는 안 나와 있겠다. 그렇죠?] 네. [조사자 1: 쩌우까우는 많이 나와 있어요.] 아니요. 많이 나와 있어요. [청자: 베트남에 대한 건 많죠? 사람 많으니까. 공부하는 사람도 많고.] [조사자 1: 베트남 분들 진짜 많으시더라구요.]

[청자: 그리고 다문화센터에 보면 대부분 통역사들이 주로 베트남 사람들이랑 중국 사람들이 많아요.] [조사자 1: 또 오시는 분들이 워낙 많으니까.] [청자: 그런데 베트남 사람들은 발음 교정할 때 참 힘들어요. '리을' 발음이 안 되니까.] [조사자 1: 정말 개별지도 많이 해주셔야겠어요.] [청자: 그런데 발음 교정은 일주일에 한 번이라서, E-9비자는 일주일에 한 번 일요일날 가서 해주는 거라. 개별지도가 어려운데. 다문화센터 방문해서는 이제 개별지도 하죠. 근데 거기도 베트남 사람이 제일 많아요.]

[청자: 그런 것도 들었어요. 보통 결혼 이민자들 나이 차이가 많이 나잖아요. 열다섯 살, 스무 살, 스물다섯 살. 옛날엔 그랬잖아요. 지금은 좀 줄었는데. 그러 그러면 바람난다고 그렇게 안 해준대요.] [조사자 1: 여자 분이? E-9비자 남자하고.] [조사자 1: 그래서 안 해 준다고.] [청자: 밖에 못 나가게 하잖아요.] [조사자 1: 그래서 국적을 정말 안 준대요.] [청자: 근데 이게 나이가 원체 많으니까. 자기 또래 E-9비자 남자들이 많이 왔잖아요. 우리도 우리 학생 중에 그런 사람 많아요. 봤어. 밥 먹는데. 도망가는 거야. 얘네들이. 자기 또래.]

[조사자 1: 한국에 사시면서 한국 분이랑 연애는 안 해보셨어요?] 네. 안 했어요. [조사자 1: 부인이 계셔서 말씀 안 하는 건 아니고?] 아니에요. 자신이 없었어요. [조사자 1: 하기야, 밤 12시까지 일하면 언제 연애를 하겠어요.] 네. 시간이 없어요. [청자: 여자가 아니라 남자 한국 사람 만나기도 쉽지 않아요.]

상사의 괴롭힘과 이주민 커뮤니티에서 찾은 힘

[조사자 1: 그럼 직장생활 하시면서 힘든 건 어떤 점이에요?] 힘든 건 없지만. [조사자 1: 처음에 왔을 때 생각해 보시면 되게 힘드셨을 거 같은데.] 네. 처음엔 힘든 거 있어요. 한국말 잘 못해서 공부하고 싶어도 어떻게 공부하는지 하고 어디 가는지 그거 모르겠어요.

[조사자 1: 그래서 다른 데 가거나 한국말 잘 못해서 실수하거나 이랬던 거 이야기 있을까요?] 그거는 없었지만 친구 몇 번 가다가 한국 사람 부딪쳤지만, 원래 한국 사람 미안하다고 해야 돼요. 그런데 외국인이라서 그냥 미안하다고 했지만 한국인 지나갔어요. 한국말 잘 못해서 설명하고 싶어도 그걸 못했어요.

한국 온 지 4개월 됐는데 과장님 한 번 화났어요. [조사자 1: 왜요?] 아니 제가 잘못하는 사람은 아니지만 과장이 게임하다가 불량이 났어요. [청자: 과장님이 불량 내놓고?] 내가 탓에 불량이 났다고 했어요. 그리고 주고받고 지치면 내가 피했어요. 그러니까 그거는 화내서 사무실 가서 사장님하고 말하고 회사 옮긴다라고 했어요.

[청자: 아, 그래서 옮긴 거야?] 지금 **물산 회사야. 그래서 과장님도 그냥 미안하다고 했지만 앞으로도 그렇게 계속했어요. 계속하다가 제 친구가 일을 잘 못해서 때렸어요. 때려서 사장님 만나서 그 한국 사람 잘렸어요. 그때는 내가 하는 거 많이 있지만, 얘기 못했어요. 정말 답답했어요. 그냥 참고 살았어요.

[조사자 1: 그러면 몸이 아프고 이럴 땐 어떻게 하셨어요?] 그건 과장한테 말하고 병원 가면 돼요. 우리가 공장이 괜찮아지면. 다른 친구도 만약에 일이 안 마치면 허리 아프면, 눈이 아프면 용접. 용접하는 데는, 눈이 아프고, 아프면 안 된다고 했지만 사장님, 안 된다고 했고, 계속해야 한다고 했어요. 그리고 몇 번 그렇게 참고 하고 아프고 회사 바꾸고 싶지만, 사장님 허락을 못 받았어요. 하다가 친구는 적응 못 해서 일 안 하고 기숙사에서 자고 그렇게 하고 2~3주 지나서 월급도 없고, 그렇게 생활했어요.

그렇게 요즘에 공동체, 페북에서 베트남 공동체 있잖아요. 거기는 고민 있으면 올려주고 그렇게 사람들이 의견을 받고 어떻게 하는지 좀 설명하면 좋다고 했어요. 그런 경우가 많아요. [조사자 1: 그럼 동호회 이런 데가 서로 위로가 되고 의지가 되겠네요?] 네.

그리고 만약에 회사 옮긴 사람 있으면 어디든지 일자리 있으면 알려주고 그렇게 하면 돼요. 공장도 편하고 친구도 편해요. 왜냐면 베트남 사람 있고. 어떤 일을 하는지, 힘든지, 안 힘든지 그렇게 하면 설명받고 선택하면 돼요. 요즘에 옮긴 사람도 많아서 노동부에서 그렇게 잘 했어요. 옛날에 우리가 마음대로 옮길 수 있고 하고, 회사 쉽게 자를 수 있어요. 근데 지금은 노동부 핸드폰 번호 알려주고, 어떤 회사 지금 일자리 있고, 그냥 메시지로 보냈어요. 서로 이야기하고 일일이 자를 수 있어요.

필리핀

강원도 시골에서의 결혼생활 우여곡절

● **구연정보**

조사일시 : 2016. 12. 17(토) 오전

조사장소 : 강원도 횡성군 횡성읍 읍하리

제 보 자 : 수맘퐁엠마 [필리핀, 여, 1970년생, 결혼이주 17년차]

조 사 자 : 박현숙, 김민수

● **구연상황**

제보자가 〈사라진 금바위〉 이야기 구연을 마친 뒤, 조사자가 제보자의 기본 인적사항에 대해 질문했다. 조사자와 제보자의 질의응답 속에서 자연스럽게 제보자의 살아온 이야기로 구연이 이어졌다. 제보자가 한국 문화에 대해 궁금한 것은 즉석에서 조사자에게 질문하기도 하고, 때론 조사자가 다른 제보자에게 들은 재미있는 에피소드를 들려주기도 하며 화기애애한 분위기에서 제보자가 구연을 이어나갔다. 오숙민 작가와 일본 국적의 모우에 히로꼬 제보자가 이야기판에 청자로 참여했다.

● **줄거리**

한국으로 시집왔을 때 시댁 식구들이 잘 챙겨주었다. 시부모님이 사는 집은 옛날 흙집이었다. 외관은 허름했지만 내부는 개조되어 사는 데 불편함은 없었다. 시댁 식구는 제보자를 잘 챙겨주었다. 갑상선이 좋지 않아서 약을 복용하고 있을 때 임신 소식을 들었다. 복용한 약의 영향으로 태아가 위험하지 않을까 염려했지만 아이는 건강하게 태어나고 잘 자랐다. 그런데 화재로 첫째 아이를 잃고 말았다. 집을 새로 지었지만, 아이가 없는 집은 무의미했다. 세월이 흘러서 둘째, 셋째 아이가 생겼다. 신기하게도 막내는 마치 첫째가 살아 돌아온 것처럼 첫째와 빼닮았다. 시아버님이 돌아가셔서 모든 장례과정을 지켜보았는데, 필리핀의 장례 문화와 달랐다. 한국에 살면서 사투리와 호칭 문화를 이해하는 데 어려움이 있었다. 시어머니가 가위를 가시라고 불러서 못 알아들은 일도 있었고, 나이 어린 자신이 나이가 많은 동서에게 형님이라는 소리를 듣는 것이 이해가 되지 않아서 동서에게 형님이라고 부른 일도 있었다.

친정 식구와 시댁 식구

(본격적인 조사에 앞서 형제관계 등 인적사항에 대해서 대화를 나눔.)

[조사자: 그럼 결혼하시기 전에는… 결혼을 그럼 몇 살에 하신 거죠?] 여기 나이로는 서른 살에요. [조사자: 서른 살에? 그럼 필리핀 나이로 서른 살이면 결혼 나이가 빠른 나이는 아니죠?] 아니에요. 늦은 나이예요. [조사자: 평균 몇 살이에요?] 거기서 한 평균 스물다섯? [조사자: 스물다섯? 한국은 별로 많은 나이가 아닌데 지금 서른이면. 그러면 몇째 며느리로 시집오셨어요?] 저도 맏이예요. [조사자: 맏며느리? 양쪽이 너무 무겁다.] (웃음) 무겁죠, 어깨 무거워요.

[조사자: 그 아저씨 형제분은 어떻게 되시는데요?] 우리 남편 아들 한 둘 있고, 딸은 한 셋이요. [조사자: 그럼 시누이가 세 명이네요?] 네, 세 명이에요. [조사자: 고생하셨겠는데.] 아 세 명이 아니라 하나 추가, 네 명이에요. 그래도 뭐 시누들이요. [조사자: 시집오셔가지고 시누들 결혼도 시키셨어요?] 네. 그래도 시누들한테 이런 거 뭐라 그럴까, 나한테 어렵게 하는 거 하나도 없었어요. [조사자: 다행이네요. 원래 한국에서는 시누이 시집살이가 엄청 심하거든요.] 그렇지 않아요. 나를 항상, [조사자: 챙겨줘요?] 챙겨주고 마음이 아프면 위로해주고 그래요. [조사자: 그럼 시누이들은 가까이 사세요?] 아니요. [조사자: 다들 시집가고 멀리 가셨어요?] 네네. 그래도 우리 집에 잘 찾아와요. 그러니까 전화하면서 또,

“올케 뭐 괜찮냐?”

그래요.

[조사자: 그럼 결혼하고는 시부모님이랑 같이 사셨을 거 아니에요?] 맞아요. [조사자: 지금도 같이 살고 계세요?] 응, 시어머니는 남아있어요. [조사자: 아 그럼 오셔서 결혼하실 땐 시아버지 살아계셨고?] 네네.

한국과 필리핀의 장례문화와 종교

[조사자: 그럼 상을, 장례식을 치러보셨을 거 아니에요? 시아버님 돌아가셨을 때?] 네. [조사자: 그때 필리핀 장례문화랑 한국 장례문화랑 많이 다르지 않던가요?] 많이 다르죠. [조사자: 필리핀은 어땠는데 한국은 어땠어서, 그때 어떠셨는지 그거 좀 얘기해 주세요.] 근데 한국이 누구나 돌아가실 때는 저희 시아버지가 집에서 우리가 다 봤어요. 어떻게 돌아가시는지 봤는데요. 그리고 장사? 그거 다 한 다음에 한 3일 동안에 우리 가족들, 친척들 집에 가서 제사 같은 거 하루에 한 세 번 정도 했어요.

그래서 저도 필리핀에 이제 이런 풍습을 전혀 못 봤어요. 왜냐하면, 필리핀에서 그거 종교 때문에 그거 따라 그런 풍습으로 그리고 누가 돌아가시면 그냥 무조건 집에서만 해서 장사해요. 집에서 한 일주일 동안에 그러니 만약에 자식들 어디 나가 있으면 빨리 못 오잖아요. 그래서 9일째 집에서 장사하고 그래요. [조사자: 9일 동안?] 네, 9일 동안.

[조사자: 여기는 장례식장 가셨죠?] 네. 그래서 뭐 옛날처럼 뭐 장례 무조건 집에서만 했잖아요, 그쵸? 그리고 산에 가서 산 있으면 산 거기서 장사 하고 없으면 뭐 화장? 같은 것도 하고. 필리핀 같은 데선 뭐 화장 같은 건 안 된대요. 왜냐면 가톨릭에서 그런 뭐죠? 그런 화장하면 안 된다고 그래서. 그래서 무조건 다 땅에서 [조사자: 땅에? 매장?] 네. [조사자: 그럼 시아버님은 화장하셨고?] 아니에요, 땅이 있으니까. 거기서 [조사자: 아 선산에다가 묻으셨어요?] 네.

[조사자: 그러면 그 장례 절차도 다 보셨겠네요?] 네네, 그거 다 봤어요. 신기해요. 왜냐하면 그 죽은 몸이 그냥 그 뭐라 그럴까 [조사자: 관?] 네, 거기서 갖다가 거기서 누워 있었는데 근데 산에 가서 이거는 죽은 몸이 다 꺼내서 관을 열고, 그리고 그냥 땅에서 몸으로 땅이랑 잘 만날 수도 있잖아요. 그래서 저는,

'이렇게 했겠구나. 사람이 정말 그 **** 붙어 이렇구나.'

좀 신기해하고.

[조사자: 그러면 염하고 이러는 거 다 보셨을 거 아니에요?] 네네. [조사자: 그런 절차들이 그럼 필리핀에서 누가 돌아가셔서 보신 적은 없는 거죠?] 그렇(죠). [조사자: 왜냐하면 한국에서는 돌아가시면 몸도 다 닦고 그 다음 다 이렇게 감은 다음에 또 이렇게 입에 뭐 넣어주고 하잖아요. 그런 거는 아무래도 한국에만 있는 게 아니었을까 싶은데. 궁금해서 물어본 거 없으세요? 왜 이렇게 하는지?] 근데 사실 제가 저희 시아버지가 돌아가시기 전에 고모들이 와서 고모부가 와서 온몸을 아주 깨끗이 닦았어요. 온몸을 다 닦아가지고 이건 그래 이제 돌아가시면 그런 몸을 깨끗하게 그렇게 옷을 다 갈아입었어요. 근데 입에서 뭐 그런 건 전혀 못 봤어요. [조사자: 아 입에다 뭐 넣고 그런 거 못 보셨어요?] 네, 못 봤어요.

근데 고모가 무슨 죽 같은 것도 먹이는데 [조사자: 죽?] 죽 같은 것도 먹이는데 그래도 전혀 잘 받지 않으니까 그래서 왜 들어가는지 전혀 못 봤어요. 혹시 그런 거는 무슨 뜻인가요? [조사자: 아 쌀알을 넣어서 우리는 돌아가셔도 끝이 아니고 저승이라는 곳에 간다고 믿기 때문에 돈도 노잣돈 가는 길에 쓰라고 그다음에 쌀 같은 것도. 그리고 또 이런 뜻도 있다고 해요. 입에 뭐가 들어가 있으니까 말을 못 하잖아요. 그러니까 이승의 일을 저승 가서 말하지 말라고 하는 뜻도 있고 여러 가지 뜻이 있더라구요. 저도 할아버지 할머니 돌아가신 거만 봐서 모든 절차를 본 적은 없어서.]

근데 필리핀에서 뭐 죽은 사람이 아주 조용한 그 물건들이 있으면 거기도 그냥 거기도 같이 보내요. 같이 보내고 그 7일 동안 장사해야 하니까 약 같은 거 주사로 맞췄어요. [조사자: 주사로 맞춰요? 부패하지 않게?] 네. 그래야 뭐 냄새도 안 나고 그렇잖아요.

[조사자: 그러면 필리핀에서는 사람이 죽으면 이제 그게 끝난다고 생각하는 거예요. 아니면 한국처럼 저승이라는 공간이 있어서 죽은 사람들이 머무르는 곳이 있다고 생각해요?] 네네. 우리도 그런 거 생각하고 있어요. 그런 거 있어요. 왜냐하면 사람이 죽은 다음에 그 영혼 같은 거 있다고 그런 믿음이 있으니까 이제 그거 때문에 어디서 하늘나라에서 영원히 거기 살아야 되니까. 그래서 여기서 저승 같은 거는 있겠지만 필리핀에 이제 그런 것도 있어요. 꼭 반드시 교회 가서 아주 정성 여러 가지 정성을 다하고 그 돌아가시는 분들을 위해서 돈 같은 거는

바치고.

[조사자: 그럼 필리핀은 종교가 기독교가 많아요?] 기독교가 많아요. 한 80% 넘어 있으니까. [조사자: 카톨릭교요?] 네, 카톨릭교요. 그래서 그거 때문에 화장이나 이혼 이런 것들이 안 되는 거예요. [조사자: 그럼 엠마 선생님도 어렸을 때부터 기독교?] 네네. [조사자: 집안도 전체 다 기독교?] 네네. 다 기독교예요.

한국어 표현과 호칭의 어려움

[조사자: 한국에 오셔서 어려웠던 게 어떤 거예요? 제가 어제 만난 어떤 분은 한국말이 너무 헷갈리는 게 많다는 거예요. 그래서 '안녕히 주무세요.' 이 말을 처음에는 '안녕하세요'만 계속했더니 시부모님이 "너 내가 무슨 손님이냐?"구 "만날 안녕하냐고만 물어본다."고. 그래서 '안녕히 주무세요' 이 말을 배워서 하는데 그 들리는 대로 말을 하니까 '안녕히 죽으세요' 이렇게 (웃음) 이렇게 들렸대요. 그래서 이렇게 말했다가…] 화나겠지. (일동 웃음)

[조사자: 그래 이러셨다고. 웃기죠? 그다음에 시부모님이 재사용 봉투를 사오라고 하셔서 마트에 가는데 '제사할 때 쓰는 봉투가 따로 있나?' 제사용 봉투가 따로 있는 줄 알았대요. 그러니까 재사용 봉투.] [청자 1: 재활용.] [조사자: 그러니까 'ㅐ', 'ㅔ'가 발음이 똑같으니까, 헷갈리니까, 마트에 가서 "제사 때 쓰는 봉투가 따로 있냐."고. 이렇게 한국말을 잘 못 알아들어서 내가 알고 있는 단어랑 헷갈리기도 하고 이래서 일어난 에피소드들도 많더라구요.] [청자 2(모우에 히로꼬): 재밌다.] 네, 많이 있어요.

[조사자: 그래서 엠마 선생님도 뭐 한국에 있으면서 혹시 그런 일은 아니더라도.] [청자 2(모우에 히로꼬): 일부러 쓰까?] 그런 거 있어요. [조사자: 어떤 거 있어요?] 왜냐하면 한국말 딱 한 가지만 쓰는 게 아니라 한 다섯 개 정도가 있대요. [조사자: 맞아요.] 우리 어머니 말하시는데 그래서 나는 내가 알건 모르건 처음에는 가위 보면 '가위' 알고 있어요. 근데 갑자기,

“얘야! 가시 가져와라.”

“가시가 뭐냐구요. 몰라요, 가시.”

“너, 가시 몰라?”

“모르죠. 나는 어떻게 알아요.”

“저기 가위 가져오라.”고.

“아, 가시가 가위구나.”

뭐 그런 이야기 많이 들었고.

그리고 또 뭐가 있었지? 저 이제 동서가 생겼는데, 이제 저도 그때 아이 하나 생기고 이제 우리 도련님도 결혼하고 동서가 왔어요. 근데 동서는 나이는 저보다 또 많은데 근데 동서라고 어머님이 ‘동서’라고 불러요. 근데 저는,

‘나이가 많은데 왜 동서 하냐?’고.

그래서 알았다고, 알았다고 끄덕끄덕하면서 근데 걸리는 거예요.

‘아, 왜 동서지? 나보다 나이가 더 많은데.’

말이 안 되는 거예요. 그러니까 왜냐하면 남편 때문에 무슨 이런 관계가 그건 아직까지 정확하게 모르니까, 헷갈리니까, 동서하고 나하고만 그 무슨 학위 있는지 그러니까 조금씩 이야기해도 뭐, 한국말도 제대로 말도 못 하니까,

‘나는 형님이니까 나는 동서가 아니다.’

그래서 동서보고,

“형님.”

불렀어요.

“아, 아니라.”고,

“아니라.”고.

“왜 그러냐?”고.

“나는 동서예요, 형님. 너는 형님이고 나는 동서라.”고.

막 그래요. 나한테 막 동서 부르라고.

‘아유 좀 어렵다.’

좀 받아들이기가 어려운 거예요. 왜냐하면,

‘나이값도 많으니까 나는 왜 형님이냐.’고.

그래서 어머님이 들었어요. 들었는데,

"야! 너는 지난번 말했는데 왜 못 알아들었냐"고.

그래요.

"너는 형님이야. 남편 때문에. 니 남편보다 동생이니까 너는 다 형님이다."

라고 그랬잖아요.

근데 이제는 몇 년 있다가 마음이 좀 안 드는 거야. 그러다 보니 좀 지나가 살수록 이제 언제 언제 이젠 편하게 동서 불렀어요. [조사자: 이제 편하게 동서라고 부르셨어요?] 네. 근데 한 몇 년 동안에 동서 소리는 잘 못 불렀어요.

[조사자: 그럼 필리핀에서는 가족관계가 이렇게 나이, 형제분들 서열이랑 관계없이 개개인의 나이로 이렇게 호칭을 붙이는 거예요?] 네네네. 그러니까 그 나이 보고. 근데 우리 여기는 반드시 형님이랑 뭐 동서 도련님 뭐 아주버님 이렇게 불렀잖아요. 근데 필리핀에서 안 그래요. 우리가 누가 제일 높은 사람, 제일 많은 사람 알고 있지만 근데 부를 때는 그냥 이름으로 불러요, 편하게. 뭐 우리가 나는 어디에 있는지 알고 있지만, 뭐라 그럴까? 그런 그랬을 때가 뭐라고 했나 보자 그래도 뭐 그런 거 잊지 않아요.

[조사자: 그럼 필리핀에서 한국에 올 때 한국어는 어떻게 미리 배우셨어요?] 공부했었는데 근데 뭐 어려워요. [조사자: 그래도 어려워요?] 네. 여기 와서 뭐.

시골살이의 어려움

[조사자: 근데 횡성읍으로 시집오셨잖아요. 그래도 여기 횡성읍이 시골이잖아요. 그래도 한국으로 시집온다고 했을 때는 좀 도시겠거니 하고 오셨을 텐데 막상 여기 오셨을 텐데 시골이어서 기대하고 좀 다르지 않으셨어요?]

그거 맞는 거예요. 왔을 때는 제가 필리핀에서 고등학교 선생님이었는데 계속 우리 옆집에 선생님이 선생님이라고 아주 특별 그런 어 뭐라 그럴까? 나한테도 눈높이 약간 좀 그래서 선생님이라고 너무 관심 많이 있는 거예요.

그거뿐만 아니라 내가 왔을 때는 이제 남편 집으로 가야 갈 때 남편이가,

"그 돌집이 우리 집 아니야."

그랬잖아요. 갔다가 이제 도로 들어오기 전에 그 돌집도 있고 호*집이 있었고, 그리고 그 집에 그 몇 집이서 우리 남편 집이에요. 아주 완전히 (박수) 다르다. 왜냐하면 돌집이니까 우리 남편집이에요. 흙집이에요. [조사자: 흙집.] 네 흙집이에요. 제가 혹시나 마음이 상할까 봐 그래서 남편이,

"우리 집이야."

라고 했어요.

그래도 그거는 또 보고 보니까 내가 기대하는 거 너무 안 됐더라. 그래도 뭐 말없이 시부모님을 아주 막 나를 너무 따뜻하게 반갑게 받아들이는 거예요. 그래서 생활하면서 뭐 흙집이 좀 특별하게 보여요.

'뭐 이런 한국 옛날 집 있구나.'

막 그랬잖아요. 근데 남편 방에 들어가 보면,

'어 다르다. 약간 좀 괜찮다. 좋다.'

[조사자: 겉으로 보는 거하고는 좀 다르게.] 네네, 다르게. 그래도 바깥에서 보면 진짜 옛날 집 우리가 뭐 여긴 영화 세트장 같은 거 그런 들어가면 옛날 집 같은 거 있잖아요, 그죠? 그런 바깥 모습이에요. [조사자: 근데 안에는 개조가 다 되어 있었구요.] 네네. 그래도 뭐 생각보다. 어, 이런 전가 이런 거 다 있잖아요. 그런 이야기는, 편하게 살면서.

근데 뭐 애기 낳아가지고 생각보다 항상 이런 환경에 있으면 안 될 거 같았어요. 그래서 남편한테,

"고칠 수 있냐?"

왜냐면 그때는 남편도 또 별로 뭐 인천 갔다가 대화 그 대화에서 일하고 또 IMF 때문에 시아버지도 사고가 나서 거기서 그만두고 여

기 시골에 왔어요. 전혀 일이 없는 거예요. 그래서 애 낳았는데 저 화장실도 아주 옛날 화장실이에요. 거기 가서 앉아있는 것도 잘 안 앉아있었잖아요. 그래도 그거는 몇 년 있다가 참고 또 참고 아우 진짜 너무 징그러워요, 진짜. 거기다 지금까지 아직 있는 거예요, 아직 있는데.

집을 짓는데 이제 또 많이 좋아지고 이젠 애들한테도 좀 좋은 집으로.

일찍 세상 떠난 첫째와 빼닮은 막내

[조사자: 그럼 자제분은 지금 몇이에요?] 셋째예요.

(잠시 자녀 수에 관한 이야기를 함.)

[조사자: 그러면 결혼한 지 얼마 만에 첫애를 낳았어요?] 근데 저도 아이는 있었는데 잃어졌어요. [조사자: 잃었다고?] 네, 화장 때문에, [조사자: 뭐 때문에요?] 화재, 화재 때문에. [조사자: 화재 때문에, 집에 화재가 났어요?] 네, 그때 집을 짓고 할 때 이제 쓰레기를 아주 뭐라 그럴까? 필요 없는 것들이 나무나 이런 것들이 다 데워져가지고 애가 뭐 세발자전거 타고가지고 이제 내리막길이니까 그 내리막길 옆에서 이젠 화염 다됐어요. 그래서 애들 놀다가 막 싸우고 세발자전거 타고 거기서 떨어졌어요. [조사자: 어머나, 어머나.] 떨어졌는데 이제 얼굴만 아주 꺼멓게 보이고 이런 거는 다 없어졌고 이제 눈, 이런 손가락 이런 것도 다 녹았어요, 이런 식으로.

이제 일주일 동안 서울 병원에서 갔을 텐데 너무 아픈가 봐요. 근데 애들 참을 수 없으니까. [조사자: 몇 살이에요? 세발자전거 타면.] 두 살. [조사자: 두 살? 아이고.] 두 살 때 이제 둘째 아들 지금 아들이 그때 한 2개월 때 그렇게 됐어요. 아무튼 집을 짓다 한 다음에 약간 지금 뭐 후회는 있겠죠. 왜냐면 저는 집을 다 만드는데 애기가 없는 거예요, 너무 아쉬운 거고. 그래도 또 한 그 지금 아들 돌 지나가서 또 애를 낳았어요. 애 낳고 딸 지금 있고.

인제 근데 너무 신기한 거 하나 있고. 우리 막내는 그 죽은 아이가 너-무너무너무 비슷한 거예요. [조사자: 막내랑?] 막내랑 행동도 그렇고 그래서 제가,

'아 어떻게 된 거지?'

제가 그런 느낌이 너무 커가지고.

'아이가 왜 저를.'

그래서,

"너 누구냐?"

사람이 막 그렇잖아요. 근데 사실 왜냐면 진짜 그 행동이 얘랑하고 진짜 똑같은 거예요. 뭐 나도 그런 생각 있지만,

"혹시나 그 아이가 어떻게 찾아왔냐?"

[조사자: 마치 환생해서 온 것처럼.] 네네네. 그렇게 온 것처럼. 그래서 지금은 그 아이가 진짜 아빠한테도 그렇게 이야기했었는데 진짜 아빠는 듣고 아이가 너무 좋은 거예요. 너무 좋아해서 그 아이가 낳았어요.

임신 당시의 걱정과 해결

[조사자: 그러면 한국에서 보통 아이를 임신하고 하면 태몽이라는 걸 많이 꿔요, 임산부들이. 근데 그런 걸 꿔 보신 적은 없으세요?] 없어요. 무슨? [조사자: 태몽이라고 꿈에 이제 꿈을 꾸는데 이 아이가 아들인지 딸인지 미리 이렇게 인지한다고 해야 되나? 그런 꿈들 꿔요.] 아, 근데 저는 그런 꿈이 없어요. [청자 1: 애기 가졌을 때 꾸는 꿈. 어머님이 대신 꿔 줄 수도 있고.] [조사자: 그런 얘기는 못 들으셨어요?] 어, 아니 어머님만, 어머님이 그런 꿈이 많이 났어요. 그래서 아들인지 딸인지. [조사자: 어머님이 어떤 꿈 꾸셨대요?] 뭐라 그랬더라? (생각하며) 그 무슨, 그러니까 우리 첫째 아이 그런 꿈 꾼 게 있었는데. 뭐라고 했지? (웃음)

[조사자: 그러면 거기 막내가 첫애가 온 게 아닐까? 그런 생각이 든 게, 행동하는 게 비슷하고 외모가 비슷한 거 말고 뭐 이렇게 또 다른 이런 것들

은 없었어요, 어떤 느낌이?] 근데 뭐 애기 낳았을 때만. [조사자: 애기 낳았을 때만.] 애기 낳았을 때만, 네네.

그래서 제가 그 막내 낳았을 때는 걱정도 많이 했어요. [조사자: 왜요?] 왜냐면 제가 갑상선 환자니까요. 갑상선 그때까지는 애기 가졌을 때는 갑상선 약 많이 먹었어요. [조사자: 애기가 위험할까 봐.] 위험할까 봐, 너무 걱정이에요. 그래서 다른 무슨 꿈인지 나도 전혀 뭐 그런 기억 안 났지만. [조사자: 그럼 애기를 엄청 살피셨겠네요, 그렇죠? 태어나서도.] 네네, 그렇죠.

[조사자: 그럼 지금도 갑상선이 계속 안 좋으세요?] 네, 이제 좀 정상이에요. 이제는 약도 안 먹고 그래서 많이 나아졌어요.

중국

연애로 이뤄낸 결혼과 시골생활 스토리

● 구연정보

조사일시 : 2016. 11. 17(목) 오후
조사장소 : 강원도 횡성군 횡성읍 읍하리
제 보 자 : 반소홍 [중국, 여, 1977년생, 결혼이주 8년차]
조 사 자 : 박현숙, 김현희

● 구연상황

제보자가 〈괴물 야우꽈이〉 구연을 마치고 난 뒤, 조사자가 화제를 전환하여 제보자에게 남편을 어떻게 만나게 되었는지 물었다. 제보자는 기억을 더듬으면서 한국에 관심이 있어서 공부하던 때부터 구연을 시작했다. 조사자가 이주생활에 얽힌 화젯거리를 계속 제시하여 약 25분 동안 구연이 이어졌다. 방과 후 귀가한 제보자 아들이 청자로 참여했다.

● 줄거리

제보자는 한국어 공부를 위하여 한인교회에 다녔다. 교회에서 만난 시누이의 소개로 남편을 만나게 되었고, 이메일로 소식을 주고받으며 연애를 한 후 결혼했다. 한국생활 중 사생활에 대한 이웃들의 지나친 관심과 손님 접대 문화가 중국과 달라서 처음에 당황스러웠다. 특히 시골에서는 무엇을 사러 간다거나 어디에 가면 마을 사람들이 알고서 가족들한테 말해주기도 한다고 했다. 한국인은 중국인에 대한 부정적 인식이 있고 이주민을 대할 때 이중적 잣대가 있다. 또 한국어 표현 중 경어는 인간관계에서 거리감이 들게 한다.

한국어 관심에서 시작된 연애과 결혼

제 고향은 광저우잖아요. 중국이 너무 크다 보니까 이게 저도 스물다섯 살 때 이렇게 고향 떠나서 북부지방 갔어요. 북부지방 '청도'

라는 거기 곳에 갔거든요. 거기 가서 알바하고, 하다가 한국말 배우게 됐는데. 한국 시집 올 생각 없었어요. 그냥 재밌어서 배웠거든요. 이렇게 오려고 배우는 게 아니라.

근데 지금은 여기에서 어느 횡성 다 퍼져가지고,

"누구누구 색시 되게 지독하다."고.

"한국 시집오려고 얼마나 지독하게 한국말 배웠다."고.

이렇게 하는데. 이게 사실 처음에는 결혼할 생각도 없었고, 여기 한국 시집 올 생각 없었어요. 근데 배우니까 혼자잖아요. 그 배우니까 재밌어요.

그게 교회 다니게 되니까 우리 시누이 먼저 만나게 됐거든요. [조사자: 거기 광저우, 그 청도에서?] 청도에서. 거기는 한국 사람 많아요. 시누이하고 고모부도 거기에서 김 공장 차리고 있기 때문에 계속 거기 사업, 사업하고 있고. 그래서 거기 한국 사람들만 다니는 교회 다녔어요. 제가 한국말 배우기 위해서.

그게 거기 갔는데 우리 시누이 만나게 되고. 한 2~3년 지났나? 지켜다 보니까 저는 모르죠. 시누이가 되게 착해요. 성격도 되게 좋고, 착하고 막 그런데 어느 날 갑자기,

"한국에 와서 살 생각 있냐?"고.

물어보는 거예요. 아니 뭐 그냥 농담 삼아 몰랐잖아요. 그래서,

"한국 남자 이렇게 소개해 줄까요?"

했어.

"아유. 어디 가서 뭐 어디 가서도 뭐 괜찮지. 뭐 사람만 괜찮으면."

저는 이렇게 상대방이 좋기 때문에 저도 거절하지 못하고. 사실 그때는 제가 한국, 한국 사람하고 그 뭐지? 하고 있는 치과에서 일하고 있거든요. 제가 원무과, 원무과 거기 하는데 간호사만 관리하고 돈만 관리하고 그랬었어요. 근데 우리 원장님도 저보고 착하다고 해서 맨날 한국 사람 소개해 준다고 해서 제가 맨날 거절했거든요.

"싫다."고.

그래서,

"중국에도 착한 사람, 좋은 사람 얼마나 많은데 왜 굳이, 왜 한국

와야 되냐?"고.

했는데. 근데 시누이가 그때 얘기했을 때 저도 진짜인지 모르고 그냥 농담 삼아, 농담 삼아 또 이러니까 거절하지 못하는 거예요.

"그냥 한 번, 그냥, 괜찮지 뭐. 사람 좋으면은."

며칠 지나고 그다음에 메일 주소 하나 얻어가지고 조금 지나니까 이게 자기 오빠가 저한테 메시지 보내는 거예요.

"누구누구입니다. 뭐하는 사람입니다."

이렇게 하는 거예요.

'재밌네.'

그때 제가 한국말 배우고 있는 과정이기 때문에 재밌잖아요. 그래서 저도 답장했어요. 이렇게 하고 답장했는데 그다음 날 또 메일 오는 거예요.

"네. 어제 썼던 편지 소홍 씨가 직접 쓰셨어요?"

이렇게 물어보는 거예요. 약간 기분이

'아, 이 사람 왜 사람을 이렇게 못 믿지?'

약간 그런 거죠. 처음에. [조사자: 너무 잘 쓰셨나 보죠.]

처음에 말 많이 없기도 하구. 말 많아지면은 실수하잖아요. 처음에 말 많이 없기 때문에 기본적인 거, 배운 거 이렇게 했기 때문에. 그다음에 점점 서로에 생각이나 뭐 이야기나 뭐 이렇게, 서로 이렇게 이야기하고 뭐 대화하는 것처럼 날마다 메일 주고받고 이랬어요. 한 8개월 정도 그랬었거든요. 저는 재밌어요. 왜냐면 모르는 단어 있으면 또 찾고, 또 이렇게 신경 쓰잖아요. 이게 편지 보내야 된다고 하면 틀리면 안 되니까 그것도 공부는 되는 것 같아가지고 재밌어요.

[조사자: 그럼 메일을 주고받으면서 일단은 연애가 된 거네요.] 예예예. 그다음에 뭐 이렇게 되니까 나중에, 나중에 뭐 이렇게 한 번 중국에 온다고 그래서. 한국 분들은 중국에 가는 게 편하잖아요. 이렇게 만나고 같이 여행가고 뭐 서로 다 상대방의 생각 괜찮다고 하니까 이게 이렇게 결혼하게 된 거예요.

[조사자: 그럼 연애를 이메일로 주고받고 왔다 갔다 하면서 몇 년이나 하셨어요?] 그냥 8개월을 그 편지. [조사자: 8개월.] 그냥 5개월만 하

다가 그다음에 3개월 동안은 날마다 거의 통화 했었어요. [조사자: 그 다음에 통화로?] 네네. 통화도 하고 뭐 그랬었어요.

그래서 이렇게 결혼하게 됐는데. [조사자: 그러면 예식은 중국에서 하셨어요? 아니면?] 여기서 했어요. [조사자: 한국에 와서 하셨어요?] 네. 한국에 와서 했어요. 혼인 신고는 이렇게 양쪽 다 해가지고. [조사자: 그럼 한국에 와서 결혼식 하고 이제 쭉 여기, 지금 횡성에 사시는 거잖아요. 결혼하시고?] 네 맞아요.

한국과 중국의 산후조리 음식

[조사자: 그러면 애기들 낳고 산후조리 이런 건 가까이 다 계시는 시어머니가 해주셨어요?] 어머니가 바쁘시니까 못해주시고. [조사자: 어머니가 뭐 일하셨었어요?] 네, 일하셔요. 지금도 일하시고. [청자(아들): 지금은 안 하잖아. 엄마.] 지금은 쉬고 계셔.

[조사자: 그러면 산후조리 이런 건 어떻게 하셨어요?] 산후조리는 조리원에. [조사자: 들어가셔서?] 네. 뭐 있다가, 있다가 그다음에 나와서 그냥 집에 있는 거예요, 그냥.

[조사자: 미역국 드시기는 괜찮았어요?] 아 괜찮아요. 저는요. [조사자: 그래요?] 오히려 좋아해요, 저는. [조사자: 다행이다. 중국에도 어떤 민족은 또 그 미역이 별로, 그러니까는 부정적인 이미지라서 안 먹는다고 하더라구요.] 네, 우리 고향이에요. [조사자: 거기가 그래요?] 제가 어렸을 때 그랬어요. 이렇게 차가운 음식이라고 인식되어가지고. 인식되는 게 아니라 확실히 거기는 이렇게 먹으면은 막 침을, 맑은 침을 자주 흘리거든요. 그거는 차가운 음식 먹을 때 이런 증상 나타났거든요. 저도 어렸을 때는 그랬었어요.

그게 미역은 즐겨 먹는 음식 아니고 가끔? 아주 이렇게 막 뜨거운 음식, 뭐 불난 음식 먹을 때에 뭐 매운 거 너무 많이 먹을 때 가끔씩 한 번은 먹긴 하는데 뭐 이렇게 맨날 먹거나 그렇게 하진 않아요.

우리 중국에는 산후조리는 하루 세끼 다 닭 먹어요. [조사자: 닭?]

네. [조사자: 닭을 어떻게? 고아서?] 닭은 이렇게, 닭은 이렇게 볶음탕처럼 이렇게 썰어서 그다음에 생강 조금 넣고 볶아요. 볶고 그다음에 물 넣고 끓여요. 이렇게 끓이고 소금 넣고, 그다음에 또 먹기 전에도 소주도 한 숟가락 넣고 이렇게 먹어야지만 기운이 난다고. 너무 이렇게 기운, 네 이렇게 빠졌잖아요. 기운이 빠졌기 때문에 그래서 산후조리하는 동안에 하루 세 끼 다 닭 먹어요. [조사자: 우리가 미역국 하루 세끼 먹는 것처럼?] 네. 맞아요.

[조사자: 그러면 산후조리하실 때 닭을 계속 드시진 못했겠네요?] 그냥 딱 한 번 삼계탕만 한 번. 다 한 번, 둘 다 한 번만 먹었어요.

(구연 도중에 캠코더 배터리가 방전되어 배터리 충전을 위해 구연을 잠시 중단함.)

사생활 보호가 안 되는 시골 마을 [1]

[조사자: 그러면 한국에 시집와서 어쨌건 언어가 문제가 되진 않아서 큰 어려움은 없었을 텐데 그래도 뭐 문화가 좀 다르거나 그래서 어려운 점들은 어떤 게 있었어요?]

가장 어려운 건 뭐냐면은 여기 사람 너무 없기 때문에 우리 고향은 한 새벽 세 시, 네 시까지 야식시장 엄청 많거든요. 미용실도 새벽에 한 시, 두 시까지 하거든요. 미용실도. 그니까 야생화도 풍부하고 야식 같은 것도 많이 먹고 사람도 많기 때문에. 우리 고향은 거기는 작은 동네예요. 광저우 사실 광저우 본 지역 아니고 광저우 옆에 도신데 그 거기는 460만 명 있거든요, 사람은. 그게 사람 굉장히 많아요. 누구나 나름대로 바쁘니까 누구누구 뭐하는지 관심도 없고 관심 가질 수도 없고.

그런데 여기 오니까 여덟 시 되면 다 캄캄해지고 놀만 한 데가 없고, 갈 만한 데도 없어요. 우울증 생길 뻔했어요 진짜. [조사자: 우울증 생길 뻔했어요?] 예예.

그 한번은 제가 지금 얘기하는데 처음에 시어머니하고 시아버님 같이 살았거든요. 집 얻기 전에. 그 낮에는 어머니도 일하시고 남편도 일하시고 저는 친구도 없고 아무것도 없기 때문에 낮에 나가서 좀 구경하고 싶잖아요. 여기 읍내 와가지고. 그다음에 찹쌀 사가지고 집에 심심하니까, 시간 많으니까, 뭐 자기 고향 있는 그런 떡 만들고 싶어서. 찹쌀가루 사는데 살 수가 없는 거예요. [조사자: 없어서?] 네, 없어서. 여기는 안 팔아요. 찹쌀가루는 안 팔아요, 따로. 다 빻아서 하잖아요. 방앗간에서. 근데 처음에 몰라가지고. 그냥 물어보기는 했어요.

"찹쌀가루 있어요?"

물어보기는 했는데 없대요.

그다음에 집에 오니까, 집 들어오기 전에 벌써 전화소리가 울려가지고 빨리 뛰어서 받았더니 어머니가 전화 왔어요.

"야! 너 찹쌀가루 찾니? 왜? 찹쌀가루 왜 찾아?"

저는 황당스러웠어요.

'어머니 왜 아시지?'

이래 되는 거야. 그래서,

"어, 아니 떡 만들고 싶어서."

"나중에 뭐뭐 내가 해 줄게."

이렇게 하는. 어, 되게 웃겨요.

사생활 보호가 안 되는 시골 마을 [2]

그게 한번 또 제가 그때 집 얻었기 때문에, 이게 *** 이쪽에 아파트 얻었기 때문에, 근데 아직 이사 가기 전이라. 그때 겨울이라 여름에 입지 않는 옷은 낮에 트렁크 끌고 가려고 그랬었어요. 어차피 심심하니까 뭐 길도 익힐 겸 이렇게 갔는데. 갔다가 한번 또 다시 집에 갔어요. 어머님 댁에. 딱 도착하자마자 남편 전화 왔어요.

"야! 내 친구가, '야! 니 와이프가 가출했다.'라는 말 했다."

이렇게 하는 거야. 그래서,

"당신은 어떻게 말했어?"

그러니까,

"아 모르겠어. 배고프면 오겠지, 뭐."

이랬어. 너무 황당했어요. 사실.

너무 좁아요. 횡성은. 너무 좁고 다 알아요. 우리 신랑 어머니 토박이 횡성 사람이라 뭘 해도 다 찍혀요. 다 보이기 때문에. 찍히는 거보다는 보이기 때문에.

그래서 아우, 나쁜 짓 하려고 하는 게 아니라 그냥 나만의 공간 갖고 싶은 건데, 나만의 뭐 나의 개인생활 뭐 이런 것들 하고 싶은데 다 알아요. 저는 상대방 몰라요. 다른 사람들 다 몰라요. 지금도 그렇거든요. 근데 다른 사람들 다 저 알아요. 신기해요. [조사자: 찹쌀가루 하나 사러 왔는데도 시어머니가 다 아시고.] 예. 어느 날,

"야! 너희 와이프 빨간 바지 입고 나갔다야."

(웃으며) 이렇게. 그래서. 와 만약에 진짜 잘못하면 우울증 생길 수도 있어요. 진짜.

근데 지금 살다 보면은 이게 괜찮아요. 이렇게 처음에 여기 버스도 잘 안 되잖아요. 다 걸어야 되고 자전거 타는 것도 오르막길 많으니까 또 불편하고. 지금은 운전하고, 일하고 싶은 거 다 그러니까 친구도 생기고. 내 일도 생기고 뭐 괜찮아요. 여기 횡성은 공기도 좋거든요. 오히려 막 시끄럽고 뭐 그런 거 없으니까 좋아요. 지난번에 저는 고향 갔는데 너무 시끄러워서 적응 안 돼요.

[조사자: 인제 사람이 적은 거 익숙해지신 거야. 그죠?] 네. 특히 나이가 들수록 더 이렇게 조용한 곳을 좋은, 좋아하는 건가 봐요.

중국에 대한 한국인의 부정적 인식

그게 사실 많은 한국 분들은 중국에 대한 이미지가 굉장히 부정적이에요. [조사자: 어떤 식으로?] 막 시끄럽다고 지저분하다고 막 이런 평가는 많이 하거든요.

사실 이렇게 저는 중국 사람이라서 이렇게 하는 게 아니라, 객관적으로 보면은 사람이 많아지면은 어쩔 수 없이 이렇게 톤이 높아지는 거예요. 이게 다들 얘기하니까 뭐 톤 높아질 수 있고. 지저분하는 거는 뭐 에이 지역이 크니까 관리하기가 어려운 거예요. 이게. 시골에서 사는 사람도 나오고 뭐 다 같이 섞여서 살기 때문에 약간 조금 가슴 아프지만 그것도 이해해요. 그게 그거 좋아지려면은 시간 좀 더 있어야 될 것 같다고 생각해요.

이주민을 대하는 한국인의 이중적 잣대

[조사자: 크게 어려움은 이제 그런 거 말고는 뭐 어떤 문화적인 차이로 어려움을 겪으신 건 없으신 거네요. 그쵸?] 사실 생활, 그냥 살면은 괜찮아요. 직장 다니다 보면은 힘들어요. [조사자: 어떤 점이?] 다 선입견이 있기 때문에. 그니까 선입견. 그게 지금은 저는 우체국 가나 은행 가나 어디 가도 제가 서비스 대상이기 때문에 다 칭찬해 줘요.

"아, 한국말 너무 잘한다. 너무 뭐 씩씩하다. 예쁘다. 어 착하다."

이렇게 하는데 막상 직장 다니게 되면은 자기의 동료를 돼 보니까, 경쟁자를 보는 거니까 그 마음속에서 그런 거 있어요. 이렇게.

'한국 사람들도 직장 찾기가 어려운데 어, 너가 뭔데. 이렇게 말도 제대로 못하는데 왜 여기서 일할 수 있나.'

그니까 막 이렇게, 그렇게 막 일부러 어렵게 하는 사람이 있어요. 물론 이게 많이 도와주고 그런 분들 있으면서도 어디 가도 있을 것 같아요.

[조사자: 그니까 소비대상일 때는 어디 가도 "아 한국말 너무 잘해요." 하다가 나의 경쟁자가 되는 순간 '너는 한국말도 못하면서' 이렇게 되어버리는 거네요?] 네네, 맞아요. 갑자기 이렇게 되는 거니까 여기서. 사실 사람은 완벽히 이렇게 성실하지는 못하는 거 사실인 것 같아요. [조사자: 직장생활부터 해가지고 어려운, 사람들이 가지고 있는 선입견 때문에 또 어려운 지점이 있으셨구나.] 네. 맞아요.

그니까 아무리 잘 배운다고 해도, 물론 저는 잘 배우는 거 아니에요, 솔직히. 그냥 일상생활만 이렇게 어려움이 없지만 직장 다니면은 한국 글씨하고 중국 글씨 딱 보면은 예민하진 않잖아요. 한국 글씨 지금 간판 봐도 저는 여기에 그렇게 8년, 9년 살았는데도 어디 무슨 가게 있는지는 안 가봤으면은 관심 안 가지면 몰라요.

근데 만약에 여기 진짜 조그만 지역인데 만약에 여기 사람이라면은 벌써 다 알잖아요. 그쵸? 그게 관심이 없어요. 예민하지 않기 때문에. 한국 분들은 이렇게 막 모아서 떠들잖아요. 제가 진짜 저한테 얘기하지 않으면은, 집중하지 않으면은 상대방 뭐라고 하는지 모르거든요. 그 정도로 그거 문화 차이인 것 같아요. 문화 차이라고 그런가? 그냥 언어 분위기 그렇게 해요. 사실.

손님 접대 문화의 차이

[조사자: 그러면 이게 가정생활 내에서의 어떤 문화적인 차이는 크게 느껴본 건 없으세요?] 그런 거는. [조사자: 왜 이런 건 왜 하지? 뭐 어 이해 안 되고 이러는 건 없었어요?] 그게 이해… [조사자: 행사를 하든 뭐 잔치를 하든.] 아, 네 뭐. 그냥 예의적인 거 그런 거. 네, 이번에 한 번 겪었어요.

그게 8, 9년 살았는데도 몰랐어요. 우리 중국 사람들이 좋아하는 사람, 친구들끼리 친하잖아요. 그 뭐 이렇게 도와, 뭐 예를 들면 선생님이 우리 집에 왔어요. 놀러 왔어요. 그러면 물론 뭐 호텔도 잡아주고 아니면 먹을 거 다 이렇게 먹여주고 뭐 이렇게 하는데, 뭐 따지거나 그런 거 없어요. 가난해도 내 수준 맞춰서 막 다 해주거든요. 그니까 손님을 많이 좋아하고 뭐 그렇거든요.

근데 여기 한국 차이는 조금 다르대요. 한국은 지금은 잘 놀러 가진 않잖아요, 친구 집에. 미리 얘기하고 아니면은 가도 호텔을 잡아주거나 집에 직접 안 살잖아요. 많이. 펜션을 잡아주거나 그런 거.

그다음에 돈을 다 확실히 얘기한대요. 맞아요? 그게 내가, 예를 들면 여기에 장흥에 뭐 아는 동창들이 와가지고 여기 놀러 온다, 횡성에 얼굴도 볼 겸 이렇게 하면서. 그다음에 많아봤자 밥 한 끼만 사주는 거지, 제가. 그다음에 뭐 여기 살거나 뭐 이렇게 하면 다 상대방이 해 줘요. 아니면은 돈 줘요. 이렇게 하는데. 우리 중국은 안 그렇잖아요. 내가 여기에 사람이 있게 되면 여기 있기 때문에 다른 지역 사람들이 놀러 오면은 다 해 주거든요.

그다음에 그냥 해주는데 나중에도,

"여기도 돈 얼마야? 얼마 썼어?"

이렇게 물어보고 다 나중에 돈 주거나 그렇진 않아요. 근데 뭐 마음 있는 사람들이 다 알고 있어. 나중에 다 빨간색 봉투, 이렇게 세뱃돈 있잖아요. 빨간색 봉투에다가 이렇게 돈 어느 정도 맞춰, 맞춰서 주거든요. 그런 문화 있어요. 너무 고맙다고, 너무 잘 먹었다고. [조사자: 잘 먹었다고?] 네네. 그런 거 있어요.

근데 여기는 다 돈으로 주더라구요.

[조사자: 그러면 이번에 그러면 이제 반소홍 씨 손님이 한 번 온 적이 있었어요? 동네에? 어떤 경험이 있으신 거예요?] 아니, 저는 이렇게 고향 친구들이 다 와도 제가 다 데리고 가서 놀고, 재우고, 먹이고 뭐 이러는데 뭐 상대방은 돈 내겠다고 하면은 내고 이렇게 하지만. 그 뭐 안 내면은 상대방보고 내라고 하진 않거든요.

그 이번에 우리, 우리 뭐지? 옛날에 알았던 한국, 한국 분인데 되게 사이가 좋았어요. 되게 사이좋았는데 이번에도 청도 거기 가가지고 오래 살아가지고 우리 잘 알잖아요. 그러면 우리 조카도 놀러 갔어요. 아는 사람이라 소개해 줬죠. 거기 갔는데 너무 좋은 거예요. 공항에, 공항까지 마중하러 가고, 그다음에 호텔도 잡아줬어요. 그러면 저는 우리 조카보고,

"그 호텔비 얼마였는지 좀 물어보고 사람 없을 때, 물어보고 나중에 얼마인지, 나중에 봉투로 줘라."

이렇게 했는데, 근데 거기는 그 친구가 부담될까 봐, 부담됐나 봐요. 제가 이렇게 얘기하면 상대방 남자이기 때문에, 저희 조카는 여자거든요. 그게 나가서 돈 쓸 때, 항상 그래요, 중국에는. 특히 남

자하고 여자 있을 때는 남자 돈 안 쓰는 것은 남자한테 무시한 거예요. 이렇게. 그래서,

"절대 돈 내려고, 돈 준다고 얘기하지 말고 물어보고 나중에 끝나면 갈 때는 봉투로 이렇게 맞춰서 조금 더 높여서 줘라."

이렇게 했거든요.

근데 3일 지나고, 그 남자가 뭐 직접 저한테 얘기하진 않아요. 되게 속상했어요. 저한테 얘기하진 않고 다른 사람 통해서 나한테 들려졌어요.

"우리 조카가 눈치 없다."고.

"이렇게 셋째 날 가서 이렇게 호텔비 주는데도, 준다고 얘기하지나 않고 막 이렇게 부담된다."고.

"그래서 계속 그렇게 하면은 못하겠다."고.

얘기한 거예요.

그래서 조금 미안하긴 한데 조금 이렇게 문화 차이 이렇게 오해가 생긴 거예요. 그래서 문화 차이기 때문에 저는 절대로, 이렇게 그냥 상대방 아는 사람이기 때문에 한 만나고 뭐 이렇게 사귀는 것도 괜찮잖아요. 이렇게 남녀친구 사귀는 게 아니라 그냥 우리 중국 사람들이 같은 나이 아니라도 이렇게 만나게 되면 성격 좋으면은 이게 다 친구라고 부르거든요. 그래서 이번에 조금 이렇게 좀 더 이렇게 조심스럽고 이렇게 해야 될 것 같아요.

[조사자: 한국은 한국 또 지방마다 또 그런 문화가 또 달라서.] 그런 것 같아요. [조사자: 네 어려워요. 또 집집마다 또 문화가 다르고 그래서.]

인간관계의 거리감을 만드는 존댓말

그리고 존댓말 너무 많아서 친해지려고 하면은 어려워요. [조사자: 존댓말이.] 네. 저는 여기에 횡성에 좀으면서 사실 지금 아는 사람 많거든요. 그 친해지는 사람은 그렇게 쉽진 않아요. 친해지려면은. 분명히 저보다 나이 많은데,

"소홍 씨, 소홍 씨."

라고 부르고 다 존댓말로 하니까 약간 거리감은 느끼는 거 있잖아요. 이게 쉽게 친해지려고 하지는 못해요.

[조사자: 아, 그니까 이렇게 존댓말을 쓰니까 서로 가까워지는 데 또 어려움이 있으시구나.] 네. 맞아요. 뭐 다른 거는 뭐, 거의. [조사자: 그러게요. 아주 잘 지내시는 것 같애.] (웃음) 뭐 사실 어디 가도 다 다른 거 있을 거예요. 형제들끼리도 생각 다르니까. 저는 뭐 항상 긍정적으로 생각하니까 괜찮아요.

등산모임에서 만난 남자와 바뀌어진 인생행로

● 구연정보

조사일시 : 2017. 09. 21(수) 오전
조사장소 : 서울시 마포구 신수동
제 보 자 : 리칭후아(이청화) [중국, 여, 1976년생, 결혼이주 17년차]
조 사 자 : 김정은, 황승업

● 구연상황

제보자를 만난 조사팀은 설화에 대한 조사에 들어가기에 앞서 제보자가 한국에 온 이유, 배우자와의 결혼 등 이주민으로서 살아온 이야기에 대해 물었다. 제보자가 이와 관련된 사연들을 재미있게 들려주었다.

● 줄거리

제보자는 결혼 전 캐나다를 가기 위한 경유지로 한국에 유학을 왔다. 5년간 한국에서 일하면서 경영학을 공부한 후에 캐나다에 가서 영어공부를 마치고, 중국 시장에서 교육 사업을 하는 것을 목표로 삼았다. 하지만 한국에서 공부와 알바를 겸하면서 친목 카페 활동을 하던 중 어느 등산 모임에 따라갔다가 거기서 지금의 남편을 만났다. 연애 끝에 결혼해서 쌍둥이를 낳고 행복하게 살고 있다. 출판사에서도 일을 했으며 현재 중국어 선생님을 하고 있다.

오대산 정상에서 만난 인연

[조사자 1: 언제 결혼해서 왔어요?] 저는 2000, 아! 결혼해서 온 게 아니고 저는 처음에 왔을 때 유학 왔죠. 2000년 8월 31일 12시 반 김포공항. 만 17년. [조사자 2: 그때부터 쭉 여기 한국에.] 네. [조사자 2: 그래서 어쩐지 되게 한국어를 너무 잘하시는 것 같아서.] 근데도 저는 좀

잘 못하는 것도 있고, 억양이 이게 중국어를 계속 하니까 억양이 잘 안 고쳐져요.

[조사자 1: 결혼은 어떻게 해서 언제 어떻게 했는지?] 아, 저는 한국에 와서 등산을 너무 좋아하다 보니까 등산을 갔다가 정상에서 만났어요. [조사자 1: 어느 산에서?] 오대산. [조사자 1: 같이 올라간 거 아니고?] 후에 보니까 내려올 때 우리 같이 첫 번째로 내려왔고 올라갈 때 사진 찍을 때 보니까. 이게 뭐냐면 그때 나이가 비슷한 사람들이 한 팔십 명 정도 갔어요. 저는 그때가 스물아홉이고 그 삼십 대 모임인데 제가 간 거죠. 용감하게. 외국인은 저 하나만.

그래서 갔죠. 근데 몰랐어요. 후에 사진 보니까 단체 사진 보니까 제 뒤에 서 있더라고요. 내려오는데 저한테 얘기를 거는데,

"얘기하지 말라"고.

저는 외국인이라고 하는데 자꾸 말을 걸어서.

이제 버스 타다가 버스 타고 오는데 원래 내 자리 옆자리에 다른 오빠 자리였는데 저 뒤에서 자기 자리를 누가 침범했다고 가방까지 옮겨서 앉았어요. 그래서 여기 있던 오빠는 아는 오빠였는데 이 오빠는 어떻게 밀려서 갔죠.

[조사자 1: 무슨 등산모임이었어요?] 그게 뭐냐면 예전에 카페인데 '****'이라고. 저는 다른 카페 영어카페 모임 들었다가 등산을 막 하길래,

"아 나 등산 좋아하는데."

했더니,

"같이 가자."

사실 거기에 있는 한 오빠를 알아서 그냥 용감하게 간 거죠. 그게 2004년.

인생을 바꾼 연애와 결혼

[조사자 1: 그럼 2000년 와서는 뭐를 했어요?] 2000년 와서는 뭐

열심히 알바하고 [조사자 1: 2000년 왔을 때 그럼 몇 살일까?] 제가 스물여섯이요. [조사자 1: 그럼 여기 대학원 다니려고 온 거였어요?] 네. 열심히 공부하고 일하고 그때부터 계속 강사 했던 것 같아요. 중국어 가르치고 그전에는 다른 일도 했었죠. 알바. 김밥도 날라본 적 있죠. 그릇을 많이 깼어가지고.

그러다가 뭐 남편 만나서 연애를 했어요. [조사자 1: 연애는 몇 년?] 연애는 한 2년 하고 그때 만나서 남편이 그때 제가 좋았었나 봐요. 그래서 옆에 앉았었나 봐요.

저도 막 밀어냈는데. 국제결혼을 생각 안 했기 때문에. 원래는 제 목표가 캐나다 가는 거였는데 캐나다도 못가고 결혼했습니다. 제 목표가 원래 캐나다를 가고 싶은 게 목표였는데,

'한국을 경유해서 공부를 하고 돈을 좀 벌어서 가자.'

자유의 영혼이니까. 결혼도 그냥 해도 되고 안 해도 되는데 결혼에 굉장히 프리한 생각. 그러다가 이제 아무 데도 못가고 여기에 눌러 쌍둥이 낳고 행복하게 삽니다.

흑룡강성 끝자락의 가목사에서 자람

[조사자 1: 집이 어디였어요? 중국에서는?] 저는 가목사. 가가 아주 최상 찌아(佳) 그리고 목이 뭐냐면 나무목(木)자예요. 음 그래서 찌아무스(佳木斯). 홍수가 났는데 가장 좋은 그 왜 나무들이 막 무너지고 막 이러잖아요. 거기 막 떠 내려왔다 해서 그 지방 이름을 가목사라고 지었대요. 가장 추운 지방이에요 이게. 쭝그워쯔이뚱드완 흑룡강성(黑龍江省) 보면 가장 추운 그쪽 동북지역 가장 동쪽 끝 거의 뭐 끝자락에 살고 있죠. 살았었죠. [조사자 2: 거기서 태어나신] 네. 거기서 태어났고 그랬죠. 거기서 나서 자라고.

[조사자 1: 그쪽은 만주족도 많지 않아요?] 만주족뿐만 아니라 거기에 소수민족이 한 30개 이상 살고 있어서. 현재 솔직히 말해서 소수민족들이 많이 살지만, 겉으로 보기엔 다 똑같으니까.

남편을 만나기 전 나의 꿈

[조사자 2: 중국에서 오시기 전에는 대학교를 졸업하시고 바로 오신 거예요?] 네. 1년간 선생님 하다가. [조사자 1: 거기서?] 네. [조사자 1: 여기서 그럼 무슨 전공 했었어요?] 여기서는 경영학과. 사업을 펼쳐보고자. 왠지 사업을 잘할 것 같은데, 학교 선생님하고 안 맞을 것 같은데. 꽉 매인 그 있잖아요. 근데 다시 돌고 돌아 선생님. 지금 애들 보니까 너무 또 예쁜 거예요. 제 직업은 선생님이었어요. 참 돌고 돌아서 다시 원점으로 왔습니다.

사실은 그것도 영어. 항상 그래요. 학교 뭔가 이제 가서 와서 교육 사업을 하자, 그러면 왠지 잘 할 것 같거든요. 일단 배운 게 있으니까 애들은 좋아해. 일단 그건 버릴 수 없으니까.

‘캐나다 가서 영어를 진짜 열심히 하자.’

그러면 그때만 해도 중국에서 외국을 자주 안 갔잖아요. 뭔가 원어로 제가 영어 배울 때도 선생님이 발음들이 그렇게 좋지 않고 그런 걸 느끼잖아요. 그래서 좀,

‘내가 좀 외국 갔다 오면 좀 더 원어적인 영어를 애들에게 가르칠 수 있겠다.’

이제 그런 생각에 부풀었죠. 가서 열심히 프리하게 놀고 뭔가를 하다가 딱 돌아와서 뭔가 펼치면. 그랬죠. 제 꿈은 딱 한국에서 5년 있고, 왜 졸업하면 3년. 진짜 그걸 맞췄어. 3년 만에 졸업했어. 원래 2년 만에 졸업해야 하는데, 논문은 1년 쓰자. 이게 그냥 계획이잖아. 1년 진짜 썼거든요. 그리고 이제 남편을 만났죠.

그전에 5년 되기 전에. 직장을 다닐 때 출판사. [조사자 1: 출판사에선 뭐했어요?] 중국어 편집. 교재를 쓰고 사장님이,

“써서, 이걸 해보자.”

중국시장 크니까. 그랬죠. 그것도 해봤죠. 그리고는 이제 결혼을 했죠. 2006년. [조사자 1: 그러고 계속 **에 살았나요?] 네, 계속 **. **를, 결혼하고 나서 **를 벗어난 적이 없는 것 같아요. [조사자 1: 지금은 중국어 강사?] 네.

중국 문화와 한국 문화 사이에서

● **구연정보**

조사일시 : 2016. 11. 13(일) 오전
조사장소 : 강원도 춘천시 사북면의 한 마을회관
제 보 자 : 장웨이 [중국, 여, 1979년생, 결혼이주 9년차]
조 사 자 : 박현숙, 김현희

● **구연상황**

제보자가 〈젓가락과 관련된 금기어〉에 대한 구연을 마친 뒤, 조사자와 자연스럽게 제사상과 관련된 대화를 나누었다. 그러다가 조사자가 한국생활 중 다소 이해가 안 되는 문화적 경험이 있는지 묻자 제보자가 중국과 다른 한국의 제사 문화에 대해 구연하기 시작했다. 이후 제보자는 중국과 한국 문화를 비교하면서 다양한 이주생활담을 구연했다.

● **줄거리**

한국에 시집와서 조금 놀란 일들이 많다. 많은 종류의 차례와 제사 음식, 술잔 돌리는 문화, 많은 양의 김장, 남자가 집안일을 안 하는 문화, 출산 후 미역국을 계속 먹어야 하는 산후조리 문화 경험 등이다. 중국에는 다양한 풍습이 있다. 결혼식 아침에 신부 어머니가 끓여주는 국수를 꼭 먹고 가며, 신혼집은 빨간색으로 장식하는 문화가 있다. 죽은 사람이 저승 다리를 건널 때 멍할머니가 주는 탕을 먹어야 한다고 한다. 단오 때는 대문 앞에 쑥을 달고, 정월대보름에는 '탕유엔', 설날에는 자정에 만두를 먹는다. 중국과 달리 한국은 남자들이 집안일을 잘 도와주지 않는데, 시집온 뒤에 차츰 문화를 변화시켜 가고 있다. 처음에는 부정적으로 반응했던 시어머니도 이제는 부부가 함께 일하는 것을 좋은 일로 인정한다.

차례 음식에 얽힌 사연

그리고 한국 제사 있잖아요. 중국은 그게 한국 사람들 자주 얘기하면은 이게 중국에서 온 풍습인데 제사라는 게, 요즘에 한국은 더 많이 하고 중국은 그게 점점 더 없어지고. [조사자 1: 사라지고, 한국은 잘 지키고?] 네네.

중국에서 이제 저희 아버지 아직도 설날 때, 할머니 할아버지 사진 앞에서 향 좀 세우고 맛있는 반찬 조금씩 한 세 가지만. 세 가지만 올리고 그렇게만 하는데 근데 다른 집은 굳이 그것도 안 하고 전혀 없어요.

근데 여기 한국에, 처음에 여기 한국 왔을 때 그때 추석, 추석날에 왔었어요. 그때 명절이라서. 근데 저는 중국 사람 추석이라면은 그냥 식구들 모여서 맛있는 밥을 한 끼 같이 먹고 그거 끝인데. 한국에 와서, 처음에 왔을 때 마침 여기 추석인데 저희 시어머니가 열심히 주방에서 이거저거 하시는 거예요. 그래서 근데 그때 말이 안 통해요. 물어보고 싶어도 말이 안 돼서 안 물어봤는데,

'혹시 내가 와서 이렇게 열심히 많이 만들어 주는 건가?'

(웃으며) 되게 미안했어요. 그때.

근데 그때 저녁인데, 되게 오후부터 계속 이렇게 하셨는데, 저녁 때 밥을 먹을 때 우리는 반찬이 없는 거예요. 그래서,

'아, 아까 많이 하셨는데 반찬이.'

(웃으며) 그때 저 주방 못 들어가게 했어요. 그때 왜냐면 아직 결혼 안 했으니까 나중에 어떻게 될지도 모르니까. 같이 하는 게 별로 안 좋아하신 것 같아요. 지금 생각해 보면은.

그래서 혼자 다 하시고 밥을 먹을 때 저를 불렀어요. 말이 안 통하니까 이렇게 (오라는 손짓을 하며) 손짓만 하셨는데. 그래서 갔더니 (고개를 갸우뚱하며) 이상하게 반찬이. (웃으며) 저 그때 애 아빠 잠깐 나갔어서 저녁, 저녁은 먹고 온대요. 그래서 시어머니랑 둘이만 먹는데 반찬이 아까 하신 것처럼 그렇게 많이 안 차려서. 그래서,

'아니 이게 뭐야. 이게 뭐지?'

그래서 궁금해서 나중에 애 아빠가 들어와서 좀 얘기했죠.

"아까 되게 많이 하셨는데 반찬은 몇 가지밖에 없다."고.

그랬더니,

"아, 이거 우리가 먹는 거 아니다."고.

다음날, 다음날 제사, 저는 그때 그냥 보기만 했고 식구 아직 아니니까.

'아, 그게 제사, 제사상에 올리려고 만드신 거구나.'

알았죠.

[조사자 1: 그 제사 지내는 것도 보셨어요?] 네. 다 봤죠. 그때 좀 놀랬죠. (팔로 큰 상을 만들면서) 이만큼 큰 상 두 상 차려, 차렸으니. 너무 놀랐어요. 그때 저희 아주버님도 결혼 안 하셨고 저희도 결혼 안 해가지고 어머니 혼자 다 하셨어. 너무 대단하시고 되게 깜짝 놀랐고. 집에 와서 저희 친정에 갔다가 이야기했는데 안 믿을 정도로.

"무슨 반찬을 그래 두 상을 차릴 수 있냐?"고.

안 믿었어요. 그래서 나중에 제가 좀 그때 인터넷도 지금 핸드폰도 편히 쓸 수 없는데 그냥 말로만 설명해도 안 믿었어요. 나중에 몇 년 전에 갔다가 계속 얘기하니까, 나중에 또 사진을 찾아 주고. 그때 진짜 저희 친정에도 많이 놀라셨죠. [조사자 1: 그게 되게 놀라운 일이었구나.] 네. 진짜 놀라요. 저희.

뭐 외국 사람들한테 뭐 제사 아마 다 힘들 거예요. 이 문화 자체가. [조사자 1: 그죠? 한국 사람도 너무 힘들어요.] 저도 다른 집은 어떻게 하는지 모르지만은 만약에 오늘 추석 끝나, 추석 그 제사 끝나고 다음날 좀 친구들 그땐 많이 쉬잖아요. 친구들끼리 모이면 다 지친다고 다 그래요. [조사자 1: 힘들죠. 그니까 명절 전에 일하느라고 너무 지치고 힘들어서. 그리고 당일 날 잠깐 제사 지내고말고.] 네.

그리고 제 생각은 제사이면 돌아가신 분 좋아하는 걸로 해야 되지 않을까. 그래야 하는데 집마다 비슷하더라구요. 그리고 그림책도 있고. 뭐뭐뭐 올려야 되는 책이 있잖아요. 아니 이거 좀 제 생각은 좀 아닌 것 같아서. 그래서 한번 저희 시어머니한테도 말씀드렸어요. 저희 아버님 제사를 해요. 그래서,

"아버님 뵙지는 못했는데 뭘 좋아하시는지 그게 올리면 안 될까요?"

그게 그랬더니,

"안 되지. 그건 안 되지. 지켜야 되는 건 지켜야지."

[조사자 1: 그게 좀 이해 안 되는 부분이었구나. 어제 횡성 갔을 때도 그 얘기 하셨어요. 이상하게 음식이 너무 많은데 정작 돌아가신 분 좋아하시는 건 안 올리는 것 같다고, 본인의 나라에서는 그렇게 좋아하시는 음식 간단하게 모여서 먹는다고, 그 얘기하시더라구요.]

그래서 저희 친정에도 아버지 그런, 그런 것 좀 지켜, 지켜야 된다는 생각이 있어요. 저희 집에서 몇 가지만 하는데. 저희 아버지도, 전 넷째예요. 그래서 아버지랑 나이 차이가 많아요. 지금 칠십, 지금 칠십. 한국 나이로는 칠십삼인데, 그러면 좀 지금 육십 대, 육십 대 아버지들 그것까지도 안 하고 그래요. 네네네.

돌고 도는 술잔

제가 처음에 왔을 때 저희 신랑 삼촌들 저도 제가 외국 사람이니까 되게 신기해서 같이 밥을 먹었어요. 맛있는 거 사주신다고. 나갔는데. 처음에 왔을 때예요. 그래서 술을 한 잔 먹자고 그런 거예요. 근데 삼촌이 쓰셨던 잔 저한테 주신 거예요. 그니까 깜짝 놀라고,

'이게 뭐, 뭔지.'

그래서 일단 받았는데 신랑이 물어봤죠.

"이게 왜, 왜 잔을 주신 거냐?"

"야! 너는 이거 받아서 (술잔을 건네는 손짓을 하며) 술을 따라 주시라고. 그럼 따라 주는 거지 뭐."

그냥 내가 또 돌려야 되는 건지 알았죠. 근데 먹어야 된대요.

"아니. 쓰셨던 잔을 왜 내가 써야 되냐?"고.

"아니 일단 먹으라."고.

"나중에 설명해 준다."고.

근데 그게 나중에 신랑이,

"한국에 그렇게 한다."고.

얘기, 얘기하는 거예요.

[조사자 1: 그럼 지금도 그거는 좀 받아들여지세요? 그렇게 술잔에 익숙해지셨어요?] 지금은 많이 익숙해졌죠. 그 안 받으면 또 다 저보다 위니까 받아야 된다고. 싫어도 해요. 지금도. [조사자 1: 여전히 싫긴 한데 이제 문화니까 받아주시는 거예요?] 그래도 요즘엔 그 내가 빈 잔을 주면 그냥 안 먹을 수 없잖아요. 잔으로 돌려줘야 되니까. 그게 좀 술을 자꾸만 먹게 되는 거잖아요. [조사자 1: 아. 잔을 받으니까.] 중국에서는 그런 거 전혀 없어요.

[조사자 1: 그러면 음식문화 같은 경우는 어때요? 먹는 방식이 다를 텐데. 중국이랑.] 음 중국, 술을 한국 사람 돌려서 (상체를 뒤로 돌리면서) 이렇게 마시잖아요. 근데 저희, 저희 애 아빠도 저희 집에 가면은 아버지가 뭐,

"술을 한 잔 하자."고.

그러면은 (상체를 뒤로 돌리면서) 이렇게 돌려서 먹어.

그럼 아버지가,

"얘 너 뭐하는 거냐?"고.

이게 설명을 하는 거죠. 한국은 이러 이렇다고.

"아, 우리 집에서는 이렇게 안 해도 된다."고.

그리고 중국에서는 이렇게 손님이 오면은 담배도 줘요. 집에서도 담배를 피울 수 있게 그렇게. 저희 신랑도 저희 집에 처음에 인사하러 왔을 때 담배를 주면은 한국 사람은 거의 집에서 담배를 안 피우잖아요. 중국에서는 담배까지 다 그냥 뭐 맛있는 거 먹는 것처럼. 예의상 그게 있어요. 네네네.

그리고 명절 때 아니면 내가 좀 선물해 주고 싶을 때 담배로도 선물해요. 술이랑 똑같이. 여기는 그런 거 전혀 없잖아요. 담배를 선물하는 게. 이상하죠. 그러면은.

[조사자 1: 옛날에는 꼭 담배를 사 선물을 많이 했어요. 그래서 외국 갔다 와도 술보단 담배 선물을 많이 했는데. 이게 이제 법으로 금연. 그니까

담배를 실내에서 못 피게 하고. 옛날에는 밥 먹을 때. 다 어른들 담배 피셨었어요.] [조사자 2: 버스 안에서도.] [조사자 1: 버스에서도 피고. 근데 이제 못하게 하면서 담배, 흡연자들이 쫓겨나기 시작한 거예요. 그게 불과 몇 년 안 돼요. 한국도.]

지금 중국 아직도 담배를 비싼 거. 뭐 그 명절 때 상사 집에 갈 때도 있잖아요. 상사 집에 갈 때는 비싼 술, 비싼 담배 이렇게 들고 가는 경우가 많아요.

중국의 결혼 풍습

저희도 결혼은 또, 다른 사람마다 또 다르니까. [조사자 1: 집집마다 달라요?] 아니 저희는 외국 사람이잖아요. 똑같이 못하니까 그냥 다 생략하고 간단하게 그렇게, 뭐 양쪽에 뭐 서로 주고받고 그런 거 다 생략하고 간단하게 하자고 약속을 했지요. 왜냐면 저희 시어머니가 중국에 가서 해 주고, 해 주지도 못하고 저희 부모님이 여기 와서 해 주지도 못 하고. 그냥 여기서 할 때 여기 법에 따라서 하고 여기 할 때 여기 법 따라 하고. 그냥 저희는 간단하게 했어요.

근데 기억에 저희 큰언니 결혼할 때 제가 옆에 있어서 봤는데 그 형부가 그 바구니 같은 게 있어요. 형부가 저희 언니 데리. 중국에서는 그게 있어요. 여기는 신부 아침에 뭐 화장하고 그 예식장 가잖아요. 중국에서 그렇지 않아요. 꼭 남자가 여자 집에 가서 신부 데리고 나와야 돼요. 아침에, (고개 끄덕이며) 아침에. 신랑 쪽에서 한 스무 명 정도 삼촌, 이모, 외숙모 이런 분들을 모시고 신부를 데리러 가요. 신부의 친정에 데리러 가요. 친정에 데리러 갔다가 양쪽 그냥 인사하는 거. 이때는 다 동영상 다 찍어야 돼요.

그리고 친정어머니가 국수를 끓여 줘야 돼요. [조사자 1: 꼭.] 네. 국수를 끓여 주고 또 계란을 넣야 돼요. 국수를 끓여 주고 두 사람 같이 한 그릇을 다 먹고. 그 먹고 나서 뭐 이거저거 사진 찍고 이야기하고. 그다음에 신부 데리고 예식장 가요. 양쪽 손님들 다. 그때 예식 시작하는 거죠.

그러면 신부가 보통 새벽부터 나가서 화장해야 돼요. 여기는 보통 다 오전에 하잖아요. 근데 그거 있어서 신부가 보통 다 세네 시 나가서 화장을 해요. 그 예복도 입고 그래요.

[조사자 1: 그러면 한국에 오셔서 결혼식 하셨을 때는 웨딩드레스 입고 하시고 그다음에 한국은 왜 폐백이라는 거 하잖아요. 그것도 하셨어요?] 네네네. 했어요. 그때 저희 부모님만 오셨어요. 언니들은 그게 회사 다니니까 시간이 안 돼서. [조사자 1: 그거 할 때 절할 때 많이 안 힘들었어요?] 별로 안 힘들었는데요. [조사자 1: 많이 안 힘들었어요?] 네네. 그거 뭐 힘 드는 거 없고.

[조사자 1: 대추랑 이렇게 밤 받을 때 '이거 왜 던지지?' 이런 생각 안 들었어요?] 그거 중국에서도 비슷한 거 있어요. [조사자 1: 비슷하게 해요? 어떤 거 해요, 거기는?] 거기도 땅콩, 대추, 땅콩, 그리고 또 이렇게 이거 한국에 없는 과실인데. 그다음에 해바라기씨. 총 네 가지예요. 총 네 가지인데 이게. [조사자 1: 한국에 없는 그거는 뭐라고 불러요?] '꾸위우엔'이라고 부르는 건데, 그게 이 네 가지 이어서 하면은 그게 빨리 아이 낳라는 뜻으로. [조사자 1: 꾸위우엔 그거는 어떤 거예요? 견과류예요, 아니면 과일이에요?] 과일인데 말린 거예요.

[조사자 1: 아이를 빨리 낳으라는 것도 있고. 많이 낳으라는 것도 있어요? 그런 의미는 없어요?] 해바라기씨 많이 낳으라는 거예요. [조사자 1: 그걸 어디다가 담아서 줘요, 아니면 우리처럼 뭐 이렇게 던져 줘요?] 침대에다 던져 줘요. [조사자 1: 침대에다가.]

저희 중국 사람 빨간색 되게 좋아하잖아요. 결혼하는 날에 신랑 신부 집은 그 침실은 그냥 다 빨간색으로 장식해요. 뭐 침대 커버, 막 베게 다 빨간색으로 해요. 신부도 드레스 입고 그다음에 그 나중에 뭐 좀 그 저희는 예식장. 한국 예식장은 밥 먹는 장소 따로 다르잖아요. 중국에서는 지금은 어떤지 모르겠는데 저희 때는 예식장하고 밥 먹는데 같아요. 그 자리에서 그냥 밥을 먹는 거예요. 여기 앉아서 먹고 예식 끝나고 바로 그 반찬 올리는 건데.

그래서 신부가 처음 예식 할 때는 하얀 드레스 입고 나중에 예식

끝난 다음에 이제 호텔 쪽에서 반찬 올리는 사이에 신부가 나가서 빨간색 치파오를 입고 나와요, 이때는 같이 술을 돌리고 그때. 다른 거는 기억나는 게 저는 거기서 아주 간단하게 해서 저는 경험한 게 별로 없는 것 같아요.

[조사자 2: 근데 왜 국수하고 계란은 무슨 의미예요? 혹시 친정엄마가 국수를 꼭 삶고 계란을 풀고 한 그릇에다가, 신랑신부 한 그릇에다가 드신다고 했잖아요.] 그게 계란은 이미 동그랗고, 동그랗고. [조사자 1: 둥글둥글하게 살으라고?] 네. 잘 살자고. 그리고 국수는 길잖아요. 오래오래. [조사자 1: 그럼 계란은 삶은 달걀을 넣는 거예요? 아님 풀어서?] 풀어서요. 풀지는 않고 그냥 거기다 넣고 그러면 동그랗게 되잖아요. [조사자 2: 날달걀을 그냥.] 네네. 그런 식으로.

[조사자 1: 그럼 예식을 아주 이른 시간에 하긴 어렵겠다. 그쵸? 그거 다 먹고 다 모시고 가야 되니까] 보통은 점심때 많이 해요. 저희 보통 중국은 워낙 8자를 좋아하잖아. 숫자 8. 그래서 11시 58분 아니면 12시 8분 그런 시간을 많이 잡아요. 여기서 여기 한국에 저녁에도 하는 경우가 있잖아요. 중국에서 저녁을 잘 안하고 그냥 점심 때.

그리고 폭죽을 또 터트려요. [조사자 1: 폭죽?] 네, 꼭 터트려요. [조사자 1: 꼭 폭죽을 터트려야 돼요?] 네네. 신랑이가 신부 집에 델려갔을 때도 터트리고 나가고, 그리고 예식장에 간 다음에 그 예식 시작하기 전에 폭죽을 터트려요. [조사자 1: 폭죽 그 뻥하고 소리 나는 거?] 아니죠. 그 긴 거 있잖아요. 빵빵빵빵 계속 소리 나는 거. 앞에서 숫자 8로 이렇게 크게 만들다가 터트리면 계속 소리 나잖아요. (웃으며) 그거 꼭 해요. [조사자 1: 그럼 폭죽이 없을 때 옛날에는 어떻게 했어요?] 옛날부터 폭죽으로 했어요. 근데 요즘에 줄였죠. 요즘에 폭죽 많이 못하게 하니까. [조사자 1: 이제 8자로 만들어서 그걸 터트리면서?] 네네네네.

[조사자 2: 축하의 의미예요? 아니면 귀신이나 액운 같은 거 쫓는?] 축하의 의미로 더 많죠. 설날 때 터트린 거는 잡귀를 쫓는 건데 그 결혼식 때 터트린 거는 그냥 축복하는 의미로 하는 거 같아요. 되게 시끄러워요, 그게. 아무 소리도 안 들려. 그것만.

저희 명절 때, 설날 때도 꼭 그거 터트려요. [조사자 1: 아 설날에도요?] 중국에서는 명절 때 꼭 그거 해야 그거 한 해의 시작, 시작인 것 같아요. 저희 애들도 중국에 가는 게 그것도 재미, 재미로 되게 좋아해요. [조사자 2: 애들은 그럼 좋아할 것 같아요.] 여기는 그게 잘 안하잖아요. 중국에 뭐 설날 되면은 길거리에서 길, 한 길거리에 쫙 그게 다 가게예요. 그때 잠깐만 팔 수 있는 거니까, 장사하는 사람들이 그때 잡아야 되니까. 옛날에 그게 관리를 잘 안 될 때 아무데나 팔 수 있었어요.

근데 그거 자꾸만 사고가 나요. 그게 조그만 불빛만 있어도 그게 불나잖아요. 그래서 지금 관리, 관리 시작하고 딱 언제부터 언제까지 어디 지정하는 장소에서만 팔아, 팔 수 있어요. 그래서 그 사람들은 그때 잡아서 열심히 팔죠. 저희도 열심히 사고. 여기서 못 하는 게 거기에서.

중국인의 저승 인식

저희 중국에서 아직은 교회 다니는 사람 많지 않아요. 특히 저희 동네에는 그랬는데. 보통 뭐, 뭐라고, 꼭 종교라고 이야기하면은 불교 많이 하죠.

한 몇 년 전에 저희 삼촌이 돌아가셨어요. 삼촌이 시골에서 사셨는데 마침 그때 중국에 있어서 같이 가는데 그 집에서 그 죽은 사람이 바로? 바로 어디로, 어디에다, 여기에는 장례식장에다 두잖아요. 그때 삼촌 그냥 집에다 두더라구요. 만약에 오늘 돌아가시면 그러면 그 셋째 날. 그러면 화장하던가 어떻게 하던가 그날, 그때 치르는 날이죠. 근데 여기처럼 다 예식장에다 두는 거. [조사자 1: 장례식장에서 다 일괄적으로 안 하고 집에서. 그럼 집에서 조문객들이 오면 음식도 대접하고?] 네네. 그래요. 삼 일 동안. 동네 사람들이 여기 와서 밥 먹고 그리고 뭐 돈을, 돈 주고. 그런 거 있어요.

[조사자 1: 그러면 뭐 저승이라고 하는 세계가 있다고 생각을 하셔요?

중국 분들은?] 네네. [조사자 1: 그럼 사람이 죽어서 저승을 간다고 생각을 하고.] 그런 이야기 있어요. 죽은 사람은 꼭 무슨 다리 같은 거 지나야 된대요. 그 다리 지나기 전에 무슨 할머니가 뭐 탕을 준대요. 그 건너기 전에. 그 탕을 먹고 나서 이게 다리를 지나갈 수 있다고 그런 이야기 있어요. 자세히 모르는데 근데 자주 이야기하는 거 그거 있어요. '멍푸워탕'라고 하는 거.

[조사자 1: 그러면 저승을, 한국에서는 그렇게 저승을 가야 되는데 무슨 원한이 있거나 그러면 저승을 못 가서 이승에서 자기 한을 풀어달라고 막 사람들한테 나타나는 경우들이 있다고 그래요. 그럼 중국에서는 그런 건 없어요? 그러니까 죽은 사람이, 예를 들면 사람들을 괴롭히거나 또는 어떤 도깨비나 하여간 이런 식으로 나타나거나. 그러는 이야기는 없어요?] 저희는 그런 거 있는 것 같아요. 뭐 죽은 사람 만약에 살아있을 때 하고 싶은 거 못하면, 아니면은 뭐 해야 되는 거 못 해고 그런 경우가 있으면 그 자식이나 아니면 주변 사람이 꿈을 꿀 수 있게끔 그거 있대요. 만약에 내가 무슨 꿈에서 죽은 사람 나타나서 이거 이거 얘기했어. 아니면 이런, 이런 부탁을 했어. 그러면 깨면은 그거 풀어 줘야 되는 거 있어요.

[조사자 1: 돌아가신 분이 자기가 하고 싶은 말을 다 못하고 간 걸 꿈에서 이야기해 주면 그거를 가족들이 풀어 줘야 된다고. 그럼 어떤 식으로 풀어 줘요?] 그냥 만약에 저희 엄마가 한 번 얘기한 적이 있어요. 꿈에서 할아버지가 나타나셨대요. 할아버지가,

"옛날에 동네 누구누구한테 얼마, 얼마 돈을 빌려준 거 있다."고.

"너는 꼭 이거 갚아야 된다."고.

그런 꿈을 꿨대요.

그래서 엄마가 그 동네 찾아갔는데,

"그 혹시 그거 있냐?"

그런, 어릴 때 그런 기억이 있었어요. 뒤엔 무슨 일이 생긴지 모르지만은 그런 이야기 있었어요. [조사자 1: 그래서 갚았대요?] 뒤에는, 뒤에는. [조사자 1: 못 들으셨어?] 네. 뒤에는 모르겠어요. 한 번 식사하면서, 밥을 먹으면서 아버지한테 이런 꿈을 꾸었다는 것만 들었죠.

그래서 찾아가는 것도, 찾아간 것 같아요. 근데 나중에 돈은 어떻게 했는지는 자세히 모르겠어요.

[조사자 1: 그 죽은 사람이 다리를 건너기 전에 탕을 내주는 할머니를 부르는 명칭이 있어요?] 네. '멍푸워'라고 불러요. [조사자 1: 그게 무슨 뜻이에요?] 무슨 뜻인지 모르지만은 그게 할머니가 건네주는 탕을 먹어야 다리를 건널 수 있다는 것만 알아요. [조사자 1: 그 할머니가 멍푸워라고.] 네. '푸워'가 할머니라는 뜻이에요. '멍'은 성이고. '멍할머니'. 그래서 이 탕 이름 '멍푸워탕'.

김장 이야기

처음에 저희 시어머니랑 같이 김장을 담굴 때 있잖아요. 깜짝 놀랐어요. 무슨 배추를 저렇게 많이 (웃으며) 절이고 담그고,

'언제까지 다 먹어.'

그런 생각까지 했는데.

그래서 처음에 저희 어머니도, 저희 신랑도 형제가 많으니까 되게 많이 하시는데 처음에 뭐 백 포, 백 오십 포 한 적도 있고. (웃으며) 너무 놀랬어요. 중국 사람 김치, 저희 한족 사람 안 먹잖아요. 그냥 뭐 세네 개만 있어도 한참 먹어야 되는데 그거 언제까지 다 먹냐고.

[조사자 1: 다 먹긴 하죠.] 뭐 형제들 나눠 주고 뭐 친구도, 저희 여기 담그기가 편하잖아요. 여기가 시골이니까. 저희 시어머니 친구분도 또 주시고 그런 나누니까 금방 없어지더라구요. 생각보다는.

카레 맛에 반하다

저 한번 저기 기숙사에 있잖아요. 거기서 사는데. 저희 그때 사귀기 전에 하도 저희, 저희 알게 된 다음에 한 번 저랑 좀 친구 몇 명 좀 초대를 했어요. 자기가 맛있는 거 했다고. 그래서 갔어요. 갔는데,

반찬을 차려놓은 거 보니까 빨간색밖에 없더라고. 그래서 우리, 우리끼리,

"아, 이게 무슨 맛으로 먹는 건가. 다 똑같은 색깔인데. 매운 거밖에 없잖아."

뭐 지금 식으로 말하면 김치찌개 있고, 무채 있고, 또 자세히, 아무튼 다 빨간색이었어요. 저희끼리,

"이게 무슨 맛으로 먹어야 되는지."

저희도 그때 한국 음식은 그렇게, 지금 나중에 〈대장금〉 드라마 나온 다음에 한국 음식은 좀 알려졌는데 그때 전혀 없어요. 그래서 아오, 진짜 입맛 없고, 먹어도 맛있게 먹지는 않았어요. 그래서 저희 신랑도 한참 준비했는데 나중에 나와서 또 다른 거 먹으러 갔죠.

또 한번. 자기가 카레를 했대요. 또 저랑 친구랑 초대를 했는데 카레를 저희 그때 중국은 그때 아직은 접하지 않아서, 카레 같은 거는. 처음에 거기서 카레를 먹었어요. 저희 신랑 해주는 거.

'오, 카레가 이렇게 맛있는 거구나.'

그때 알았는데 근데 그때 그렇게 친하지 않은 사이니까 한 그릇 먹고 나서는 더 먹고 싶은데 말을 못하는 거예요. 너무 쑥스러워서. 친구한테,

"야, 너 더 먹고 싶지 않아?"

"아니."

안 먹고 싶대. 그래서,

'아, 나만 먹으면은 좀.'

부끄러워서 말을, 말을 안 했어요. 그래서 그때 생각한 게 한국 사람 카레 같은 게 빨리 저희 중국 사람보다 빨리 접한 것 같다고 생각을 했죠.

그때 태국음식은 중국에서 그때 많이 없어요. 대학교는 저의 대학교 대련에 있어요. 그래도 개방적인 도신데 그때 생각해보면 태국 음식점도 없고 카레 파는, 소스 파는 게 또 마트에서 많이 보이지도 않았어요. 지금 생각해 보면은.

단오와 설날의 풍습

저희 단오, 단오, 단오 때 대문 앞에서, 대문 앞에서 쑥 있잖아요. 쑥을 대문 앞에서 달아야 되는 풍습이 있어요. 저희 엄마도 지금에도 달아요. 뭐 그게 의미가 뭔지는 모르지만, 비슷하겠죠. 잡귀를 쫓거나 뭐 그런 거 같아요. 단오 그때 그거 하고.

그리고 정월대보름날 저희가 탕, 그 꼭 먹어야 되는 음식이 있어요. 그게 '탕유엔'라고 불러요. '탕유엔' 그게 여기랑 떡이랑 비슷해요. 찹쌀로 안에 뭐 땅콩, 깨 이런저런 견과류 넣고 동글동글 만들고 탕을 끓여요. 이게 떡국이라고 불러야 되나요? 떡국은 또 짠맛이잖아요. 저희는 탕에다가 아무도 안 넣어요. 그냥 그거 넣고 그걸 먹어요.

[조사자 1: 그걸 근데 동글동글하게 빚는, 빚는 거 아니에요?] 네. 동글동글. [조사자 1: 그거 그럼 정월대보름에만 먹어요? 아니면 평상시에 일상식으로도 먹어요?] 보통은 잘 안 먹고 그때만. [조사자 1: 잘 안 먹고 정월대보름 아침에만 먹어요?] 평소에 좋아하는 사람도 끓여 먹죠. 근데 그날 꼭 먹어야 되는.

그리고 설날 때 꼭 만두를 먹고. 저희 설날 때 그 음력 12월 31일 밤에 그 시간을 지켜요. 열두 시를. 그때 우리 안 자고 꼭 그 시간을 지켜서 다음날을 넘어가서 자야 되는 풍습이 있고. [조사자 1: 안 자면 어떻게? 만약에 잠이 먼저 들면 어떻게 된다 그래요?] 아니 그 어떻게 되는 거 없어. 그냥 좋다고 얘기해요. 그냥 그렇게 일 년을 지켰다고 그런 말로.

그리고 중국에서는 열두 시에 꼭 만두, 그날 열두 시 밤 만두 먹는 풍습 있어요. 저희 동네에는. 그래서 한 저녁은 일곱 시, 여덟 시 먹은 다음에 열한 시부터 준비를 하고 열두 시 만두를 먹어요. 만두 먹고 한 살 먹고 자는 거죠. 저희 아이들도 중국 가면은 꼭 할머니 만두 먹고 자요, 그날 밤에는.

그리고 만두에다가 동전을 깨끗이 씻어서 몇 개만 넣어요. 한 두세 개. 네 한 두세 개 넣어요. 그러면 다 먹었다가 나오잖아요. 그러면 먹는 사람이 이 이제 한 해 되게 돈도 잘 벌고 운도 좋고 그런 거 있어요. 저희 아이들 그것 때문에 뭐 계속 먹어요. 배불러도 계속 먹어요. [조사자 1: 돈 찾으려고?] 동전 때문에.

차츰 집안일을 돕게 된 남편

한국 남자 그게 진짜 미워요. 이게 주방 잘 안 들어가고 뭐 집안일 잘 안 도와주고 그런 거. 저희, 저희 중국 남자 되게 많이 도와줘요, 집안일. [조사자 2: 그렇죠. 중국은 같이 하죠. 남자 여자 집안일 같이 하는데.]

그게 아마 그것 때문에 그런 것 같아요. 중국 여자 계속 그게 한국 여성 그 직장 다니는 게 옛날 많이 없잖아요. 근데 중국은 옛날부터 여자도 똑같이 일해요. 그러다 보니까 남자도 똑같은 집안일 담당해야 그게 부부 그게 이뤄질 수 있는 것 같아서. 그런 거, 그런 거 같아요.

[조사자 1: 그리고 시댁 문화라는 게 한국이랑 중국이랑 많이 다르지 않아요?] 그렇죠. 저희 아버지 그 퇴근하기 전에, 아니 퇴직하기 전에도 집안일도, 저희 아빠도 한국 남자보다 더 센 것 같애요. 집안일 안 하는 게.

처음에 저희 아버지가 반대를 했어요. 그때 한국 드라마 중국에서 나온 거 많이 없었는데, 그때 아직 한류문화가 그렇게 유행하지 않은데, 뭐 보는 드라마가 있어요. 저희 아버지랑 엄마가 보는 드라마 〈보고 또 보고〉 그때 한참 유행했을 때예요. 그때 저희 중국에서 그게 공식으로, 공식적으로 나오는 드라마 그게 많이 없는데 그게 그중 하나예요. 저희 엄마 아빠가 그거 보고 너무 걱정됐죠.

'한국 문화가 이렇구나. 여자가 이렇구나.'

그래서 반대를 했죠. 한국 남자하고 결혼하면 힘들 것 같다고. 또 남자 술, 한국 사람 술을 잘 마신다고 그게 어떻게 인식을 했어요.

되게 반대했는데 근데 나중에 제가 반대하니까 또 기분 나쁘잖아요. 싸우니까. 제가 아빠한테 그때 싸우면서 하는 말,

"아빠가 남자, 한국 남자보다 더 센 것 같애. 집안일 하나도 안 하고."

내가 그때 뭐 철이 없어서 그렇게 이야기했는데 근데 지금 한국 남자 보면은 40대 이상은, 좀 옛날 사람들이 안하잖아요. 그죠? 근데 지금 젊은 사람들 많이 같이하는데 그죠? 지금 중국 사람들 옛날부터 같이 해온 것 같애요.

[조사자 1: 고런 것도 좀 이해가 안 되셨을거구 그죠?] 네. 제사 때 열 받잖아요. 남자는 TV만 보고 여자들이 주방에서 이것저것 정신이 없는데. 지금은, 옛날에 저 처음 결혼했을 때 전 워낙 중국 사람이니까 좀 주장은 계속 그렇게 배웠는데. 그래서 신랑한테,

"자주 같이 하자."고.

그래, 그런 거 있어. 신랑도 중국에서 계속 그렇게 살았는데 그런 문화가 좀 받아들였어요. 좀 도와줘. 근데 일단 저한테 하는 말,

"우리 엄마한테 걸리면 안 돼."

한번, 한 날 그게 되게 싱싱(생생)해요. 한번 이제 신랑 밥 먹고 나서,

"방에 들어가. 내가 설거지할게."

그랬어요.

그랬더니 어머니가 방에 들어가시는데 아무도, 아무도 못 보셨고 그랬는데 갑자기 어머니가 방에서 나오신 거예요. 저희 신랑이 주방, 제가 거실에서 듣는 소리 '팡' 이렇게 던지는 소리를 빨리빨리 손 씻고 나온 거예요. 문 닫는 소리 들렸어요. (웃으며) 걸릴까 봐. 아무도 안하는 척하고 나온 거예요, 주방에서. 아니 그래서

"아니 이거 보시면 어떠냐."고.

그래서 저희 나중에 또 한번 저희 시어머니가 저희 신랑 도와, 그 설거지 도와주는 거 저희 시어머니가 보셨어요. 그러니까 기분이 안 좋으신 거예요. 그래서 제가 저희 어머니한테 얘기했는데.

"중국 사람 이게 이게 있다."고.

그랬는데,

"한국 문화는 그거 아니다. 만약에 니가 너도 지금 아들 키우는

데 너는 아들 집에 갔더니 내 아들 지금 설거지도 하고 뭐 집안일도 하고 너는 이런 거 보면 기분이 좋을 것 같애?"

이래서,

"아니 그거 같이 하면 되지."

근데 이야기해도 그때 받아들이지 않아요. 근데 지금 점점 변하셨어요. [조사자 1: 아 그래요?] 네. 점점 변하셨어요. 추석 때 뭐 제가 이야기 안 해도 저희 시어머니가 시켜요. 같이 하자고. 지금 남자도 같이 해야 된다고. 저희 시어머니가 그렇게 이야기해요. 많이 변하시더라고. [조사자 1: 변화를 시키신 거네요. 며느님이.] 아니 저 밥을 먹었다가 만약에 신랑이 또 두 그릇, 또 밥을 또 달라고 그러면은 처음에 다 저한테 얘기해요.

"밥 더 달라."고.

"아, 바로 옆에 있는데 일어나서 피 오면 되잖아."

저 시어머니 앞에서 그렇게 얘기해요. 별로 안 좋아하셔. 알면서도 그렇게 이야기해요. 그럼 신랑이 그냥 일어나서 해 줘요. 가끔 저희 시어머니 열받으시면 일어나서 해 주시고. 그래서 저는 그 자리에서 어머니한테 말씀드려요.

"어머니! 이게 바로, 이게 무슨 어려운 거면은 도와줄 수 있죠. 근데 이게 바로 자기 옆에 있는데 할 수 있는 거는 왜 다 해줘야 되냐."고.

가만히 계시더라고. 그게 조금 그게 이해되신 것 같아요. 나중에 저희 지금 알아서 먹어요. [조사자 2: 시아버지 돌아가시고 나서 많이.] 이 시대 변하는 게 점점 TV에서도 보시고 주변에서 친구분들한테도 많이 들으신 것 같아요. 시대 바뀐 게.

[조사자 2: 시어머니는 전라도 분이세요?] 아뇨. 여기 춘천 분이신데 저희 시아버님이 전라도 분이세요. [조사자 1: 그럼 처가에 오셔서 사신 거네요? 시아버님이?] 아니 거기에서 태어나셨고 나중에. [조사자 1: 여기서 생활하고, 살고 계셨구나.] 네네.

한국 만두와 중국 만두

여기 한국 만두 당면을 넣는 게 보니까 저는 또 놀랐죠. 저희 당면 전혀 안 넣어요. 당면도 안 넣고 김치도 안 넣고. 저희는 뭐 야채, 여러 가지 야채를 쓰고 고기를 넣고 그렇게 하는데 한국은 김치만두 잖아요. 김치로, 김치로 만두 만드는 자체 상상도 못했어요. 중국에 가면 김치만두 얘기하면 사람들,

"와 그게 무슨 맛일까?"

궁금하고 신기하고 그래요.

[조사자 1: 그럼 어떠세요? 김치만두 드셔 보시고 어떠셨어요?] 지금은 익숙해졌으니까 괜찮죠. 어떤 때는 고기만두 느끼할 수도 있으니까. 김치만두도 맛있죠. 지금은 벌써 익숙해졌는데. 근데 지금 제 주변에 처음에 여기 한국에 오는 친구들 있잖아요. 아직은 그게, 처음에 그게 받아들이지 못해요.

[조사자 1: 자녀분들은 중국 만두랑 한국 만두 중에 뭘 더 좋아해요?] 중국 만두 더 좋아해요. [조사자 1: 중국 만두가 훨씬 맛있죠.] [조사자 2: 육즙도 많고 맛있어요.] 중국 만두 좋아하고, 저희 신랑도 시어머니한테 말, 얘기해요.

"엄마! 나 이제 한국 김치만두 별로 안 좋아해. 중국 만두만 좋아한다."고.

[조사자 1: 빚는 방법도 좀 달라요?] 여기는 동그랗게 만들잖아요. 중국 만두 다 세우고 위에 주름 잡잖아요. 그렇게. 저희 여기 설날 때 여기서 지내면은 같이 만두 빚잖아요. 저희 시어머니가 저한테 중국 만두 해달라고 그러셔요. 맛있다고. 저도 몇 번을 했는데 저는 맛있게 못해요. 그래도 예의상으로 그런지, 뭐 진심으로 그런지 모르지만은 맛있다고. [조사자 1: 고기든 게 맛있죠.] 네.

며느리의 취향과 문화를 이해하는 시어머니

그리고 또 다른 게 생일 때 한국에 미역국 먹잖아요. 중국에서는 면 먹어요. [조사자 1: 면?] 네네 국수. 국수 기는 거 오래오래 산다는 의미로. 거기다 또 계란을 넣어요. 또 결혼식 때 똑같이 그냥 한 해 (손으로 동그라미를 그리면서) 동그랗게 지나가는 바람으로.

[조사자 1: 그러면 한국은 아이를 낳고 나면 미역국, 태어났을 때도 미역국을 먹지만 산모가 미역국을 엄청 먹어요. 산후조리할 때까지.] 네. 우리는 미역국 전혀 안 먹어요.

[조사자 1: 그러면 산후조리를 어떻게 해요? 애기를 낳고 나면?] 우리는 뭐 족발로 끓이는 탕 먹어요. 그게 모유를 잘 나온다고. 그거 많이 먹고 그리고 그 쌀, 아주 노란색이고 아주 조그만 쌀. 그거 좁쌀? [조사자 1: 좁쌀.] 그거로 죽, 죽으로 끓여서 먹어요. 산모 그 혈, 피 순환에 좋다고. 그 그거 많이 먹고. 근데 여기 생일 때도 미역국 먹고 뭐 아이 낳고도 미역국 먹고. 그게 중국 여자들한테 그게 처음에 그게, [조사자 1: 이상했어요?] 이상해서 저희 동네는 그냥 미역국 나쁘다는 게 없어. 근데 여기 오면은,

'아, 이렇게 먹구나.'

그게 생각하면 되는데, 근데 제 주변에 중국 남쪽에서 온 친구가 있어요. 남방에서 온 친구. 근데, 애 낳고 나서 미역국을 먹으면 안 좋다는 얘기 있어요. 자기네 동네에서. 그게 여기에서 애 낳고 나서 그게 먹기가 되게 자기가 어릴 때 계속 그런 이야기가 있는데 또 먹어야 되니까 되게 힘들었대요. [조사자 1: 아, 그랬겠네요. 그게 나쁜 거라고 하는데.] 조리원에서도 계속 그거만 나오잖아요. 근데 안 먹으면 다른 거 없으니까. 저희는 그냥 없어도 그냥 먹을 수 있는데, 근데 그 사람한테는 그 나쁘다는, 안 좋다는 게 있어서 좀 힘들었어요.

[조사자 1: 그랬겠네요. 그럼 생일날 시어머니나 남편분이 미역국을 끓여주세요?] 저요? 저희 뭐 아이들도 미역국을 잘 안 먹어서 저희 아이들도 중국하고 한국, [조사자 1: 그치. 거기서 태어났으니까.] 네. 그 문화가 다르다는 인식이 어릴 때부터 있어서,

"엄마 나는 생일 때 미역국을 안 끓여줘도 된다."고.

얘기해요. 네. 그래서 딸이 미역국 진짜 안 좋아해요. 그래서 얘 생일 때 미역국을 안 끓여도 그냥 뭐 저희, 저희 다 워낙 이게, 저희 왔다 갔다 하는 편이라서 별로 별거 안 끓여도.

[조사자 1: 그럼 시어머니 생신 때는 끓여드려요?] 아우. 시어머니 때는 끓여 드려야죠. [조사자 1: 남편은?] 남편은 미역국 별로 안 좋아해요. [조사자 1: 그럼 딱 어머님만 챙겨드리면 되는구나.] 네.

처음에, 처음 여기 왔을 때 딸이나 뭐 남편이 안 끓여 주면 저희 시어머니도,

"에이, 그래도 미역국 끓여야. 먹든 안 먹든 끓여야 된다."고.

그렇게 이야기했는데 이제는 안 그래도 뭐라고 안 하셔.

[조사자 1: 그래도 어머니가 많이 변하시고 그래도 개방적이세요. 보니까. 절대 안 바뀌는 부모님 많으시거든요.] 그쵸. 저희, 왜냐면 저희 남편의 형제들 외국에 많이, [조사자 1: 많이 나가 있으니까] 네네. 그래서 좀 개방적이세요. [조사자 1: 아, 천만다행이다.] 그쵸. 뭐 저는 집에서 애들이랑 중국어로 대화해도 어머니 좋다고 해요. 못 알아들어도,

"응. 내 중국어로 해도 된다."고.

"많이 배웠다."고.

근데 다른 집은 좀, 만약에 시부모 좀 아주 전형적이면은,

"너 한국에 있으면 애들한테 한국어를 가르쳐야 애들도 제대로 배우고 그러잖아."

그렇게 강조하는데 저희는 그런 거 없어요.

[조사자 1: 한국에는 시집살이라는 말이 있어요. 시집살이라는 말 들어보셨어요?] 네네. 알죠. [조사자 1: 네, 아시죠. 그 이제 저희가 한 삼 년 동안 전국에 다니면서 한국에서 이제 그 나이 많으신 할머니들 본인들 시집살이 이야기만 막 이렇게 열 권으로 책을 만들어서 모은 적이 있어요. 이런 식으로 이야기해서. 혹시 들려줄 만한 시집살이 이야기 하나 있으세요?] 저요? 저는 그런 거, 저희 시어머니 그렇게 저한테 안 해주셔서 별로.

[조사자 1: 별로 할 만한 시집살이 얘기는 없어요?] 네네. 없어요. [조사자 1: 그래도 뭐 한 개라도 되게 섭섭하고, 뭐 섭섭한 거 있고 그렇잖아요.]

저희 시어머니 워낙 잘해주시니까 별로 없는데, 기분 나쁜 일 가끔 있죠. [조사자 1: 가끔 있는 거 말고는.] 같이 사니까 뭐 안 부딪칠 수가 없는데. 시집살이 때문에 그런 거 아니니까. [조사자 1: 아, 다행이다.]

나의 결혼 이야기와 외할머니의 만주 이주내력 [1]

● **구연정보**

조사일시 : 2017. 11. 12(일) 오후
조사장소 : 충청북도 청주시 가경동
제 보 자 : 이화(이윤정) [중국(한국계), 여, 1974년생, 결혼이주 19년차]
조 사 자 : 오정미, 한상효, 엄희수

● **구연상황**

조사팀과 제보자는 청주에 있는 한 카페에서 만났다. 제보자 자택에는 편찮으신 어머니가 계신 상황으로, 자택 대신 카페에서 조사를 시작하였다. 카페에는 손님 몇 명이 있었고 약간의 소음이 있었다. 그러나 제보자와 조사자가 기존에 친분이 있는 관계여서 편안하게 조사가 시작되었다. 제보자 정보 확보 차원에서 성명을 묻게 됐고 개명 사연을 전하면서 자연스럽게 생애담 구술이 이어졌다.

● **줄거리**

흑룡강성이 고향인 제보자의 본명은 이화로 한국에서는 이윤정으로 개명했다. 띠동갑의 남편을 동네 언니의 소개로 만나 1998년 1월에 결혼하여 한국으로 이주했다. 현재 1남 1녀를 두고 있으며 다문화 이중언어 강사를 고등학교에서 하는 등 한국의 다문화교육에 대한 관심이 많다. 제보자는 본인 의사와 상관없이 중국 국적을 포기하게 됐는데 이에 대해 후회스러운 마음도 있다고 했다. 또한 제보자는 여성의 주체성과 정체성에 대한 고민을 이야기했다. 한국에서의 주 거주지는 수원이었고, 6년 전에 청주로 이사 와서 현재까지 살고 있다. 현재는 주말 부부를 하고 있어, 제보자는 자녀들과 친정어머니와 함께 거주 중이다. 친정어머니가 편찮으신 상태로, 어머니를 보살피고 있다.

이름을 바꾸게 된 사연

[조사자: 우선 선생님? 이?] 이. [조사자: 이윤정 선생님. 중국 이름은 어떻게 되세요? 선생님?] 제가 원래 이름은 이화였어요. 그래서 빛날 화 써서 '이화' 이렇게 해서 아빠가 지어주셨는데 이제 한국에 오니까 외자 이름이 없으니까 어디 가서 관공서 같은 데 얘기하면서, 아니면 병원 있는 데 가서,

"이화에요."

그러면

"이화에 씨?"

계속 뭔가가 '에'

"이화에요."

그러면

"이화요 씨?"

막 이러고 그래서 제 이름 두 글자를 상대방에게 인지시키는데 막 세 번 네 번인가 너무 스트레스예요. 근데 써놓으면 예쁘다 그래요. [조사자: 그러네요. 솔직히 '이화'가 더 예쁘거든요.] 그죠. 그죠 근데 그게 너무 스트레스라서 내가,

'정말 한번에 부를 수 있는 너무 흔한 이름을 한번 갖고 싶다.'

막 제가 그래서 한 삼 년 정도 지나서 그것 때문에 어디 가서 이름을 얘기하기 너무 싫은 거예요. 한번에 전달 안 되고 그래서 나중에는 이화 외자예요. 이렇게 얘기해야 되는 상황인데 얼마나 힘들어요. 그래서 이제 이름을 그냥 가장 많은 이름이 보편적인 이름 보니까 나이 때 맞게 편안하게 그러면 '윤정' 이러라고요. 그래서 제가 개명을 했어요. 그리고 한 십 년쯤 된 거 같아요. 십 년 조금 넘은 거 같아요.

한국남자와의 결혼과 이주

[조사자: 선생님 맨 처음 한국에 오신 거는 언제시죠?] 98년, 에 1월달에 왔어요. [조사자: 선생님 지금 연세가 어떻게 되세요?] 저는 한국나이로 사십사 세. 만 사십삼 세. 칠십사 년. 네. [조사자: 98년에 한국에 이주하셨으면 거의 20년이 다 돼 가네요.] 20년 다 돼가네요. 우리 아들이 스무 살이라. 20년 되었어요.

[조사자: 그러면 자녀가 큰아이가 스무 살. 네, 큰 아드님이 스무 살?] 네. [조사자: 또 있으세요?] 네, 막내가 열세 살. [조사자: 아 나이 차 많이 나네요.] 둘째가 열세 살. [조사자: 둘째가 딸. 다 키우셨네요.] 새삼스럽게나 나이 가지고, 막내 키우느라 사춘기 때문에 아주 죽겠어요. [조사자: 그치 지금 몇 학년이에요?] 6학년이요. 얼굴에, 얼굴에 여드름도 나고 아. [조사자: 내년에 중학생 되면 키 크더라고요.] 어떡해. 어쩌겠어요?

[조사자: 그러면 그때 98년 1월에 이주는 결혼하시면서 오신 거세요?] 네, 네. 결혼. 아니, 결혼하면서 아예 한국으로 귀화한 거죠. 근데 지금은 귀화 신청을 따로 하고 시험도 보는데 옛날에는 한국에 들어오는 순간 그 뭐지, 대사관에 가서 중국에 국적을 포기하고 한국 국적을 취득하고 한번에 되는 시스템이었어요. 저는 귀화, 귀화라는 거가 없어요. 저는 그냥 한국 국적을 자동으로 취득이 된 거예요. 네.

지금은 영주권이라는 게 있기 때문에 선택할 수 있잖아요. 두 가지다 가지고 그래서 귀화를 신청하면 한국인이 되는 거고, 영주권을 갖고 싶으면 그냥 외국인처럼 사람이 되는 거예요. 저는 지금 시스템이 더 낫다고 생각해요. 개인한테 선택권이 있잖아요. 저는 남편 때문에 제 국적을 포기한 사람이에요. 저는 포기하고 싶지 않았어요. [조사자: 그렇지.] 지금이었으면 너무 좋았겠는데, [조사자: 살다보면 어찌 될 줄 알고.] 그게 아니라 저는 한국 사람으로 살고 있으면 되는 건데. 저의 본질까지 다 버린다는 거는 조금 어떻게 보면 강, 강압적인 거 때문에, [조사자: 지금은 초이스가 있는데.] 선택을 할 수 있어서.

[조사자: 남편분은 한국 분이신 거죠?] 네. 네. [조사자: 혹시 어떻게 만났는지 여쭤봐도 돼요?] 네 뭐, 만난 거는 그냥 그 저희가 그 동네에

그 친척 언니가 한국에 먼저 결혼을 왔어요. 에, 그래서 그냥 왕래를 가까이 사니까 왕래를 많이 했는데 인제 어느 날 그 우리 지금 우리 남편 되는 분의 누나. 누나랑 같이 온 거예요. 그러니까 왔다 갔다 하니까. [조사자: 시누이, 시누이.] 그래서 왔다 갔다 하면서 친구라고 교회를 같이 다녔나 봐요. 그 친구랑 여행 왔다고. 그래서 같이 얼굴 보고 밥 한 번 먹었는데 소개시켜 줄라고 그랬나 봐요. 저는 몰랐는데.

그래가지고 에 뭐, 그래서 그다음에 와서 이제 그 물어봐가지고 뭐 그냥 뭐 기회 한번 남녀 만나는 거죠. 어떤 루트든 상관없다 생각을 해서. 만나보니까 되게 참하고 성실하고 괜찮은 거예요. 그래서 연애 좀 하다가 뭐. [조사자: 연애는 국제연애?] 네. 뭐 전화비가 많이 나왔죠. 통화하느라고. (웃음) 네. 가끔 휴가 내서 왔다 갔다 하고, 그래서 길게는 못했어요. 워낙 어쨌거나 많이 왔다 갔다 하기도 그래서. 기본적으로 이제 그 아는 친척이 소개했으니까 그 다 믿는 게 많고 그 개인적인 사람만 파악하면 되는데 근데 오래 사귄다고 잘 알 수 있는 것도 아니잖아요. [조사자: 사는 건 다 그래요.] 음 그래서 기본적으로 좀 맞고 안 맞고는 초반에 좀 더 많이 알 수 있는 거 같애서. 이거 좀 무식하게 용감한 구석이 있어요. [조사자: 원래 결혼은 그렇게 해야 돼요.] 네. 그래서.

[조사자: 그럼 남편분은 나이가 어떻게 되세요?] 저는 나이 차가 좀 나서 띠동갑이에요. [조사자: 열두 살?] 네. [조사자: 지금 그러면 선생님보다 띠동갑이 오십육 세시네요.] 그땐 잘 모르겠는데 살다 보니까 되게 나이 차가 되게 많이 나대요. [조사자: 아 그래요?] 저 이십 대 삼십 대에는 별로 안 차는 것, 나이, 안 차는 것. [조사자: 안 차이 나는 것 같은데.] 제가 이렇게 막 이십구 센데 막 뭔가 있잖아요. 나이가 막 20년 같은 느낌이 들 때가 있어요. 근데 그럴 때는 아 좀 서글플 때가 있어. [조사자: 아 좀 젊은 남자랑 결혼할 걸.]

'아 이렇게 나이 차이가 많이 났었나.'

그러고.

[조사자: 아 그렇겠구나. 그러면 그 남편분도 지금도 일하세요?] 예. 예. [조사자: 퇴직 아직 안 하시고요?] 네. [조사자: 혹시 물어봐도 돼요?]

물류 쪽에 일을 하고. [조사자: 회사 다니시는 거죠?] 네네.

다문화 강사로서의 삶

[조사자: 선생님은 지금 학교, 방과후 선생님이세요? 어떻게 되시는 거예요?] 네. 방과훈데 교육청에서 어 경인교대에도 있을 거예요. 그 다문화 언어강사라고. [조사자: 이중언어 강사?] 네. 그거예요. [조사자: 아 그럼 초등학교 가서.] 에. 교육청에서 급여 지급하고 학교에 배치하는 식으로. [조사자: 받고 지금 다문화 이중언어 강사를 하시는 거구나. 어디서 하시는 거세요?] 여기 봉명초등학교요. [조사자: 복명, 초등학교?] 봉명. 이응, 이응, 이응. [조사자: 봉명.] 네. 네. [조사자: 거기서 선생님 중국어 가르치시는 거세요?] 네. 중국어도 가르치고 이제 방과후로 중국어하고 아니면 교실마다 다니며 다문화 수업도 해요. 한 학기에 한 번씩 이렇게.

[조사자: 선생님 이거 진짜 대학원 과정 하셔야 되겠다.] (웃음) 더 많이 배워야겠죠? [조사자: 그러면 그 중국어야 그렇다고 치지만 다문화 수업은 뭘 어떻게 진행해요?] 다문화 수업은 이제 그 저학년, 뭐 저학년 1, 2학년 3, 4학년 이렇게 세 개 나눠요. 그러면 1, 2학년 같은 경우에는 제가 가르치게, '우리 학교에 중국어 선생님이다.' 이런 게 타이틀이 있다 보니까 이제 첫 학기에는 일 학년 막 들어온 아이들은 중국의 문화 막 이런 거,

"우리 이웃 나라인 중국은 이런 나라란다."

이렇게 가르치고 제가 뭐 전통의상도 입고 가서 아이들 막 보여주고 막, 네 동영상도 보여주고, 만들기도 수업도 하고 전통 가면 같은 거 색칠하고 이런 부분하고 애들 되게 재밌어 해요. 다문화 수업도. 보면,

"다문화 선생님!"

막 이러고 또 보면 막 좋아하고. 공부하기 싫은 거겠죠? 그죠? 제가 반가운 게 아니라. [조사자: 아 재밌다.] 공부하기 싫어하는 거.

[조사자: 아니 그것도 공부죠.] 그래갖고.

"또 하면 안 돼요?"

이러고.

[조사자: 둘째가 다니는 학교예요? 그럼 너무 자랑스러워할 거 같아요.] 아니에요. 저희 학교 딸은 학교에 그 다문화 언어 강사 배치 안 해서. 집에 옆인데 저는 저기 쪽에 시내 쪽에 다른 학교.

그게 청주, 아니 충청북도에 삼십팔 개의 학교에만 배치가 됐어요. 그래서 강사가 삼십팔 명이에요. 그래서 저희가 12, 해마다 보수 교육을 받거든요. 이제 예전에 충북대에서 막 15일씩 보수 교육을 받았어요. 2년 동안 막, 거의 뭐 잠만 집에 가 자지, 합숙 수준으로 아침 아홉 시부터 저녁 여섯 시까지 막 도시락 먹어가며 했는데 그 삼 년째 되니까 거의 하던 강사들이 많이 하잖아요. 새로운 강사들 많이 없으니까. 이제 교육청에서 이제 하루만 해서 저기 단재 연수원이 있어요. 저쪽에 가는데 거기서 아홉 시부터 다섯 시까진가. 이렇게 하루종일 이렇게 교육방법이라든가 여러 가지 뭐, 이제 아이들에 대해 알아야 할 부분 같은 거 뭐 연극, 뭐.

올해는 연극 수업이 있다는데 되게 기대돼요. 보면 되게 도움이 될 거 같아요. 저도 연극 한번 해보고 싶었거든요. 고학년으로. 그러면 에 2교시이니까 1학기 2교시. 2학기 2교시 이렇게 하면은 충분히 연극 수업 재밌게 할 수 있을 거 같아요.

[조사자: 그게 이렇게 커리가 아예 딱 짜져 있는 거예요? 아니면?] 아니요. 본인이 하는 거예요. 교육청에서 짜여 있는 커리큘럼이 따로 없고. 강사 재량으로 하는 부분인데 그 교감 선생님한테 제출해야지요. 에 내가 이번 학기 수업 지도안 같은 거를 다 이렇게 해서 학기초에 제출해서 이거 좀 문제가 있으면,

"이거 수정하세요."

이러면 또 하는 부분이 있고. 근데 학교에서도 그렇죠 뭐, 뭐 어떤 사람이 어떤 걸 할지, 확인돼야 하니까. [조사자: 아이들한테.] 네네. 그래서 저는 그래서 저는 근데 재밌게 뭔가 떠오르는 게 많아요. 문득문득. [조사자: 선생님 그러실 거 같아요.] 네. 저는 고민을 별로 안 해

요. 다음 학기 뭐하지 고민하면 어느 순간 뭐를 보면,

'아 저거 하면 너무 좋겠다.'

해서 하면 되고. 그러더라. (웃음)

[조사자: 그러실 거 같아요.] 약간 무대뽀. [조사자: 아니, 아니 무대뽀가 아니라.] 저 스스로가 하며 너무 뿌듯하고 너무 좋아요. [조사자: 수업 시간에도 보면 하나를 제가 알려드리면 그거에 이어서 아이디어가 막 나오시는 게 질문할 때도 그렇고 그걸 많이 느꼈어요. 그렇구나. 그럼 선생님 한번 설화를 이야기해 주세요. 저희한테 하듯이.] 설화는. 저는 아, 그 다문화. [조사자: 다문화.] 했었어요. 그건 제가 학기마다 아 이게 너무 어려운 게… (조사자가 건넨 음료를 받으면서) 아 감사합니다. 잘 마실게요. 저기 그 제가 5년, 제가 5년을 했어요. 꼬박. 그러면 1학년, 졸업한 아이들도 있거든, 있거든요. 아 6년째구나 그럼 지금 1학년에 제가 처음에 들어갔을 때 지금 6학년 됐어요. 걔네 졸업한 것까지 보게 됐어요. 그럼 열두 번을 걔넬 수업하게 된 거죠. [조사자: 했던 걸 또 할 수도 없고.] 이게 헷갈려요.

이게 해마다 똑같이 했던 거 하면 되는데 이번 학기 이렇게 밀려서 가는데,

"뭐 했지."

저번에 그거 봐도 모르겠어요. 이제. 올해는 다 엎고 그냥 새로 다 싹 했어요. 아 내년도 그렇게 해야 될 거 같아요. 너무 머리 아파 가지고 기억을 더듬어서 해야 하니까.

[조사자: 그럼 아이들한테 중국 설화를 단지 들려만 주시는 거예요?] 아니에요. 그거를 제가 그 그때 그 잠깐 그 전통문화이해 수업할 때 좀 비슷한 게 있었는데 그, 그 뭐지, 견우 직녀 같은 거 제가 나중에 조금씩 피피티 자료 보였잖아요. 그거 비슷한 건데. 오늘도 그거 이따가 말씀드리려고 했는데 그 내용을 아 이렇게 이런 아이들이 흥미를 자아낼 부분이 있고. 그때 마침 그 추석이랑 겹치는 부분이었어요. 수업을 하다 보면은. 그래서 우리 추석이라 중국의 추석이라 명칭이 어떻게 다는지 후 기원이랑 다르니까 우리는 이런 추석에는 뭘 먹고, 중국인들은 뭐 어떤 음식을 먹고, 어떻게 그 그런 걸 하면서 관

련된 것도 뭐 물건, 뭐지, 만들기도 하고. 네 그리고 동영상, 피피티나 동영상 보여주면 아이들 너무 좋지, 집중 잘 하고 좋아요.

그래서 저는 에, 저는 그래 거의 이렇게 율문 같은 거 고학년도 안 하고 다 피피티로. 그리고 토론. 고학년은 토론을 많이 하고 저학년은 어차피 잘 모르니까 그냥 아이들 수준에 맞게 그냥 재미있게 뭐,

"어떤 거 같애요? 친구들 생각 어때요?"

이런 식으로만 하고. 네. 그렇게 또 많은 거 전달해도 또 아이들이 안 되니까 그냥 요점 한 두 가지씩만 알아도 충분히 아이들은 괜찮은 거 같아요. [조사자: 너무 열심히 사세요.] 열심히 살고 싶은데 모르겠어요. 열심히 살고 있는데. [조사자: 얼굴에서 '열심히' 이게 보여요.] 열심히. [조사자: 차 좀 드세요.] 열심히 해야 하는데.

[조사자: 그리고 또 경인교대 대학원 들어오신 거잖아요.] 네. [조사자: 그 와중에도.] 네. 제가 시간적 여유가 좀 있어서. 주 열세네 시간 이상 열다섯 시간 미만으로 정해져 있어요. 이게 퇴직금이 그거 걸려 있어서. 그래서 교육청에서 좀 저희들끼리는 농담도 하는데,

"아이, 꼭 이런다."고.

"정책으로, 정책을 만들어놓고 꼭 자기들부터 이런다."고.

막 그런 얘기를 해요. 뒤에서는. 근데 그래서 열네 시간 열다섯 시간 미만인데, 네, 열다섯 시간 미만인데 네, 그냥 열네 시간으로 하는 거죠. 그래서.

[조사자: 방학 때는 수업이 없고요?] 방학에는 네, 지금 여름방학에 수업이 있는데 올해는 엄마가 좀 많이 수술, 대수술 도움 받으셔서 제가 막, 대학원 수업도 겹치고 막 여러 가지 정신이 없어서 수업을 아예 못한다고 얘기를.

한국과 중국 가족과의 삶

[조사자: 그 엄마랑은 시어머니세요?] 친정엄마요. [조사자: 친정엄마? 그럼 한국에 지금 누구누구 같이 사시는 거세요?] 지금은 아 아이 아

빠는 직장 때문에 다른 데 있고. 저기 뭐지 수원하고 용인 사이에. [조사자: 주말부부 하시는 거세요?] 네네. 그리고 엄마는 올해 지금 아프시고 나서 6월에 같이 제가 좀 회복되실 때까지 좀 같이, 2년 동안 같이 있어야 될 거 같아요. 안심이 될 거 같아요. 수원에 사셨는데 내려오셨어요. 당분간만 같이. [조사자: 지금은 우선 친정어머니랑, 자녀 두 분하고 사는.] 네 그렇게요.

[조사자: 그러면 지금 중국에는 어, 중국 고향에는 누구 같이 안 사세요?] 저는 삼남맨데. 제가 장녀고요. 에 한 살 어린 여동생이 있고. 근데 그 동생도 청주에 살아요. 제가 우리, 그 사촌 시누의 아, 시누의 남동생을 엄청 어렵네요. 에, [조사자: 멀리?] 그쵸그쵸. 그 소개시켜서 우리 사돈 겹사돈 됐어요. 동생이랑. 되게 괜찮은 총각 있어가지고, 에 그랬어요. 그래서 얘 셋 낳고 엄청 잘 살아요. 늦게 결혼하더니 얘 셋씩이나 낳고.

[조사자: 그래서 장녀, 여동생은] 남동생은 베이징에 있어요. 아빠 모시고 아빠가 좀 건강이 원래 안 좋으셔서, 결혼해서 살고 있어요. [조사자: 아버지랑 같이.] 엄마는 왔다갔다 하시는데 아프시니까. 여기가 의술, 의료기술이 좋잖아요. 그래서 수술도 여기서 받으시겠다고. 그래서 여기서 받으시고. [조사자: 어디가 안 좋으세요?] 좀 대장. 대장암. 좀 고생. [조사자: 고생 많으시겠다.] 네. 지금도 고생하시는 중이지만. [조사자: 항암치료.] 다 했는데 네 좀 약간 모든 신체 활동이 정상이 아니다 보니까 화장실을 계속 가셔야 돼요. 많이 잘라내 가지고 거기 기능이 안 돼서. 그래서 잠도 잘 못 주무시고. 사람이 너무 말라가지고 한 십오 킬로 빠졌나 봐요. 아프시고 나서 그래서 거의 뼈만 앙상하게. [조사자: 여기 와서?] 흡수도 못하는데 계속 이제 화장실 가시고 잠도 못 주무시고 하니까 힘드시고 하니까. [조사자: 수술은 여기 와서?] 네. 봄에 수술은 두 번 받았는데 두 번 2월에 올 2월에 발병하셨나 어쨌거나 겨울에 발병하셔서 네 여름에도 수술 한 번 더 받으시고.

[조사자: 이제 솔직히 말이 그렇지 한국, 완전히 이제는 한국 분이신 거잖아요. 선생님께서는.] 저는 그렇지요. 저 스스로도 그렇게 생각해요.

[조사자 1: 근데 그래도 그 동생도 소개시켜 줬잖아요. 거기는 뭐 중국에서의 삶보다 요기의 삶이 어떤 좋은 부분이 있었을 거 같은데. 어떤 건 같으세요? 선생님?] 좋은 부분이요? 아 저는 그런 거는 많이 생각을 안 해봤어요. 왜냐하면 제가 이제 그 우리, 저희 고향은 원래는 할, 하얼빈 쪽, 흑룡강이라고 그쪽이에요. 그래서 그쪽이었는데 추운 데였는데 나중에 제가 직장생활 할 때는 베이징 쪽에 가서 가서 하고 지금도 남동생도 다 거기서 이렇게 직장생활했거든요. 그래서 거기서 인제 그 뭐지. 통, 통·번역 일을 하면서 했기 때문에 저는 거기서 사는 게 불편한 게 전혀 없었고.

이제 단지 이제 단지, 결혼을 상대로서 주변에 그냥 제 마음에 드는 남자가 딱히 없었고, 그냥 그런 결혼해야겠다 생각을 별로 딱히 안 했어요. 나이도 많지 않았기 때문에. 그리고 보면 주변의 남자가 다 마음에 안 들더라고요. 약간 철이 너무 없어요. 제 또래들은. 제가 장녀라서 되게 성숙한 부분이 있나 봐요. 다 그렇게 유치해 보이는지. 또래들은 다 그렇게 보였고. 그래서 오빠처럼 듬직한 남자 있으면 좋을 텐데 그랬는데 에, 그러다가 그냥 뭐,

"이런 사람 있으니까 만나보지 않을래?"

했는데 그때 처음으로 제가 결혼이라는 걸 생각해 보게 됐죠. 그래서 아유 그래, 결혼하긴 해야지. 혼자 사는 삶은 너무 외로울 거 같은데 그런 생각, 혼자는 못 살 거 같은데 에.

'안정된 가정이 있으면 좋겠다.'

이런 생각을 했으니까. [조사자: 그때 당시 연세가 어떻게 됐어요?] 저는 그때 스물네 살이었어요. 네. [조사자: 그럼 스물넷에 결혼해서 오신 거예요?] 스물다섯에 왔어요. 여기에. [조사자: 스물다섯에. 그래 그런 게 천생연분인 거죠.] 그, 결혼 생각도 안 했다가 네. 그러니까 연애도 뭐 안 해보고. [조사자: 오면서 차에서 내내 그 얘기했는데.] 슬픈 현실이에요. 이건. [조사자: 아 어떡해? 왜 그러셨어요.] 지금 후회하고 있어요. [조사자: 이거 써드릴 게요. '연애 무'.] 어 맨날 여동생한테 너 늦게 결혼해라. 자신 인생 즐기고 결혼해라. 스물여덟, 스물여덟 살에 왔잖아요. 그래서. [조사자: 그나마 나은데.] 스물여덟에 와서 막 쌍둥이 낳고

줄줄이 셋이나 낳더라고요. 네.

(전화가 와서 구술이 잠시 중단됨.)

[조사자: 그러면 선생님 최종적으로 한국에서 살면서 제일 원하시는 앞으로의 노후, 노후의 삶. 앞으로의 계획은?] 계획이요? 그냥 저는 큰 욕심이 없는 사람인가 봐요. 그래서 얘들 키울 때도 저희 신랑 월급은 많이 안 갖다 줘도 그냥 있는 거에서 열심히 아껴서 살아도 그거로도 행복했고. 근데 좀 뭔가 아이들 크고 나니까,

'내 스스로 나의 존재가치를 찾아야겠다.'

좀 이런 게 있었어요. 뒤늦게 그래서

'내가 한 번 태어날 때 뭔가를 해야 되지 않겠냐? 밥만 하고 살림만 하다가 가는 건, 가는 건 아닌 거 같다.'고.

그래서 저 기회가 닿아서 이 일을 하게 됐죠. [조사자: 너무 잘 하신 거 같아요.] 그래서 여기를 제가 내려온 계기가 됐어요. 처음에는 신랑이 회사가 이쪽에 원래 쪽에 올려고 와서 했는데 이사 다 하고 나니까 원래 회사에서도 가지 말라고 근데 또 더 뭔가 더 좋은 걸 제시했나 봐요. 본인도 더 익숙한 게 좋은 거죠. 그래가지고 2년만 살다가 갈려고 했는데 계속 여기 있어요. 이렇게.

[조사자: 원래는 수원에 사셨던 거예요?] 네. [조사자: 아 그러시다가.] 계약 기간만 살려고 했는데 계속 이사 다니면서 계속 여기서 살고 있어요. [조사자: 그럼 지금 청주 사신 지는 얼마나 되신 거세요?] 6년 됐어요. 네. 벌써 6년 됐어요. [조사자: 남편 회사 때문에 일로 왔다가 막상 남편분은?] 못 오고. [조사자: 원래 있던 회사로 그냥.] 그냥 거기 다니게 됐고. 아마도 거기선 퇴직할 때까지 편하게 익숙한 데 본인은 그게 낫겠지요.

[조사자: 근데도 수원에 안 가시고 청주 계속 사신 이유는 뭐예요. 선생님?] 편한 것도 있죠. 아니 뭐 매일매일 뭔가 그런 게 있어요. 그냥 아이들만 키워야 하는 거랑 밖에 나가 돈 벌고 오는 사람이 케어하는 거랑 좀 다르잖아요. 그러면 내가 힘들어도 뭔가 이렇게 엄청나게 잘 차려놔야 할 것 같은 가정주부로서 직무유기 안 해도 될 거 같은 그런 게. [조사자: 착하셔서 그래. 착하셔서.] 아침에도 밥 차려 줘야 될

거 같은데 저는 임신하고 포기했어요. 어머 못 하겠어요. 새벽에 다섯 시 반에 일어나서 못 하겠더라고요.

그래서 다 해놓고 아침에 손가락으로 이거 가스렌지만 돌리면 되고 할 수 있으니까,

"그건 할 수 있죠."

그러면서 해 먹으라고 차려 먹으라고 그러고.

그거는 괜찮은데 약간 그런 게 있어요. 그리고 자주 아무래도 좀 맨날 있으면, 부딪히게 되고 아이들도 그런 모습 봐야 되고. 그러니까 그냥 같은 나라에 살아도 다른 지방에 살아도 뭔가 문화의 차이가 있잖아요. 굉장히 그런 부분이 좀 많이 있어서. [조사자: 무엇보다도 지금 일을 또 하시니까. 터전을 벗어나기가 좀 그러시겠다.] 그래도 조만간 제가 졸업하고 나면 다시 이직할 때는, 수도권 쪽으로 가야 될 거 같아요. 아 계속 이렇게 있는 게 그래서. 네. 너무 이렇게 오래 있는 건 남들 다 안 좋다 그러더라고요. 너무 오래 떨어져 있지 말라고 적당히 떨어져 있으라고.

나의 결혼 이야기와 외할머니의 만주 이주내력 [2]

● **구연정보**

조사일시 : 2017. 12. 10(일) 오후
조사장소 : 충청북도 청주시 가경동
제 보 자 : 이화(이윤정) [중국(한국계), 여, 1974년생, 결혼이주 19년차]
조 사 자 : 오정미, 한상효

● **구연상황**

조사자와 제보자는 지난달에 이어 두 번째로 만났다. 조사장소는 조사팀이 머무르는 숙소에서 진행되었다. 소란스러운 카페보다 좀 더 안정적이고 편안한 분위기 속에서 이야기를 들을 수 있었다. 제보자는 어렸을 적에 외할머니로부터 들은 설화 구연에 앞서 먼저 외할머니의 이주생활담을 구술했다. 외할머니의 만주 이주는 중국에서 살게 된 이유이며 동시에 그녀의 삶의 이야기이기도 했다. 외할머니 이야기를 하는 내내 그 시절을 그리워하고 향수에 젖은 모습이었다.

● **줄거리**

제보자의 외할머니는 서울 출신이고, 외할아버지는 전라도 출신이다. 일제강점기 때 흙을 파먹을 정도로 가난한 생활에 지친 외할머니가 땅이 비옥하다는 만주 쪽으로 이주를 했다. 처음에는 연변에 살았다가 이후 하얼빈에 정착했다. 그래서 제보자는 하얼빈이 고향이다. 제보자는 방학 때마다 외가에 가서 지냈는데, 외할머니가 장백산(백두산)에 대한 전설과 신화 등 많은 옛날이야기를 많이 들려주셨다. 이후 해방 후에도 외할머니는 서울에서의 힘들었던 기억 때문에 한국으로 돌아가지 않았고 결국 하얼빈에서 생을 마감했다. 한편, 제보자는 한국에 와서 살면서 자신의 성씨의 본을 찾기 위해 노력했다. 현재 제보자와 제보자의 동생은 한국 사람과 결혼하여 살고 있으며, 제보자의 어머니는 중국과 한국을 오가며 지내고 있다.

가난으로 인한 외할머니의 연변행

그냥 내가 어렸을 때, 주로 딱 하고 생각나는 거 하면 거의 뭐 중국인들은 어려서부터 많이 들었던 뭐, 창세신화 이런 거만 생각났었는데.

또 생각해보니까 어렸을 때 제가 연년생이다 보니까 어, 저, 아주 그 돌 되기 전부터 외할머니 댁에 가서 네 살, 다섯 살까지 컸어요. 엄마가 이렇게 임신하면 애기가, [조사자 1: 힘드시니까.] 젖도 안 나온다 그러더라구요. 먹을 것도 없으니까 혼자서 안 되니까. 외할머니가 미음을 다 해서 먹이고 키웠대요.

근데 저희 외할머니는 원래는 출생은 서울에서 하셨고, 외할아버지가 전라도 분이세요. 그래서 두 분이 만나셔서 이렇게 막, 그때 되게 일제 시대니까 저희 할머니가 지금 살아계셨으면 거의 90세가 넘으셨을 거예요. 돌아가셨는데. 엄마가 50년생이거든요. 근까 여기 와서 태어났으니까 할머니는 30년대 후반쯤에 여기 온 거예요. 딱 일제 시대 때.

그래서 와 가지구 처음에는 너무 서울에서 살기가 힘드셔서 막 산에 보면은 겨울에 나무가 하얗대요. 그래서

"왜 하얗냐?"구.

"소나무가."

그랬더니 껍질을 다 벗겨 먹어서. 더 이상 먹을 게 없어서.

그 실화예요. 그래서 저는 어렸을 때 너무 껍질이 다 벗기고 없고. 너무 먹을 게 없으니까. 풀도 다 뜯어먹고 없어서. 흙을 파 드셨대요. 그래서,

"흙을 어떻게 먹냐."

했더니, 그 하얗게 막, 찰, 찹쌀 같은 흙이 있대요. 그 흙은 그렇게 부드러운데 이렇게 물로 빚어갖고, 구워가지고. 배가 고프니까. 먹으면은 흙이 가라앉아 변을 못 보잖아요. 그러면 막 꼬챙이 들고 이렇게 했다고, 피나게. 너무 들으니까.

들어보셨어요? 저는 외할머니한테서 본인이 겪으신 거예요, 그

래서. 한국이랑 조선이 막 진절넌더리가 나게끔 힘든 고생을 해서,

"만주 벌판이 그렇게 살기 좋다. 땅이 비옥해서. 거기 가면 내가 그 땅을 심으면은 먹고 산다."

그렇게 해서. 그때 친척인가 누군가 오셨나 봐요. 그래서 처음에는 오셔서 연변에 거기 정착을 하셨어요. 그래서 저희 엄마도 연변에서 태어났고. 그러다가 저희 엄마 한 열 살쯤인가 또 그쪽 말고 또 친척들이 건너, 많이 계시는 데로 하얼빈 쪽으로 내려오신 거예요.

옛날이야기를 들려주시던 외할머니

근까 처음에는 연변에 정착하셨다가. 거기 처음에 정착하셨기 때문에 그쪽에 있었던 일 같은 거를 저 어릴 때, 아주 어릴 때는 기억이 안 나는데. 할머니랑 이렇게 좀 유대관계 있다 보니까 방학만 되면은, 외가에 가면은 할머니 맨날,

"화야, 일루와. 할머니랑 자자."

맨날 이랬어요. 그래서 할머니 저는 사촌 동생들이랑 막 해서 자고 싶은데, 할머니 방에 냄새 나. 할머니 방에 그냥 와서, 착해가지고 또 싫다고 못하고 할머니 상처받으실까 봐. 그러면 이제 또 막 얘기를 해주시는 거예요. 초등학교 내내 방학마다.

여름방학이면 한 달. 겨울에도 한 달 이렇게 외가에 가서 있었어요. 얘기를 해주시는데 그때는 뭐 그런가 보다.

'별 신기한 게 다 있네.'

하고 막 그랬는데 나중에 생각해보니까 그게 다 연변에 사시면서 그쪽에 관련된 거가 설화였더라구요. 곰곰이 생각해보니까. 한 번도 생각해 본 적 없었는데. 그래가지고 곰곰이 생각해보니까 그 생각이 났어요.

'아, 할머니가 그 연변 쪽에 사셨기 때문에 그때 이주해 온 사람들끼리 해서 거기 신기한 얘기가 내려오고 하면은 많이 이렇게 듣고 그러다 보니까 그러셨겠다.'

네. 그리고 한국 얘기도 많이 해주셨는데, 그거는 기억이 잘 안 나고. 네. 그냥 아, 남의 얘기 같잖아요. 그, 사는 곳의 얘기가 아니니까. 서울 얘기도 많이 해주시고 그랬었어요.

근데 에, 그 장, 백두산 그 조선에서는 북한에서는 백두산이라 하지만, 중국에서는 장백산이라 하잖아요. 근데 그 뭐, 옛날에 뭐 어쨌든 뭐 일제가 껴가지고 그렇게 됐다 하드라구요? 그래서 그, 장백산의 전설에 관한 얘기가 되게 많이 들어가지구 제가 오늘 그, 그거에 관한 게 한 다섯 개, 여섯 개 정도 돼요. 네. 장백산에. 그니까 북한에서 말한 백두산의 전설이 아니고 중국에서 말한 장백산에 대한 전설.

근까 고거는 장백산 중국 거이기 때문에 한국에서 건너간 설화는 아니고. 중국의 본토의 설화였던 거죠.

가난이 싫어 한국으로 돌아오지 않은 외할머니

[조사자 2: 그러면은 처음에 이주를 하신 게, 그러면은 조선에서 그 연변을 갔다가 그다음에?] 서울에서, 한국 쪽에서 가셨어요. 북한 쪽에 아니고. 계속. 서울 태생이었기 때문에.

그래서 광복되면서 들어갈 기회가 그때. 그 한국에 45년에 광복됐잖아요. 그러면서 이렇게 그 갈 기회는 있었나 봐. 근데 너무너무 고생한 게 많아서 친척들도 다 왔단 말이에요.

"나 한국, 그 조선에 가면 또 그렇게 굶는 고생하기 싫다."

이래서 많은 분들이 안 가셨고. 그때 항일전쟁 했던, 그거 때문에 내려오셨던 분들만 많이 가셨다고 저는 알고 있어요.

그래서 이제 중국에서는 그때, 50년엔가? 마오쩌둥이 중국을 통일을 하고. 그때 뭐 장제스도 있고 그랬는데, 그러면서,

"안 간 사람들은 그냥 우리 국민들로 받아들이자, 소수민족으로."

그래서 원래는 이렇게 만주 쪽에 간 사람들을 이렇게 이방인같이 그랬는데, 막 그 뭐지. 농사지으면 세금도 내고 이렇게 했대요. 근

데 그러고 나서 땅도 분배, 토지도 분배해주고. 그러니까 더 갈 이유가 없어진 거예요.

외할머니는 나중에 한 팔십 되셨을 때 한국에서 친척이 초청하면 올 수 있었어요. 외할머니 여동생이 살아계셨거든요, 서울에. 근데,

"언니 얼굴, 죽기 전에 얼굴 한번 보자."

그랬는데 외할머니가,

"나 안 간다. 그 고생 했는데 거기 가면 너무 힘들어서. 우리 그냥 죽으면 만나자."

그랬대요. 그래서 외할머니 한 번도 본인의 고향 땅을 안 밟고 돌아가셨대요. 슬프죠? [조사자 1: 얼마나 가난이 싫었으면.]

근데 근데 한국에서 약간 그, 중국에 이주해 간 그분들한테 좀 안 좋은 선입견 같은 게 있는데 저는 너무 안타까워요. 이런 사연을 모르기 때문에. 그 사람들 얼마나 힘들어요. 정말 내가 살려고 간 사람들도 많은데. 그냥 살만한데 더 좋은 데. 이게 아니라, 정말 흙 파먹고 살 만큼 자식 다 굶겨 죽일 수가 없어서 간 건데. 되게 안 좋게 '조선족, 조선족 '너무 안 좋게 얘기할 때는, 그 사람들의 고통이나 이방인 취급 당하셔 살아간 세월에 대한 건 아무런 그거도 없고. 책임 전혀 없다고 볼 수 없잖아요. 여기 나라도 책임이 있는 거죠. 자기 국민들 그렇게 방치했다는 거는.

[조사자 1: 그럼 우리 어쩌면 당시 정말 항일전쟁이면 독립투사하셨던 분들의 후손일 확률이 훨씬 높겠네요.] 어떻게 보면 많이 많이, 잘 모르지만. 왜냐면 그 항일전쟁은 다 내놓고 하지 않고 암암리에 많이 하잖아요. 그래서 그런 부분에서 많이 역사나, 한국에 와서 한국의 국사를 좀 이렇게 봤는데, 아무래도 좀, 네. 안 배웠던 게 많고.

"아, 이래서 우리 외할머니가 이렇게밖에 올 수 없었구나."

그 이해되는 부분이 많았어요. 옛날에는, 어,

'왜 자기 나라를 두고 왔을까. 어떻게 올 수 있었을까."

그렇잖아요. 남의 나라 올 수 있다는 거 자체가, 지금은 저희는 뭐 이렇게 여권이 있어야, 비자가 있어야 이렇게 가는 세월인데. 근데 보니까 이해되더라구요.

'아, 그때는 그랬겠구나.'

네. 그래서 예, 외할머니가 그렇게 슬프게 사시다 돌아가셨어요. 고향 땅 안 밟으시고.

[조사자 1: 외할머니는 거기 정착하셔서 농사짓고 사신 거세요? 땅, 받은 땅으로?] 네네. 그래서 연변에 있을 때는 그때는 그렇게 않고 다른 사람들도 도와드리면서 이렇게 하고 사셨고. 그러다가 인제 그, 헤이룽장으로 건너가서 하얼빈 쪽 내려가서 거기서는 땅을 해서.

그러고 나서 해방이 됐잖아요. 40년대 처음에 오셨을 때, 처음에 오셨을 때 30년대 후반에는 그때는 중국에서 땅을 주기로 하지 않았거든. 그니까 소작을 해서 이렇게 세금을 내는 거였기 때문에. 근데 50년에 중국이 해방되고 나서는 그 국민들한테 다 땅을 줬거든요. 분배했어요, 마오쩌둥이. 그래서 다 땅이 있고 그래서 자기 집이 있고, 이렇게 해서. 중국의 한 개 소수민족으로 인정을 받고 이렇게 사시게 되신 것이죠. 예.

[조사자 1: 외할아버지는 그럼 한국 분이셨던 거세요?] 네네. 그냥 한국에서 그냥, 전라도분. [조사자 1: 가족 전체가?] 그렇게 해서 건너가서, 네. 저희 엄마는, 저희 큰이모는 한국에서 태어났다가 북한으로 갔어요. 근데 이렇게 단절이 될지 모르고 간 거예요. 중국에 왔다가 북한에, 그때는 무역하고 이렇게 또 했대요. 중국하고 왔다 갔다 그러면서 어느 순간 이렇게 딱, 북한. 네. 중국하고 북한하고 이렇게 막 못 건너게 돼가지고. 그래서 큰이모 거기서 돌아가셨는지도 몰라요. 뭐 나이는 벌써 돌아가셨겠지만. 연락도 잘 안 되고. 그래가지고 정말 이거 생이별된 게 이거 역사 때문에. 저는 직접적으로 겪고 있는, 네. 이모 얼굴 보지도 못했어요. 사진으로만 봤어요.

[조사자 1: 그러면 외할머님이 어머님만 중국 거기서 낳으신 거세요?] 저희 엄마, 아 그, 큰 이모. 저희 엄마가 넷째 딸이거든요? 근까 큰이모, 큰이모만 한국에서 낳아서 애기 때 데리고 오고. 둘째 이모, 셋째 이모, 그다음에 저희 엄마랑, 외삼촌, 막내 이렇게 해갖고 여기서 다. 근데 엄마까지는, 둘째 이모, 셋째 이모 저희 엄마까지는 연변에서 낳으셨고. 그다음에 외삼촌, 막내는 헤이룽장 가서 거기서 낳으셨고.

[조사자 1: 외할머니 묘는 거기 중국에 있어요?] 네. 중국은 묘를 안 써요. 그냥 화장해가지고 산에다 뿌려가지고. 거기는 미신이라고, 그 문화대혁명 할 때 다 없애버려가지고 다 없어졌어요. [조사자 2: 장례 문화.] 장례 문화가 없어져서. [조사자 1: 그럼 제사를 지내지는.] 네, 제사도 안 지내요. 그냥 삼칠일만 해서. [조사자 1: 아, 화장해서 그냥 이렇게?] 처음에 이렇게 돌아가시면 삼칠일만 하고. 그리고 그냥 그날만 뭐, 제사.

그니까 돌아가신 날, 돌아가신 날 안 하고 생일 날. 생일 날 식구들 같이 밥 놓고 이렇게 약간 의미적으로 돌아가신 분한테 생일 차려준다 이렇게 하고 끝이고. 그렇게만 하면 끝이에요. 없어요, 아무것도. 근데 한국에 오니까 제사 문화가 되게 많더라구요. 그 옛날에는 다 열심히 했다는데, 문화대혁명 때 그렇게 하면은 처벌받으니까. 그래가지고 안 하다 보니 요즘에는 아예 없어졌어요.

가족의 고향과 나의 뿌리

[조사자 1: 그러면 궁금한 게 아버지는, 선생님 아버님은 중국분이신 거예요, 한국 분이신 거예요?] 아니에요. 다 한국이에요. 저희는. 아, 아버지가 아니다. 저희 외할아버지가 전라도인 게 아니고. 외할머니가 서울 분이시고, 외할아버지는 그 경, 의성이 어디예요? [조사자 2: 경상도.] 그죠, 그죠. 경남 의성. 저희 엄마가 의성 김씨 거든요? 그리고 저희가 그, 전남 광주 이씨예요. 저희 할아버지가 전남 광주의 구례군 토지면 해서. 주소도 아는데. 지금 없어졌다 하더라구요, 거기 사셨고. 할머니는 모르겠어요. 근데 두 분이 같이 또 건너오셔서 예.

[조사자 1: 그럼 아버지는? 선생님의 아버지는?] 저희 친할아버지는 전라도 사셨는데 그때 가족이 있었어요. 그래서 그 와이프랑 딸들이 있었는데 너무 먹고 살기 힘드니까, 중국에 어디 만주 가면 돈을 많이 벌 수 있다드라 해서 친구랑 같이 왔는데 이제 못 건너간 거예요. 막혀서. 그래서 중국에서 혼자 사시다가 저희 할머니 만나셔가지구

결혼해서 늦은 나이에, 저희 아빠가 할아버지 50대에 낳으신 자식이에요. 네. 늦게 낳으셔가지고.

[조사자 1: 그러면 아버님도 어떻게 보면.] 네. 다 한국의 후손이에요. 저희는 다. 네. 그렇게. 그래서 저는 중국에서 저희가 태어나서 중국인이기 때문에 한국에 이렇게 제가 결혼해서 올 때 본(本)이 없었어요. 근데 이제 하면은 다 성 있고 본이 있잖아요. 그래서 저는 그 본이 없는 게, 분명히 저희 조상은 본이 있거든요. 그래서 얘기했더니 법원에서 아니, 당신은 외국인이기 때문에 본이 없으니까 본을 찾으려면 법원에다가 뭐 신청을, 창본신청을 해야 된대요. 제가 혼자서 애기 업고, 혼자서 다니면서 예. 그때는 컴퓨터가, 이만한 컴퓨터가 있었잖아요. 예, 제가 창본을 했어요.

그래서 광주 썼는데 '빛 광(光)'을 써야 하는데, '넓을 광(廣)'을 써서 광주로 썼더라구요. 아, 저희는 전라도 광주가 이 광 자 맞냐고 했더니 아, 찾아보더니 그건 아니래요. 그래서 하마터면 경기도 광주 이씨가 될 뻔했어요.

"저는 전남 광주예요."

막 이러면서. 그래서 광주 이로 찾았어요. 제 본을. [조사자 1: 아, 대단하시다 진짜.] 네.

저희 할아버지 쪽인데 저희 아빠한테,

"아빠, 나 본 찾아."

했더니,

"어, 잘했어."

이러고. 그런 게 있어요.

저희는 조상에 대한 정체성을 얘기하라 그러면 중국에 살았기 때문에 중국인으로서의 정체성도 있는데, 굳이 그게 따지자 하면 내 뿌리에 대한 정체성 같은 게 있기 때문에 반반이에요. 근데 사람들이 오해하는 게,

"아, 진짜 중국 사람이더라."

그거 왜 그러냐면 중국에 대한 안 좋은 얘기를 하면은 분명히 싫거든요. 그렇기 때문에 그런 거지 그 사람이 뿌리부터,

"난 중국인이야."

인정해서 그런 게 아니에요. 근데 교수님 생각해도 그렇지 않아요? [조사자 1: 그럼요.] 왜냐면 그 반반이 이렇게 다 잠재하고 있는데, 어떻게 표현이 되냐에 따라 다른 거지. 상황에 따라서. 저는 반반이드라구요. 지금 생각해도 그래요. 겉으로는 저 이제 완전 한국인 같지만 또 어떻게 보면은 중국에 대한, 어렸을 때 많이 살았던 내 몸에서 이렇게 지워지지 않는 게 있기 때문에 그런 것도 있어요. 어쩔 수 없어요.

[조사자 1: 그게 좋은 거예요.] 근데 당연할 수밖에 없어요. 사람이. [조사자 1: 그걸 부정하고, 그걸 부정하는 자체가 문제인 거지. 그 두 가지를 다 인정하고, 그게 지금 말하면 통합인 거잖아요. 좋은 거예요. 선생님.] 다문화에서 항상 이제, 틀린 게 아니라 다른 거라 그러잖아요. 근데 그거를 많이 고쳐야 되는데 그게 쉽지가 않은 거더라구요.

[조사자 1: 그러면 선생님 지금 그래서 현재 한국에 나와 사시는 선생님 가족 중에 선생님, 그리고 어머님. 친정어머님.] 엄마는 그 중국 국적인데 왔다 갔다 하시다가 지금은 뭐, 예, 그냥. 여기도 몇 년 계시다가 중국 가서 계시다가 이렇게 하시고. 여동생도 결혼해서. [조사자 1: 아, 여기 와서 사신다고 그랬죠?] 네. [조사자 1: 그렇게? 세 분?] 네. [조사자 1: 그러면 아버지는 중국에서 지금 살아 계세요?] 네네. 남동생이랑 같이. [조사자 1: 아, 맞어 그렇다고 했지. 맞어 맞어. 음, 그렇구나.]

갑자기 외할머니 생각 많이 했어요. 저. 그래서 한동안 생각 안 하고 살았는데 이거 생각하면서, 아 할머니 생각도 나고. 또 엄마한테보다 할머니한테 들은 게 더 많죠. 엄마는 먹고 살기 바쁘셔가지고 별로 뭐 어렸을 때 아무것도 해 준 거 없어요. 방학에 할머니 집에 가면 들은 게 많기 때문에. 아 약간 중국에 막 근래 것보다 옛날에 뭐, 장백산 뭐, 뭐, 백두산 이런 거만 많이 기억이 나드라구요. 네.

연애와 결혼과 출산, 그리고 문화 적응

● 구연정보

조사일시 : 2017. 11. 08(수) 오전
조사장소 : 서울시 강북구 수유동
제 보 자 : 권화 [중국(한국계), 여, 1972년생, 결혼이주 8년차]
동순옥 [중국(한국계), 여, 1971년생, 결혼이주 20년차]
조 사 자 : 박현숙

● 구연상황

동순옥 제보자가 〈만두 가게로 성공한 꼬블리(고귀우)〉 이야기 구연 중에 전화 통화를 위해 잠시 자리를 비우자 그 틈에 조사자가 권화 제보자의 인적사항을 조사했다. 그러다가 자연스럽게 제보자의 연애와 결혼과정에 관해 질문했다. 제보자는 자신의 경험을 차분하게 구연했다. 제보자가 연애와 결혼 과정을 주제로 구연할 때 동순옥 제보자가 돌아왔다. 동순옥 제보자는 처음에 청자로서 권화 제보자의 이야기에 귀를 기울이다가 권화 제보자가 임신과 산후조리를 주제로 구연할 때 조사자의 질문을 받고 이야기판에 적극적으로 동참하여 경험담을 구연했다. 뚜안쇼우죠 씨가 이야기판에 청자로 참여했다.

● 줄거리

권화 제보자는 한국에 연수를 왔다가 한국어를 배우기 시작했고 회사에서 남편을 만나서 연애를 시작했다. 제보자가 중국으로 돌아간 이후에도 국제연애를 이어오다가 6년 연애 끝에 부모님께 어렵사리 결혼 허락을 받고 한국에서 결혼했다. 결혼 전 중국에서는 따로 조상의 제사를 지내지 않았는데 한국에 살면서 제사를 알게 되었다. 하지만 작은 며느리여서 제사 음식을 만든 적은 없었다. 한국 음식 중에는 곱창, 순대, 보신탕을 못 먹는다. 한국 문화 중 잘 이해가 가지 않는 것은 모든 개인 짐을 싸서 이사하는 문화이다. 집에 기본 옵션이 있어서 가볍게 이사하는 중국과 차이가 크다. 한국과 중국의 설날 명절은 다소 차이가 있다. 중국에서는 물만두를 먹고 폭죽을 터트리며 시끌벅적하게 새해를 맞는데 비해 한국은 상당히 차분한 분위기였다. 중국도 한국과 마찬가지로 임신했을 때 태몽을 꾸는데 제보자의 경우에는 제보자가 직접 꾸었고, 시동생도 쪄주었다. 권화 제보자는 딸을 임신했을 때 중국 물만두가 먹고 싶었는데 만들지 못해서 못 먹었고 신맛이 당겨서 중국 쌀 발효 식초로 요리를 해 먹었다. 출산 후 산후조리할 때 매일 나오는 미역국은 좋아하는 음식이라서 힘들지 않게 잘 먹었다. 그러나 동순옥 제보자는 오랜 기간 억지로 먹다 보니 싫증이 났다. 5월에 출산했는데 몸조리 때 씻지 말라는 시어머니 말씀을 듣는 게 힘들었다. 결국 시어머니의 말씀을 어겼다가 산후통으로 고생을 하고 둘째 출산 후 제대로 산후조리를 하여 산후통이 나았다.

연애와 결혼

권화 : 사실 저도 한국에 오기 전에 한국말 잘 몰라요.

조사자 : 아 한국말을 잘 모르셨어요?

권화 : 네, 북경에서 그냥 중국 학교 계속 다니니까. 부모님도 그냥 부모님들끼리만 한국어로 얘기하고 저희 자녀들에게 중국어로 얘기해요. 그래서 차이는 없지만 약간 차이 있고 조선족이면 아무래도 된장찌개랑 김치랑 그런 거 좋아하니까. 문화 차이 크게 없지만 한국 와서 한국에 와서 많이 느꼈죠.

조사자 : 아 그러니까 그냥 조선족이지만 거의 이제 거의 중국 한족들하고 같이 동일하게 공부하고 하니까 음식 말고는 대부분이 낯설게 좀.

권화 : 음식도 저희 집에만 가끔 김치, 된장찌개 있죠. 근데 따로 음식 다 사실 또 비슷해요. 중국 음식 거의 차이 없대요. 저도 한국에 와서, '한국 문화 이런 점 있구나.'

조사자 : 그럼 한국어는 언제부터 배우셨어요?

권화 : 제가 2003년 처음에 한국에 와서 한 1년? 10개월? 한 8개월 10개월 동안 여기서 한국어 연수 한 10개월 동안 배웠었어요.

조사자 : 아 한국에 연수하러 오셨었어요?

권화 : 네. 그때 처음에 한국어 배우기 시작했죠. 그래서 그때 신랑을 만나게 됐죠.

조사자 : 아 그때 한국어 연수 왔다가, 그럼 연애결혼하셨네요?

권화 : 아니 그냥 뭐 회사.

조사자 : 그럼 소개받으신 거예요?

권화 : 아니 소개 아니고 회사 뭐 그냥 알바 할 때 신랑 만나게 됐대요. 제가 다시 여기 공부 끝나고 나서 다시 중국 들어오고 나서 둘이 계속,

조사자 : 연락을 하고?

권화 : 네, 연락을 하고 한국 중국 한번 갔다 왔다 이렇게 좀 한 6년 동안? 연애생활 되게 길어요. (웃음)

조사자 : 아, 6년이나 연애하셨어요?

권화 : 네. (웃음) 그래서 2009년? 결혼하고 한국에 왔어요.

조사자 : 그러면 2009년에 결혼을 하신 거고 한국에 제일 처음에 온 게 2003년?

권화 : 네.

조사자 : 2003년에 오셔서 한 10개월 정도 연수를 하셨다는 거죠?

권화 : 네네.

조사자 : 그 6년 연애한 사이에 헤어질 뻔하지 않았어요? (웃음)

권화 : 글쎄,

조사자 : 연애 이야기 좀 해주세요. 국제 연애하기 힘들었을 텐데.

권화 : 힘들죠. 마음이 많이 힘들죠.

조사자 : 마음이?

권화 : 그렇죠. 부모님도 사실 처음에 많이 반대했어요.

조사자 : 처음에? 왜?

권화 : 아니 또 외국에 가니까 또 낯선 나라 가니까 나중에 어떻게 사는지 잘 모르겠잖아요. 또 아무래도 자식들 멀리 떠나면 부모님 마음도 그렇고.

조사자 : 그렇죠, 그렇죠.

권화 : 그래서 처음에 많이 반대했죠. 그래서 저희가 또 그냥 연애시간 너무 길어서 나이도 (웃으며) 서로 너무 들어서, "그럼 너희 둘이 또 어떻게 결혼할 거면 빨리 결혼하라."고. 그냥 허락을 받

고 저희가 결혼했어요. (웃음)

조사자 : 그러면 남편분은 나이가 몇 살이신 거예요? 몇 년도 생이에요?

권화 : 그게 한 **년?

조사자 : **년생, 나이가 있으신데 연애 오래 하셨다. 그렇죠?

권화 : 네.

동순옥 : 몇 년 됐어요?

권화 : 만난 지? 만날 때부터 지금 한 십 몇 년 됐죠. 2003년부터.

조사자 : 연애만 6년 하셨네요.

권화 : 네. 그래서 주변 친구들 다 놀랐어요, 결혼까지 하니까.

조사자 : 그럼 연애하시면서 또 한국어가 좀 늘었겠어요?

권화 : 아니에요. 사실 그때도 많이 그냥 통화할 때도 사실 그냥 똑같은 말 했어요. "오늘 뭐 했어?" 뭐 그것도 저희 신랑같이 연애할 때도 사전보고 그냥 하고 싶은 말 하면 사전 찾아서 그냥 보여주고 제가 무슨 말 하는지 무슨 뜻인지 신랑 보여주고, "아, 나 이런 말 하고 싶다." 이렇게 해서 (웃음)

조사자 : 그러면 혼례식은 중국에서?

권화 : 아니 한국에서 했어요.

조사자 : 한국에 와서 한국식으로 하신 거예요?

권화 : 네. 저희 가족들 다 한국에 와서 결혼식 참가했어요.

한국의 제사 문화

조사자 : 그러면 제가 그때 예전에 듣기로는 중국에서 하는 제사랑 한국에서 하는 제사 방식이 너무 많이 다르다고 그런 얘기 들었는데. 어떠셨어요?

권화 : 아니 저희 중국에서는 제가 제사 본 적이 없어요. 저희 외할머니 외할아버지 다 돌아가셨잖아요. 그런데 그 뼛가루 다 뿌렸어요. 엄마가 그거 남기지 않고 다 강에서 뿌렸구요. 그래서 제

사 그런 거 없구요. 그런데 한국에 와서 제가 제사 있는 거 제가 알게 됐어요.

조사자 : 그러면 제사 음식은 만들어 보셨어요?

권화 : 아직.

조사자 : 아직, 아하. 그럼 집에는 지금 제사가 없어요?

권화 : 네. 제가 있는 집에 그 신랑 큰 아주버님이 계시잖아요. 그러니까 그쪽에 주로 그쪽에서 많이 하죠.

인간관계의 어려움

조사자 : 그래서 큰 며느리가 아니어서 그런 어려움은 없으셨구나. 그럼 한국에 오셔서 어떤 게 좀 어려우셨어요? 뭐 잘 안 맞고 이런 건 어떤 게 있었어요?

권화 : 약간 좀 인간관계?

조사자 : 인간관계?

권화 : 네, 중국에서 친한 친구하고 한국에서 친한 친구하고 좀 약간 좀 뭐라고 해야 하나? 문화 차이 때문에 그런가? 제가 만약에 중국에서 친한 친구가 있으면 약간 좀 친하게 마음속으로 친하게 지낼 수 있어요. 근데 여기서도 엄마가 있긴 있지만 뭔가 좀 벽이 있는 느낌이에요.

조사자 : 그래서 마음을 다 터놓고 얘기하기 어려워요?

권화 : 그게 좀 어려워요. 아니 혹시 좀 제대로 이해하지 못할 정도이죠. 그래서 여기서 좀 다문화센터 다니면서 사실 같은 나라 엄마들 좀 많이 친하죠.

조사자 : 그래도 이제 같은 나라 엄마들이랑.

권화 : 그렇죠, 공감이 있어요.

조사자 : 통하는 게 좀 있죠. 어떻게 음식 같은 건 좀 잘 맞았어요?

권화 : 음식은 지금 큰.

조사자 : 어려움은 없었어요?

권화 : 네, 근데 뭐 곱창,

조사자 : 곱창?

권화 : 순대국. 제가 좀.

조사자 : 못 먹어요?

권화 : 네. 곱창은 이상해요, 약간. 보신탕도 제가 못 먹어요.

조사자 : 보신탕은 한국 사람도 못 먹는 사람 많아요.

이사 문화

권화 : 아 (웃음) 그래서 또 뭐가 차이 있었지? 며칠 전에 제가 중국에서 아는 친구가 자기가 지금 사는 집 그냥 월세로 나가고 그리고 새로운 집 이사 갔어요. 근데 중국에서 이사, 한국에서 이사 가면 그냥 가구들 다 텅 빈 집 들어가잖아요. 근데 중국은 아니에요.

조사자 : 몸만 이사.

권화 : 중국은 자기 짐만 가져가면 돼요. 그 새로 들어가는 집? 만약에 월세라고 하면 전세로 하면 그 가구들 다 그대로 있어요. 근데 한국은 아니에요. 근데 신랑 이야기 하면 신랑 이해하지 못해요.

조사자 : 한국에 오셔서 이사를 몇 번 하셨어요?

권화 : 이사 아직.

조사자 : 아직 한 번도 한 적은 없어요?

권화 : 네. 그냥 들어와서 새로운 가구 사고 그냥 계속 지금 사는 집에서 살고 있어요.

조사자 : 그러면 짐을 다 가지고 옮겨 다니는 게 이해가 안 됐었겠네요? 이사하는 거 보고?

권화 : 네. 근데 중국에서는 이사비 되게 한국에서처럼 사람 와서 도와주고 가구도 다 도와주는 사람 있잖아요. 근데 중국에는 이런 거 없어요. 있더라도 엄청 비싸요. 아마 한국식으로 좀 이사 방법이 있대요. 근데 친구가 그냥 자기 짐 다 싸고 그쪽 새로운 집

가는데 신랑이 좀 이해가 안 된다고. 아마 이것도 문화 차이, 이것도 중국도 좀 뭐라고 좀 지방에서 도시에서 온 사람도 있어요. 가구들 많이 가져가면 또 불편하고 비싸기도 비싸고 그래서 자기 그냥 마음에 드는 집 있으면 한 2년? 2년 동안 약정하고 그냥 이사 뭐 사는 사람 많아요.

명절 문화

조사자 : 그럼 명절은 문화가 좀 어떻게 다른 거 같아요?
권화 : 명절은 구정날 때 중국 사람들은 주로 그 물만두.
조사자 : 물만두?
권화 : 네, 한 새벽 12시에 가족들 다 모아서 물만두 만들어요.
조사자 : 음, 근데 한국은 어떻든가요?
권화 : 한국은, 한국은 사실 그 분위기 그렇게 많이 못 느껴요. 아! 왜냐면 중국에서는 국경날 때 폭죽, 폭죽 많이 해요. 귀신 쫓는 뜻이에요. 그런데 한국은 그냥 조용히. 또 명절날도 사실 휴가도 며칠 안돼서 3일? 3~4일 동안 그래서 큰 느낌이 없어요. 그런데 제가 작년 저희 딸이 시은이에요. 딸을 데리고 같이 중국에 가서 명절 보내러 같이 가는데 그래서 폭죽하고 뭐 여러 가지 너무 신기하다고.
조사자 : 신기하다고.
권화 : 네.
조사자 : 그럼 명절 때 항상 이렇게 폭죽을 터트려서 나쁜 귀신들 쫓아내는 거잖아요?
권화 : 네, 네.
조사자 : 근데 중국에는 아주 무서운 귀신같은 거 있어요? 사람들이 되게 무서워하는 귀신?
권화 : 저는 그런 거 자세히 모르는데 귀신만 그거 알고 있어요.
조사자 : 그러니까 한국에는 되게 무서운 처녀귀신? 그런 것도 나타

나고 하잖아요. 그런 것처럼 중국에도 뭐 그렇게 유명한 귀신이 있나 해서.

권화 : (잠시 생각하다가) 아.

조사자 : 사람들이 무서워하는 귀신은 없어요? 그 뭐지 중국 영화 보면 이렇게(손을 앞으로 내밀며)

권화 : 강시? 그거는 예전에 일본에서 영화 보고 알게 된 거 같아요.

조사자 : 아 그래요? 그게 중국에 있는 귀신은 아니예요?

권화 : 중국? 제가 들은 적은 없어요.

조사자 : 들은 적은 없고.

권화 : 네, 네네. 그냥 귀신 속이는 뜻 그거만 알고 있어요. 그러니까 추석도 중국은 그 월병. 월병 동그라니까 가족들 모아서 약간 퇀위엔거 온 식구들 같이 먹는 뜻이에요. 그 동그란 약간 달처럼.

조사자 : 월병?

권화 : 월병. 한국은 송편 만들잖아요. 그거 좀 있고.

조사자 : 음, 먹는 건 그렇고.

권화 : 또 설날도 중국은 뭐라 하지? 음력 1월 15일 중국은 위엔쇼. 위엔쇼라고 해요. 위엔쇼가 찹쌀. 찹쌀가루로 만드는 거예요. 속에다 뭐 그 참깨, 뭐 호두 여러 가지 속이 있대요. 그것도 동그랗게 약간 좀 중국에서는 동그란 게 좋아요. 뭐가 좋냐면 원만한 뜻이에요.

조사자 : 원만하다는 뜻이고.

권화 : 네.

조사자 : 그래서 그거를 음력 몇 월 며칠날 먹는다구요?

권화 : 그 음력 1월 15일.

조사자 : 1월 15일날 정월 대보름에?

권화 : 네, 네네.

조사자 : 그거를 먹고.

권화 : 네.

조사자 : 그걸 먹는 이유는 뭐예요?

권화 : 모든 일에 동그랗게 좀.

조사자 : 원만하게 살라고?

권화 : 원만하게 살라고. 왜냐면 새해 시작하니까.

조사자 : 그러면 중국에서도 정월 대보름이 되게 큰 명절이에요? 음력 1월 1일 말고?

권화 : 어, 구정날.

조사자 : 구정날?

권화 : 네네. 음력 1월 1일. 그때가 제일 큰 명절이에요. 왜냐면 그때는 휴가 되게 길고, 왜냐면 그 도시에 일하는 사람들 다 지방에 내려가서 자기 가족들 같이 모여서 그때 어떤 회사는 예전에는 휴가 한 한 달도 휴가 낼 수 있어요. 근데 지금은 많이 그거 못하게 한 10일? 15일 한 보름 동안.

태몽

조사자 : 그러면 임신하고 나서 그 중국 분들도 이렇게 태몽이라는 걸 꿔요?

권화 : 아, 있어요.

조사자 : 그럼 태몽 꾸셨어요?

권화 : 제가, 네. 했어요.

조사자 : 따님 태몽은 어떤 거였어요?

권화 : 제가 큰, 큰 달.

조사자 : 큰 달?

권화 : 소나무 옆에 있어요. 소나무 옆에 큰 되게 밝은 달 꿈을 꿨어요. 또 조용한 바다 꿈에, 꿈에서 나왔어요.

조사자 : 그래서 딸이라 생각하셨어요? 꿈꾸고?

권화 : 네, 제가 임신할 때도 계속 제가 딸을 좀 원했어요.

조사자 : 그러면 식구들 중에 한국에서는 다른 분들도 꿔주거든요. 혹시 따님 태몽을 다른 분들이 꾸셨다는 분은 없어요?

권화 : 아 저희 신랑 남동생이 호랑이 한 마리가 꿈에서 나타났어요.

그래서 어떤 호랑이 농촌에서 뭐 어디 언덕에서 내려왔어요. 내려왔는데 약간 자기가 무서웠는데 호랑이가 다가왔어요. 다가와서 그 자기 신랑 남동생한테 손 내밀으고 자기 잡으라고. 근데 그 시동생도 꿈꾸고 나서, '어? 왜 나 이런 꿈꾸냐?' 그래서 저런 식으로 그냥 얘기했는데, "혹시 주변에 너 누구 임신했냐?" 자기도 제가 얘기 안 하니까 몰랐죠. 제가 한 임신한 지 3개월 때 제가 얘기했어요. "아, 그렇구나. 제가 형수님 대신 태몽 꿨잖아."

조사자 : 그러면 시동생은 그때 결혼을 안 했을 때예요?

권화 : 안 했어요.

조사자 : 아 그러니까 본인은 아니구나, 태몽이.

권화 : 네, 그래서 자기도 왜 이런 꿈을 꾸는지 태몽이.

조사자 : 아, 호랑이 무슨 색깔이었다고는 얘기 안 해주고요?

권화 : 약간 노란색?

조사자 : 노란색.

권화 : 예. 노란색 호랑이 같아요. 무섭지 않고 되게 순해요.

조사자 : 신기하다. (웃음)

임신과 산후조리

조사자 : 그러면 임신하셨을 때 뭐 이렇게 고향 음식이 먹고 싶거나 그렇게 힘든 건 없었어요?

권화 : 어 음식, 그때 중국 음식이 많이 그립죠.

조사자 : 어떤 음식이 그렇게 먹고 싶었어요?

권화 : 그때 그 약간 좀 뭐라고 좀, 물만두.

조사자 : 물만두. (웃음)

권화 : 물만두가 제일 먹고 싶었어요.

조사자 : 그래서 어떻게 하셨어요? 사 드셨어요? 아니면 만들어 드셨어요?

권화 : 안 먹었어요. 제가 만들 수가 없어서.

조사자 : 먹고 싶은데 못 먹었어요? 그거 한국에서 먹고 싶은 거 못 먹으면 애기가 늦게 태어난다고 그러는데.

권화 : 그렇죠. (웃음) 그래도 제가 그때 입덧이 그렇게 심하지 않으니까 해서도 다른 음식 대신 좀 먹었죠. 그때도 신맛이 나는 음식 되게 그리웠어요. 되게 먹고 싶었어요.

조사자 : 신맛 나는 거?

권화 : 네.

조사자 : 그래서 뭘 많이 드셨어요?

권화 : 그 중국에서 그냥 초, 초 있어요. 그 한국처럼 식초 아니고. 지금 중국 가게 가서 초 있어요. 그거 초는 쌀로 만든 초예요.

조사자 : 쌀로 만든 발효시킨 초?

권화 : 네 발효시킨, 그거 집에 와서 요리할 때 그거 넣고 그냥 대신 먹었어요.

조사자 : 그걸 대신 신 거 먹고 싶을 때?

권화 : 네네.

조사자 : 그러고 나서 애기 낳고 산후조리해야 하잖아요.

권화 : 네.

조사자 : 산후조리는 어떻게 하셨어요?

권화 : 제가 산후조리원에서 했어요.

조사자 : 산후조리원에서?

권화 : 한 2주 동안 하다가 저희 친정 부모님 한국에 와서 주로 산후조리하고 한 백일까지 있다가 가셨어요.

조사자 : 그러면 한국은 애기가 백일 될 동안 남의 집에, 애기 있는 집에 방문 못하거든요. 중국은 좀 어때요?

권화 : 중국도 마찬가지예요.

조사자 : 중국도 마찬가지예요?

권화 : 네. 그 한 달 안에 외부 사람 출입 금지예요.

조사자 : 그러면 한국은 뭐 이렇게 금줄이라고 해서 외부인들 이렇게 들어오지 말라고 그런 거 다는 게 있는데 중국은?

권화 : 그런 거 없어요.

조사자 : 옛날에도 없었어요? 지금 없어진 게 아니고?

권화 : 아마 남방 쪽에 있어요. 근데 북방 사람들은 그런 거 없어요.

조사자 : 북경 쪽에서는 그런 거 못 보셨고.

권화 : 네. 그냥 사람들 다 아이들 태어난 한 달 안에 그냥 방문하면 안 된다고 그 지식 많이 알고 있어요.

조사자 : 그럼 중국에서는 애기 낳고 나서 산모한테 좋은 음식 같은 거 어떤 거 먹어요?

권화 : 아, 그 젖을 잘 나오게 하기 위해서 족발, 족발탕, 족발 끓여서,

조사자 : 족발 끓여서.

권화 : 네, 그거 많이 먹으면 젖이 많이 나온다고. 또 좁쌀.

조사자 : 좁쌀?

권화 : 좁쌀죽.

동순옥 : 좁쌀죽.

조사자 : 좁쌀죽.

권화 : 네. 천진 사람들 좁쌀죽 좋아해요.

조사자 : 그럼 좁쌀죽은 그냥 좁쌀만 넣어서 끓여먹는 거예요?

권화 : 아니요, 대추.

조사자 : 대추.

권화 : 하고 흑설탕.

조사자 : 흑설탕이랑.

권화 : 그거 흑설탕이 나쁜 피 많이 배출할 수 있는 역할이라서 그거 많이 먹어요.

조사자 : 그래서 좁쌀이랑 흑설탕이랑 대추 넣어서 끓인 거.

권화 : 네, 족발.

조사자 : 그럼 그거 뭐 한국처럼 미역국을 얼마 동안 먹는 것처럼 그렇게 계속 먹거나 하진 않는 거죠?

권화 : 그냥 젖을 나오기 위해? 근데 족발 아마 계속 먹는 사람. 흰 콩 넣어서 같이 끓여서 그 흰 콩 안에 단백질 들어가니까.

조사자 : 미역국 드시기에는 어떠셨어요. 많이 드셨을 거 아니에요.

권화 : 오 한 달 내내.

조사자 : 한 달 내내 드셨죠. 어떠셨어요?
권화 : 뭐 제가 원래 미역국 좋아하니까 그건 큰 거부감 없어요.
조사자 : 그럼 원래 중국 계실 때도 미역국을 드셨어요?
권화 : 미역국. 네. 먹었어요. 근데 중국보다 한국에 와서 더 많이 먹었죠. (웃음)
조사자 : 동순옥 선생님은 어떠세요? 애기 낳고 나서 미역국.
동순옥 : 미역국 여기 와서 많이 먹었어요.
조사자 : 어?
동순옥 : 여 와서 많이 먹었어요.
조사자 : 한국에 와서 많이 드셨죠?
동순옥 : 네, 싫증 날 정도로. (웃음)
조사자 : 그래도 뭐 먹어야 되니까 억지로 드셨어요?
동순옥 : 네, 저희 어머니 그때 몸조리한다고, "먹어야 한다. 힘 난다."고.
조사자 : 시어머니가?
동순옥 : 네 그러니까 이게 애 낳은 지 얼마 안 돼서 배가 이렇게 쑥 들어가야 하는데 그때는 배는 이미 늘어나서 애는 빠져나왔으니까 비어 있잖아. 그럼 미역국이랑 계속 마시니까 살밖에 안 찌는 거 같아. (웃음)
조사자 : 몇 월에 낳으셨어요?
동순옥 : 아, 그게 둘째는 3월달.
조사자 : 둘째 때는, 걔가 3월에 낳고, 첫째는?
동순옥 : 첫째 때는, 걔는 5월생.
조사자 : 5월생?
동순옥 : 5월생, 그때는 한참 더웠죠. 더우니까 몸조리 제대로 못 했어요.
조사자 : 권화 선생님은?
권화 : 저 9월생이요.
조사자 : 아 9월, 그래도 좀 낫네요.
권화 : 예예.

조사자 : 왜냐면 한국에서는 몸조리할 때 씻지도 못하게 하잖아요. 몸 따뜻해야 된다고.

권화 : 아, 맞아요.

조사자 : 그거 상관 안 하셨어요? 친정엄마가 와서 해주셔가지고?

권화 : 아 근데 그냥 제가 씻었어요. (웃음) 어후 너무 더워서 또 그냥 씻었어요.

조사자 : 그럼 동순옥 선생님은 시어머니가 하셨었기 때문에 막 못하게 하는 게 많았을 것 같은데?

동순옥 : 네 제한이 좀 있었어요.

조사자 : 어떤 게 힘들었어요?

동순옥 : 5월생이니까 그때 5월 19일이었으니까 그때 한참 더울 때지. 봄에서 여름 좀 넘어가는 그 시간 덥고, 몸은 근질근질하고 그래서 못 참다가 씻었어요. 씻고 뭐 근데 그때 뭐 하지 말아야 된대. 첫 애기니까, 힘이 넘치니까 뭐 닦고 청소하고 그랬는데 이게 나중에.

조사자 : 이게 산후 후유증이 와?

동순옥 : 후유증 와서 그때는 진짜 머리부터 발끝까지 다 아팠어요. 근데 그 당시 뭔지도 모르고, '아, 병 걸렸나?' 하고 병원 다니고 힘들게 쫓아다녀봤자 치료가 안 돼요. 나중에 앉아있는 것도 힘들었어요.

조사자 : 그렇죠.

동순옥 : 에 그리고 둘째 낳고 산후 잘 조리하니까 그땐 싹 없어졌어요. '아, 이래서 산후풍은 애 하나 더 낳으면 치료되는구나.' 이 생각 딱 들었어요.

다문화 언어 교사로서 문화적응기

● **구연정보**

조사일시 : 2017. 05. 15(월) 오전
조사장소 : 경기도 수원시 팔달구 화서동
제 보 자 : 류정애 [중국(한국계), 여, 1980년생, 결혼이주 8년차]
청　　중 : 조사자 2인
조 사 자 : 오정미, 이원영

● **구연상황**

수원시 다문화가족지원센터의 한국어교육 선생님 소개로 센터에서 제보자를 만났다. 본격적인 조사가 시작되기 전에 조사팀은 제보자에게 구술조사의 의의와 목적을 설명하였다. 유창한 한국어 실력의 제보자는 조사팀의 설명을 쉽게 이해한 후 다양한 설화와 함께 자신이 결혼하게 된 이유와 현재의 삶에 대해 자연스럽게 구술하기 시작했다. 제보자의 수준 높은 한국어 실력 덕에 모든 이야기가 매우 상세하고 구체적이었고, 조사팀은 제보자의 이야기에 조사 내내 감탄했다.

● **줄거리**

제보자는 2008년에 결혼을 하여 2009년도부터 한국에서 현재까지 살고 있다. 시어머니와 남편, 딸아이와 살고 있으며 현재 집 근처에서 중국어 교습소를 운영 중이다. 한국 학생들에게 중국어를 가르치고 있는 제보자는 한국으로 오기 전에 중국에 있는 한국회사에 다녔다. 회사에서 남편을 만났고, 당시 남편은 한국 본사, 제보자는 중국 지사에서 근무하며 장거리 연애를 하였다. 그러다가 결혼 후 계속 떨어져 살 수는 없어 함께 한국에서 살게 되었다.

유년 시절에 제보자는 중국에서 한족 학교에 다녔다. 조선족이었지만, 부모님의 결정에 따라 한족 학교를 다녔고, 덕분에 중국어 발음이 본토 발음이다. 이처럼 교육에 대한 남다른 철학이 있던 부모님을 둔 제보자는 한국에서도 공부를 시작하였다. 한국으로 이주한 후 한국의 대학에서 영어 통·번역을 전공했다. 제보자가 영어 통·번역을 전공한 이유는 중국과 달리 한국에서는 영어공부가 많이 필요하다고 판단했기 때문이다. 가정에서뿐 아니라 사회활동도 열심히 하는 제보자는 한국 사회가 가진 이주민 여성이나 다문화가정의 아이들에 대한 선입견이나 편견에 대한 우려를 표하였다. 제보자는 이주민 구술조사에 참여하는 이유도 다문화가정에 대한 인식 변화 때문이라고 하였다.

남편과의 만남과 결혼

제가 결혼 2008년에, 예, 했어요. [조사자 1: 2008년에?] 그리고 본격적으로 2009년부터 여기서 쭉 여기서 살았어요. [조사자 1: 한국에 산 거는?] 네. [조사자 1: 그러면 결혼 2008년에 하셨으면 그 중간 일 년은 중국에 사신 거세요?] 그게 아니고 제가….

(전화가 걸려와 잠시 구연을 멈춤.)

저는 이제 여기서 남편이랑 같은 회사 다녔어요. [조사자 1: 아. 한국에서? 중국에서?] 예, 예. 그러니까 저는 중국 지사, 남편은 본사. 예. 그래서 저는 일 때문에 왔다갔다 하구 출장 다니고 이러면서 인제 에, 그러고 본격적으로 2009년부터 인제 회사 그만두고 한국에서 정착하게 된 거예요. [조사자 1: 완전 커리어우먼을 그냥 확 박아두셨네, 남편분이.] 지금 쪼끔 후회돼요. (웃음) 그냥 쭉 일할걸. 일했으면. [조사자 1: 이건 근데 국적의 차이가 아니라 우리나라 여성들도 다 그래요. 그게 너무 슬퍼요. 그쵸?] 예, 예. 왜냐면 이게 떨어져야 되니까. [조사자 1: 그러니까.] 아니면 내가 본사에서 일을 할 수 있다면 쭉 가는데 이게 계속 떨어져 살아야 되니까 이게 저는 지사에서 일하고 있어서 그게 쪼끔 그랬어요. (웃음)

한국에서 중국어 선생님으로서의 삶

[조사자 1: 그러시구나. 그러면 지금, 지금 현재는 아무 일도 안 하고 계세요? 어떻게 하고 계세요? 너무 답답해서.] 지금 제가 아. 그쵸. 저도

집에서 시어머니 계시잖아요? 그래서 집에서 가만있을 수가 없죠. 나와야죠. [조사자 1: 나와야지.] 저는 지금 그 저기 아파트 옆에 상가 하나 얻어가지고 자그맣게 중국어 교습소 하고 있어요.

[조사자 1: 그러시구나. 맞아요. 아, 요즘은 또 중학교서부터 제2외국어가 중국어예요.] 예, 맞아요. [조사자 1: 예, 그런 학교가 많아서.] 그래서 내신도 지금 봐 드리고 있거든요. [조사자 1: 가까우면 우리 딸도 좀 부탁하고 싶네.] 예. [조사자 1: 아, 그러시구나.] 네, 여기에요. [조사자 1: 아, 진짜요?] 그래서 제가 아까 전화할 때, '저도 지금 나가면 돼요' 이랬잖아요. 5분이면 나오니까. [조사자 1: 주말에도 하세요? 주말에도 수업을?] 주말에는 안 해요. [조사자 1: 주말에도 ** 데리고 올까 했는데.]

주말에도. 주말엔 여기서 수업해가지고 지금 눈에 다래끼까지 났어요. [조사자 1: 주말엔 여기서 무슨 수업을 하세요?] 여기서 중국 아이들을 중국어 회화 수업하고 있어요. [조사자 1: 중국 아이들을 대상으로 또?] 에, 네, 중국어 수업. 왜냐하면 얘네는 한국학교 다니고 중국어 집에서 인제 엄마들하고, 솔직히 저희 딸도 마찬가지고 제가 중국 사람인 거 알면서도 불구하고 내가 한국말 잘하니까 중국말 안 배울려고 해요. 근데 이게 교실 같은 거 만들어 놓으면 얘네는 여기서 어,

"나는 중국어 선생님, 너네는 중국어 알아야 돼."

이렇게 가르켜주면 어차피 나중에 자기네 외할머니 고향 놀러가거나 이러면 중국어 잠깐 들어본 건 있잖아요, 알잖아요? 그러면 또 하드라구요. 근데 엄마하곤 안 해요. 모든 사람들이 저보고,

"너 중국어 교사고 딸 중국어 잘하겠네."

항상 이러는데 정말 안 해요. 못해요. 그래가지고 되게 힘들거든요. 솔직히. 정말 저도 잘했으면 좋겠어요.

이 환경이 있기 때문에 제 학원에 항상 놀러 와요. 오후에 끝나면 어린이집 끝나면. 안 해요. 그게 엄마는 안 되드라구요. 자식을. [조사자 1: 엄마가 수업하는 모습을 봐두 그러나요? 자랑스러울 텐데 엄마가.] 오죠. 일요일두 제가 여기 오면 데리고 와요. 그러면 옆에 앉아서 있어요. 근데 노래 같은 거는 다 따라 해요. 중국어 노래는. 근데 인제 중국어 인제 발음, 쓰고 이런 게 있잖아요. 중국어도 잘 모음자

처럼 배우는 거 있잖아요. 발음을. 그거는 이제 아이들은 따라 쓰구 외우고 말하고 하는데 얘는 안 하드라구요.

[조사자 1: 아냐, 그래도 밀어붙이셔야 돼. 안 해도 습자지처럼 그냥 놀아. 여기서 놀아, 하구 그래도.] 그래서 지금 일요일마다 이걸 맡아서 하는 거예요. 솔직히. [조사자 1: 정말 훌륭하게 사신다.] 감사합니다.

중국에서의 유년 시절

[조사자 1: 그러면은 지금 중국에서도 부모님은 지금 다 중국에서 살고 계신 거예요?] 예, 맞아요. [조사자 1: 다른 가족들도?] 예. 여기는 저만 와 있어요. [조사자 1: 혼자만?] 예. [조사자 1: 아우, 외로우시겠다.] 그러, 그렇죠. [조사자 1: 원래 중국에서 고향은 어디셨던 거예요?] 어, 길림성 안도현이라구 있어요. 거기서 예, 태어났어요. [조사자 2: 그럼 조선족이신?] 예. 근데 한족 학교 다녔어요. [조사자 2: 거긴 그 조선족이라도 어렸을 때부터 한족 학교 거의 다 많이들 가시는 건가요?] 여기가 좀 많이 가요. 이 지역. 지역 따라 쪼끔씩 달라요. 그러니깐 연길시 같은 경우는 조선족 학교 많이 보내고 안도현 같은 덴 조선족 학교가 하나밖에 없어요. 그리고 한족 학교가 많아요. 그래서 인원이 이제 부족하면 이쪽으로 가야 돼요. 그런 경우도 있어요.

솔직히 엄마 아빠는 다 조선말 하잖아. 한족 말 잘 못하잖아요. 그런데도 불구하고 아이들을 보내는 거는 쪼끔 언어적으로 도움도 크게 못 줘요. 그래서 아이들이 힘들어요. 처음에는. 저는 저두 제 기억에 일곱 살부터 학교 갔는데 아무것도 못 알아듣고. 집에서 해본 적도 없잖아. 솔직히. 물론 밖에 나가서 환경 따라서 쪼끔은 듣고 이런 거 있어도 집에선 안 하면 솔직히 거 있잖아요? 예.

그래서 뭐 지금 생각하면 좀 좋았던 거 같긴 해요. 또 오히려 조선족 학교 나온 아이들보다 중국어를 좀 더 표준적으로 배웠기 때문에. 에에, 그래서 저도 지금 가르치는 일을 하고 있지 않았을까? 에, 쫌 그거는 또 감사하게 또 생각되네요. (웃음) [조사자 2: 하신 바가 있

어서.]

[조사자 1: 안도현?] 예, 안도현이라고 있어요. [조사자 1: 안도현.] 예. [조사자 2: 그럼 저희 북한 거기 건너편 쪽인가요? 아니면 여기 옆쪽인가요?] 어, 약간 지도상으로 봤을 때는 연길시가 여기 있다면 이쪽 그 중국 내륙 쪽으로 좀 더 들어와야 돼요. 밑으로 좀 내려오고.

한국에서의 문화적응

[조사자 1: 그럼 중국에서도 회사를 계속 다니고, 학교 졸업하시고 계속 회사 다니시고 있었다구요?] 네네. [조사자 2: 중국에서 학교를 대학까지 다 나오신 거세요?] 전문대요. 전문대. 2년제예요. 예. 한국 와서 다시 저기 4년제로 다녔어요. [조사자 2: 아, 정말요?] 예. 유학생으로. [조사자 1: 결혼하신 담에?] 결혼하고. 제가 그때 일 그만두고 2009년부터 제가 그 한세대 들어갔어요. [조사자 1: 아, 거기 기독교 학교죠?] 맞아요. (웃음) 여의도에 있는.

그래서 제가 학교 다닐 때 너무 시끄러웠어요. 그분들 그거 때문에. 조목사님, 그래서 저기 4년제 제가 영어 좀 배우고 싶었더라구요. 제가 영어 솔직히 중국에 있을 때는 많이 안 배웠어요. 그냥 학교 과정만 배웠기 때문에. 또 저희는 영어 사교육 이런 거 못 다녀 봤잖아요. 그래서 영어 못하고 또 중국에서 살다 보면 영어가 그렇게 필요하진 않았어요. 중국어만 하고 한국에서는 한국말만 배우고 하면 되니까.

근데 한국사회에서 살다, 살려고 인제 딱 자리 잡으니까 영어가 너무 많이 쓰는 거예요. 외래어 못 알아듣는 말 너무 많은 거예요. 저는 솔직히 내가 이 정도 한국어 잘하면 중국에서 별로 크게 한국 분들하고 소통할 때 큰 문제없었거든요. [조사자 1: 지금도 아무 문제없어요.] 근데 그게 아니에요. 뉴스에서 보고, 어떤 단어도, 엊그저께도 무슨 단어 하나 있었는데 내가 남편한테 물어봤거든요. 저거 영어 분명히 영어 발음으로 한국어 말한 거예요. 그래서 내가,

"저건 한국어는 없어? 저게 한국어야? 아니지? 저거는 영어 발음이잖아?"

한국어, 한자어, 자기도 모르겠대요. 이런 단어가 너무 많아서.

'아, 여기서 살려면 영어는 해야겠구나, 제대로.'

그래서 영어 통번역과 들어갔어요. [조사자 1: 한세대에서?] 예, 제가 1기예요. 그때 딱 마침 생겼어요. 그래서 거기서 4년 동안 공부했고요.

[조사자 2: 그러면 거기 계실 때 과는 되게 다른 과?] 그렇죠. 중국에서는 저는 그 컴퓨터전산, 그거 했는데, 예, 그래서. [조사자 2: 힘드셨겠다. 전공이 너무 달라가지구.] 그러니까 안 할 수밖에 없는 이유가 있었어요. 인제 한국에서 살려면 저는 솔직히 다문화라는 거는 솔직히 다 학력이 낮잖아요. 들어보면. [조사자 1: 싫으시죠?] 예. 그래서 너는 대학 졸업했으면 몇 년제야? 이렇게까지 물어보더라구요. 그러면 2년제야. 하면 쪼금 더 그렇게 또 얘기하는 사람들도 있어요.

[조사자 1: 제가 쓰는 논문, 구상하는 논문이 뭐냐 하면 다문화가정 어머님들에 대한 편견에 대한 글을 쓸려구 그래요. 근데 실제루 저희가 느끼는 거는 이 조사를 통해서 저희 어머님들을 많이 만났는데 첫째, 아주 씩씩하고 밝고 아주 능동적이신 분들인데다가 저희도 약간의 편견이 있었을 수도 있어요. 이 조사를 하기 전에. 근데 만나 보니까 저희 몽골 어머님도 되게 몽골에서 공부 열심히 하시고 커리어우먼으로 있다가 남편하고 만나서 오신 거구. 또 저희 필리핀 아는 어머님도 지금 만나는 어머님이 계신데 이 필리핀 어머님도 지금 영어선생님 하세요. 이 어머님도 그런 선입견이 너무 싫으신 거죠. 그런데 저희 만난 어머님들은 다 똑똑하시구.] [조사자 2: 인재들, 인재들이신데.] [조사자 1: 제가 볼 땐 다 선녀와 나무꾼이야.]

아니, 그냥 여기 와서 남들 피해 안 주고 잘 살면 되잖아요? 근데 굳이 그게 아니잖아요. 이 사회는. 게다가 나중에 또 제 남편 그러더라구요. 아이 태어나면 아이가 또 학교 가고 하면,

"너네 엄마는 대학 졸업했니?"

이런 거 말도 있대요. 그래서 그냥 이참에 회사도 그만뒀겠다 공부 좀 더 해가지구. [조사자 1: 중국어 선생님이라구 딱 따님한테 얘기하

세요. 엄만 중국어 선생님이다, 어, 맞어요. 근데 진짜 사실 너무 테레비에서, 미디어에서 너무 막 그런 것만 보여줘 갖구 사실 그런 게 아닌데.] 특히 그 고부열전에 보면, 아, 저거 보면, 솔직히 고향에 당당하게 놀러가고 싶어도 저거 보면 사람들이 하, 다 저렇게 생각할 수 있겠구나.

처음에 저희 시어머니 저보고 중국 고향에 저기 전화나 뭐 냉장고 이런 거 있냐고 물어보더라구요. 저희 아파트 살았거든요. (웃음) 그래서 어머님도 모르시잖아요. 연세 많고 하니까. 옛날 얘기만 들었으니 누구는 결혼하고 국적 받고 도망갔다 뭐 이런 얘기들만 알고 계세요. 그래서 처음에 되게 좀 이케 어 뭐랄까? 거부감인가? 암튼 [조사자 2: 의심, 의심.] 예예, 의심 이런 것두 있고. 지금은 이제 뭐 다 아시니까.

[조사자 1: 그게 제가 봐두 아, 너무 선입견이구 편견이야. 사실은 정말 아닌데. 그러니깐 너무 테레비에서 여자들 쭉 세워 놓고 동남아 쪽 진짜 왜 그렇게 자극적인 것만 보여줄려고 하다 보니까 그랬는데, 열심히 사시는 건강한 다문화가정 어머님들이.] [조사자 2: 똑똑하신.] [조사자 1: 어어, 오히려 다문화가정 아이들이 더 능력자가 될 확률이 더 높다고 봐요. 얘들은 태어날 때부터 이중언어가 가능한 환경에 놓여 있는 거잖아요. 사실 백날 학원 가서 한두 시간 앉아 있다 오는 거보다 살아 있는 선생님이 요기 있는데 아우 그래서 나중에 정말 같이 공동으로 저희 그런 글도 한번 혼자 생각하고 있거든요. 저희 그럼 벌써 그런 대상의 어머님들이 너무 많으세요. 너무 많으세요. 필리핀, 몽골, 선생님과 여기 중국 또 조선족이신데 충주에서 만난 어머님이 있으세요. 어, 그 성함이 주경옥 선생님이신데 이 어머님은 학교 방과후 가서 중국어 가르치시고 학교 방과후에서 중국어 하시고 통번역, 이제 충주에 들어오는 회사들 중에 중국어 번역 중간 일 해주시고 이러시는데 이 어머님두 너무 훌륭하신 거예요. 제가 볼 때는. 어, 그래서 진짜 너무 많은 선생님들이 있어.]

건국대라고 하시니까 여기 중국어과에 교수님도 제가 한 분 아세요. 남자분. 중국 천진에서 오신 분이에요. [조사자 1: 누구, 누구요?] 아, 이름이 지금 생각이 안 나는데. [조사자 2: 저희가 국문과라 중문과를 성함을 잘 몰라가지구. 말씀해 주시면 알 거예요. 말씀해 주시면 저희가.] 핸드폰에 있나? 제가 [조사자 1: 어떻게 아세요, 근데?] 공자아카데미, 서울에 있는 공자아카데미에. [조사자 2: 강의하러 오셨었어요?] 그분이 강의하러 오셔서 저희가 **** 자격증시험, 중국 대사관 산하 교육부에서 하는 거 들었거든요. 그래서 그분이 평, 뤄평. [조사자 1: 중국 선생님이세요?] 네, 중국 선생님. 네. 뤄평이라고. 그분이 건국대에서 중국어 교수, 그분 와이프님두 어디더라, 성신여대 교수님이래요. 너무 좋으셔요.

[조사자 1: 요즘은 보면 막 사회적 기업 이렇게 해서 어머님들 이렇게 능력자인 어머님들하고 하는 이런 프로그램들 많이 생겨나고 있더라구요. 이제 계속 바뀔 거예요. 이런 시각도 바뀔 거고, 어느 시대나 과도기가 있는데 그 과도기가 이제 지나면.] 저는 저를 누가 평가하고 뭐 어뜩하구 상관없어요. 어차피 저만 그냥 가정에서 잘 살면 되는데 아이가 자존감이 떨어질까 봐 그게 젤 걱정이에요.

[조사자 1: 그런 차원 때문에 저희가 특히 이거를 더 하는 거예요. 사실 많은 프로젝트를 저희가 했지만 이번 연구가 젤 신나구 재밌어요. 왜냐하면 너무 너무 우선 어머님들 얘기 듣는 것도 재밌고 저희는 워낙 설화를 공부하는 사람들이라. 또 하나는 되게 큰 우리가 좋은 일에 기여를 하고 있다는 생각이 들어서. 분명히 이렇게 이주민 어머님들께 이야기 이렇게, 뭐 중국, 필리핀, 몽골, 베트남 막 모으면 이게 아마 교재에 초중고에 나올 거예요.] [조사자 2: 교과서에서 한국 사람도 세계에 다양한 거에서 이해를 하게 되고. 또 같이 사니까 사회구성원이니까. 그 학생들도 한국문화만 강제적으루 배우는 게 아니라 자국 문화도 또 알려주고 이렇게 해가지고. 지금 한국 국민을 딱 한국 사람만 산다고 할 수가 없잖아요. 너무 다양하게 살고 있으니까.]

초등학교도 그거 있어요. 저 다문화 예, 그 수업을. 그래서 저희도 한 번 나갔어요. 중국으루. [조사자 1: 근데 다문화 수업에서 쓰는 동화책들이 있어요. 그 동화책들이 너무 맘에 안 드는 거야. 보면 그 다문화가정 아이들이 상처 받고 그러면 그걸 해결해 주는 선생님이나 아니면 다른 학우 친구 착한 애가 하나 있고 그래서 결국은 다 해소가 돼. 우리 함께 친해져 이러면서 끝나는데 계속 그런 식의 구조의 이야기는.] [조사자 2: 급하게 이제 해결만 하다 보니까 그러는데 저희는 이제 문화를 알려주고 이제 알게 하는 게 먼저인 거 같구요, 사실. 또 그렇게 하는 게 아이들의 자존감에 더 좋은 거잖아요.] [조사자 1: 와, 그 나라에 이렇게 재밌는 이야기가 있구나, 그러면서 그 나라에 대해 호감을 갖고 점점 그 나라에 이야기 속에서 나오는 뭐 동물이나 여러 가지 그런 환경들이 그 나라에 어떤 문화도 자연스럽게 알려주고 또 아이들도 마찬가지, 다문화가정 아이들도 아, '우리 우리 엄마 나라에 이렇게 재밌는 얘기, 지혜로운 얘기가 있었구나.' 그래서 우쭐, 기분 좋아지고.] [조사자 2: 저희가 이게 뭐, 개인적으로 뭐 하는 게 아니라 국가에서도 이런 걸 이제 초반으로 이런 작업이 필요하다 해서 교육부에서 지금 지원해서 하는 거거든요. 이 조사 사업이요.] 도움됐음 좋겠어요. [조사자 1: 백프로 돼요, 지금.] (웃음) [조사자 2: 자료를 모은다 생각하고 하고 있고.] 네.

[조사자 2: 선생님, 혹시 그러면 부모님 때나 조부모님 때는 이주를 하신 건가요? 아니면 예전부터 거기 살고 계셨나요?] 기억에는 할아버지 아빠? 예, 그때. [조사자 1: 할아버지의 아빠? 그러면 조부모네.] 그러면 저희의 조할아버지. [조사자 1: 증조부.] 예. 그분이 인제 일본 전쟁 때 넘어가신 거예요. [조사자 2: 그럼 원래 고향은 어디신 거예요? 증조부님의.] 전라남도라고 들었어요. [그런 거까지 들으셨구나? 그럼 아빠한테 들으신 거예요?] 예, 아빠한테. 근데 인제 뭐 할머니, 할아버지 다 돌아가셔서. [조사자 1: 의미가 없죠?] 네.

한 이주노동자의 지방 생활담

● **구연정보**

조사일시 : 2017. 04. 15(토) 오전

조사장소 : 전라북도 진안군 진안읍 단양리

제 보 자 : 서청록 [중국(한국계), 남, 1962년생, 이주노동 6년차]

조 사 자 : 오정미, 이원영, 이승민

● **구연상황**

조사팀은 지인의 소개로 전라북도의 한 철재 공장에서 제보자를 만났다. 공장 관계자의 배려로 근무시간 중이었지만, 회사에서 조사를 진행할 수 있었다. 약 한 시간 정도 민간신앙에 대한 구술을 마친 후 제보자가 이제 할 이야기가 없다고 하였다. 조사팀은 제보자에게 한국의 이주 동기와 생활에 대해서 다시 질문했고 제보자는 밝은 얼굴로 이야기를 들려주었다.

● **줄거리**

제보자는 바쁜 한국에서의 일상을 이야기하였다. 친구들이 교회에 가면 좋고 편안하다고 하는데, 갈 시간이 없다. 그만큼 한국에서의 생활은 매우 바빠 가족을 만나기가 쉽지 않다. 서울의 집에 가려면 다섯 시간이 걸리고, 도착하면 밤중이다. 그래도 가능하면 결혼식에는 참석한다. 결혼식에 가면 일 때문에 얼굴 보기가 힘들었던 친지와 친구를 만날 수 있기 때문이다. 가족들과 함께 있어 다행이긴 하지만, 한국생활은 매우 힘들다. 무엇보다 중국에서 살던 것과 달리 체력이 많이 필요한 일을 해야 하는 상황이 가장 힘들다. 중국에 있을 때는 무역도 하고 식당도 했었으나 체력이 필요한 일들은 아니었다. 처음 한국에 와 울산에서 체력적으로 힘든 일을 하게 되었을 때 고생을 좀 했다. 다행히 현재 일하는 회사는 환경도 좋고 조용하고 편안하다.

한국에서의 일상

개 우리 시방 뭐 뭐 무슨 거 거, 뭐. 난 시방 교회 어떤지 모르고 우리 숭아덜(친구들) 몇이,

“야, 교회 한번 가봐.”

“내 시방 교회 댕길 새 있니?” 하고,

“거 뭐 친구들 만나 술이나 마이 배왔지 거기 갈 새 있니? 야, 교회 가면 그렇게 좋고 마음이 편하냐.”

그래 그럼 한번 가볼 순 있다고 그렇지만 딱 믿그나 난 이래. 누가 한번 이랬다 귀신이 딱 옛날부텀 귀신이 있다 없다 난 믿지도 않고 듣지도 않고. 그래 그래 함 교회 뭐 한국은 교회 이리 많고 그리 뭐 좋고 뭐 교회 가면 편안하고 뭐. 그거두 시간이 있이야 교회 가든지 무슨 가든지. [조사자 1: 맞어.]

우린 하이래 한번 쉬믄 올라오, 서울 올라가지도 못 올라가요. 가구 남 나는 집에 여기서 다섯시 퇴근 여섯시 퇴근 집꺼진 가구 나믄 다섯 시간 가야 돼요. 다섯 시간. [조사자 1: 그렇지.] 나 가 가리봉 집이 있어요. 그래 또 하루 하룻밤 내래 하루 쉬 내리감 밤중이고 낼 하루 쉬구 낼 오후에 또 와야 모레 또 출근하지. 그래 한 이틀 쉴 때문 올라갈 수 있구 그담은 갈믄 월요일 날 내려가죠. 그래 난 하루밖에 못 자. 이튿날 그런 시어. 그래 한분 올라갔다 오구 나문 좀 올라가문 내려오기 싫구 여기선 또 집에 올라가기 싫어. 가문 내려오기 싫구. 그래 여기 있다나 뭐 거저 크게 일이 없으믄.

시방 결혼식 많이 해요. 중국에시문 다 결혼식 아 자식들이. 그저 평균 작년에는 평균 그 한 달에 한 명, 두 명씩 계속 올라가야 돼요. [조사자 1: 어 그러시겠네.] 결혼식은 아주, 그래 내 저번에,

“내가 돈 부쳐주까?”

“돈 필요 없구 얼굴 보자.”

사람들이 귀하구 하니까. 사람들이 이렇게 모여서 분위기 좋게 이렇게 내가 부조 받자구 결혼 그런 게 아니구. 말은 맞는 말이죠. 시방 뭐 이 한국 와 다 잘 버니까 먹고사는 거는 걱정 없으니까. [조사

자 1: 그런 날 아이면.] 어, 모이야? 얼굴도 보고 친구들도 보고. 그런데 니 아이 오문 일하느라고 고조 가뜩이나 보기 힘든데 그래,

"니 거 한 달에 한 이리 모임에도 아니 참가하믄 이기 얼굴 보기 힘들다. 돈은 돈이지만 그 저 그래두 얼굴 보며 살자."

그러지.

그래 뭐 결혼식 어떨 땐 친구아가 정 바쁘문, 회사 일이 바쁘문 안 되죠. 못 가죠. 그러문 친구 아들 보구 보니까 그 결혼하는 집 말함 욕 먹죠.

"아 니가 꼭 무조건 와야 된다."

아이라고 따른 친구보구 내 이름을 투자해라 그래. 근데 딱 가기 싫은 데는 그래 친구를 전화해가지구 '니가 해라' 해도 가까우거나 좀 아이 갈 덴 아이 돼죠. 무조건 가야죠. 그럼 또 삐져요, 시방 이 사람들이. 잘 삐져요.

옛날에 모른데 시방 이래아이 가문 사람이 많애야 기분 문제죠. 기래 한번 올라가간 힘들구. 좀 가차운 덴 이 다섯 시간씩.

[조사자 1: 그럼 그렇게 결혼식이 많다는 거는 형제, 이렇게 조카나 형제 결혼식 말구두 이제 친구들.] 친구들이, 고향 친구들이. 이제 알구 좀 이래 맨목이 괜치안으믄 이래 요청하구 가야죠. 그래 믿구.

[조사자 2: 친구들도 이 한국에 나와 있는 거예요? 많이 나와 계세요?] 다 있어. [조사자 1: 대부분 많이?] 예. [조사자 1: 그러면 친구분들끼리두 서루 정보두 주구 그러겠네요. 야, 여기가 더 일자리가 좋아.] 예, 그렇죠. 그래하고 잘해줘요. 무슨 일 서로 있음 도움, 도와두 주구.

[조사자 1: 그럼 지금 여기 *** 엔지니어링 여기는 지금 중국 오신 분이?] 몇 맹 돼요. 원래 내가 여기 이 와서 여기 공장에 일 년을 여기 숙소나마 내 와서 아무것도 없었어요, 그때는. 우리 와서 몇이 안 들었어요, 그때는. [조사자 1: 그럼 여기두 지금 중국 분들이.] 예, 몇 맹 돼요. 한 네, 여섯 명? 예, 그렇게 돼요.

[조사자 1: 서로 그래두 의지하시겠네요? 보니까.] 예, 우리 여기 토욜날 토욜날이면 아침 이래 원래 식사 여기서 아이 하구 나가서 삼겹살 먹든지 이래 쏘주 한잔 하니라구. 토요일 날마다. 팽일에는 일

하니까. 팽일에는 모이하구 토욜마다 하죠. 그리 네 명이래 요번엔 내가 쏘구 담엔 니가 쏘구. [조사자 2: 같은 고향분도 계세요?] 아니요. 같은 고향분이 하나 동생 하나 데리구 왔는데 일이, 중국에 일이 있어가 갔어요. [조사자 2: 다른 분들은 다.] 연변 사람이에요.

[조사자 1: 제일 한국에서 생활하시는 중에 힘드신 게 뭐예요?] 힘든 게 머인가? 일이 저 다 힘들죠. 일은 힘든데, 무슨 게 힘든가 이게 제 마음대로 아이 되니까 그게 힘들죠. 무슨 게는. 내가 딱 뭐가 하고 싶은데 그게 안 되니까 그게 힘들죠.

[조사자 1: 그래두 가족은 함께 있으시니까 그나마 나으시겠어요. 볼 수 있으니까.] 글쎄 그건 그렇지만 시방은 그게 뭐 가족들이 있으만 같이 이 일 못하니까, 그게 그게 더 걱정이죠. [조사자 1: 그러니까 내 마음대로 안 되는 게 가장 힘드시구나.]

이주 노동자로 한국에 오게 된 과정

[조사자 1: 그럼 요기 와서는, 요기 *** 엔지니어링. 오시기 전에 중국에선 뭘 하셨어요?] 중국에서 저 저 무역도 하구요, 식당도 하구요. 그 그 구십 년 구십 년도 전까진 우리말 한국말은 회사에 출근하고 그랬어요.

[조사자 1: 그래서 한국에 나와서는 제일 그때도 회사 이렇게 공장에 들어가셔서?] 예, 그때는 어디 있었는가? 군산두 있구요, 논산도 있구요. 울산 가 일당두 뛰구요. 가족 와서 내 울산에 있었어요. 서울에 있다니까 한 가족 와서 한 달 두 달은 일 못하잖아요. 돈은 또 마이 나온데. 내 또 친구두 만나야니까. 이래 내래 밥 사야. 내 우에 누이 있어요. [조사자 1: 친구 좋아하시니까.] 네. [조사자 2: 누나도.] 누나가

"니 이래다가 아이 되겠다. 내 너를 데리 울산 가야 되겠다. 니 만날 돈 벌러 온 게 아니라 니가 돈 돌쩌으마 니 이러다가 아이 되겠다."

이래, 날 울산 데리갔어요. 울산 가이께네 백만 원에 십만, 십오만 원 월세를 맡아가주 방 커요. 서울 우리 집은 작은데 비싸구 기래

가서 한 댓새 놀다가 일단 됐어요.

첫날은 나간데 용역을 나간데, 그 그까는 데모도이니까는 미장이래 백돌 말구 시멘 밀구 그거예요. 첫날에 그 중국에서 내 일 못 해봤어요, 일이라는 걸. 그런 무거운 체력 일 못 하니까. [조사자 1: 힘들지.] 그래, 일 할 줄 모르죠. 기운, 힘은 있는데 이 일이가 못 배우니까 모르죠. 그래, 아저씨 일흔 된 아저씨는 일 거 잘 메우구 일 영 잘하는데. 그 아저씨 날 알려주죠.

“아이, 저 저 젊은이, 이렇게 하면 안 돼. 일이란 게 이렇게 하면 안 돼.”

알케주.

그러니깐 확실히 마이 흘쿠, 첫날에 가서 한 뒤 시간 일하는데 땀이 쑬쑬 나오고 숨도 못 쉬고. 아요, 그땐 또 영 뚱뚱했어요. 중국에 지방간이 좀 있어가지고 아이 그땐 좀 뚱뚱하고 그래 첫날에 그렇게. 근데 그때는 내가 한국 와서 첫날 죽어나니까 그대 팔만 원, 현찰 주니까. 아유, 기분이 영 좋아요. 그담 이튿날에, 이틀, 삼일, 한 보름 하니까 일이란 게 그닥 크게 힘 아이 힘들어. 또 난 또 무슨 일인가 보믄 잘 배워요. 이라니 아, 이케 하고 그라니까 흘쵸.

그 담에 한, 한 달 하는데 우리 행님이가 배워라. 거기 한 두어 달 일 했어요. 그담에 군산 왔다가 논산에두 있었다가 그담 그 어떻게 또 친구 만나 여기 왔어요.

“여기 오는 거보단 따른 데 오라.”

“아이다. 여기 편안하구. 여기 조용하구. 나감 또 돈 써야지. 또 택시 불러야 가지. 다른 데 가 있으믄 가차우 만날 술이나 먹고, 나 이거 편안하구 좋다.”구.

[조사자 1: 기숙사두 있구 하니까.] 예, 여기 좋구, 여기 환경이 좋구.

[조사자 1: 저희두 진안 처음 내려왔는데 좋드라구요. 마이산두 있구. 마이산 가보셨어요?] 가봤어요. 여기 가보믄, 다 그렇죠. 거이 가보믄 아, 이렇구나. 저 고 높은 덴 못 올라가고. 그이 산하고 산 중간엔 고긴 올라가 봤어요. 고까지는 올라가 봤어요.

몽골

몽골에서 만난 성실한 한국 남자와 함께

● **구연정보**

조사일시 : 2017. 02. 23(목) 오전
조사장소 : 인천광역시 부평구 갈산동
제 보 자 : 바야르사이한 [몽골, 여, 1966년생, 결혼이주 10년차]
조 사 자 : 조홍윤, 황승업, 김자혜

● **구연상황**

본격적인 설화 조사에 앞서, 조사자는 제보자가 몽골에서 살았을 때의 경험, 한국인 남편을 만나 한국에 와서 지내게 된 내력 등에 대해 질문했다. 이에 답하여 제보자는 몽골에서 남편을 만나게 된 사연을 주로 구술했다. 그 과정에서 국제사회에서의 한국인 형상을 다시금 되돌아보게 하는 이야기들이 부차적으로 구술되기도 했다.

● **줄거리**

제보자는 몽골 남부의 동드고비(ДундГОВЬ)라는 사막 지역에서 태어나 초등학교 시절까지 전통적인 생활환경에서 자라났다. 그 후 장학생으로 선발되어 중학교와 고등학교는 도시에서 졸업하게 되고 울란바토르 예술대학에서 성악과를 졸업한 후 군대의 예술단에서 일하게 되었다. 군에서 예편한 후 단골 미용실 원장의 소개로 당시 몽골에서 미용설비 기술자로 일하고 있던 남편을 만나게 되었다. 제보자는 몽골에 있는 여타 한국 남성들이 늘 여자 문제로 말썽을 일으키는 것을 보고 한국 남성에 대해 회의적인 시각을 지니고 있었다. 그러나 성실하고 정숙하여 기존의 인식과 완전히 다른 모습을 보여주는 남편에게 믿음을 갖게 되어 결혼을 결심하게 되었다. 2007년에 남편을 따라 한국에 이주해 살게 됐고, 2011년부터 이중언어교사로 일하고 있다.

시골 마을의 장학생, 상경하여 성악가가 되다

[조사자 1: 그 예전에는, 그 몽골에 사실 때에는 어느 지역에 사셨었어요?] 멀리 제가 시골에서 태어났는데 그 남쪽에, 그 사막에서 태어났어요. [조사자 1: 남쪽 사막, 거기 지명을, 이름을 뭐라고 불러요?] 아, '동뜨골비(동드고비)'●. [조사자 1: 돈?] 동뜨, 동뜨 [조사자 1: 써 주시면 안 돼요?] 어디서 써요? [조사자 1: (종이를 주며) 여기다가 한 번.] 동, 동뜨골비라고. 아, 이렇게 쓰면 되겠다. 골비, 동뜨골비.

골비(고비)Говь라는 것은 사막이라는 뜻이에요. 동뜨(동드)Дунд는 '가운데 있다.'라는 뜻이에요. 중간에 있다. [조사자 1: '중간 사막'이라는?] 주변에 이렇게 세 개 지역, 네 개 지역 있는데 '중간에 있다.'라는 뜻이에요. 중간에 있는 사막이라는 뜻이에요.

[조사자 1: 그럼 어렸을 때 파오 안에서 사셨겠어요?] 파오는 뭐죠? [조사자 1: 그 이렇게 텐트 같은?] 아, 게리(게르)Гэр요! 전통 집이, 그때 시골의 사람들이 다 전통 집에 있으니까 전통 집에서 살았어요. [조사자 1: 게르 보니까 좋더라고요, 넓고.] 동그랗게 생기고.

[조사자 1: 그러면 그 원래는 시골 사시다가, 계속 거기서 사셨어요?] 아, 그 중학교 때까지 시골에 살다가 그 중학교, 고등학교 될 때는 조금 올라가서 마을에서 공부하게 되는 거, 공부하기 조금 좋아해서, 시골에서 있는 사람들, 아이들한테 이렇게 시험 보고, 조금 머리가 좋다고 하는 사람들을 뽑아서 이렇게 마을에서 교육시키는 게 있어요. [조사자 1: 아, 뽑아서 시켜요?] 응, 뽑아서. 그때 삼 년 거기에서 하다가 고등학교 졸업해서 이제 대학교 가는 거죠.

대학교 갈 때는 예술대학교. [조사자 1: 예술대학교?] 예술대학교. 원래 전공이 성악과예요. 성악과 졸업했어요. 젊었을 때, 그리고 성악과 하다가 이제 퇴직하고 한국으로 넘어온 거예요. [조사자 1: 성량이 그래서 좋으시구나! 목소리가 이렇게 쩌렁쩌렁 울리시는데?] 아, 그런

● 동드고비 주는 몽골 남부에 위치한 주(州)로 주도는 만달고비(Мандалговь)이며 면적은 74,690.32km^2, 인구는 38,821명이다. 주 이름은 몽골어로 '중앙 사막'을 뜻한다.

거 같아요? 모르겠어요. 일단은 그럼.

[조사자 1: 그럼 그 예술대학교는 울란바토르에 있는?] 예. 울란바토르에 있는 예술대학교 졸업해서 거기 울란바토르에서 살다가, 몽골에선 그 군인 일하는 극장이 있어요. 그 극장 재단이라고 하나? 군인들한테만 이렇게 공연해주는, 그 중국이나 러시아는 다 있잖아요. 근데 한국은 그게 없는 거 같아요, 그치? 군인 재단이라고 해서 거기 음악 하는 사람들 가수들이 되게 많아요. [조사자 1: 한국에는 군악대 같은 게 있어요.]

음, 근데 나는 그게로 들어가서 십오 년 정도 거기 군인 생활 하다가 일찍 퇴직을 해야 되는 거예요, 거기. 그리고 [조사자 1: 거기 계시면 군대 계급도 나오나요?] 응, 응. [조사자 1: 그러면 군대 계급으로 어디까지 올라가셨어요?] 계급은 그건 나는 한국어로 이름을 잘 모르니까. 그래도 제일 낮은 거. 왜냐면 걔들은 그냥 가수 보는데, 일 년에 한 번 시험 보고, 군인 시험 보고 이것도 올라가고, 점점 삼 년, 오 년 안에 한 번 올라가는 거, 그런 것도 있었고.

성실한 남편과의 만남과 결혼

[조사자 1: 그러면 한국에 나이가 많이 드셔가지고 오셨겠네요?] 어, 마흔 넘어서 한국에, 여기로, 한국 사람 만나서 뭐 결혼해서 여기로 온 거예요. [조사자 1: 아, 몽골에서 만나셨어요?] 응, 몽골에서.

[조사자 1: 어쩌다가 만나셨어요?] 그냥 미용실에서. [조사자 1: 미용실에서?] 네. 한국 미용실 되게 많아요, 몽골에서. [조사자 1: 아, 그래요?] 네. 미용실에 머리하다가 소개로 이렇게 만나서. [조사자 1: 미용실 사람이 소개를 해줬어요?] 응, 응. 미용실 아줌마가 한국 사람인데, 내가 계속 가니까 되게 좋아해가지고.

[조사자 1: 그러면 남편분께서는 몽골에서 일을 하고 계셨던 거예요?] 아, 잠깐만 일하다가 거기에, 그냥 잠깐만 그 미용실에 뭐 시설을 이렇게 뭐 설치해주는 그런 사람이에요. 아직도 여기서 그런 일 하고

있는데. [조사자 1: 인테리어, 설비 이런 거 하시는구나?] 어, 어. 그런 거 하고, 다 미용 쪽으로. [조사자 1: 아, 미용설비 전문이시구나?] 어. 그래서 만나서 이제 십 년, 한, 살았네요.

[조사자 1: 처음에 잘 모르던 외국 남자를 만나가지고 뭐, '이 사람을 따라서 내가 한국으로 가야겠다.' 결심하기가 쉽지 않았을 거 같은데?] 그렇죠, 되게 무서워했지마는 그 사람을 믿는 거죠. [조사자 1: 어떤 확신이 있었어요? 그런 믿음을 주셨어요?] 응, 그런 거 같아요.

한국 남자에 대한 몽골인들의 부정적 인식

[조사자 2: 한국에는 언제 오셨어요?] 2007년에. [조사자 1: 2007년에 오셨으면 진짜로 이제 십 년차네요, 여기가.] 응. 그리고 2010년에 거기 경인교대로 들어가는 거예요. 거기 1년 공부해서 2011년에서부터 여기 학교로 발령해가지고 거기로 가서 강사하고.

[조사자 1: 그러면 처음에 한국 오실 때는 한국어를 별로 잘 모르는 상태에서?] 별로 잘 모르고 여기에서 되게 많이 배웠어요. 여기 예술, 아니 뭐지? 여성문화회관에서, 이 도서관에서 여기 그냥 공짜로 배우는 거 있잖아요? 거기로 다녀서 배우고 그냥 그렇게 하다가 그 이주민 원어 강사 모집한다는 거 그냥 인터넷에서 그냥 우연히 봐가지고 가서 시험 봤더니 그냥 합격했는데 되게 힘들었어요. 삼 년 됐는데 이해 못하는 거 되게 많잖아요. 그때는 진짜 많이 공부하고 스트레스도 많이 받고,

'해야 되나, 말아야 되나?'

그랬지만 열심히 해서.

[조사자 1: 지금은 한국어를 너무 잘하시는데요?] 어머, 아니에요, 그래도 모르는 거 되게 많아요. 한국어 진짜 배울수록 어려운 거 같아요. 어려운 단어가 되게 많아요. 배울수록 모르는 거 되게 많고, 항상 이런 그 사전에서 보고, 보고. [조사자 1: 저도 국문학 박사인데도 아직 한국말 모르는 거 되게 많아요.] 그러니까 우리는 아직 모르죠, 뭐.

[조사자 1: 그 혹시 남편이 “한국 가자.”라고 말씀하실 때 이렇게 딱 남편을 믿게 될 수 있는, 뭐 어떤 결정적인 사건 같은 거 있었어요?]

(새로이 한 명의 조사자가 합류하여 인사를 나누느라 잠시 구연이 중단됨.)

[조사자 1: 뭐 이렇게 남편이 이벤트를 해줬다던가, 감동을 줬다던가 그런 결정적인 사건이 있을까요?] 아이, 그때 다시 안 오게 되는 거예요. 그거 하고, 하는 일이 다 끝나고 인제,

“다시 안 온다.”고.

“뭐 혹시 이렇게 마음에 들면 뭐 갈 수 있고, 안 되면은…”

그런 거는 되게 그렇지만, 그런 거는 아니지마는, 근데 나는 그 가수 했었기 때문에 여러 나라 사람들, 뭐 여러 사람들을 만나고 또 한국 사람들을 되게 많이 만났어요. 그 왜냐하면 그 노래 부르고, 가서, 그냥 뭐 식사 자리에 이렇게 있을 때.

조금 우리 남편은 조금 달랐어요. 왜냐하면, 그게 조금 안 좋은 얘기지만, 한국 사람들이 되게 거기 가서 술 먹고, 옆에서 계속 여종업원 있어야 하고, 내가 볼 때 몽골에서 다 그랬었어요. 내가 다 그런 줄 알았어요.

‘아우 한국 사람들 되게.’

[조사자 1: ‘한국 사람들, 이런!’, 이런 마음 드셨겠네요?] 응, 응. 다 여자. 밥 그냥 안 먹어요.

“꼭 여자 있어야 된다.”고.

그래서 거기서 난리 나고.

“여자 있어야 되고, 젊은 거 있어야 된다.”

이러면서 계속 이렇게,

“대학교 학생들 뭐 여기 앉아야 되고, 옆에 하나하나씩 있어야 된다.”고.

내가 그 삼 년 정도 그런 거 봤어요. 왜냐? 관광객이 되게 많아서, 여름이 되면 가수들이 좀, 한국어 노래만 할 줄 아는 가수 오면 가서 노래 불러 달라고 그래요. 근데 가수들한테는 별로 걔들이 오지는 않아요.

그냥 보통 일 하는 사람들이, 그렇게 한국 사람들이 몽골에 되게 많아요, 한국 사람들이. 그래서 내가 술 되게 좋아하고 여자 되게 좋아하는 사람으로 아는데 우리 신랑은 그렇진 않았어요. 할 일만 하고 거기 방에만 있지 누구한테 만나지도 않고. 그래서 그 사모님이,

"얘는 진짜 여자에 관심이 없다."고.

진짜 그랬었어요.

[조사자 1: 오히려 그래서 믿음이 가셨구나?] 여기 한국에 와서도 십 년 됐는데도 진짜 여자 문제는 없어요. 그거 때문에 조금 그렇게 믿음이 되는 거 같아요.

[조사자 1: 거기 계시는 한국 분들이 또 이렇게 한국 이미지를 깎아먹고 있네요.] 근데 요즘 몽골 사람들은 다 그렇게 알아요. [조사자 1: 참 부끄러운 일이에요.]

"밥 먹으면, 여자 없으면 못 먹는다."

[조사자 1: 나쁜 사람들.] 근데 그거는 그런 것들이 있잖아요. 보통 일하는 사람들이 있잖아요. 그게 되게 힘들게 일해서 끝나고 저녁 먹게 되면, 아니면 관광(객)들이 있잖아요. 여행으로 가는 사람들이, 걔들이 다 그래요. 그래서 내가 조금 다른 사람을 봐가지고,

'그치! 이런 사람들도 있지. 다 그렇진 않지.'

[조사자 1: 그 사람들이 이상한 거예요. 다 그러진 않아요.] 아니 내가 한국 와서 그렇진 않은 거 다 보는 거예요. 근데 거기에서 왠지 근데, 몽골 사람들이 다 그런 줄 알아요, 이제. [조사자 1: 안타까운 일이네요.] 좀 그래요, 외국에 나가면 왜 그러는지.

[조사자 1: 이런 사실들도 다 알려져야 해요. 그래야 밖에 나가가지고 이상한 짓들 안 하지.] 내 생각도 그래요. 다 그래야 하는 것 같아. 왜 그러는지 다 그래요, 진짜. [조사자 1: 거기는 이제 '아무도 날 아는 사람이 없다.'라는 생각에 그러나 봐요.] 그래서 조금 술 취하면 여러 가지 일이 생기잖아요. 되게 문제 많고, 그 노래방들에 주인은 다 한국 사람이에요. [조사자: 노르반?] 노래방.

노래방, 노래방 있잖아요, 몽골에? 주인은 다 한국 사람들인데, 저녁이 되면 걔들은 뭐,

"아가씨 있어야 된다."고.

난리 나요.

[조사자 1: 아유 부끄러워. 그렇군요.]

갑자기 그런 얘기 왜 나왔어요? [조사자 1: 남편 어떻게 믿게 됐냐는 얘기 때문에 나온 건데.] 남편 때문에 나온 건데. [조사자 1: 믿음이 확실히 갔겠네요. '한국 사람들 다 저렇네.' 했는데 '이렇게 믿을 만한 사람도 있네.'] 그래도 여기 와서 한국 사람들이 다 그렇지 않은 거 조금은 다른 것들을 다 알게 됐지만, 내가 몽골에 가서 내가,

"한국 사람들이 그렇지 않아."

라고 하믄 믿지는 않잖아요. [조사자 1: 자기들이 보는 게 있으니까.] 응.

"거짓말하지 마."

이래, 나한테.

"그거 거짓말이야. 여기 오는 사람들이 다 이러는데?"

이래요.

[조사자 1: 안타까운 일입니다.] 아이고, 다 우리 몽골인들도, 다 여기 와서 되게 많이 문제 생기는데 똑같지, 뭐. 근데 여자 문제 아니라, 몽골 사람들은 술. [조사자 1: 술? 아, 몽골 사람들은 술 좋아해요?] 술 좋아해서, 술 막 먹고. 근데 그게 소주 같은 거 안 먹어요. 독한 술, 삼십팔 도에서 사십 도 술, 그거 되게 많이 마셔가지고 정신이 없게 되고, 사고하고, 여기서 되게 많아요.

문제 되게 많아서, 그러니까 다 문제 있으니까 괜찮아요. [조사자 1: 한국 사람이나 몽골 사람이나 술 좋아해서 문제네요.] 어떤 나라나 그런 거 같아요. 다 술 좋아해서.

나의 한국생활 정착기

● **구연정보**

조사일시 : 2018. 02. 12(화) 오전
조사장소 : 서울시 종로구 서린동
제 보 자 : 게델마 [몽골, 여, 1972년생, 결혼이주 14년차]
조 사 자 : 김정은, 황승업, 강새미

● **구연상황**

조사자는 제보자가 일하는 다문화센터에서 만남을 가지고 이주민 설화 조사에 대해 설명을 했다. 조사자의 질문에 자연스럽게 제보자가 한국에 이주한 내력과 적응과정을 이야기해 주었다. 제보자는 자신이 살아온 이야기를 밝은 얼굴로 재미있게 구연했다.

● **줄거리**

게델마 제보자는 2003년에 한국에 왔다. 한국에 오기 5년 전부터 몽골에서 남편을 만나 연애를 했다. 그러다가 결혼을 해서 한국에 왔지만, 한국어를 잘하지 못해서 몽골로 다시 돌아가고 싶었다. 특히 한국 사람들은 몽골 사람들을 보면 조금 무시하는 듯한 태도를 보여서 기분이 좋지 않았다. 제보자의 부모님은 공무원이어서 여러 지원을 받으며 잘 살았는데, 한국 사람들이 자신을 하층민으로 생각하는 것을 보며 한국인들은 우물 안 개구리라고 생각했다. 처음 7,8년 정도 한국어를 열심히 배웠지만, 발음이 좋지 않아서 거의 말을 하지 않았다. 그런데 주변 선생님들이 다문화강사 일을 추천해주어서 용기를 내서 지원을 했다. 서류와 면접 절차를 통해 다문화센터 소속 강사가 되었다. 이후에 전문대학에서 사회복지를 공부했고, 학문적 열정이 생겨 석사 학위까지 취득했다.

한국인의 몽골에 대한 편견과 불편함

[조사자: 그러면 한국에 오신지는 얼마나 되신 거예요?] 음, 3년(2003년)에 왔거든요. 근데 3년 전에, 5년 전에 남편이랑 만났거든요. 그래서 만나서, 이렇게 한국하고 몽골에서 남편도. 그래서 연애했다가, 그러다가.

저는 결혼을 하고 싶지 않았어요. 어떻게 하다가. (웃음) 우리 가족도 반대했었거든요. 근데 저는 그냥 (남자가) 막 좋아 죽을라고 해가지고 왔는데, 아니었어. (웃음) 집에 가고 싶었어요. 아기 임신하고. 사람들 보면 한국어도 모르고, 한국어도 모르는데 밖에 나가면,

"어디서 왔냐?"고.

물어보면,

"몽골에서 왔다."

그러면 막 쓸데없는 말을.

"우유 있냐?"고,

"아파트 있냐?"고.

그런 식으로 물어봐요.

그래서 저는 원래는 몽골에서 잘 살았었거든요. 우리 엄마 아빠가 또 공무원이었었고. 그래서 공무원 하는 가족은 원래 좀 괜찮아요. 그리고 또 국가에서 많이 지원받아가지고. 우리 언니 같은 경우는 러시아에서 유학 갔었거든요. 제가 고등학교 이제 들어가서 졸업할 때 되니까 몽골에 이제 살, 그래서 이제 저기 이렇게 살아가지고. 그래서 그냥 몽골에서 공부하게 됐긴 한데. 그래서 그런 사연 있어. 그래가지고 좀 잘 살고 왔었는데.

여기 오니까 너무 이렇게 하층으로 보니까. [조사자: 사람들의 시선이.] 네. 그래서 제가 그때는 '우물 안 개구리'라고 해야 되나요. 한국 사람 그렇게 봤었거든요.

'너무 모른다. 그렇게 하면서 잘난 척한다.'

라고 그렇게 했어요.

한국어를 열심히 배우고 용기를 내서 하게 된 다문화 강사

좀 그래가지고 이 처음에 한 7년인가 8년, 7년. 아무튼, 한국어를 배웠죠. 열심히 배워야 돼. 안 그러면 안 될 것 같아서. 계속 배우고, 아이 낳으면서 계속 배우고 있는데. 이렇게 사람들하고 이야기하는 건 발음이 있잖아. 너무 안 좋은 거야. 그래서 아예 말 안 해버렸어. 그래서 2003년부터는 한국에 살게 됐는데. 2003년부터 2010년까지는 안 해 말. 말 안 해. 그냥 남편이랑만 이야기하고 나가면 그냥 조금씩, 조금씩 이야기하고. 그리고 뭐하려면 그냥 외국 사람이니까 그냥 이렇게 저렇게 했다가 그냥.

'나도 말 많이 하고 싶다. 잘하고 싶다.'

는 아니었었는데, 2010년부터 공부하면서 선생님들께서 이제,

"다문화 강사로 갔으면 좋겠다."

라는 거예요. 그래서 그냥 좀 용기를 내서.

그때 당시는 컴퓨터는 제가 잘했었거든요, 그 친구들 중에. 피피티PPT 만들어서. 그래서 한번 용기를 내가지고 하는데. 하니까, 이날 저도 선생님 했었잖아요. 근데 이날 그 아이들이,

"선생님, 선생님!"

이라고 부르는 거 너무 좋은 거예요. 그래서,

'아! 나 한국에서도 선생님 할 수 있겠네.'

라고 해서 이제 조금 용기를 얻어서 다문화 그 강사로 계속 일하고 있는 중에, 다문화지원센터 있잖아요. 다문화지원센터에 이제 한국에 다문화 지도사를 면접, 아 저기 모집하는 거예요. 그래서 제가 그냥 해봤어요. 그랬더니 서류가 합격됐고, 그다음에,

"면접 보라!"

그럴 때는 그때 당시는 막 준비는 하지는 않았는데 너무 자연스럽게 얘기했거든. 저도 놀랬어요. 그때는, 제가 나가도,

'어 왜 이렇게 자연스럽게 잘 이야기했지?'

라고만 그냥 하는데. 그랬더니 합격돼 버렸어요. 거기도 다 한국 사람들이었어요. 제가 처음으로 이제. [조사자: 어디 다문화센터였어

요?] **다문화센터. 저 경기도 **시에 살 거든요. **시에 다문화가 있습니다.

그래서 거기에서 이제 합격해가지고. 떨어진 한국 사람들도 많이 있잖아요. 그래서 2년 동안 제가 강의를 하면서, 한국어 지도사 하면서 이제. 근데 그때는 1급, 2급인가, 많은 거예요.

사회복지사에서 이어진 석사 공부

그래서 계속할수록 이제 배우고 하잖아. 아무튼, 뭐 가르쳐주는 사람이 있기 때문에 많이 배우면서 이제 사회복지도 공부하고. 그거를 그 센터장님께서,

"그냥 공부했으면 좋겠다."

저도 한국사회에 대해서 모르잖아. 한국사회뿐만 아니라, 몽골에서 난 그냥 교육학과만 하고 딱 그거만 하잖아. 근데 정책이나 그거에 대해서 진짜 관심 없고 재미없거든요. 그래서,

"사회복지를 하자."고,

"하면 좋겠다."

라고 해서 한번 써보니까 들어가는 거예요. 그래서 그냥 처음에 전문대학교를 졸업해서 그냥,

'사회복지사가 되겠다.'

라고, 목적으로 들어갔는데. 또 해보니까 저기 공부하는 사람들이 다 한국 사람들이에요, 외국사람 없었어요.

그렇게 하니까 괜찮은 거예요. 제가 따라갈 수 있는 것 같았어. 처음에는 못한다고 생각해가지고. 그래서 다시 학사 같이, 다시 해서 이제 학사를 하고. 그다음에 또 사람이 공부하게 되니 좀 욕심이 많아가지고, (웃으며) 석사 공부까지 했어요. 작년 2월달에 졸업하고.

한국에서의 문화적응과 문화 활동

● **구연정보**

조사일시 : 2018. 01. 12(금) 오후
조사장소 : 서울시 중구 쌍림동
제 보 자 : 멀얼게렐 [몽골, 여, 1983년생, 결혼이주 14년차]
조 사 자 : 오정미, 한상효, 엄희수

● **구연상황**

제보자의 거주지인 부평구에서의 약속이 서울의 동대문 글로벌센터로 변경되었다. 제보자는 동대문 글로벌센터에서 자주 모임을 가진다며 장소 소개를 한 후 본격적으로 설화를 구술했다. 조사팀은 먼저, 제보자의 이름과 나이 등 기본 정보를 물었고, 제보자가 대답을 하는 인터뷰의 형식으로 조사를 진행하였다. 유창한 한국어 실력을 가진 제보자는 막힘없이 자신의 이야기를 구술했고, 조사 후 몽골 친구들을 조사팀에게 소개했다.

● **줄거리**

몽골에서 관광경영을 전공한 제보자는 여행사에서 근무했다. 근무 중에 몽골로 여행을 온 남편을 만났고 그때부터 장거리 연애를 시작했다. 결국 결혼하여 한국으로 이주하게 되었고, 서울에 살다 현재 부평에 거주하고 있다. 제보자는 현재 다문화 관련 사회적 기업에서 일을 하고 있으며, 몽골 동화책을 만드는 일에 참여하고 있다. 몽골의 다양한 이야기가 한국에 소개되지 못하는 사실을 아쉬워하고 있다.

한국에서의 문화 활동

[조사자 1: 선생님 그러면 혹시 몇 년 생인지, 나이 여쭤봐도 될까요?] 팔십 삼 년생이구요. 한국에 와서 십 년 차에 들어가고 있어요. [조사

자 1: 십 년 차.] 아, 십삼 년 차. [조사자 1: 몇 년도에 오셨어요?] 2004년에 왔어요. 그래서 저도 그동안 한국어 배우느라고 시간도 오래 걸렸고. 뭐, 뭘 어떻게 해야 할지 모르고 어쨌든 시간이 이렇게 됐어요.

근데 하다 보니까 여기 서울시청에서 이런 공고물이 작년에도 있었거든요. 아, 작년에는 없었구나. 이렇게 책을 봤어요. 다문화센터에서. '엄마의 속삭임' 이렇게 책이 나오더라구요, 여러 나라에서,

'어, 참 좋다.'

생각하고 있는데 딱 여름에 그거 봤어요, 공고물 모집하는 걸. 친구랑 같이 해보자고 해서 했는데 잘 돼가지고. 그래서 좀 관심이 생겨서 아시안 허브라는 거기에서도 동화책 제작하는 그런 프로그램 진행해가지고. [조사자 1: 아시안 허브에서 몽골편 책 내신 분이 아까 제가 말씀드린 툭스자르칼 선생님이세요.] 네, 그 언니 작년에 하셨고. 올해는 안 하신다 그래서 저도 해서 들어갔거든요.

[조사자 1: 아, 지금 아시안 허브에 들어가셨어요? 같이 일하세요, 그러면?] 일은 안 하고 그 프로그램 동화책. [조사자 1: 동화책 내는 일을.] 네. 그래서 너무 재미있는 거예요. 근데 아마 아시겠지만은 몽골 동화, 뭐 설화 이렇게 하면은 딱 두세 가지만 계속 돌고 있어요, 한국에서. 그 해가 일곱 개고, 아니면 마두금 만드는 얘기. 아니면 칭기스칸 이야기. 뭐 그거까지만 있어요. 좀 많이 아쉽다고 생각하고 있었거든요.

그, 계속 이야기하면 이야기 엄청 많아요. 다양하게 있는데. 글쎄 기회 있을 거 같아서, 다른 이야기 했으면 좋겠다고 생각해서 일부러 제가 그때 그 이야기 선택했어요. 왜냐면 한국에서도 뭐 무슨 물과 멸치 이런 이야기들 많잖아요. 가자미가 왜 옆으로 눈이 돌아가고 이런 거. 그런 걸 애기들한테 읽어줬다가 너무 재미있는 거예요. 그래서 몽골에서도 뭔가 이런 생겨나는 재미있는 이야기들이 되게 우화라고 하나요? 그런 얘기들 많은데, 좀 알려졌으면 좋겠다고 생각 계속하고 있었거든요. 이번에 너무 좋다고.

남편과의 첫 만남과 결혼

[조사자 1: 아, 너무 감사드려요. 딱 그, 저희가 원하는 취지예요. 그러면 선생님, 2004년에 한국 이주는 결혼해서 오신 거세요, 선생님?] 네, 결혼하고 왔어요. [조사자 1: 남편분은 한국 분이시구요?] 네. [조사자 1: 아, 지금 슬하에 아이들이 두 명?] 네, 아이 두 명. 사학년하고, 다섯 살 있어요. [조사자 1: 그건 중요하진 않은데. (웃음) 사학년하고 다섯 살. 딸? 아들?] 둘 다 딸이에요. [조사자 1: 아, 이쁘겠다. 선생님 닮았으면 너무 예쁠 거 같은데요.] 아빠 닮아서 예뻐요. (웃음) 아빠가 잘생겨가지고.

[조사자 1: 선생님 그러면 현재는 부평에 계, 거주시하는 거죠?] 네. [조사자 1: 제가, 처음부터 여쭤보지는 않는데 그냥 이건 자세히는 얘기 안 해주셔도 되구요. 그냥 간단하게. 혹시 남편분은 어떻게 만나셔서 결혼하게 되셨는지?] 남편은, 제가 원래 전공이 관광경영학과 나왔거든요. 그래서 졸업하고서 어떤 그, 갓 졸업했으니까 시골에 있는 여행사에서 그 일을 맡게 됐어요. 그래서 거기 또 큰 관광지예요. 옛날 수도 있는데. 거기 남편이 놀러왔더라구요. 손님이랑 얘기하다 보니까.

[조사자 1: 그게 인연이 돼서.] 데리고 왔어요. (웃음) [조사자 1: 왜 반하셨는지 알 거 같아요. 지금 두 아이를 낳고도 이렇게 예쁘신데.] 아니에요. [조사자 1: 그렇구나. 그렇게 해서 만나서 와서 살고 계시는구나. 그럼 한국에 와서는 부평에서 계속 거주해 사시는 거예요?] 아니요. 원래 서울에서 한 2013년까지인가? 서울에서 살았어요. 살다가, 부천으로 이사가 부천에서 2년 살다가 작년에 부평으로. [조사자 1: 아, 부천에서 다시 또 부평으로 이사가셨구나.]

한국에서의 문화적응 과정

[조사자 1: 한국 살아보니까 선생님, 어떠세요? 그냥 살아보니까 살만하세요? 아니면 이런 점은 좀 아쉽다 여러 가지, 편한 대로 이야기해주시면 되세요.] 글쎄 지금, 14년 되고 그러니까. 아무래도 적응되는 거 같애

요. 오히려 더 편하구. 가끔 고향에 놀러 가면 더 불편하고 그런 거 있어요. 근데 여기 아무래도 애들도 있고 하니까, 좀 적응할 수밖에 없는 거 같애요. 자연스럽게 적응하게 되고.

아마 몇 년 전에 물어보셨으면,

"어, 좀 힘들어요."

이럴 거 같은데 지금은 뭐 괜찮아요. 이제 일상생활도 어떻게 해야 되는지 방법을 어느 정도 찾았고, 친구들도 많이 생겼고 하니까 괜찮은 거 같고.

뭐 아쉽다라든지, 이런 거 좀 힘들다라는 거는 아무래도 아이들 교육 같은 거 좀 아직까지 어려워요. 사교육을 많이 하지 않아서. 돈도 많이 들여야 되고. 내가 가르치기는 좀 부족하고. 한국 엄마들이나 한국 교육 시스템에 맞춰서 제가 가르쳐줄 순 또 없고. 그런 점은 조금 아직까지는 어려워요.

[조사자 1: 선생님 그럼 부평, 아니, 관광경영 공부하셔서 몽골에서부터 한국어를 하실 수 있었던 거예요? 아니, 한국어를.] 아니요. [조사자 1: 그럼 그때 남편분 만났을 때에는?] 영어로. [조사자 1: 영어.] 영어를 하고. 영어는 잘 해요.

[조사자 1: 그럼 한국에 와서 한국어를 배우시기 시작한 거세요?] 네. [조사자 1: 너무 잘하셔서 제가 여쭤보는 거예요, 한국어를.] 처음에는 되게 못했는데 우리 남편 되게 말이 많아요. 처음에 1년, 2년은 계속 남편이 계속 옆에서 이야기하는 거예요. 귀가 엄청 빨리 뚫렸어요. (웃음) 그래서 남편이 말하는 거 좋아해가지구 계속 그래서 더 많이 도움 된 거 같애요. 어떤 남편은 되게 말수가 없는 남편들이 있잖아요. 그러면 좀 힘들었을 거 같애요.

[조사자 1: 남편이 사랑하시는 게 느껴지셔서. 아, 그러시구나. 그러면 결혼하고 여기 와서 살면서는 무슨 뭐, 어떤 특별한 일을 하시거나 그런 건 아니구 계속 아이들 낳으시고, 키우시고 그러신 거죠, 선생님?] 네. 길게 일을 해보지는 못했구요. 그냥 아이티IT 방문지도사라는 일을 한번, 2012년에 했었어요. 그, 결혼이민자들, 조기 결혼이민자들 집에 가서 아직 컴퓨터 익숙하지 못한 분들한테 기초 교육. 한국어도 못하

는 분들 있으면 가서 가르쳐주고. 아주 기초. 제일 간단한 거.

그거를 한 일 년 정도 하다가. 공식적으로 일 한 거는, 그래서 그다음에는 통역이나 의료 통역 쪽으로 공부하다가, 삼성병원에서 2014년에 일하다가 둘째 아이 낳고 퇴직한 거예요. 그래서 그 후로 개인으로 활동하고, 여기저기 할 수 있는… 공식적으로 일 한 거는 두 가지 있고. 다른 건 그냥 제가 그냥 혼자서 활동.

[조사자 1: 지금 한국에는 어, 다른 친정 식구나 누구 아무도 안 들어와 계시고 혼자 사시는 거세요? 지금, 그냥 다?] 지금 우리 조카가 1년 전에 왔어요. 1년 전에 왔는데 한국어 공부하고 있어요. [조사자: 음. 고향이 혹시 어디세요?] 몽골 울란바토르. [조사자 1: 아, 울란바토르. 수도에 사셨구나.] 네.

연애 및 결혼 내력과 한국생활 이모저모

● **구연정보**

조사일시 : 2017. 10. 28(토) 오후
조사장소 : 전라남도 순천시 해룡면 순천 기적의 도서관
제 보 자 : 강투무르(강부진) [몽골, 여, 1979년생, 결혼이주 10년차]
솔롱고(이솔미) [몽골, 여, 1980년생, 결혼이주 10년차]
조 사 자 : 박현숙, 김현희

● **구연상황**

조사자가 강투무르 제보자와 솔롱고 제보자와 인사를 나눈 뒤 조사 취지에 대하여 설명했다. 조사자는 두 제보자에게 한국에서 살게 된 내력, 한국생활의 다양한 경험을 자유롭게 이야기할 수 있도록 편안한 분위기를 조성했다. 두 제보자는 각자의 경험을 교대로 유쾌하게 구연했다.

● **줄거리**

솔롱고 제보자는 한국에 취업한 친오빠와의 영상 통화를 계기로 남편을 알게 되어 국제연애를 하다가 결혼하여 전라남도 순천에 살고 있다. 시댁 식구와 남편이 잘 챙겨주어 한국생활의 어려움은 크게 없었다. 출산 후 매일 미역국을 먹는 일이 곤혹이었으나 이제는 좋아하는 음식이 되었다. 그리고 강투무르 제보자는 일본에서 직장생활을 하다가 남편과 연애하여 결혼했다. 결혼하여 전라남도 고흥 시댁에서 시부모님과 함께 살았다. 아이들 교육 문제로 삼 년 전에 분가하여 순천에 살고 있다. 시댁에 시부모님과 함께 살 때 시부모님이 사용하는 전라도 사투리를 못 알아들어서 의사소통의 어려움을 겪었다. 처음에는 한국의 제사 문화와 음식 문화가 낯설었지만, 이제는 모든 제사 음식도 혼자 만들고 그 문화도 인정하게 되었다. 그리고 한국 음식도 대부분 좋아하게 되었다. 두 제보자는 공통적으로 한국어의 '의' 발음과 몽골에는 없는 디귿 발음이 어려워서 한국어 배울 때 어려움을 겪었다.

남편과의 연애와 결혼

조사자 : 그럼 두 분 다 일단 한국에 어떻게 오시게 되셨는지 말씀해 주시겠어요?

솔롱고 : 이제 시작하는 거예요? 저는 먼저 오빠가, 친오빠가 먼저 일하러 와가지고, 그래서 남편이랑 공장에서 일하다가 남편이 기숙사 잠깐 없어서 기다리는 동안 남편이, “그럼 집이 없으면 기다리는 동안 우리 집에서 일주일이나 자도 된다.”고. 해서 남편이 데리고 와가지고. 오빠가 그 컴퓨터에서 영상, 그때 10년 전이니까 컴퓨터에서 영상 통화하다가 (남편이) “여동생이에요? 결혼하셨어요?” 그래서 나랑 처음에 보고, 그러고 나서 전화하면서, “한국에 오고 싶어요?” 하고 그랬다가, “네. 오고 싶어요.” 하고 자주 통화하고. “그러면 한국말 좀 배우라.”고. 그래서 몽골에서 한국말 좀 배웠다가 그래서 오게 됐어요.

조사자 : 그럼 연애결혼하신 거네요? 그렇죠?

솔롱고 : 음. 그렇겠네요.

조사자 : 그럼 몇 년도에 처음 인터넷으로 화상으로 서로 연락을 하셨던 거예요?

솔롱고 : 한 6개월이에요.

조사자 : 한 6개월 정도? 그럼 몇 년도에 남편분을 만나신 거예요?

강투무르 : 2007년?

솔롱고 : 2006년이요. 그리고 2007년 2월 달에 몽골에 왔어요. 아니 한국에 왔어요.

조사자 : 그럼 1년 동안 한국어를 어디서 배우셨어요?

솔롱고 : 아니, 1년 동안 아니고 남편이랑 만나고 몽골에서 학원에서 두 달 배우고, 그리고 한국에 와서 복지관 다녔다가 복지관에서 많이 배웠어요.

조사자 : 그럼 한국에는 몇 년도에 들어오신 거예요? 2007년?

솔롱고 : 2007년 2월 달이요.

조사자 : 몽골에 한국어 가르치는 학원이 있어요?

솔롱고 : 응. 복지관 아니 학원 있고 이제는 많이 생겼어요. 그때는 네. 조금 학원이 생겼어요.

조사자 : 그럼 그때 들어오시면서 바로 결혼으로 해서 들어오신 거예요? 아니면 취업비자로 들어오신 거예요?

솔롱고 : 취업비자로요. 어떻게 결혼하면 어떻게 한국으로 올 수 있는지 알아보고.

조사자 : 그래서 결국 남편이랑은 인터넷으로 서로 연애를 하신 거네요?

솔롱고 : 네.

조사자 : 그럼 한국에 오시고 얼마 만에 결혼을 하신 거예요?

솔롱고 : 한국에 와서 그때 6개월 바로 와가지고 남편이랑 결혼하게 되고. (웃음)

조사자 : 그러면 결혼하시고 계속 순천에 사신 거예요?

솔롱고 : 네. 그래서 전화할 때마다, "사랑해요." 하면서 하는데. 남편 아니 오빠가, "벌써 결혼하게 되는 거야? 뭐야, 잘 생각하는 거야?" 그래서, "결혼하게 됐어요, 오빠." 그랬더니, "이제 한국으로 갈 거 같아요." 하니까, "바로? 여기 와서 일해야 되는 거 아니야?" 하고 오빠가 깜짝 놀라가지고, "그래도 착하니까. 허락해 줄게요." 하고.

조사자 : 그럼 솔미 선생님 형제분은 어떻게 되시는데요?

솔롱고 : 오빠 하나, 언니 하나. 막내예요.

조사자 : 아, 막내예요? 한국으로 시집간다고 그랬더니 부모님이 뭐라셔요?

솔롱고 : 부모님은 일찍 돌아가셨어요. 그래서 한국에 오빠랑 같이 살고 싶어서.

조사자 : 그럼, 몽골에 언니가 계시고? 오빠는 아직도 한국에 계세요?

솔롱고 : 아니요. 5년 살다가.

조사자 : 5년 계시다가 다시 몽골로 들어가셨어요?

솔롱고 : 네. 갔어요.

조사자 : 오빠랑 살고 싶어서 왔는데 오빠는 가셨네?

솔롱고 : 아, 네. (웃음) 오빠는 그때 그 있을 때는 항상 독려해주고 그랬어요. 이제는 한국말 다 배우고 나서, "이제 오빠는 간다. 이제 어느 정도 배웠으니까." 하고 갔어요.

조사자 : 그러시구나. 그럼 남편분은 형제가 어떻게 되세요?

솔롱고 : 남편이 많아요. 일곱 명. 둘째예요. 둘째.

조사자 : 칠남매 중에 둘째? 아들로서도 둘째?

솔롱고 : 아니요. 셋째예요. 누나 하나, 형 하나, 그리고 밑에 이렇게 여자 남자 여자 남자.

조사자 : 아 그러면 셋째구나. 셋째면서 두 번째 아들.

솔롱고 : 위에서 셋째예요. 두 번째 아들.

조사자 : 결혼해서 시부모님이랑은 같이 안 사셨구요?

솔롱고 : 네. 그 시부모님은 강원도예요. 멀어요.

조사자 : (조사자가 지역을 잘못 알아듣고) 멀어요? 순천인데? 같은 순천인데도 동이.

솔롱고 : 아니. 이제 시댁이 강원도예요. 일 년에 두 번만 가요.

조사자 : 강원도 어디예요?

솔롱고 : 대관령이요.

조사자 : 저도 강원도가 친정이에요. 대관령에.

솔롱고 : 아, 그래요? 반갑습니다.

조사자 : 그럼 남편분도 강원도 분이세요?

솔롱고 : 네.

조사자 : 남편분을 만나야 될 거 같은데요? 고향 분이라서.

솔롱고 : (웃음) 그렇겠네요. 많이 반가울 거예요.

조사자 : 네. 대관령이면 강릉 사람인데? 남편분은 순천에는 어떻게 오시게 된 거예요?

솔롱고 : 그 남편이 ***에서,

조사자 : ***?

솔롱고 : 네. 그래서 일하다가 여기에 오게 됐어요.

조사자 : 강부진 선생님은 어떻게 한국에 오시게 됐어요?

강투무르 : 저도 연애했어요.

조사자 : 아, 연애결혼. 어떤 연애 하셨어요?

강투무르 : 제가 일본으로 갔어요.

조사자 : 일본으로 가게 된 계기는요?

강투무르 : 스물다섯 살쯤에 일본으로 일본어 학원 때문에, 학원에서 일본으로 가게 해줬어요.

조사자 : 그래서 일본으로 가서 직장생활을 하셨던 거예요?

강투무르 : 네네. 학원에 있다가 일본에 우리 이모가 있었어요. 친이모. 그래서 이모가 "여기로 와라. 여기에 오면 일을 할 수 있다." 고 해서 일을 선택해서 갔더니 거기에 남편이 있었어요. 우리 아저씨도 일하러 왔구요.

조사자 : 일하러 오셨어요? 일본에? 그래서 누가 소개를 안 하고 두 분이 연애를 하신 거예요?

강투무르 : 네네. 이모 집에 갔더니 옆집, 우리 남편이 옆집에 살았어요. (웃으며) 제가 아저씨인 줄 알았어요. 그때 남편이 서른다섯 살이었는데 제가 스물다섯 살이었어요.

조사자 : 그때가 몇 년도인데요?

강투무르 : 그때가 2004년인 거 같아요.

조사자 : 그럼 그때는 일본어로 연애를 하셨겠네요?

강투무르 : 네네. 일본어로 했어요.

조사자 : 그래서 연애를 몇 년 하셨어요?

강투무르 : 연애를 한 일이 년 하다가 그래가지고 2006년도, 2007년에 한국에 왔네요.

조사자 : 일본 어디에 계셨어요?

강투무르 : 도쿄요.

조사자 : 연애하시면서 재미있었던 거 있으면 얘기 좀 해주세요. 한국 남자 이해가 안 되거나, 좋은 점은 어떤 거였는지.

강투무르 : 그냥 이렇게 착했어요. 그리고 남편이 하는 말을 꼭 지켰어요. 진실을 많이 보여줬고, 그리고 또 처음에는 아저씨인 줄 알았더니 알아봤더니 총각이었어요. 그래서, "누구라고 불러도 돼요?" 그랬더니, "오빠라고 불러도 된다."고 해서 근데 드라마

를 봤을 때 오빠라고 부르면 좀 이렇게 그런 사이가 되잖아요. 연애를 하게 되더라구요. 드라마를 봤더니. 그래서 오빠라고 부른 거 보면은 왠지, '이 남자가 왜 오빠라고 불라고 그랬지?' 했더니 알아보니까 총각이어서 그랬나 봐요. (웃음) 왜냐면 몽골은 서른다섯 살이면 거의 총각이 없어요. 다 아저씨 같앴어요. 제가 조금 늦었다고 생각은 했었어요. 스물다섯 살이니까. 근데 그래도 옛날에 몽골은 한 열여섯 살에도 했고 한 스무 살이면 거의 다 해요. 우리 친구들도 그렇고. 내 주위에 있는 친구들은 다행히 한두 명은 안 가고 있었어요.

조사자 : 그러면 그때 당시 스물다섯 살이면 노처녀에 들어가는 나이예요?

강투무르 : 네네. 근데 다행히 친한 친구도 안 하고 있길래. 그래도 그나마 또 생각은, 조금 늦는 것 같은데, 조금 빨리 서둘러야겠다는 생각은 있었는데, 그런데 인제 아무튼 빠르게 해야겠다는 생각은 있었어요.

한국어의 어려운 발음

조사자 : 연애하시면서 한국어도 그때 공부하셨어요?

강투무르 : 네. 연애할 때 바로 가나다라마바사를 가르치더라구요, 남편이. 공원에 이렇게 가면 이렇게 흙에 이렇게 기역자를 이렇게 바닥에 이렇게 하고.

조사자 : 어렵지 않았어요?

강투무르 : 발음이 어려웠어요. 이렇게 글씨는 너무 그림 같은데. 너무 좋았어요. 신기하게 이렇게 옆으로 가다가 밑에 받침 있고 또 위로 이렇게 가고. '아, 신기하다.' 그랬어요. 왜냐하면 어릴 때부터 한국어 같은데 라벨을 보면 한국어로 적어지는 게 있더라구요. 거기에 동그라미가 많이 있었어요. 눈에 띄었어요. 중국은 한자잖아요. 그래서 동글동글하고, "어, 이런 글씨도 있나요?"

했어요. 그런데 발음이 좀 어려웠어요.

조사자 : 어떤 발음이 가장 어려웠어요?

강투무르 : '의' 발음이 가장 어려웠어요. '의'가 없어요, 몽골은.

솔롱고 : 맞아요.

강투무르 : '디귿'은 없는데 '쌍디귿'은 있어요. '쌍지읒'도 있고요. '지읒' 하나 없어요. 그래서 발음이 제가 이렇게 어중간하게 발음을 내야 되잖아요. 아니면 아예 '짜다' 할 때, '진짜'의 '짜'가 더 나요. 그러니까 '지읒' 하나가 어려웠어요.

솔롱고 : 중간중간에 안 돼요. 하나씩 할 때는 잘 되는데. 중간에 안 돼요. 몽골에는 글씨가 쭉 가요.

강투무르 : 알고는 있는데 그 왠지 이렇게 내 입에서 나올 때 혀 구조 때문인지, 암튼 나올 때는 다르게 나오더라구요.

조사자 : 그러면 한국어 공부하시면서 제일 발음이 안 됐던 게 뭐였어요?

강투무르 : '의'였어요.

조사자 : '의'인데 단어로 말하면요?

솔롱고 : 의사.

강투무르 : '의사'도 어려웠어요.

솔롱고 : (웃으며) 어려워요.

강투무로 : 또 헷갈리는 비슷비슷한 말들이 있더라구요.

솔롱고 : 배.

조사자 : 배? 먹는 배랑 사람 배?

솔롱고 : 다른 거 뭐지? 똑같은 거 많이 있는데.

조사자 : 헷갈려서 실수한 거 있어요?

강투무르 : 몽골은 '오'하고 '아'가 같이 안 들어가거든요. 광주할 때처럼 '오', '아'는 같이 안 들어가거든요.

조사자 : '오', '아' 한꺼번에 가지고 있지 않은데 이중모음을 가지고 있어서?

솔롱고 : 진짜로 '광주'할 때는 잘 안돼요. '꽝주' 가야 된다고 해요. 그냥 '광주' 이렇게 부드럽게 말해야 하는데 '꽝주' 가요.

조사자 : '꽝주' 가요. 이렇게?

솔롱고 : (웃으며) 네. 그러면, "뭐라고요?" (웃음)

강투무르 : 그리고 쓰는 거랑 발음이 다르잖아요. 그게 제일 어려웠어요.

조사자 : 들리는 대로 쓰자니 맞춤법이 안 맞고, 맞춤법대로 읽으면 발음이 이상하고.

강투무르 : 네네. 짧은데 발음이 어려워요. 몽골 길어요. 단어가 굉장히 긴데 이렇게 좀 딱딱하니까 괜찮은 거 같은데. 한국은 너무 부드러워서 이렇게 혀가 많이 아팠어요. 처음에는 혀끝이 너무 아프더라구요. 근육이 발달되지 않아서 그런지 혀끝이 너무 아프더라구요, 처음에.

조사자 : 말하고 나면?

강투무르 : 네. 다음에는 조금 괜찮아졌어요. (웃음) 그래도 신기하잖아요. 외국어라는 게 이렇게 우리가 알고는 있는데 내가 이렇게 하고는 싶은데 그 발음이 그대로 안 나온다는 자체가 어려워요.

전라도 사투리로 인한 시어머니와의 소통 장애

조사자 : 남편은 고향이 순천이에요?

강투무르 : 전라남도 고흥군.

조사자 : 전라도가 고향이시면 표준어를 안 쓰시잖아요?

강투무르 : 네네. 시어머니랑 대화할 때.

조사자 : 학원에서 배운 거랑 다르죠?

강투무르 : 전혀 달랐어요.

조사자 : 어떤 어려움이 있었는지.

강투무르 : 어머니께서 처음에 제가 조금 일본에서 한국어를 배웠는데 여기 전라남도로 왔더니 완전히 모르겠는 거예요. 이렇게 조금 사투리를 쓰니까. 시아버님 어머님이 사투리를 많이 쓰니까 너무 헷갈리는 거예요. 무슨 말인지. 좀 알고는 왔는데, 분명히.

근데 한마디도 못 알아듣는 거예요. 그래서, "어떻게 할까?" 했더니. 우리 어머니께서 계속 이야기를 하더라구요. 이야기, 이야기. 그런데 그 이야기 중에 우리 어머니 하면서 이야기를 많이 하시더라구요. 알고 보니 어머니께서 시어머니를 모시고 살았던 거예요, 젊었을 때부터. 그 얘기를 저한테 했는데 암튼, "뭐뭐 한다. 뭐 했다." 그러는 거 같은데 그냥 머리 끄덕끄덕하고 있었어요. 그래서 무슨 뜻인지 하나도 모르구요. 아마 자기 시어머니 얘기를 많이 하신 거 같은데. 그때 고생했던 거 이야기들을. 이제 대충은 알아듣고 정확하게 못 알아들었는데. 뭣을 갖고 오라고 그래요, 심부름. 제일 어려웠어요. 뭔가를 가지고 오래요.

솔롱고 : (웃으며) 맞아, 생각나요.

강투무르 : 대체 뭘 가지고 오라는 건지 나는 모르고 있는데. "아이고." 그러면서 무릎이 너무 아파했어요, 다리가 안 좋아서. 그래서 혼자 가시더라구요. 애가 탄가 봐요. 아무튼 뭐라고 해도 못 알아들으니까. 그래서 남편한테 얘기해서, "어머니가 뭐뭐를 갖고 오래요. 근데 내가 몰라요." 그랬더니 남편이 그냥, "모른다. 얘기하면 된다"고. "암튼 모른다." 그런데 모르면은 좀 어머니께서 일어나실 때 좀 힘들어해요.

조사자 : 다리가 아프셔서. 나중에 지나고 나니 그게 뭐였어요?

강투무르 : 체였어요. 체.

조사자 : 어머니가 뭐라고 발음하셨는지 기억 안 나세요? 지금도?

강투무르 : 거기 체 갖고 오라고 하신 거를 체가 뭔지? 우리나라에 체가 없으니까. 곡식이 안 나오잖아요, 몽골은. 그러니까 체가 있을 리가 없죠. 그러니까 뭔가를 갖고 오라. 그리고 또 고춧가루를 갖고 오라고 그랬는데, '코카? 뭐지?' 뭔가가 뭐 고춧가루를 갖고 오라 그랬어요. 뭐에 밑에 있는데. "그 고춧가루를 가져오라." 그랬는데 그걸 또 몰랐고 많이 답답해했었어요. 어머니가 저를 저쪽에 가서 심부름을 시킬라고 그랬는데 내가 원하는 대로 못하잖아요. 그래서 어려웠어요.

조사자 : 그러면 전라도 사투리는 쓰실 수 있으세요?

강투무르 : 네. 있어요.
조사자 : 어머니가 뭘 시킨다고 생각하시고 한번 해봐 주시겠어요?
강투무르 : "'에이(외)' 갖고 오라."고. 그랬어요. "에이가 뭐예요?" 그랬더니 오이래요.
조사자 : 저희도 '에이'가 뭐냐고 물으면 모르겠는데요. (일동 웃음)
강투무르 : "에이가 뭐예요?" 그랬더니 오이래요. '도매'라고도 얘기하고.
조사자 : 도마?
강투무르 : 도마를 도매라고 했구요. 그러니까 처음부터 그게 도맨 줄 알았어요. 그래서 형님 만나러 서울에 갔다가, "도매." 그랬어요. 그랬더니 형님이, "사투리 진짜 잘 쓴다." 그랬는데 내가 사투리 쓰는지 안 쓰는지 모르는 거예요. 그리고 또 순천에 오면 순천시에서도 사투리 쓰는 사람이 없어요. 사실은. 전라남도지만. 제가 사투리를 엄청 많이 썼었어요. 제가 외국인이다 보니까 사투리를 쓰면 더 이렇게 말을 더 못하는 느낌이 드나 봐요, 한국 사람들이. 제가 순천시 온 지 삼 년째인데요. 거의 사투리를 안 쓸려고 최대한 노력을 이렇게 하고 있어요, 계속.

한국의 시집살이

조사자 : 그러면 처음에 오셔서 한국에 살 때는 어디 사셨어요?
강투무르 : 시댁에서.
조사자 : 시댁이 고흥?
강투무르 : 네네. 고흥이었는데. 조그마한 면에서 살았어요.
솔롱고 : 그래서 말 엄청 잘해요. 저는 아무것도 몰라요.
강투무르 : 제가 원래 제가 도시에서 살았잖아요, 어릴 때. 처음부터 몽골에서부터 시골에서 살았으면 괜찮은데 이렇게 봐도 산. 이렇게 봐도 산이니까. 어디 가고 싶어도 몽골은 멀잖아요. 몽골은 옛날 말이 있어요. '하늘이 높고 땅이 딱딱하고.' 그렇게 답답했

어요. 전 왜 이렇게 내가 불편한 얘기 있으면 시댁이 뭉쳐서, 한 가족이니까는 제 말을, 나를 이해해주지를 않더라고요.

솔롱고 : 고생이 많았어요.

조사자 : 그럼 남편분은 형제가 어떻게 되시는데요?

강투무르 : 누나가 세 명 있고. 형이 한 명 있고. 우리 남편이 막내예요.

조사자 : 막내인데 결혼하시면서 바로 시부모님하고 같이 사신 거예요?

강투무르 : 그때 형편이 좀 안 돼서. 또 애 아빠도 일자리를 조선소에서 일하니까 거기서도 기숙사 생활을 해야되니까 제가 인제 시댁에. 저보고 한 일 년만 살아달라고 그랬는데 그것도 처음에는 삼 개월이었어요. (웃음) 제가 처음에는 여행백 가지고 시댁에 갔는데. 그 여행백에, 옷장도 안 샀어요. 사실은 3개월만 살아달라고 그래서. 딱 1년이 되고 2년이 되고 애 낳고 또 계속 길어졌어요. 그래서 애들 초등학교 들어갔을 때쯤에 이제 순천으로 이사 왔어요. 애들 교육 때문에.

조사자 : 애들 교육 때문에 순천으로 나오신 거예요? 처음에 결혼해서는 같이 살고 있는 시부모님이랑 의사소통 때문에 힘들었던 거네요?

강투무르 : 네. 힘이 들고. 왜 이렇게 제가 시댁에 살아야 하는지 이해가 안 가서 자주 분가하자고 많이 했고.

조사자 : 그럼 몽골은 어때요? 결혼하면 바로 분가해요?

강투무르 : 같이는 안 살아요. 몽골은 특히 우리 친정엄마가 할머니한테서 많이 떨어져 살아서. 또 몽골은 시댁에 사는 거는 거의 못 봤어요. 그리고 할머니 집에 가려면 기차 타고 열두 시간 가고 차로 세 시간 가야 되니까. 엄마는 큰며느리지만 이렇게 거의 안 갔어요. 못 갔어요.

한국의 제사 문화와 한국 음식

조사자 : 시부모님이 댁에 계시니까 집안에 제사나 이런 것도 있었을 것 아니에요?

강투무르 : 다 있었죠. 이렇게 우리 할머니 제사, 할아버지 제사 따로 지내고 그 담은 작은아버지 제사도 따로 있어서 일 년에 세 번 했어요. 그리고 시제도 모셔야 되잖아요. 이렇게 네 번 됐었어요.

조사자 : 1년에 총 네 번?

강투무르 : 한국 사람도, 우리 형님도 서울에서 살아서 못 왔었어요. 제가 되는 대로 그냥 했었어요. 어머니랑 같이. 대부분 어머님이 하시죠. 제가 도와드리고 우리 시아버지께서 제사를 이렇게 열두 시 지나서도 하니까. 원래 제사는 열두 시 지나서 해야 된대요. 그래야지 조상들이 오신 것 같다고 하셔서. 모르겠어요, 제가 믿음이 너무 없어서. 몽골은 제사가 없으니까 이렇게 왠지 아버님께서, '이게 진짜인가?' 이게 믿음이 안 가더라고요. 우리가 이렇게 밥해서 고생해서 상을 차리는데, '진짜 조상님들이 잡수러 오실란가?' 진짜 그게 궁금했었어요. 지금도 조금. 처음보다는 조금 믿기는 하는데 어려워요. 이해하기는 어렵고 인정했어요.

조사자 : 제사 음식은 어땠어요? 만드시는 거나, 먹는 거나.

강투무르 : 처음에는 하나도 맛이 없던 거 같은데. 우리나라 음식 아니니까. 대충 이렇게 고기만 삶았을 때. 돼지고기 삶아 놨을 때. 그때 그거는 좀 먹고. 나물은 젓가락이 잘 안 가더라구요. 한 3년은 나물을 음식으로 못 먹었어요.

조사자 : 시댁에서는 나물을 뭘 하세요? 몇 가지로?

강투무르 : 네. 가지 했어요. 도라지하고, 고사리하고, 시금치하고, 녹두나물을 했었어요.

조사자 : 숙주나물? 네 개를 다 올려요? 그리고 또 제사 음식에는 어떤 게 있었어요?

강투무르 : 또 이렇게 막 과일도 들어가고 닭고기도 삶아 놓고, 돼지고기도 삶아 놓고, 또 과자도 종류도 들어있고, 전도 있고.

조사자 : 생선은 어떤 걸 올려요?

강투무르 : 말린 명태.

조사자 : 명태? 하나?

강투무르 : 명태를 많이. 말린 명태도 있고 동태도 있는 거 같기도 하고.

솔롱고 : 이렇게 생긴 거.

조사자 : 조기? 생선 종류가 많죠?

강투무르 : 조기. 네. 세 가지 있었어요. 조기도 올라가고. 그때 가을에 지낼 때는 그거 왔어요. 가을철에 뭐 나오죠? 전어도 구워 놓고, 쪄서도 먹고 그랬어요. 아버님은 너무 정성껏 하셔서 그때는 돼지머리도 삶아서 넣었어요.

조사자 : 머리째로 올려요?

강투무르 : 그때 고모가 오셔서, "오빠, 지금 돼지머리는 올리는 사람이 아예 없어요." 그러더라구요. 그 후로는 안 했어요.

조사자 : 처음에 보시고 어떠셨어요? 돼지머리 제사에 올릴 때.

강투무르 : 신기했어요. 왜 이렇게 돼지머리를 굳이 큰 거를 밖에서 불 때서 해야 되잖아요. 그래서 아버님 조금 이렇게 그 말을 할 수가 없었어요. 왜냐면 아버님께서 진짜 믿으니까. 믿음이 너무 강하니까 제가 감히 막 이렇게 하자는 말을 못하고 그냥 따라만 갔었어요.

조사자 : 지금은 제사 때 제사 음식을 다 만드세요?

강투무르 : 네. 만들어요.

조사자 : 다 만들 줄 아세요?

강투무르 : 네네.

조사자 : 언제부터 직접 만드셨어요? 계속 시어머니 도와주시다가.

강투무르 : 한 오 년 도와드리다가 육 년째부터는 감이 오더라구요. 시장 갈 때도 같이 가니까 생선 쪽으로 뭐뭐 사야 되는지 또 이렇게, '아, 이런 걸 사야 되겠구나!' 시장에 갔을 때부터, 장 볼 때부터 알아서.

조사자 : 지금은 제사 음식이 입에 맞아요?

강투무르 : 네. 맞아요. 그리고 나물도 맛있어요. (웃음)

조사자 : 처음엔 나물을 접하니까 맛이 어땠는데요?

강투무르 : 그냥 나물이니까 못 먹었죠. 몽골은 고기도 먹고 이렇게 밀가루 음식도 좋아하니까. 이렇게 나물은 없으니까 못 먹었고, 어릴 때부터. 처음에 아줌마 김치 하는 모습을 봤는데 깻잎을 뜯은 거 같아요. 깻잎을 이렇게. 무슨 나뭇잎을 계속 이렇게 막. 그래서 염소 같기도 하고, 뭔 사람이 이렇게 풀을 뜯는 거를 처음 봤어요. 우리나라는 이렇게 사람이 풀을 뜯는 거를 별로 못 봤으니까. (일동 웃음)

조사자 : 그럼 깻잎 향은 어떠셨어요?

강투무르 : 여러 가지 한국 음식을 먹어 봤더니 맛이 있는 것도 있고 없는 것도 있었는데, 깻잎이 너무 이해가 안 갔어요. 그때는 솔직히 말하면 깻잎 먹을 때는 이렇게 짜증이 나더라구요, 그냥.

솔롱고 : 지금도 잘 안 먹지?

강투무르 : 지금은 잘 먹어요. 지금은 깻잎 없으면 삼겹살 못 먹어요.

솔롱고 : 네. 저도요. 깻잎 없으면 잘 안 먹어요.

강투무르 : 처음에 왜 그랬냐면, "이거 먹어봐요. 이거 맛있어요." 그래요. 그래서 먹어보면 맛있지는 않지만, 어느 정도 먹을 정도는 됐었어요. 근데 깻잎을 먹었더니 박하내가 이렇게, '사람이 왜 이렇게 박하내가 나는 걸 먹지?' 속에서 그런 생각이 나더라구요.

조사자 : 솔미 선생님도 처음에 깻잎 향이 안 맞으셨어요?

솔롱고 : 네. "이거 어떻게 먹어요." 하면서. 제주도 가서 먹었는데, "아, 이거 못 먹겠어." 하고 그러더니 지금은 진짜 그거 없으면 맛이 없어요.

강투무르 : 깻잎 없으면 고기 못 먹어요.

조사자 : 한국 음식 중에 깻잎이 처음에 와서는 입에 안 맞았고 또 어떤 게 안 맞던가요?

솔롱고 : 감이요. 몽골에는 없어요.

강투무르 : 응. 감.

조사자 : 순천에 감 엄청 많던데?

강투무르 : 네. 어떤 아줌마가, "이거 엄청 비싸 먹어봐." 그러더라구요. 저보고. 엄청 비싸다는 말은 알아들었어요. 엄청난 돈을 비싼 거를 먹어보라는데. 한입 베어 먹었더니. 그때는 감 안에가 이렇게 밤색이었어요. 그거 비싼 감이잖아요. 그거 먹어봤더니 너무 달아서 못 먹겠더라구요. 그러더니 딱 앞에 봐가지고, "자. 먹어, 먹어." 그러더라구요. 그래서 못 먹겠다는 말은 못하고 계속 씹고 있었어요, 이렇게, '이거 어떻게 먹지? 어떻게. 어떻게.' 하다가 계속 이렇게 먹고 억지로 삼키고, 억지로 삼키고 그랬는데, 그 아줌마가 사모님이었어요. 내가 일하는 그 사모님이었는데 맛이 없다고 말을 솔직히 했어도 됐는데. 전 못 먹겠어요, 아무리 비싸도. 그리고 멜론도 맛이 없더라구요.

조사자 : 너무 단 게 안 맞아요? 오히려.

강투무르 : 네네. 차라리 새콤한 거 맛있는데.

조사자 : 귤은 맛있었겠네요?

솔롱고 : 응. 귤은 맛있어요. 몽골에 있어요.

강투무르 : 네. 귤은 너무 맛있어요. 귤은 맛있고 배도 일부러 그 안쪽으로 많이 먹었어요. 안에 남은 거.

조사자 : 새콤한 부분?

강투무르 : 그 새콤한 부분만.

솔롱고 : 생각났는 거예요. 애기 낳고 나서 미역국 먹잖아요. 근데 몽골에는 안 먹어요. 근데 제가 언니 친구한테, "나, 미역국 울면서 먹었어요." 했더니. "아이고. 자랑하면서. 시어머니가 와서 아침, 점심, 저녁에 해주잖아요." 그랬더니 제가. "아니 어거(이거) 왜 아침부터 매일매일 먹냐고. 울면서 먹었다."고. 친구한테 그랬더니 친구가, "좋겠다."고.

강투무르 : "아이고, 시어머니가 보면 고마워서 우는 줄 알겠네."이랬는데. 아침, 점심, 저녁으로 미역국 준다고 울고 먹었대, 울고.

조사자 : 먹기 싫어서?

솔롱고 : 네. 맛이 없고. "왜 이렇게 물 같은 거를 계속 주냐?"고, "고기 먹고 싶었는데."

조사자 : 고기 미역국 안 해주셨어요?

솔롱고 : 고기 미역국 그래서 그다음에 해줬는데 고기만 먹고 국물 먹고 미역은 빼고.

조사자 : 얼마나 드셨어요?

솔롱고 : 그러고 애기 낳아서 3개월 먹었다가 괜찮아졌어요.

조사자 : 3개월? 아침, 점심, 저녁으로 한가득 주죠?

솔롱고 : 네. 계속 줬어요. 그래서 한 달 동안 엄마가 있다가 가셨어요. 그러고 나서

조사자 : 친정엄마가 오셨어요? 아, 시어머니가? 한 달 동안 산후조리 해주셔서.

솔롱고 : 네. 첫 애기 낳을 때요.

조사자 : 안에 들어가는 건 고기 한 번 넣어주시고. 그다음에 다른 것도 넣어 주시던가요?

솔롱고 : 고기 그 멸치 같은 거도 넣고. 암튼 그땐 맛이 없었는데 지금은 엄청 맛있어요.

조사자 : 지금은 미역국 좋아하세요?

솔롱고 : 네. 이제는 다 좋아해요.

조사자 : 그러면 애들 생일 때도 미역국 끓여주세요?

솔롱고 : 네. 아침에 해줘요. 그런데 맛이 없지만.

조사자 : 강부진 선생님은 어떠세요? 애기 낳았을 때 미역국 드셨어요?

강투무르 : 옛날에 일본에 살았을 때 친구가 애 낳고 미역국을 울고 먹더라구요. 제가 직접 봤기 때문에.

조사자 : 일본 분인데?

강투무르 : 몽골 사람이에요. 그랬더니 거기서도 시어머니가 또 미역국을 끓여줬더니 또 울고 먹었어요, 그 친구도. "왜 나한테 미역국을 주느냐?"고. 그거를 봤어. 이 친구가 한국은 미역국 준다던데. 시어머니께서 미역국 밖에 끓일 줄을 모르니까. 몽골이 뭘 먹을 줄 모르니까 우선 그렇게 해주니까. 그냥 이해하고 먹었어요. 다행히 제 입에 맞았어요.

조사자 : 맞았어요? 처음부터?

강투무르; 네 처음부터 맞았어요.

조사자 : 뭐가 미끌미끌하고 식감이 그렇게 좋을 거 같지는 않은데.

솔롱고 : 바다가 없으니까. 바다 음식이.

조사자 : 그럼 회도 입에 안 맞았어요?

솔롱고 : 네. 처음에는 안 맞았어요.

조사자 : 처음에 회를 딱 보시고 어떠셨어요?

솔롱고 : '이거 다 먹어야겠네. 어떻게 먹을까?'

강투무르 : 네네. 생고기니까. 생으로 먹으니까. 조금 어려웠어요.

솔롱고 : 그래서 남편이, "조금씩 조금씩 먹어. 먹다 보면 익숙해질 거니까."

강투무르 : 제일 신기한 거는 생선은 이렇게 먹어도 되는 것 같다는 느낌이 들었어요. 왜냐면 근데 육회 있잖아요. 그거 제일. '아, 육회까지 이렇게.' 진짜 우리나라에도 소고기 있어요. 근데 생으로는 안 먹으니까. 그래서 그게 제일 신기했어요. 그러니까 몽골에는 생선이 없으니까, '아, 이거는 이 사람들 이렇게 먹는구나.' 이해는 가는데. 육회가 너무, '어떻게 생고기를 어떻게 먹지?' 이런 생각 들더라구요. 그런데 지금 먹으면 맛있어요.

조사자 : 지금은 잘 드세요? 저는 아직도 못 먹어요.

강투무르 : 그냥 눈감고 입에 넣어 보면 고소하고 맛있더라고요. 부드럽고. 그리고 영양도 많다고 해서. 우리가 또 힘드니까 그런 것도 기회가 많지 않잖아요. 그 육회를 먹는.

조사자 : 그럼 지금은 회도 좋아하시고.

솔롱고 : 네. 다 좋아해요.

조사자 : 전라도에서 제일 힘든 음식. 홍어는?

강투무르 : 홍어는 못 먹어요.

솔롱고 : 조금 먹어요.

강투무르 : 톡 쏘는 거 맞죠? 막 이렇게 코. 홍어는 못 먹어요.

조사자 : 홍어 먹어보라고 권하지는 않던가요?

강투무르 : 않아요. 다행히 시댁 식구들이 홍어를 안 사갖고 오시더

라고요, 다행히. 그래서 또 개고기? 뭐죠?

조사자 : 보신탕.

강투무르 : 보신탕은 염소. 개고기예요?

조사자 : 개고기가 보신탕.

강투무르 : 보신탕은 다행히 또 안 드시더라고요, 아버님이. 그래서 다행히 우리 식구들은 안 먹어요.

솔롱고 : 몽골 사람들이 개고기 싫어해요.

강투무르 : 개를 어릴 때부터 먹어 봤으면 좋은데 개는 안 잡아먹더라고요, 몽골 사람들이. 양고기, 염소고기, 낙타고기, 말고기, 소고기 다 먹으면서 개고기는 안 먹더라구요. 그래서 개는 조금 진짜 아니다 싶었어요, 속으로.

조사자 : 개를 먹는 건 아니다. (솔롱고 제보자를 바라보며) 솔미 선생님네도 개고기 가족들이 드시진 않으셨어요?

솔롱고 : 응. 안 먹어요. 시댁에 가면 갈비찜 꼭 해줘요, 엄마가. 내가 좋아하니까.

조사자 : 강원도는 전라도랑 또 음식이 다르잖아요. 시어머니가 해주시는 것 중에?

솔롱고 : 부침개.

조사자 : 부침개? 어떤 부침개 해주세요?

솔롱고 : 여러 가지 채소 들어있는 거요.

조사자 : 처음 오셔가지고 나물은 입에 잘 맞으셨어요?

솔롱고 : 처음엔 모든 게 어려웠어요.

조사자 : 나물도.

솔롱고 : 네.

조사자 : 그럼 전에 들어가는 야채들도 되게 힘드셨겠네요?

솔롱고 : 네. 처음에 그래서 남편이, "하나씩 하나씩 먹고, 천천히 먹어보면 잘 먹을 수 있어요." 했더니 진짜 그렇더라구요.

강투무르 : 전라도 음식도 제가 일본에 있을 때 맛있다고 들었어요. 근데 전라도 와서 음식이 너무 이렇게. 맛있는 음식 향이 강하잖아요. 전라도 음식 향이 엄청 강하더라구요. 그래서 그것 때문에 일

본 있을 때도 한국아줌마들이 해준 밥은 먹었는데 막상 전라도 와서 먹었더니 냄새가 좀 강해서 조금 못 먹었어요, 처음에는.

임신과 출산문화

조사자 : 그럼 임신했을 때 고향 생각 많이도 나고 고향 음식 생각도 많이 났을 텐데 임신했을 때 이야기 좀 해주세요.

강투무르 : 제가 임신 너무 입덧이 심해서 내 고향 음식도 못 먹었으니까. 생각도 안 나더라구요. 그냥 물만 마시고.

조사자 : 그러면 입덧이 애기 출산할 때까지 계속?

강투무르 : 네네. 제가 좀 약해서 그랬는지 임신하자마자 입덧이 심했고, 이렇게 물조차 못 마셨어요. 물도 냄새 있어요. 고향 음식 먹고는 싶었는데 이렇게 고기 냄새 자체가 싫더라구요. 그러니까 몽골에 가도 똑같을 거라고 생각했어요. 거기를 가도 계속 고기를 먹어야. 몽골 사람들은 다 고기를 먹으니까. 근데 제가 임신했을 때, 그때 입덧 있을 때 몽골에 갔더니 거기도 역시 고기 냄새가 너무, 한국보다 훨씬 심하게 나가지고 똑같애요. 한국은 마늘 냄새가 나서 못 먹고 몽골은 고기 냄새 때문에 못 먹고.

조사자 : 강부진 선생님은 자녀가 한 명?

강투무르 : 두 명이요.

조사자 : 두 명 다 그랬어요?

강투무르 : 네. 둘 다 그랬어요.

조사자 : 어머니가 원래 입덧이 심하셨어요?

강투무르 : 우리 친정엄마는 입덧 없었어요. 아이를 여섯 명을 낳는데 입덧은 아예 없었고. 엄마를 제가 안 닮았어요, 제가. 시어머니도 입덧이 없었는데 조금 서운했어요. 왜냐면 어머니께서 입덧을 모르니까 입덧을 아는 사람은 공감이 가요. 입덧 없는 사람은 조금, "왜 이럴까? 약해서 그런 거 같다."고 얘기하니까. 근데 조금 서운하기는 했는데 다행히 아버님 어머님은 제가 입덧하고

나서부터 마늘 안 넣더라구요, 음식에. 근데 생각해보세요. 얼마나 저를 생각했으면 마늘을 안 넣고 뭔 음식을 먹겠어요? 된장국도 마늘을 안 넣고 드시고. 그때는 저를 생각 안 해주는 거 같았는데 근데 본인들이 드시는 음식에 마늘을 안 넣서 드시다보니까 지금 입덧 안하니까 그때가 생각이 나더라고요. 와. 얼마나 저를 생각했으면 마늘도 안 넣고 국물 마시고. 마늘 안 넣는 반찬도 잡쉈어요. 그러니까 저를 생각했던 거죠, 알고 보니. 좋으신 분들인 거죠.

조사자 : 입덧을 계속하시면 계속 누워만 있을 수는 없잖아요. 시부모님하고 같이 사는데 힘들거나 섭섭했던 일은 없어요?

강투무르 : 누워만 있을 수는 있었어요. 요즘 사람들은 좀 바뀌어서. 어머니께서 제가 한국에 온 지 2년 만에 임신을 했으니까 그래서 그랬는지 누워만 있게는 해줬어요. 다만 아침밥은 나와서 먹으라고 했어요, 저보고. 그게 제일 힘들었어요. 누워 있게는 해줬는데요. 밥은 이렇게 꼭 같이 먹어야 한다고 해서 식사 시간이 많이 길었어요. 우리 먹을 때는 모르잖아요. 너무 길어요. 그거 맞추기가 힘든 거죠. 아버님 드시기 전에 일어날 수도 없고. 끝날 때까지도 있어야 되고.

조사자 : 계속 식탁에 앉아서 정리가 될 때까지 기다려야 되는데.

강투무르 : 고모들이 오셔서, "아버님 이게 나와서 식사하라는. 밥을 같이 먹으라는 이것이 시집살이를 시키는 거라고." 그렇게 얘기했었어요. "아버님 그냥 이렇게 놔두시지 그래요. 입덧하고 힘든데 굳이 같이 식사를 시키는 건 좀 그렇다." 그랬더니 아버님이 아무 말씀 안 하시더라고요.

조사자 : 아버님이 고모님 이야기를 잘 들으시네요, 돼지머리도 올리지 말랬더니 안 올리시고.

강투무르 : 아무 말씀 안 하신다는 자체가 식사를 저보고 나와서 하라는 말이에요. 먹을 거는 먹어야 된다. 먹을 때는 먹어야 된다는 뜻인가 봐요.

조사자 : 그래서 결국은 열 달 동안 계속 식사는 나와서 하셨던 거구나.

강투무르 : 네. 근데 그 자체도 힘들었어요, 아침 식사를. 제가 왜냐하면 입덧 때문에 새벽 네 시까지 잠이 안 왔었어요.

조사자 : 계속 울렁거려요?

강투무르 : 네. 밤이 되면 더 그래요. 새벽 4시까지 잠을 못 자면 일곱 시에 일어나서 밥 먹어야 되잖아요. 세 시간 밖에 잠을 못 잔 사람이 밥이 안 들어갔어요. 그러니까 억지로 앉아 있던 거예요.

조사자 : 그럼 아기가 작았겠는데? 태어났을 때?

강투무르 : 2.8kg?

조사자 : 그렇게 많이 작진 않았네요?

강투무르 : 둘째는 3.7(kg) 나왔어요. 큰애는 낳을 때까지 했구요, 둘째는 5개월 했고요. 육 개월 정도. 그 후에는 먹는 입덧이 심하더라구요. 밥 두 그릇. 이렇게 공기밥. 먹어도 배가 안 부르고. 피자 한 판 먹어도 배가 안 부르고. 햄버거도 먹고. 그래서 3.75(kg) 나왔어요, 둘째가.

조사자 : 힘들었겠는데? 둘째는?

강투무르 : 너무 힘들었어요.

조사자 : 솔미 선생님은 어떠셨어요? 임신했을 때.

솔롱고 : 저는 반대로예요. 계속 고기만 좋아하니까요. 남편도 그때 고기 좋아하고. 남편이 신기하게 우리 남편은 우리 가족 중에 혼자만 고기 좋아해요. 다른 가족들은 다 채소 좋아하구요. 그래서 남편이랑 같이 이렇게 삼겹살 이틀에 한 번씩? 삼 일에 한 번씩? 항상 먹었어요. 그때 남편만 기다리고 있잖아요. 그래서, "여보 일찍 오면 안 돼요?" 하고 야근도 못하게 했었어요. 다른 아는 사람 없으니까요. "형님이나 아가씨나 한 사람 가까이 있으면, 시어머니가 가까이 있으면 좋은데." 하면, "아니에요. 혼자 사는 거 며느리들은 좋아하는 거예요. 같이 살지 않았으니까 모르는 거예요" 하고 남편이 나한테 말하고. 이제 생각하니까 그렇네요. 근데 그래도 형님이나 한 사람 있으면 배울 건 많잖아요. 근데 지금도 십 년 됐는데 배운 건 별로 없고 항상 가면 시엄마, 형님, 아가씨들이 예뻐해 주고 도와주니까 좋아요.

조사자 : 한국은 태몽을 주변에서 꿔주기도 하고, 아니면 엄마가 직접 애기 태몽하고 관련된 꿈들을 꾸거든요. 혹시 아이들 태몽을 꾸시거나 아니면 주변에서 누가 꿔 주신 분이 있으세요?

강투무르 : 태몽?

조사자 : 애기 임신했을 때, 꿈에 아들인지 딸인지 상징적으로 알려주는 꿈이 있거든요.

강투무르 : 몽골은 뱀꿈 꾸면 임신이라고 믿어요, 뱀. 근데 제가 큰애 태어나기 전에 침대에서 쌀 곡식들이 사르르 사르르 많이 나오더라구요. 그래서 어머니한테, "어머니, 제가 이상한 꿈을 꿨어요. 침대에서 이렇게 쌀이 이렇게 나오구요. 내가 누워있는 자리에서 곡식들이 많이 나왔어요. 그냥 쏟아졌어요." 그러니까 어머니께서, "그거 좋은 거 같다." 그랬어요, 어머니께서. 둘째 낳을 때는 액세서리 많이 꿨어요. 액세서리가 반짝반짝하는 흰색 머리핀, 머리핀 많이 꿨어요. 그런데 아니나 다를까 또 딸이에요.

조사자 : 엄마가 꾸셨네요. 주변에 할머니나 누가 따로 꾸신 건 없으시대요?

강투무르 : 없어요.

다문화 가정 부모로서 느끼는 양육 문제

● **구연정보**

조사일시 : 2017. 02. 19(일) 오후
조사장소 : 전라북도 고창군 심원면
제 보 자 : 을찌마 [몽골, 여, 1971년생, 결혼이주 16년차]
조 사 자 : 조홍윤, 황승업, 김자혜

● **구연상황**

〈지혜 있는 까치의 말을 알아듣고 잘살게 된 남자〉라는 제목의 몽골 설화를 즐겁게 구연한 후에, 문득 생각이 들었던지 제보자는 본인의 딸에게 그와 같은 몽골 문화를 가르쳐 주기 어려운 현실이 안타깝다는 말을 했다. 그러면서 다문화 가정의 부모로서 딸의 양육 과정에 경험한 고민과 어려움에 대해 토로하였다.

● **줄거리**

을찌마 제보자와 그녀의 딸은 한때 몽골에서 생활했던 적이 있다. 그 당시에 제보자의 딸은 제보자가 하는 말을 자연스럽게 따라 하며 몽골어도 곧잘 했었고, 유치원에서 배운 몽골 글씨도 또박또박 잘 썼다고 한다. 이는 제보자가 한국에서 딸에게 아무리 한국어를 가르치려고 해도 잘되지 않았던 것과 상반된 일이었다. 그래서 제보자는 딸이 몽골어와 몽골 문화를 잘 배울 수 있기를 희망했지만, 한국에 돌아온 후 적응에 어려움을 겪었던 딸은 엄마의 뜻을 따라주지 않았다. 그에 더해 딸이 사춘기를 겪으면서는 엄마의 방식은 한국과 맞지 않으니 자신이 알아서 하겠다며 반항도 했다고 한다. 다문화 가정을 배경으로 둔 딸이 경험했던 정체성 혼란이 문제였던 것으로 보인다. 제보자는 본인이 한국어를 잘 하지 못해서 딸을 잘 가르칠 수 없었던 것, 딸의 거부로 몽골어와 좋은 몽골 문화를 가르쳐 줄 수 없는 일이 안타깝다고 했다.

자녀 교육의 어려움과 고민

나도 옛날에 이, 이런 것(몽골 설화)들을 많이 읽었지마는 지금은 다 잊어버렸지. [조사자 2: 그렇죠.] 오래 있어가지고, 여기서. 그런데 요즘은 이거 조금 이렇게 나오면은 난, 나도 우리 **이한테 좀 몽골 대해서 좀 많이 이야기해주고 그러고 싶거든요. 그런데 그걸 안 되는 거야. 왜 안 되냐면은 그, 우리 애가 이렇게 어렸을 때부터 저, 유치원 댕기면서 이렇게 많이, 한국을 문화를 다 이렇게 습득했잖아요. 그런데 그 옆에서 내가 몽골 문화를 조금 이렇게 알려 주려고 하면은 그만큼 이렇게 애, 이렇게 조그마한 애한테 맞게끔 이렇게 재밌게 해야 되는데, 그거 못항께, 내가.

[조사자 1: 그래서 '이렇게 재밌는 이야기들 많이 모아가지고, 이제 좀 알려주는 그런 일을 해야 된다.' 생각해가지고 저희들이 이런 거 하는 거거든요.] 아, 그래요? [조사자 2: 그러니까 어머님의 이렇게, 나라의 이야기들. 이렇게 자식들, 아이들한테.] 아, 그래서 그러구나.

나도 그 몽골에 그 몇 년 있었다고 했잖아? 애기 나가지고. 그때 그 이제 **이를, 어떻게든 좀 몽골 문화를 시킬려고 내가 많이 노력했어요. 그런데 그땐 너무 어려가지고, 세 살 됐어가지고 **이가 못해. 안 되는 거야. 그래도 이제 글씨, 몽골 글씨나, 그래가지고 이렇게 색칠하는 거 그런 것들을, 뭐 그 무늬 그리는 거 그런 것들을 했었거든요. 그런데 여기 와, 오는데 확 바뀌버렸잖아? 어, 그러니까 그 유치원 선생님이 그렇게 이야기하는 거야.

"**이는 처음 왔을 때는 그 글씨, 글씨 써라 그랬더니, 반듯하게 이렇게 '우' 이렇게 썼더라."고.

그래서

"아이고, 이쁘다!"

해가지고 했더니, 그렇게 썼어.

그런데 음, 이제 이야기하라고 그러면은, 내가 같이 안 오고 나중에 왔거든요. 애기 아빠가 여기에 먼저 데려오고, 나중에 내가. 그런데 **이가 많이 이렇게 좀 엄마가 없으니까 많이 허전하고 그랬었나 봐. 그래가지고 많이 이렇게 닫혀 있더라, 이렇게 닫아 있더라고. 어, 그래가지고 그 선생님도 나를 처음 보니까 많이 신기하고 그런 이야기 해주더라고.

"몽골 글씨를 또박또박 이렇게 잘 썼더라."고.

해가지고.

그러면서 그, 그런 것들을 이제 다 잊어버렸어. 처음에 **이, 내가 이제 세 살까지는 여기 있을 때는 나도 이렇게 말 제대로 한국말 모르니까, 애기가 말을 못 배우는 거야. 아, 갑갑해가지고 내가 아주 그냥. 음식도 제대로 못하지, 내가. 애기도 아 말도 못 하지. 너무 갑갑했는 거야, 내가. 살 수가 없어, 그래 **이를 생각하면은.

그래가지고 (몽골에) 데리고 가는데, 내가 이제 어디 가나 그냥 따따따따따 이야기하니까, 내가 아무 말도 **이한테 안 가르쳐 줬거든? 그러더니 갑자기 어느 날에 엄마라는 말을 몽골 말로 '에제(ЭЭЖ)'라고 말했어. 깜짝 놀래더라고, 내가. (웃음)

그때 내가 여기 있을 때, 한국 말 가르쳐 줄려고,

"안녕하세요, 엄마 아빠."

그렇게 해도 그 말 하나도 안 하더라고. 그런데 내 속은, 엄마 속은 그거 안 하니까 애기가 말 안 한 것 같아요, 이제 생각해보면은. 그런데 몽골에 가가지고 좋아서 내가 그냥 여기저기 다 떠들고 다니니까, 아무 말 안 해도 그냥 말을, 그냥 금방 배우, 배우더라고. 말을 진짜 잘했어요.

그래서 우리 엄마가 이제 국어(몽골어) 선생이거든요. 근데 우리 엄마가,

"**이는 말을 진짜 또박또박하게 잘 한다."고.

그렇게.

그런데 나는 그렇지 않, 않거든. 나는 좀 그 내성적, 그런 거거든요. 그래 말을 별로 안 해요. 그런데 **이는 달라가지고 말을 진짜 잘 한대요. 우리 엄마가 그것을 말하더라고. 그래서 내가, 지금도 **이는 이렇게 사회적으로 이렇게 애들이랑 사귀는 그런 거 좋아해가지고, 말을, 말을 굉장히 잘해요. 나도 지금도 그 말을 안 하니까, 한

국말도 그렇게 잘, 이제 알면서도 이렇게 필요할 때, 쓸 때는 안 나와요. [조사자 2: 그렇죠, 네.] 이상하게. [조사자 1: 많이 안 써 보셔가지고.] 어, 안 써가지고. 그런 거 있어요.

[조사자 2: 그래도 이렇게 저희한테 이야기해주시면서 다시 이렇게 예전에 어렸을 때 들으셨던 그 몽골 동화나 옛날이야기들 아마 다시 생각이 나실 거예요.] 예. 어, 나죠. [조사자 2: 예, 그러면 이제 다시 따님에게 다시 또 이야기해주실 수도 있고.] 어, 해줄 순 있어요, 나는. 전화로 해줄 수 있고. [조사자 2: 이렇게, 이렇게 좋을 거예요.] 네. (웃음) [조사자 1: 아이들한테는 인제 제일 좋게 전해줄 수 있는 것들이, 이제 이야기가.] 아, 네, 네. [조사자 2: 이야기들. 이런 이야기들.] 아, 그러네. [조사자 1: 재밌어하니까요, 애들이. (웃음)] 네.

[조사자 2: 저희 어릴 때만 생각해도, 이런, 그러니까 친구들한테 가서 막 이런 재밌는 이야기 해주면,] 맞어, 재밌잖아요. [조사자 2: 인기, 인기 제일 많았거든요. 진짜 예전에 친구들이 좋아하고 그랬었거든요.] [조사자 1: 다른 친구들은 몽골 이야기 모르잖아.] [조사자 2: 그러니깐요.]

몽골과 한국에서의 적응문제

[조사자 1: 을찌마 씨는 몽골 어느 지역에서 사시다 오셨어요?] 저 도시에서 살았어요. [조사자 1: 울란바토르?] 예, 예. 울란바토르에서. 그 울란바토르에서 살았거든요. 그런데 우리 집도 그 백화점 있어요, 몽골에. 옛날에 있었던 백화점이거든요. [조사자 1: 그러니까 딱 도시에서 사셨던 느낌이 있어요.] 그래요? [조사자 1: 어머님은 선생님이시고, 본인도 선생님이시고?] 어.

그리고 우리 **이가 이제 몽골에 가는데, 우리 부모 집 지금도 거기에 있거든요. 그래서 가는데 너무 좋은 거야. 자기는 시골에 살다 가는데. [조사자 1: 거기는 도시야, 오히려?] 어, 도시. 이제 바로 나가면은 백화점이 있는 거야. 진짜 좋은 거야, **이는. 그래가지고 여기 와서 자랑하더라고, 그거.

“우리 외갓집은 진짜 잘 살아, 거기서 잘 살아. 외갓집은 바로 나가면 백화점 있고 좋아.”

좋다고요, 아주 그러더라고. 애기가 다 이렇게 빠르잖아, 흡수하기가.

그래가지고 진짜 몽골에 가면은 진짜,

“내 집에 왔다.”

그런 식으로 **이는. [조사자 1: 오히려 몽골 부심을, 자부심을 가지고 있네?] 어.

“내 집은, 내가 여기서 살고 싶다.”

이래가지고.

[조사자 2: 아이가 몇 살이에요?] 지금요? 지금 고등 2예요. 고2. [조사자 2: 아, 크네요?] [조사자 1: 결혼을 일찍 하셨구나. (웃음)] 아니, 일찍 하는 것보다 나는 늦게 했어요. 늦게 했는데도, 이제 바로 애기 나가지고 이제 하나만 가지고 길르는 거예요.

[조사자 2: 저는 그래서 이제 아직 조그마한 한 일곱 살, 여덟 살?] 아니요. [조사자 2: 그 정도인 줄 알았어요. (웃음)] [조사자 1: 71년생이시면 저보다 열 살 많으신데, 저는 아직 아이가 없거든요.] 아, 그래요? [조사자 1: 그랬구나.] 그래서 일찍 그렇게 생각했구나.

[조사자 1: 그러면 그 따님은 몽골어를, 몽골어도 잘 하시고?] 몽골어. 그때 그 잘 했었잖아요? 그때 세 살에서 여섯 살까지 거기 살았거든요. 몽골말 모르는 거 없었어요. 다 해요. 그것보다 여, 아무 그거 없고.

그런데 여기에 왔는데, 이제 어, 한국말 배워야 될, 됐어요, **이가. 그래서 이제 처음에는 아빠를 쫄레쫄레 따라 댕겼대. 그래가지고 이제 병설유치원에 들어가. 들어가고 애들이랑 이제 놀면서 한국말 배웠는데, 많이 어려움이 있었나 봐요. [조사자 1: 예, 그렇죠.] 그러면서 내가 왔는데, 나한테 이런 이야기 하더라고.

“엄마, 난 다시 몽골을 안 갈 거야.”

그러더라고.

“왜?”

그랬더니,

“난 저, 여기 적응하기가 너무 어려웠어.”

그러더라고. 그래서

“어, 알았어.”

그래서 내가 그랬더니, 그래가지고 이제 나는 좀 이렇게 몽골말 가르치고, 이제 몽골말 그, 그대로 유지하고 싶거든요. 그런데 몽골말 하지 말라고 그러는 거예요, **이는.

“난 한국말 지금 배울라고 힘 드는데, 엄마 왜 몽골말로 할려고 하냐.”고.

해가지고,

“아이, 하지 마라.”고.

그러더라고. [조사자 1: 두 가지 다 하면 좋은데.] (웃음) 그러니까요.

그래서 난 어쩔 수 없이 그래서 안 하고 있다가 이제 커 가는데, **이 커 가는데, 어느 날에 모르더라고. 아무 모르더라고. [조사자 1: 그러다가 또 가면은 또 생각나지 않을까요?] 나도 그래 생각했어요.

‘가면은 어렸을 때 몽골 말로 이제 말 배웠으니까 금방 배울 것이다.’

해가지고, 내가 그 초등학교 6학년 때 내가 보냈거든요. 나, 아빠하고 나하고는 안, 가지 못하고 **이만 보냈어.

“그냥 몽골 가서 이제 좀 언어를 좀 이렇게 하고 오라.”고.

해가지고 보냈는데. 그런데 걔는 가가지고 두 달 있다가 왔는데, 단어 몇 개만 알고. 그러면서 이제,

“할머니가 이야기하는데, 그런 이야기를 한 것 같다.”고.

좀 이렇게. 어, 그렇게. [조사자 1: 대충 이제 뜻만?] 아, 대충. 예. 대충 알고 왔더라고. [조사자 1: 그래도 몽골말 할 줄 알면 너무 좋은 그 능력이잖아요.] 음, 그러니까 아무튼 엄마 그거랑,

‘나랑 몽골 말은 꼭 배워야겠다.’

내가 생각했었거든요. 우리 아버지도

“**이 꼭 몽골말 가르치라.”고.

“몽골말 왜 안, 왜 모르냐?”고.

“가르치라.”고.

계속 그랬거든요. 그래서 나도 가르칠라고 했어. 그런데 자기가,

"난 아, 그 이렇게 수업도 많은데, 엄마가 옆에서 이렇게 하면은 너무 힘들다."고.

하면서.

[조사자 1: 대학을, 대학을 몽골어과로 가버리면은 이제, 대학 때부터 다시 하면?] [조사자 2: 그리고 막 친구들한테도 몽골 갔다 온 거 자랑했다면서요. (웃음) 외갓집 가면.] 어, 그래가지고. [조사자 1: 이제 몽골이랑 한국이랑 연결해 주는 일을 하는 사람이 되면 최고죠.]

**이는 그거 몽골에 갔을 때, 그 나듬 축제 그, 있었었거든요. 그래서 많이 이렇게 사진 찍어가지고 그래서 이제 몽골 풍습 그런, 시골에 가면서 이렇게, 몽골에는 그 유제품들이 여러 가지 있거든요. [조사자 1: 네.] 그것을 다 찍어가지고 이렇게 해서. 그리고 또 춤이나 노래나 그런 거 가지고 와서 이렇게 학교에 한 번 그런 거 했대요. [조사자 1: 예, 발표했구나?] 예, 발표했다고 그러더라고요.

[조사자 2: 그런 쪽으로 나중에 커서도 진짜. 공부도 그렇게 해서, 다 커서 이제 그런 쪽으로 직업을 가지고 일을 해도 어머님 되게 뿌듯하실 것 같아요.] 어, 나, 나도 난 그런데, 그런데 걔는 어떻게 생각하는지 내가 모르잖아. [조사자 1: 뭐 본인이 원하는 일을 하겠죠.] 어. 자기가 좋아하는.

내가 나도 좀 이렇게 교육 쪽으로 좋아하거든. 무엇을 배우기가 좋아해가지고 나는 **이 어렸을 때부터 배울 때는 내가 무엇을 아끼지는 않았었거든요. 그래가지고,

"뭐 배워라, 배워라. 공부 잘해야 된다."

해가지고 그랬는데, 그런데 **이는 생각은 그거 아니, 아니더라고. 자기 다, 또 다른 사람이라고. 나중에 중학교 때 와서,

"엄마, 나 강요하지 말라."고.

"나는 알아서 한다."고.

"엄마 자기가 못 한 것을 나한테 시켜서 할려고 그러지 마라."고.

하더라고. 그래서 내가 알았다고 그랬어. (웃음)

[조사자 1: 똑똑하네요, 그래도. 그런 말도 할 줄 알고.] [조사자 2: 그

러니깐요. 똑똑하고 똑 부러진 것 같아요.] 어, 말은 아주 그냥, 어디서 이런 것 듣는지 그런, 그런 거를 이야기한다니까. (일동 웃음) 그래서,

"아이, 그냥 안 해야겠다. 그냥 알아서 해. 너 알아서 해. 어, 무슨 내가 너를 잘되라고 하는 거지, 난 너한테 무엇을 하, 할랜 거는 그런 것 없다."고.

그런 말을 했지. [조사자 1: 그래도 다 키우셔가지고 이제는 뭐, 많이 걱정을 더셨겠어요, 고등학생이면.] 음, 그건 있지만은 중학교 때 또 좀 어려움 겪었어요. **이는 그 사춘기를 했다보니까.

아이를 통해 배운 한국어

그 내가 생, 생각으로는 이렇게 많이 이렇게 도와주고 그러고 싶지만은, 나 그렇게 마음대로 안 되더라고, 그거. 이제 생각으로는 내가, **이 어렸을 때 내가 그런 생각 가, 갖고 있었었거든요.

'**이 이제 학교 갔다 오면은 내가 **이 이렇게 책 그런 것들을 보고 한국말 배우면서, 나도 이제 같이 읽고 공부하면서, 이제 나도 이제 한국 사람이 되고, **이도 이제 교육하고 그래야겠다.'

생각했었거든요, 난. 그런데 그거 안 되더라고.

난 여기 와가지고 이제 간호조무사 자격증 딸려고 내가 공부했어요. 그래가지고 이제 날마다 이제 직, 직장 댕겨, 그러면서 이제 여기 문화 배우면서, 사람들이랑 어울리면서 이렇게 살라하면 (웃으며) 진짜 시간이 너무 빠듯해요. 그래가지고 **이한테는 그 안, 못하더라고, 난. 그래서 머리로는, 이 마음으로 무엇을 하고 싶어. 그런데 그거 마음대로 안 돼. 그래서 **이한테 말로는 뭐, 뭐 이야기하는데, **이가 어렸을 때는 잘 들으면서

"어, 어."

그러면서 했었어요. 나중에 커서 그러더라고.

"엄마, 엄마는 다른 나라 사람이라, 여기 사회랑 안 돼."

안 된다고,

"그러니까 엄마 이제 나한테 뭐라고 하지 마. 내가 알아서 한다."고. (웃음)

그래서 내가

"알았다."고.

그랬어, 내가. 진짜 그러더라고. 하다 보니까 그 안 되더라고, 그것도. 그 여기 이렇게 좀 이렇게 시골이다 보니까, 젊은 사람들도 없고 하니까, 나도 말, 말을 이 배우기가 너무 어렵고 그러니까 처음에는 내가 여기 와서, 애기 아빠도 말 없는 사람이에요. 무뚝뚝해요. [조사자 1: 아. (웃음)] 그래가지고 이렇게 TV를, 내가 영어를 좀 알거든요. 그러면서 이제 영어 프로그램이 많이 나오잖아요. 그걸 통해서 내가 한국말 처음에 습득했어요. 그래가지고 몽골에서 이제, 사전이나 뭐 화학, 그런 책들을 가져오면서 내가 다 한국말, 내가 혼자서 배웠어요, 처음에.

그래가지고 배웠는데, 이제 **이 글 읽다 보니, 그거 배우기가 너무 어려워가지고. 이 시부모 그때 계셨어요. 시부모랑 같이 사는데, 말은 안 하지. 그런데 우리 어머니가 또 말이 이렇게 서툴러요. 좀 어눌하고 이상해. 말이 제대로 안 나와요, 말이. 그래서 진짜 배우기가 너무 어려웠어요.

그래가지고 TV만 보면서, 내가 TV를 뭐 하러 보냐 하면은 난 한국말 배울라고 내가 봤어요. 드라마나 뉴스나 그런 거 다 이렇게 보고. 운 적도 좀. 내가 다 이렇게 아는데, (한국어를) 말할 것 같애. 내가 (웃으며) 사람들에게 말하려고 했는데, 내 말을 못 알아듣는 거예요. [조사자 1: 네, 여기는 또 다 사투리 쓰니까. (웃음)] 내 날 못 알아들어요. 아, 진짜 이 속이, 진짜 속이 안 하더라고, 답답해가지고. 진짜 어려웠어요.

그래가, 그래, 그래도 애기 키우다 보니 인자, (웃음) 인자 **이한테 많이 배웠을 거예요. [조사자 1: 고생 많이 하셨네요.] (웃음) **이 이제 학교에서 오면은 (통신문을) 이렇게 가져오잖아요. 그것을 내가 알아야 되니까. 그거는 내가 알더라고, 이상하게. 그러니까 **이 통해서 내가 많이 배웠어요. (웃음)

일본

한국으로의 결혼이주와 정착 내력

● **구연정보**

조사일시 : 2018. 01. 10(수) 오후
조사장소 : 서울시 동대문구 용두동
제 보 자 : 이케다 마유미 [일본, 여, 1967년생, 결혼이주 22년차]
조 사 자 : 오정미, 한상효, 엄희수

● **구연상황**

조사팀은 제보자가 근무하는 동대문 다문화가족지원센터를 방문했다. 센터의 협조로 조용한 교실에서 조사가 진행되었다. 제보자의 생애담은 〈텐구의 요술 도롱이〉 이야기 구연을 끝낸 후에 들을 수 있었다. 조사자가 인적사항을 묻는 과정에서 제보자가 한국으로 이주하게 된 과정을 구술하였다. 조사자가 질문하고 제보자가 대답하는 인터뷰 형식으로 조사가 진행되었다.

● **줄거리**

제보자는 가족관계를 소개한 후 한국에서의 취업 과정에 대하여 이야기 하였다. 한국 남자와 결혼해 1997년에 한국으로 이주하였고, 4남매를 낳고 단란한 가정을 꾸리며 서울에서 살고 있다. 구마모토가 고향인 제보자는 일본에서는 간호사였다. 그래서 한국에서도 의료 쪽에서 일을 하고자 했으나, 벽이 높았고, 결국, 오래 할 수 있는 일을 찾았다. 그러던 중 동대문 다문화가족지원센터에서 통·번역 지원사업 모집을 하는 것을 보고 지원하여 2009년부터 현재까지 일을 하고 있다. 이외에도 한국 온돌의 좋은 점과 이중 언어에 대한 강점을 이야기하였다.

결혼과 한국으로의 이주

[조사자 1: 선생님 정확히 성함이?] 이케다 마유미요. [조사자 1: 이케다.] 마유미. [조사자 1: 그럼 마유미 선생님 이렇게 부르면 되는 건가요,

저희가? 호칭을?] 네. [조사자 1: 선생님이 그러면, 혹시 연세가 몇 년 생이세요, 선생님?] 너무 많아서. (웃음) [조사자 1: (웃음) 괜찮습니다, 선생님. 어떻게 되시죠, 선생님?] 67년생. [조사자 1: 1967년생. 한국에는 언제 오신 거세요?] 97년. [조사자 1: 97년. 아, 그러면 97년, 97년. 20년. 아. 그러네. 그러면 그때 결혼해서 오신 거예요, 97년에?] 에, 결혼 때문에. 결혼 때문에 왔어요.

[조사자 1: 그러면 지금 혹시 현재는 누구랑 사시는 거세요?] 저 남편, 한국 남편이랑 애들이 넷이요. [조사자 1: 아, 아이 넷. 저번에 입학했다고. 선생님.] 아, 이번에 입학할 거예요. [조사자 1: 아이들이 그러면 나이 차이가 꽤 나겠는데요?] 꽤 나요. 10년 차이 나요. 11년 차이 나요. [조사자 1: 어떻게, 아들?] 아들, 딸, 아들, 아들이요. [조사자 1: 아들, 딸, 아들, 아들.] 예. [조사자 1: 귀한 딸인데요?] 네. 귀한 딸이에요. 네. [조사자 1: 귀한 딸이에요.] 딸이 있어서 다행이에요.

[조사자 1: 저도 딸이 있는데. 엄마한테는 딸이 꼭 있어야 돼요.] 네, 있어야 돼요. [조사자 1: 그렇구나. 지금 막내가 이번에, 막내인 거죠? 여덟 살 입학하는 친구가.]

(제보자에게 전화가 와서 잠시 통화를 함.)

구마모토 고향 이야기

[조사자 1: 선생님 그럼 일본에서 고향은 어디세요. 선생님?] 아 구마모토라고, 네. [조사자 1: 아, 그래서 아까 구마모토 이야기가 많으셨던 거구나.] 네. 제가 에, 그것도 동기도. (서울시 다문화동화 공모전에) 응모하는 동기도 제 고향을 좀 소개하고 싶다라는 그런…

그 재작년엔가 지진이 일어나서. [조사자 1: 아, 거기가 구마모토인가요?] 예. [조사자 1: 그러면 가족 분들 구마모토에 살고 계시지 않으세요? 괜찮으셨어요 선생님?] 네. 그래서 리모델링도 해가지고. 그래도 그렇게 심하진 않았어요. [조사자: 심하진 않았어요? 그래도 한국에서 많이 걱정되셨겠어요.] 예. 그래도 한국에 만약에 지진 일어나면 더 걱정돼요. [조사자 1: 저도 그렇습니다. 저도 그렇습니다. 선생님.] [조사자 3: 한국은 준비가 안 되어 있어서.] [조사자 1: 일본은 그렇게 내진설계도 잘 되어있고 한데. 저희는 정말 지진은 우리나라 이야기가 아니라고 생각했었기 때문에 대한민국이 좀. 일본처럼 지진을 되게 가깝게 생각을 안 해서, 걱정이에요 선생님.] 네, 맞아요. 우리도 그런 사회에서 살고 있기 때문에.

간호사에서 통번역사가 되기까지

[조사자 1: 선생님 그럼 한국에 처음 결혼해서 오셔서 계속 서울에서 사신 거세요, 선생님?] 에, 서울에서 살았어요. [조사자 1: 그, 요기 다문화센터에 근무하시게 된 거는 어떻게, 어떤 동기로 어떻게 근무를 하신 거세요, 선생님?] 저, 저는 처음에는 제가 일본에 있을 때는 그, 의료 쪽에 병원에 다니고. 좀, 임상병리사라는 그런 게 있어요. [조사자 1: 아, 네. 네. 알아요.] 그거 자격증을 여기서도 따봤어요. 여기서 병원에서 일하고 싶다는 마음이 있었는데 근데 외국인이라는 그런 것은, 취업하기 힘들어요, 그 병원이 보수적이라는 것을 알았어요.

그래서 저도 넷이, 애기 키워야 되기 때문에 또 나이도 있으니까 오래 할 수 있는 그런 직업을 갖고 싶었어요. 그래서 아, 번역, 통역이라면 오래 할 수 있지 않을까 생각하고. 2009년도쯤에 다문화센터가 조금 본격적으로 운영하게 돼 있던 거 같애요. 그때 방문교육을 받았어요. 한국어 교육으로. 그거를 조금 받았고, 그 중간중간에 병원에서도 좀 취업하기도 했어요, 여기서.

근데 **** 병원이었으니까, 지방에도 다니고. 그게 신덴도나 그런 거 체중이나 그런 거, 신체 측정이라고 하나? 건강검진 다니니까 멀리 가야 되기 때문에 애들이 너무 걱정해서 조금 힘들었으니까. 그래서 여기서 그때쯤, 2009년 동대문구 다문화센터 별도로 사업을 해서, 동대문, 통·번역 사업이라는 것이 생겼어요. 그래서 거기서 여기 동대문구에서 일본어를 모집한다고 해서 그래서 지원하게 됐어요. [조사자 1: 아, 그러면 여기 근무는 언제부터 하신 거예요?] 2009년도

3월부터 지금까지요.

한국에서의 문화적응

[조사자 1: 아. 그렇구나. 어떻게 선생님, 뭐 20년 사셨으면 한국 분이나 마찬가진 건데.] 아, 아니에요. [조사자 1: 아니에요? 그래도, 그러니까. 그래도 한국 살면서 너무 많이 문화가 달라서 가장 힘들었던 부분은 어떤 거세요. 선생님?] 아. [조사자 1: 문화가 달라서.] 달라서? [조사자 1: 아니면 좋았던 점을 말씀해 주셔도 되구요.] 아, 좋았던 점은, 전 온돌이 좋아요. 온돌이 일본에서는 그 있는 장소만 따뜻하게 해요. 그래서, 복도에 나가면 너무 춥고. 애들이 입술이 파랗게. (웃음) 뭐 그런 게 좋았고.

네, 그런 게 좋을 거 같은데. 옛날에 비해서는 괜찮, 괜찮아졌지만. 옛날에 아마 2002년도인가? 그전에부터는 조금 배타적인 그런 분위기였던 거 같애요. 근데 2002년 그 월드컵 그게, 그쯤 해서 조금 사람들이 거기 들어오게 해야 하기 때문에 그런 건지, 거기 선전에서도 그렇고. 우리도 글로벌 시대 위해서 바꾸자라는 그런 분위기, 사회적인 분위기가 그런 게 있었던 거 같애요. 또 2009년도에 다문화센터도 있고 그러니까 저, 지금도 그렇지만 아마 시부모님이랑 그런 분들이랑 같이 사시는 분들은 그게 일본어를 못 쓰게 하는 경향이 있었어요. 근데 지금은 이중언어를 쓰는 게 경쟁력이 있다는 그런 생각이 많이 바뀌는 거 같애요. 그래서 그거에 대해서는 괜찮았던 거 같애요.

[조사자 1: 큰 아드님은 지금 나이가 어떻게 돼요?] 고등학교 3학년이요. [조사자 1: 고3이네요.] 지금 졸업하는. [조사자 1: 올해?] [조사자 3: 이제 스무 살이에요?] [조사자 1: 그럼 수능, 수능을?] 안 했어요. 그냥 특성화고로 다녔기 때문에 취업을 준비하는데 좀. 근데 여기서는 그런 거 같애요. 군대 가야 조금 그게 선택권이 넓어지는 게 있던 거 같애요. 그래서 좀 군대가야 하지 않을까라고. [조사자 1: 그쵸. 우리나라가 좀 특수한 경우인데, 그쵸? 그러시구나.]

웃지 못할 한국생활 에피소드

● 구연정보

조사일시 : 2016. 11. 18(금) 오후
조사장소 : 강원도 강릉시 초당동
제 보 자 : 코마츠 미호 [일본, 여, 1969년생, 결혼이주 20년차]
조 사 자 : 박현숙

● 구연상황

조사자와 제보자는 가톨릭 관동대학교 황루시 교수님의 소개로 만났다. 조사자가 제보자에게 조사 취지를 설명한 뒤 한국에서 겪은 여러 에피소드를 들려달라고 요청했다. 제보자는 한국으로 시집오게 된 계기와 한국어 공부에 대한 이야기를 시작으로 여러 이야기를 나누었다. 조사자가 제보자에게 강원도 사투리를 쓰는 시어머니의 말을 알아듣지 못한 일화가 있는지 물었고, 제보자는 웃으며 경험을 들려주었다. 제보자는 의사소통의 차이뿐만 아니라 한국생활에서 불편했던 일, 복날에 얽힌 경험을 차례로 들려주었다.

● 줄거리

제보자는 한국으로 시집 왔을 때 한국어가 서툴러서 관용적 표현을 잘 알아듣지 못했다. 시어머니가 빨리 오라고 하면 큰일이 난 줄 알고, 모든 일을 멈추고 당장 달려간 일도 있었고, 일본에서 속이 좋지 않을 때 기분이 안 좋다고 말하는데 그 말을 그대로 사용했다가 오해를 받을 일도 있었다. 한국 음식 중에 보신탕을 못 먹는데 시아버지가 사슴고기라고 하여 한 번 먹은 일이 있다. 그리고 복날에 집에서 키우던 개가 없어지고, 목줄만 남아있었는데, 나중에 개소주를 담갔다는 사실을 알고 충격받은 일도 있다.

의사소통에 얽힌 에피소드

[조사자: 혹시 기억나는 것 중에 뭐 못 알아 들어서 재밌었던 일이나 속상했던 일.] 아유, 그냥, 갑자기 생각, 너무 오래 돼가지구 그렇지만. 그래도, 그 '빨리 오라'고 하는 말. 아 진짜 빨리 가야 되는 줄 알고. 아 전화 끊을 때,

"빨리 와."

하면,

"빨리 가야 된다."고.

하고. 엄청 빨리 가느라고 애기 막 업고, 그렇게 갔을 때도 있고. 그냥 하는 말이잖아요. [조사자: 네, 그냥 하는 말.] 네, 그런 것도 모르고.

그리고 뭐지? '기분이 나쁘다'는 말이. 아 그니까 일본 사람은 뭔가 그 속이 안 좋을 때 기분이 나쁘다고 이렇게 표현해요. 그니까 '기모치 와루이'라는 말이 '기분이 나쁘다'는 건데 그게 속이 안 좋다는 뜻이에요. 그니까 그거를 전할 때 기분이 나쁘다고 해가지고 오해를 받을 때도 있었죠. [조사자: 그렇겠다. 기분이 나쁘다고 어른한테, 기분이 나쁘다고 말하면 예의가 아니라고 생각하시니까.] 그런 것도 있었죠.

[조사자: 아, 재밌는데요? 또 있어요? 기억나시는 거?] 아, 그래요. 저는 별로 기억이 안 나요. 제 친구는, [조사자: 친구는 어떤 일이 있었대요?] 아, 기억이 안 나요. 아, 기억이 안 나네요. 재미있는 이야기 해주는 친구가 있었는데. [조사자: 그래요?] 하나하나 기억을 못하고.[조사자: 그 친구분은 강릉에 계세요?] 네. [조사자: 아, 나중에 한번 만나 봬야겠구나.] 네. 소개해드릴게요.

[조사자: 우리, 거기, 제가 홍천에서 만난 분은 그 시골로 시집을 가셔서 지금 아마 일본에서 오신 지가 한 20년 되신 거 같애요. 이제 거기서 인연이 닿아서 오셨는데, 결혼을 어머니가, "어, 됐다. 니가 할 줄 아는 게 아무것도 없으니 하지 마라. 됐다, 됐다. 들어가 있어라." 이렇게 하신 거예요. 그러면 우리는 그렇게 말씀하셔두 옆에 있어야 하는 건 알고 있는데 어, 들어가라 그러셨으니까 (며느리가) 들어가신 거예요. 그니까 시아버지가 막 혼을 내셨다는 거예요.] 아, 네네. [조사자: 그니까 그게 이제 직접적으로 말

을 안 하고 돌려서 얘기하거나 완곡하게 말을 하면 오해를 샀었다고.] 네 맞아요. [조사자: 그래서 힘드셨다고 얘기하시더라구요.] 맞아요. 그런 것도 있고.

[조사자: 근데 한국 사람도 똑같애요, 저도.] 그래요? [조사자: "들어가. 애 젖이나 멕여라." 그래서 진짜 젖 먹이러 들어갔더니 어머니가 화가 나가지고. 그다음부턴 분위기가 달라지는 거예요.] 말귀를 못 알아듣는다구. [조사자: 맞어.]

[조사자: 에피소드들이 많겠어요. 그래도 시골로 시집간 건 아니라서 뭐 김장 때문에 힘들고 그런 건 없으셨어요?] 저 어머님이 그렇게 많이 안 하셔요. [조사자: 다행이에요.] 다행히도. 열다섯 포기나 뭐, 조금밖에 안 하니까. 힘든 건 없었죠. 또 어머님도 시어머니가 없는 그, [조사자: 아 시집살이를 많이 하셨던 건 아니셨네요?] 그래서 다른 시어머니보다는? 편한 것 같아요. [조사자: 그래도 힘들어요. 시어머니하고 관계가 쉽지 않드라구요.]

그 여동생이 일본에 시집갔거든요. 그래서 그런 것도 있고. 많이 이해도 해주시고. [조사자: 근데 이제 인연이, 며느리는 일본에서 오시고 딸은 일본으로 시집보내고 이러셨네요?] 네.

한국생활에서 불편했던 점

[조사자: 그러면 뭐, 한국 문화가 집안, 어떤 생활 문화 같은 경우 그렇게 차이가 나서 처음에 이해가 좀 안 되거나 아니면 '이런 건 되게 힘들었다.' 하는 일들은 어떤 게 있었어요?] 차이. 힘들었다? [조사자: 아니면 '이런 거는 되게 이해가 안 된다.' 하는. 지금이야 이해가 되지만 처음에 왔을 때 '아 도저히 나는 이해가 안 되던데' 하는 건 없었어요?]

음, 그 일본 사람은 그, 거기 가면, 그 조금 할려고 한다고 하나요? '여기는 이렇다.' 이렇게 긍정적으로 생각하고 여기에 스며든다는 그런 거 있어서 저도 '별로 이해 안 간다'보다, '어, 이렇구나. 한국은 이렇구나' 하고 긍정적으로 받아… [조사자: 받아들이셨어요?]

네. 그래서 그렇게 고생했다는 건 없었어요.

근데 처음에 왔을 때 불편했다고 한다면 물건 사기. 왜냐면 일본에서는, 지금은 이마트나 그런 마트가 있지만 제가 왔을 때는 마트가 없었고 시장에 가야 됐었는데 거기 가격표도 없고 말도 못 하는데 말도 못 하는데 뭘 몇 개 달라고 해야 되고. 그런 거는 좀 힘들었다는 이야기가 있었지만.

또, 그리고 한국에 올 때 그, 한일 관계. 옛날 그런 관계가 있기 때문에 저는, '그런 돌멩이나 던지지 않을까?' 하는 생각에 빠져서 왔는데 오히려 주변 사람들이 친절해 주고. 그런 거는 좋았고. 그니까 좀, 뭐지? 힘들었다는 인상이 별로 없고, 생각보다 그, 뭐죠? 좋게 받았다는 거. 저는 괜찮다고 생각하는데.

문화적인 차이, 음. 아, 그래도 말이 직설적이니까. 한국말이 직설적이니까 좀 상처받을 때가. 그대로 이렇게 생각하면 상처받았다고 하는 기억은 나요. 그 어떤 건지는 기억이 안 나는데. [조사자: 기억은 안 나는데.] 예. 근데 서울에서 오신 분들은 그래도 말이 부드럽더라고요. 그래서, 아, 그렇구나.

[조사자: 억양이 좀 세고, 그래서.] 네. [조사자: 그니까 성격상, 거의 한국이 작은, 작은 나란데도 지역별로 특성이 너무 강하잖아요?] 네. [조사자: 근데 강원도 사람은 사실 되게 순한 사람들, 이렇게 사람들이 인식을 해요. 근데 성격은 그런데 말은 굉장히 또 강해서. 그 억양에서 오는 이런 것들에서 또 상처를 받으셨구나.] 네.

복날에 키우던 개의 목줄만 남은 이유

[조사자: 아니, 음식이나 이런 건 힘든 거 없으셨어요?] 음식이요? [조사자: 네.] 네. [조사자: 다 좋았어요?] 저도 그 어머님이 만드신 그, 뭐죠? 어, 추어탕이라든가 닭 음식, 닭도리탕이라든가 또 만둣국도 되게 맛있었고. 맛있었어요. 근데 보신탕은, 역시, 네.

[조사자: 아 혹시 보신탕을 같이 먹으러 가신 적이 있으세요?] 아니요,

없는데. 시아버지가. [조사자: 좋아하세요?] 네. 그래서 저한테 사슴고기라고, 먹으라고 하셨는데 제가, 어 맛있다고 했는데 나중에 들어보니까 그런 이야기.

또 키우던 개가 어떤 날에 목도리(목줄)만 남아있었어요. 키우던 개가. 그니까 예, 시아버지가 그 뭐죠? 한약, 그거를 타셔가지고 드셨어요. [조사자: 개소주 만들어 드셨나 보네.] 네, 개소주. 네, 그때는 좀 충격이었어요. 처음에는. 근데 다음에는 기를 때는, 언젠가는 그럴 거라고 생각하면서. 세 마리 정도 키웠어요, 그 후에.

[조사자: 근데 선생님이 받은 충격이 그러니까 우리 한국의 아이들이 받는 충격이랑 비슷한거 같애요. 그니까 자기가 맨날 같이 놀던 강아지가 어느 날 목줄만 남아있는 거 아녜요.] 네네. [조사자: 근데 선생님은 '아, 얘가 먹혔구나.' 이걸 아는데 애들은 천지난만하게 물어보는 거죠.] 네네. [조사자: 그러면 "누가 훔쳐갔다." 이렇게 거짓말을 해서 얘네는 모르고 나중에 이제 '아 그때 개가 그렇게 우리의 입속으로 들어왔었구나.' 이제 충격받는다 하더라구요.] 네네.

[조사자: 다른 음식들은 다 먹고 하기가 괜찮은데.] 네. [조사자: 근데 그게 몸에 되게 좋다고 생각을 하셔서 몰래 (며느리에게) 먹이시고 싶으셨나 보다. 그쵸?] 네, 그렇겠죠?

한일간 문화 차이와 말실수 사연

● **구연정보**

조사일시 : 2016. 12. 16(금) 오후
조사장소 : 강원도 강릉시 교동 강릉문화원
제 보 자 : 곤도 사끼에 [일본, 여, 1966년생, 결혼이주 20년차]
조 사 자 : 박현숙, 김민수

● **구연상황**

조사자는 1차 조사를 마친 뒤 한 달여 만에 코마츠 미호 제보자를 강릉문화원에서 다시 만났다. 코마츠 미호 제보자는 조사자에게 지인 곤도 사끼에 제보자를 소개했다. 조사자가 곤도 사끼에 제보자와 짧게 인사를 나눈 뒤, 제보자에게 조사 취지를 설명하고 채록 장비 설치에 대해 양해를 구했다. 그런데 막상 캠코더와 녹음기 장비가 설치되자 제보자가 긴장했다. 조사자가 곤도 사끼에 제보자의 긴장을 풀어주기 위하여 코마츠 미호 제보자에게 1차 조사 때 조사자에게 들려주었던 곤도 사끼에 제보자의 말실수가 무엇이었는지 물었다. 코마 츠미호 제보자는 곤도 사끼에 제보자가 기억하여 구연하도록 분위기를 조성해 주었다. 곤도 사끼에 제보자가 이내 한국생활에서 겪은 다양한 에피소드를 재미있게 구연했다. 코마츠 미호 제보자는 이야기판에 청자로 참여하여 제보자 구연에 적극적으로 호응하며 이야기판의 분위기를 살렸다.

● **줄거리**

제보자는 결혼하여 시골에서 살림을 시작했다. 시골살이를 통해 일본과는 다른 한국의 온돌과 요강 문화를 경험했다. 제보자는 식습관에서도 한국과 일본의 문화 차이를 경험했다. 일본에서는 밥그릇과 국그릇을 손에 들고 먹지만 한국에서는 그릇을 들지 말라고 했다. 일본에서는 젓가락만 사용하여 식사하는데 한국에서는 젓가락을 반찬 집을 때만 사용하라고 했다. 한국어를 배우는 과정에서 여러 말실수가 있었다. '안녕히 주무세요'를 들리는 대로 발음하여 시부모님께 '안녕히 죽으세요'로 잘못 표현하기도 하고, 고모 호칭을 요구르트 '꼬모'로 알아듣기도 했다. 바람을 쐬러 나가면서 바람피우러 간다고 말하기도 하는 등 말실수에 관한 에피소드가 많다.

일본과 한국의 주거와 음식문화 차이

근데, 이게 도움이 되실지 모르겠어요. 그거는 그거 옛날얘기가 아니니까. [조사자 1: 네, 그냥 경험하신 경험담도 굉장히 좋습니다. (설치된 녹음 장비가) 처음에만 부담스럽구요. 나중에는 있는지 없는지 존재감도 없어요. 지나고 보면.]

한국하고 일본하고 풍습이 너무 다른 게 있죠? 비슷한 것도 있지만 다른 것도 있고. 특히 제가 시집살이하는 게 좀 시골에서 시집살이했어요. 그러니까 이렇게 시내에서 살았으면 몰라도 농촌에 먼저 갔으니까 저는 일본에서 그냥 시내에서 살았던 사람이고 여기 한국 농촌 오니까 조선 시대처럼 완전히 환경이 달랐죠. 그러다 보니까 그거 나무, 나무 때워서. [조사자 1: 장작 땠어요?] 네. 진짜 옛날 온돌집 있죠? 온돌방에서 살았고, 화장실은 바깥에 가야 되고. 목욕시설은 없고 그런 옛날 집에 좀 살았었어요. 화장실도 이런 나무판, 나무 판에서 흔들흔들하면서 하는 거, 그런 생활환경에서 한 오십 년 타임슬립 해서 산 거죠. (웃음)

그 먹는 음식 자체도 뭐 일본에서는 음식 그릇 올려서 먹어야 되는데 한국에서는 그게 식탁에 놔두고 먹어야 되잖아요. 그 대신 식탁이 좀 높아요. 근데 저는 그게 일본에서는 밥그릇 들고 국그릇 들고 먹어야 되는 스타일이라서 뜨거운 스텐 그릇을 뜨거운데도 들고 먹으려고 애썼고 어머님은 들고 먹지 말라고 혼나고, 그렇게 해서 좀 많이 문화의 차이를 몸으로 느꼈죠. [조사자 1: 그럼 그 뜨거운 거 계속 손에 들고.] 들고 먹으려고 했는데도 안 돼서 그러다가 들지 말라고 하시니까 놔두는데 들고 먹고 싶고 그 그릇도 너무 뜨거운 거죠.

그러다가 밥을 다 말아 드시잖아요. 일본에서는 말아 드시면 고양이 밥이 되니까 안 되는 거예요. 그래서 말아먹으라고 하시는데도 말아 못 먹고. 그러다가 일본에서 젓가락밖에 안 쓰는데 숟가락으로 먹고 젓가락은 반찬 들을 때만 쓰라고 하는데 제가 처음부터 뭐 젓가락만 쓰니까 좀 그런 먹는 예절부터가 다르죠. 그래서 잔소리도 많이 듣고, 밥도 못 먹는 것처럼 막 꽉꽉꽉꽉 눌러 놓으니까 이게 하루에 먹는 거 한 끼에 다 먹어야 되는 거잖아요. (웃음) 그래서 그런, 농촌이니까 그렇겠죠? 그래서 그런 시대 차이하고 문화 차이가 동시에 다 나한테 다가온 거죠.

그러다 밤에 뭐 화장실을 가는데 밖에 있잖아요. 그러니까 바깥에 화장실 가는 게 어려워서 요강이라는 거 있어요. 한국에서, 그죠? 요강 보셨죠? [조사자 1: 네.] 요강, 그죠? 스테인레스로 만든 건데 뚜껑까지 있잖아요. 처음에 보고 거기 안에 과일인가 뭐 먹을 거 들어가 있는 줄 알았죠.

어머님이 그거 문 열고,

"애미야."

해서 좀 갖다 놓으시는데 그 속에 뭐가 있는지 딱 보니까 아무것도 안 들어가 있는 거예요.

그런데,

"아, 이거 빈 그릇 왜 갖다 놓지?"

했는데 신랑이,

"거기서 화장실. 이게 오줌 싸는 거야."

하는데 그게 조용한 농촌 밤에는 얼마나 소리가 큰지 아세요? (웃음) 그 일을 봤을 때. 안 해보셨죠! 안 해보셨죠? 한번 해 보세요, 진짜.

그래서,

"조용한데 밤에 일어나서 거기 나가서 하면 안 된다."고.

"거기서 해야 한다."고.

하니까 '한번 해보자.' 했는데 진짜 옆에서 시부모님이 주무시잖아요. 그 조용한 방에 그 오줌 싸는 소리가 엄청 크게 들리니까 부끄러워서 못하는 거예요. 그래서 중간에 멈췄어요. 밖에서 한다고 나갔어요. 밖에서 하고 그랬죠.

그리고 아침에 그거 치우는 게 일이잖아요. 며느리의 일이잖아요. 그래서 또 시부모님이 계시는 방에도 요강이 있고 그걸 뒷마당 가져가서 씻고 말리고 (웃으며) 그쵸. 그 요강도 안 써보셨죠? [조사자 1: 네.] [조사자 2: 써봤는데.] 써봤어요? 어땠어요? [조사자 2: 전 시골, 전 뭐 남자애라서. 그런 거 신경 안 썼는데.] 소리 엄청 크죠? [조사자 2: 엄청 커요.] (웃음)

남자도 앉아서 하나요? 남자도 앉아서 하는 거예요? [조사자 2: 그럼요. 서서 하면 큰일 나요.] 그쵸. 서서 못 맞추죠? 그쵸. 그러니까 그 요강도 그렇고. 얘기하면 끝이 없죠, 뭐.

말실수 관련 에피소드

[조사자: 그러니까 끝없는 얘기 좀 해주세요. 그리고 또 어떤 거 있으셨어요?] 그러니까 그 말이 일본에서 못 배우고 왔어요. 한국어를. 그래서 여기 와서 그냥 간단한 교재? 그 시대 그 20년 전에는 한류가 없었으니까 교재가 없어요. 그러다 보니까 간단한 교재만 하나 들고 왔는데 가르쳐 주는 사람도 없고 그래서 그냥 따라 했죠.

근데 인사도 '안녕하세요' 밖에 모르니까 아 뭐, 아침에 일어나도,

"안녕하세요."

'안녕히 주무셨어요?'란 말도 모르죠? 책에도 안 나와 있으니. 일어나면,

"안녕하세요."

하니까,

"야! 니 손님이야?"

그러면서 먼저 혼났고. 거기다가, '안녕히 주무세요'를 발음을 잘못 해고,

"안녕히 죽으세요."

그랬어요. (일동 웃음) [조사자 1: 그래서 뭐라세요?] 그러니 눈이 똥그랗게 하셔서,

"오냐."

그래서 이게 그때 한글도 모르니까 듣는 소리를 그냥 일본 글씨로 적어 놓은 거예요. 그러니까 소리를 듣고 그걸 일본어로 표시를 하니까 그게 오차가 생긴 거잖아요. 그래서 그렇게 인사해드린 것도

있고.

늘 아침에 일어나면,

"안녕하세요."

로 일어나니까 어색하고, 어머님 아버님이라고 부르는 것도 모르니까, 책에는 '시아버지' '시어머니'라고 나와 있죠?

"시어머니! 시아버지!"

라고 부르고 혼났고.

그 책은 진짜 거짓말밖에 안 가르쳐. 그러니까 생활에 쓰는 한국어를 가르쳐 주는 책? 그래서 제가 지금 일본어 강사를 하면서 책에 나오되 생활에 안 쓰는 말, 반대로 생활에 쓰는데 책에 안 나오는 말 그런 거를 좀 가르쳐 드리고 싶은 그런 제가 자신이 교재가 된 거죠.

그래서 지금은 뭐 3급을 가르치는데 그런 말 많이 해요. 책을 보면서,

"이런 말 사실은 안 써요. 이런 단어 잘 안 써요. 그 대신 이런 말을 쓰고."

그렇게 가르쳐 드리는 게 재미, 재미있어요.

[조사자 1: 그러면 시동생들은 없었어요?] 아, 우리 아빠(남편)가 막내예요. [조사자 1: 막내. 그럼 형님들만 계셔서 다행히 그냥 형님 이렇게 부르면 되니까.] 네, 형님. [조사자 1: 근데 아주버님이랑은?] 아주버님하고 형님하고. 그죠. [조사자 1: 그런 호칭은 어려움은 없었어요?] 너무 어렵죠. (웃음) 사촌, 사촌? 오촌? 뭐 그 촌수도 어렵고. 그리고 또 이모, 고모? 그것도 다르죠? 그때 아빠 쪽으로 고모. 엄마 쪽으로 이모. 이자가 붙고. 그거 몰랐죠. 근데 어떤 여자는 고모라고 부르고 어떤 여자는 이모라고 부르죠.

근데 그 당시에 '꼬모'란 거 요구르트가 있었어요, 떠서 먹는 요구르트. '꼬모', '꼬모'가 있었어요. 그때 제가 슈퍼에서 알바 하면서 한국어 배우라고 그래서 형님이 조그만 구멍가게 하셔서,

"거기 앉아있다가 한국어 배우라."고.

거기에 배치해 주신 거예요. 거기 앉았다가 목욕탕 옆에 있으니까, '꼬모'란 요구르트를 사다가 목욕탕 가시는 아가씨들이 많았어요.

"꼬모 달라."

(그러)니까, 그거 '꼬모' 하고 형님 '고모' 하고 헷갈려가지고 그게 '꼬모'가 고모인지 꼬모인지 잘 모르겠다. 그러다가 또 한국에서 그게 사전에 나오는 세제라던가 그런 거 안 쓰고 상표명 많이 쓰세요. 퐁퐁, 그러니까,

"퐁퐁 있어요?"

라든가,

"럭키 치약이 있나?"

상표를 쓰시니까, 제가 '치약'이라고 하면 찾아드릴 수 있는데,

"럭키가 있나?"

"하이타이가 있나?"

하니까,

"하이타이가 뭐지? 하이타이가 뭐예요?"

했더니,

"그거 빨래할 때 쓰는 거잖아!"

하시는데,

"빨래할 때 쓰는 거? 세젭니까?"

하니까,

"세제 맞아요."

그래서 구멍가게에서 알바하면서 그렇게 상표하고 사전에 나오는 거하고 단어가 그렇게 다를 수가 있나. 진짜 힘들고 재밌었어요.

[조사자 1: 하기야 우리는 밴드도 꼭 대일밴드라고 그러잖아요.] 네.

"대일밴드가 뭐죠?"

'밴드'니까 음악 밴드인지 뭔지 잘 모르고 예, 좀 그런 것도 있고 또 많습니다. [조사자 1: 와 너무 재밌다.]

근데 그게 뭐 아까도 얘기했었듯이 그게 인사말을 한국어 인사말을 뭐,

"안녕하세요."

라든가 그런 거밖에 없으니까 신랑하고도. 또 따로 살림을 하게 됐어요. 시부모님하고 떨어져서 살게 됐는데 신랑이 퇴근해서 집에

오는데,

"다녀오셨어요."

라고 해야 되잖아요. 근데 그걸 모르고,

"어서 오십시오."

했어요. 그랬더니,

"내가 가게 온 사람도 아닌데 왜 '어서 오세요' 라고 하냐?"

인사가 일단 틀리고. 거기다가 또 한국에는 또 바람에 대한 말이 너무 많죠. '바람 쐬다', '바람이 불다', '바람 불다' 근데 제가 그걸 공부했는데 잘못 썼어요.

그래서 식사하고 난 뒤에 '바람 쐬러 갔다 온다.'이 얘기 하고 싶은데,

"바람피우러 갔다 올게요."

그때 신랑이 뒤에 쫓아와가지고,

"너 어디 가냐?"고.

그래니까,

"아니 바람피우러 간다."고. (웃음)

"그거 뭔 말인지 아냐?"고.

하니까,

"아니, 그거 시원하게 갔다 오는 거라고."

했더니,

"그거는 바람 쐬러 간다."

하면서 실제로 틀리면서 하나하나 배웠어요. 또 있는데 생각이 안 나네.

[조사자 1: 그럼 아까 그 재밌는 얘기는 뭐예요?] 아! 제사용? 아 그거는 재미없는데. [청자: 아, 저는 웃겼어요.]

요즘에 그게 수퍼마켓 가면 비닐봉지를 잘 안 쓰게 되기 위해서 이렇게 재사용 그게 봉지 주시잖아요. 근데 '재사용'을 제가 '제사용'이라고 그래서 제사 음식을 넣는 봉지인 줄 알고,

"아, 이거 제사음식을 넣는 그런 봉지 있어요?"

했더니 점원이 웃어서 (웃음) '그럼 제사 없는 집은 못 써야 되

나?' 그런 생각을. 'ㅓ' 'ㅣ'와 'ㅏ' 'ㅣ'의 차이죠. '제사용' 하고 '재사용' 하고 그거 차이를 모르고 딱 보니 제사 콤플렉스가 있어서.

"제사용 봉지도 있어요?"

그런 실수가 많아요, 저는.

[청자: 저는 너무 재밌어서 다른 사람한테도 이야기했어요, 그거.] [조사자 1: 그러게요, 많이 써먹을 거 같아요.] 아니요. 한글을 몰라서. [조사자 1: 아니요. 왜냐면 소리가 똑같으니까.] 네 소리가 비슷해서 그래서 아무 의심 없이,

'제사용 음식을 넣는 건가?'

그 '회장실'하고 '화장실'도 헷갈리고요. [청자: 크게 웃음] 'ㅏ'가 점이 있는지 없는지 그 차이잖아요. 한 점 차이인데 '회장실'하고 '화장실'도 글씨가 잘 닮았잖아요.

[조사자 1: 그러네요.] 한글을 더 공부해야 되겠습니다.

낯선 한국생활의 어려움 속에서

● **구연정보**

조사일시 : 2016. 11. 11(금) 오전
조사장소 : 강원도 홍천군 동면리북방공설운동장 복지관
제 보 자 : 모토야마 카즈에 [일본, 여, 1966년생, 결혼이주 20년차]
조 사 자 : 박현숙, 김현희, 김민수

● **구연상황**

제보자의 〈복숭아 동자 모모타로〉 줄거리 설명이 끝나자 조사자가 제보자에게 이주생활에 관해 질문했다. 제보자가 답변을 하는 과정에서 자연스럽게 이주생활담 구연으로 이어졌다.

● **줄거리**

처음 시집와서 가족들과 배추 천 포기 정도 김장을 한 적이 있다. 김장은 어깨너머로 보고 자연스럽게 알게 되었다. 한국어는 한국으로 시집간 교회 언니와 방송에서 틀어주는 한국어 강좌를 통해서 배웠고, 처음 배운 한국어가 화장실 가고 싶다는 말이었다. 한국생활에서 이해가 잘 안 되는 문화는 예고 없이 손님이 집으로 찾아드는 일이다. 이웃집 아주머니가 시어머니와 대화하기 위해서 하루에도 몇 번씩 방문하는 일이 거의 매일 일어났다. 한동안 그로 인한 스트레스가 심했으나 이제는 아주머니를 조금 이해하게 되었다. 형제들이 갑작스럽게 방문해도 집에 있는 음식으로 척척 잘 차려낸다. 시어머니가 며느리에게 일이 서툴러서 하지 말라고 하면 그 말을 진심으로 알아듣고 일을 하지 않아서 시아버지에게 혼이 났던 적도 있다. 이제는 한국말의 진의를 잘 알아차린다.

천 포기의 김장

[조사자: 뭘 가지고 그렇게 혼내시던가요?] 우리 김장 많이 해요, 또. [조사자: 몇 포기해요? 김장.] 점점 줄었는데 지금은, 올해는. [조사자: 예전에 제일 많이 했을 때.] (손을 크게 휘저으며) 천 포기. [조사자: 네? 천 포기요?] 천하고 오백도 하고, 삼백도, 이백 이제 저기 백으로 줄어났네. 하하. 형님이 식당을 하시니까.

[조사자: 형님네 식당 김치를 다 해요? 여기서?] 그전에 했었어요. [조사자: 그게 시집살이네. 형님네 식당 김장하는데 왜 둘째 며느리가 해요.] 그러니까! (손가락을 꼽으며) 형님, 시동생하고, 여동생하고 네 집이서 다 했지. 이모님도 오시고. (머리 쪽으로 손바닥을 올리며) 머리가 복잡해. 삼촌 오시면,

"이거, 이거, 이거 이렇게 해!"

[조사자: 제일 많이 하실 때 천오백 포기 정도 하셨다구요?] 천 포기 했나? [조사자: 천 포기까지 하셨다구요?] 오백 포기했나? 천 포기했나? 모르겠어, 하여튼. [조사자: 며칠을 해요, 그러면?] 3일. [조사자: 3일?] 3일? 4일 했나 모르겠네요. [조사자: 3, 4일?]

배추, 배추를 하여튼 많이 심어가지고 그래서. (웃으며) 남자들 많이 했어요. 남자들이 해야 해. 이거 손이 아파서 못해. 여자가 못해. 그래서 시동생들이 많이 했어요. 뜯고 절이는 거 남자들이 했어요. 아, 그러니까 하는 거는 쉽잖아요. 그냥 양념만 하면 되는데. [조사자: 뭐가 쉬워요.] 그때 와서 뭐해. 나는 그것만 하고 싶어. [조사자: 그쵸.] 네.

나중에 오면 안 돼. 처음부터 와야 돼. 힘들어도. [조사자: 맞아요. 제가 처음에 몰라서 김장하러 갔을 때 속 넣는 거만 했는데 너무 힘들었거든요. 근데 알고 보니 그게 일도 아니더라고.] 뜯는 게 문제야. 뜯고(뽑고) 옮기고 절이는 게 문제라니까. [조사자: 그러니까.] 아, 그걸 몰라. 그건 안 돼. 처음부터 해야 돼. (수줍은 듯 웃으며) 심을 때부터 해야 돼.

[조사자: 그러면 그 순서를 알려줘 보세요.] 그러니까, [조사자: 지금이야 편하게 하겠지만 예전에 힘들게 할 때는 그거 새벽에도 뒤집고 해야

되잖아요.] 어 그러니까 그거는 어머니도 하고 시동생도 하고 남편도 하고 같이 했어요. [조사자: 같이요.] 그러는 거예요.

[조사자: 시집오던 해부터 김장하셨어요?] (고개를 끄덕이며) 그렇죠! [조사자: 그럼 아무것도 모르잖아요. 김치 안 해 먹고 그래서.] 그러니까 밥 하라면 밥 하고, 그리고 음 그냥 보면서, 보면 좀 알죠. [조사자: 뒤에 이렇게 눈치로 보고, 하고 이제 그러셨어요?] 응. 보면, 우리 남편은 보면 안대요. [조사자: 보면 안대?] 응. 보면 다 한대요. 해요, 진짜로. 그런 남편이니까 보면 (웃음) 알아서 할 수 있는 그런 사람이니까. 우리 어머니도 그렇고. 머리가 좋아가지고 그런 분들이니까. 우리 식구는 다 그래요.

한국어 학습

[조사자: 그럼 일단 언어가 안 됐을 거 아니에요. 대화가.] 아 그건 와서까지. 그전에는 제가 아는 언니가, 내가 여기서 시집온 것처럼 한국에서 시집간 교회 언니가 있었어요. 천구백팔? (머뭇거리며) 먼저 간 언니가 계셨으니까, 배웠어요. 배웠어요. 배우고 여기 와서도 교회 가서 두 달 정도 한국어를 배웠어요. 세 달 정도.

[조사자: 그러면 한국어를 제일 처음에 배운 거는 언제부터예요? 몇 살 때부터 접하게 된 거예요?] 1년 정도 했나. 근데 거기서 텔레비전이 있었어요. 교육방송이 한국어 강좌가 있었어요. 한국어 강좌. 그래서 그거 배우면서 교회에서도 배웠어요. 왜냐하면,

"문 총재님이 여기 분이시니까 그 말을 알려면 한국어 배워야 된다."

그래서 교회에서도 일본어(한국어) 강좌를 틀어 놓고 다 배웠어요. 그래서 남편한테,

"나는 화장실 가고 싶어요."

이야기했어요. 제가 처음에 만났는데,

"아니 화장실 가야 되니까. 그건 알아야 된다."

해서 그래서 처음에 만났을 때 내가 이야기했거든. (웃음) [조사자: 그랬구나.] 좀 배워 갔어요.

예고 없이 찾아오는 손님 치르기

[조사자: 그럼 되게 서글프고 그럴 때는 없었어요? 왜 갑자기 막 집에도 가고 싶고.] (손을 저으며) 아, 집에는 안 가고 싶었어요. [조사자: 그런 적은 없었고. 막 이렇게 섭섭해가지고 눈물 나고 그럴 때는 없었어요?] 여러 가지 많았었죠. 많았는데. [조사자: 그중에서 생각나는 일이 있으면 얘기 좀 해 주세요.]

그러니까 어르신들이 맨날 오시니까. 어머님 친구들이 맨날 오셔요. [조사자: 놀러?] 놀러. 매일 옆에 아줌마. 어머님 친구분이 하루에 세 번 정도 오셔. 그러니까 내가 이거 미치겠는 거야. 내 생활은 사생활 침범이에요, 진짜로. 그거 이야기했더니,

"싫다."

그랬는데,

"어떡하냐?"고.

그러면서.

"아, 싫다."고.

그랬는데 저기 불 켜져 있는데 저 안에 드러누워 있다고 다 말해주니까, 심심하니까 그 아줌마는. 나는 힘든데 그 아줌마는 심심해서 자기 스트레스 풀기 위해서 오시잖아요. 어머님이랑 대화하기 위해서. 그런데 같이 사니까. 어떻게 해. 장사가 없는데. (머리를 손으로 감싸며) 나도 스트레스에 이렇게 머리가 그랬는데. 그렇지 않으면. 남편이,

"그래도 마음은 그 왜 화가 나도 웃으면서 대화하라."

이러시는 거예요. 우리 남편이.

"연기를 해라."

그러는 거예요. [조사자: 연기를.] 아휴, 그래 이걸 어떻게 다 이렇

게 여러 가지 있었어요. 그래서,

"싫다. 힘들다."고.

그러면 어머님은,

"나가서 살아라."

그러는데. 그런데 할 수 있어요? 돈이 그때는 경제가 힘들어서 먹고 살기가. 그래도 어떻게 해 참아가지고 여기까지 왔어요. 그래도.

[조사자: 그래도 손님은 여지껏 계속 오고?] (고개를 끄덕이며) 예! 지금까지도 오셔. 그러니까 저희 생각을 안 하시는 거예요. 자기 스트레스 풀기 위해서 어머님 오시는데 어머님이 어디 나가시면 되는데 안 가시니까. 오시는 거예요. 그거를 한번 섭섭해 하니까. 아유 섭섭해 했다고 혼났어요. 그래서,

"그러면 안 된다."고.

그래서 그렇게 했는데 내가 또 저희 마음도 좀 안 되더라구요.

'아, 그래도 그러면 안 되겠구나.'

이런 생각을.

'나이도 많으신데.'

아줌마 말은,

"나를 딸처럼 여겼다."

이렇게 이야기하시는 거 보니까,

'아, 그럼 안 되겠다. 내가 잘못됐다.'

해서 힘든데 참아서 지금도 하고 있어요, 참아서. 하하.

[조사자: 그러면 '아 그래도 좀 받아 줘야겠다.' 하고 생각한 건 시집온 지 몇 년 정도 걸렸어요? 그렇게 마음먹기까지.] 에 그러니까 그렇죠. 뭐 어쩔 수 없다는. [조사자: 한 몇 년 걸렸을까? 한 십 년 걸렸나?] 그건 모르겠네. [조사자: 그럼 최근까지도 계속?] 그때는 피하면 돼요. [조사자: 피하면 돼요?] 응. 피하면 돼요. 부딪치면 뭐 그러니까. 여러 가지 그렇게 힘들어요. 같이 사는 경우에. [조사자: 아. 요령이 생기셨구나.] 예, 같이 사는 게.

[조사자: 그렇죠, 그게 좀 힘들었고. 김장 많이 담그는 게 좀 힘들고.] 예. 사람이 손님들이 많이 오잖아. 부모님들이 같이 사니까 부모님

형제들 오시니까, 갑자기 오셔. 대한민국 그렇잖아요. 아하하하 갑자기 손님이 와. 뭐 여러 가지 갑자기 오시고 아이 뭐,

"상 차리라."

이제 잘 해서 요새 뭐 있는 거 없는 거 다 꺼내서 다 해요, 지금은. (웃으며) 이제 습관이 돼가지고.

'오면 오는구나.'

해서 오면 있는 거 없는 거 그냥 다 하면 돼요. 안 되면 밭에 가서 툭툭 뜯어서 하면 되고. 냉장실에서 뭐 하면 되고. 이제 다 해요 이제. (웃음)

'오면 오는구나.'

해서 그러는 거지.

한국말의 진짜 의미

[조사자: 아니면 뭐 실수 같은 거. 이게 일단 뭐가 모르니까, 실수 같은 거 많이 하잖아요. 뭐 실수해서 웃긴 에피소드 같은 거 있을까요?] 하. 잊어먹었네요. [조사자: 그래도 가만히 생각해보면 생각이 나실까?]

[조사자: 보쌈 해 드세요? 거기 김장 때? 저는 시집 처음 가서 제가 비계를 싫어해요. 저희 시어머니가 보쌈을 썰어오라고, 저한테 삶으라 한 것도 아니고. 보쌈을 썰어오라고 했는데 제가 비계를 싫어하니까 그거 비계를 다 잘라 버렸어요. 그리고 살코기만 가지고 갔거든요.] 하하하하. [조사자: 그러니까 저희 어머니가 '어 이거 비계가 왜 없냐'고 그래서 '제가 버렸는데요' 이랬더니 저희 어머니가 막 혼내시더라구. '이 기름기가 없으면 퍽퍽해서 어떻게 먹냐'고. 한국 사람인 저도 뭐 실수하고 하니까. 이제 얘기하나 해 드렸으니까, 어머님 생각나는 실수 얘기하나 해 주세요.] 글쎄.

[조사자: 생각 안 나요?] 금방 안 나. [조사자: 금방 안 나요?] 음 글쎄.

아, 그러니까 김장할 때 [조사자: 김장할 때?] 어머님이 말하신 거를 제가 잘못 이해해가지고 뭐 어머니가 김장하실 때 뭘 절여 오라고 했는데, 어머님이,

"너는 해도 안 된다. 안 해도 된다."

그런 뜻으로 제가 들었는데. 그래서 김장했는데 내가 안 했어요. 아유, 어머님이 하나도 안 해도 된다고 그래서 안 해도 되는 거 같아서 안 했어요. 그랬더니 시아버지가 가서 하라는 거예요. 근데,

"아니 어머님이 아까, 어제 안 해도 된다고 하셨는데. 너는 필요 없다고 하셨는데."

이렇게 그랬더니 어머님이 막 화를 내셔가지고,

"왜 그러냐? 왜 안 하냐? 그러시느냐?"

그런 거예요.

"아니 어제. 어제 저기 저한테 너는 필요 없다고, 안 해도 된다고 하셨잖아요. 못 한다고."

시어머니가 나는 그런 적이 없대요.

그래서 동네 아줌마, 그 저기 맨날 오시는 아줌마 앞에서 싸움이 생겨가지고 그랬더니 아줌마가,

"아이고. 가만히 있어, 엄마가 좀 연세가 많이 있어서 그래. 그러니까 며느리 네가 그렇게."

아줌마가 그렇게 얘기하시더라구요. 해주셔가지고, 그래가지고 한번 그런 게 있었어요, 어머님이랑.

[조사자: 억울했겠네요. 그렇죠?] 응. 그러니까 이 어머님 말씀이, 어머님 그러니까 뜻을 이게 안 됐더라구요. 이게 나중에, 나중에 그 뜻이 내가 다르게 받아들여가지고 그런 게 있었어요. 한국말은 한국말인데.

[조사자: 한국 사람은 직접적으로 말 안하고 이렇게 반대로 얘기하는 경우가 많아요.] 네, (끄덕거리며) 그러게. 그러게. [조사자: 그러니까 이렇게 하면 된 게 아니고 하라는 얘기인 경우가 많아요.] 많아요. 그걸, 네. [조사자: 한국 사람인 저도 못 알아들어요, 잘. 그래서 혼나요.] 아 그런 게 좀 있어요.

"안 해도 된다. 넌."

했는데, 남편은 가서 하라는데,

"어머니가 안 해도 된다 했는데."

그러고 안 갔어요. 그런 일 많이 있었어요. 그래, 그래, 그거 맞아요.

[조사자: 저도 그랬어요. 됐다 그러면 안 했더니 혼나고.] 그러니까 진실 마음은 말 안 하고 이상하게 여기저기 뭐라냐 진짜로 이렇게 [조사자: 반대로 얘기하고.] 반대로 하고 돌리면서 하니까. 깨달아야 하잖아요. 본인이 깨달아야 되는데, 깨닫지 못한 사람은 그냥 직접 들으니까. 그러는 거예요.

[조사자: 그럼 이제는 이렇게 반대로 얘기해도 이게 무슨 뜻인지 알고 그렇게 행동하세요?] 예예, 이제 거의 알죠 뭐. [조사자: 이제는 말투를 보면 느껴지죠.] 네. 이제, [조사자: 잘못한 거 가지고 잘-했다 하니까.] 예, 그래요.

"그러니까 농담도 농담하는 것도 진짜 농담인지, 진담인지, 농담인지 그거를 구별을 해서 받아들여라."고.

우리 남편이 그래요.

"너는 진담하는 것도 뭐 농담하는 것도 진짜로 받아들이고 구별해서 그 사람을 잘 보라."

그러는 거예요.

"그 사람은 저런 사람이니까 잘 보고 하라. 조심해라."

그러니까 이제 말을 못 듣는 거예요, 제가.

'저 사람이 진짜로 하는 건지.'

하하하하 그걸 어떻게 구별을 해요, 그게. [조사자: 맞아, 어떻게 구분해요. 저희도 잘 못 해요. 한국 사람들끼리도.] 그러니까 그거를 해가지고 진짜 어려우네요. 사귀는 게 진짜로. 어떨 때는, 제가 한국 사람이 아니라서 되게 조심해서 말하는 것같이 느낄 때도 있어요. 다 하면 모르니까 제가. 돌리면서 말할 때도 있고. 그런데도 느껴요, 제가.

'아, 제가 한국 사람이 아니라서 그렇구나.'

하는 게 있어요. 아무래도, 말도. [조사자: 혹시 뭐 그랬었던 또 일이 기억나는 게 있었을까요?] 이게 말이 그래요. 그런 일이 아니라 말. 말이 쉽게 말하는 거 많아요. 이해할 수 있게 쉽게.

"왜 그럼 나는 아는데."

했더니,

“다른 말로 하면 너는 이해를 할 수 있잖아.”

해서 어려운 말 하지 말고 한국말이라도 쉽게 이야기를 해주는 사람들이 많죠.

인도

나는 왜, 어떻게 한국에서 사는가

● 구연정보

조사일시 : 2017. 02. 20(월) 오후

조사장소 : 광주광역시 북구 금남동

제 보 자 : 바수무쿨 [인도, 남, 1964년생, 이주노동 25년차]

조 사 자 : 조홍윤, 황승업, 김자혜

● 구연상황

조사자는 외국인 인권 운동을 위해 일하고 있는 제보자의 상황을 듣고, 특별한 이주의 계기가 있었는지 물어보았다. 이에 제보자는, 본인과 주변의 이주민들, 특히 흑인이나 동남아 이주민들에게 투사되는 인종차별적 인식을 개선하기 위하여 한국에서의 생활을 결심했다고 답했다. 그러한 설명을 들은 후, 조사자는 제보자에게 이주민 인권을 위해 활동하며 경험한 일 중 기억에 남는 에피소드들이 있다면 말해달라고 부탁하였다. 이에 제보자는 한국인과 이주민들의 문화적 교류를 위해 본인이 기획했던 만찬에서 식사 예절의 차이로 벌어진 에피소드, 인도인의 손식사 문화에 대해 한국인들이 지닌 편견과 관련하여 벌어졌던 에피소드 등을 이야기해 주었다.

● 줄거리

제보자는 합천 해인사의 초청으로 요가 명상 지도를 위해 처음 한국에 방문했다. 그러나 한국에 머무는 동안 겪어야 했던 한국인들의 인종차별적 인식은 제보자에게 너무나 충격적인 것이었다. 이에 한국으로의 귀화를 결심하고서 서울대 종교학과에 입학하여 외국인 학생회를 만들었다. 또 명동 유네스코를 중심으로 '외국인과 함께하는 문화교실'이라는 프로그램을 만들어 문화적 이해를 통한 인식 개선을 위해 노력하는 한편, 각종 인권침해를 당하고 있는 이주민들을 위한 봉사활동을 이어가고 있다.

그처럼 한국 내 이주민 인권을 위해 활동하며 경험했던 여러 에피소드들이 있었는데, 그중 하나는 한국과 여타 국가의 식사 예절 차이로 인한 것이었다. 한국의 설이나 추석 등 명절이 되면 많은 식당이 문을 닫았고, 이주민들은 밥을 사 먹으러 갈 곳도 없는 상황이었다. 이에 제보자는 명절 첫날에 외국인 친구들과 한국인 친구들을 초청하여 함께 식사하며 소통하는 자리를 계획하였다. 문제는 식탁 가운데 놓인 음식을 본인이 먹던 숟가락으로 떠먹는 한국의 식사 문화였다. 한국인 친구들이 아무 생각 없이 자기 숟가락으로 음식을 떠먹으면, 그 음식에는 다른 외국인 친구들이 손을 대지 않았던 것이다. 이에 제보자는 미리 양쪽에 이야기를 해뒀어야 하는데 그러지 않았던 자신의 실수를 통감했다고 한다.

다른 하나는 인도인으로서 본인이 직접 겪었던 편견과 관련한 에피소드이다. 인도인인 제보자는 자신을 만나는 한국 사람마다 화장실에서 손으로 마무리를 하고 손으로 먹는 인도의 문화를 비웃는 것에 상처를 받았었다. 이에 한국 사람들을 만날 때마다 그와 같은 문화가 만들어진 이유를 설명하기 위해 노력했다. 그러던 어느 날 지도교수와 함께 식사를 하러 가게 되었는데, 제보자는 인도식 손식사를 제대로 한번 보여주겠다는 생각으로 열심히 손을 씻고 나갔다. 그런데 지도교수가 시켜준 음식은 돌솥비빔밥이어서 도저히 손을 솥 안에 넣을 수가 없었다고 한다.

한국 이주를 결심한 계기

[조사자: 그러면 처음에 한국에 오시게 된 그러니까 계기가 있으셨어요?] 예? 89년도에는 요가 명상 선생으로 어, 해인사에 어떤 명상 지도하는 그런 목적으로 요가 선생으로 왔었어요. 그래서 요가 선생이라는 게 뭐냐면 운동으로 지도하는 요가가 아니고 명상을 지도하는 선생으로 들어왔었습니다.

[조사자: 네. 그러시다가 이렇게 장시간 여기에서 사시게 된 결심을 하게 된 어떤 계기가 있으신가요?] 첫 번째 계기는 한국 사람들이 너무 외국 사람들에게 불친절하게 하고 너무 그 뭐라고 말해야 할까? 어, 피부 색깔 검은 사람들에 대한? [조사자: 편견 같은 거?] 아주 나쁜 감정을 가지고 있고, 그리고 이거를 바꾸려고 하면 나 같은 사람이라도, 사람이 아무리 하얗게 돼도, 사물이, 돈이 아무리 많이 있어도 마음이 얼마나 더럽고, 마음이 얼마나 다른 사람을 사랑할 줄 모르는 것에 대한 그것을 제대로 한번 한국 사람들에게 가르쳐주려고 하면,

알려주려고 하면은.

내가 이 나라보다 훨씬 더 좋은 나라들에 살다 왔어요. 호주, 뉴질랜드, 유럽의 여러 국가에 돌아다녀 보았어요. 여기 오기 전에는 사십 국에 살다 왔어요, 내가 여기 오기 전에. 그래도 이런 나라는 내가 처음 봤어. 무엇에 가다가도 그냥 뒤에서 말 걸고, 부시고 때리고. 경찰에 신고를 해도 경찰은 술 마셨으니까 다음 날 풀어주고, 보내주고. 아무것도 안 했어요. 그리고 아시다시피 이 나라는 그냥 누가 인종차별해도 그런 사람을 벌을 줄 수 있는 법도, 국회의원에서 반대를 해가지고 아직도 통과하지 않은 나라예요. 그래도 이거를 바꿔려고 하면은 시민의식을 바뀌어야 한다고 생각을 했어요.

그때 당시부터 나는 영어 선생들을 많이 만났어요. 영어 선생들이 하는 말이, 많이 욕하면서, 퍼킹 코리안Fucking Korean 말해서,

"이거는 안 바뀌겠다."고.

"그냥 떠나는 김에 다 끝내버린다."고.

말을 많이 들었어요, 그 친구들한테서. 그래서

"모든 세상은 어렵고 더럽고 이런 것이 없는 나라는 없다"고.

"그런데 바뀌려고 하면은 누군가 희생을 해야 되고, 누군가 앞서서 조금이라도 바꾸려고 노력을 해야 하고."

내가 그 영어 선생들한테 물어보았어.

"니네들이 왜 남아 있으면서 이 이야기를 하고 바꾸려고 하지 않느냐?"

그런데 그 친구들 그런 반응이 없었더라고.

그래서 나는 제일 먼저 마음에 결정하는 게, 내가 한국에 대해서 비판적인 말을 해도 나를 이 나라에서 출국시킬 수 없도록, 그게 국적을 바뀌기 위한, 내가 필요하는 귀화시험 준비를 제일 먼저 준비하기 시작했었어요. 그중에서 하나가 한국말이었고, 한국말을 제대로 배워서 귀화시험에 붙어서 국적을 바뀌고,

'이 나라의 모든 사람들에게 잘못하고 있는 행동에 대한, 또는 세계화라는 것이 뭔지를 제대로 알려주어야 되는 운동을 해야 되겠다.'

라는 마음을 먹었어요. 그런 계기로 내가 이 나라에 있게 되는

거예요. [조사자: 굉장히 한국인으로서, 굉장히 가슴 아픈 일이기도 하고.] 그렇죠. [조사자: 정말 어려운 결정하셨던 것 같아요.]

그래서 제일 먼저 서울대학교에 다니면서 유네스코, 교육청 모든 곳에 가서 유학생의 권리에 대해 따져 보았어요. 그때 당시만 하더라도 국제교류센터라는 곳이 존재하지 않았어요. 그래서 내가 처음으로 서울대학교 안에서 95년도에 유학생 학생회장, 회의를 먼저 만들었었어요. 그리고 96년도에 회장으로 내가 뽑혀서 거기에서 활동했었어요.

그러고 나서 유네스코도 찾아가고, 교육청도 찾아가서,

"이런 외국인을 바라보는 시민의식을 바꿔려고 하면은, 다양한 교육들이 필요하다."

그중에서 하나가 '외국인과 함께하는 문화교실'이라는 프로입니다. 지금 유네스코가, 명동에 있는 유네스코의 96년부터 시작해서 97년, 8년까지. 모든 그 시범 수업들 제가 그때 했고, 그러고 나서 우리가 유학생들, 내가 벌룬티어volunteer로 소개했었고, 그러고 나서 교육청의 후원으로 CCAP라는 'Cross-Cultural Awareness Program', 그게 한국 명칭이 '외국인과 함께하는 문화교실' 그 시작이 되었어요, 98년도에. 그때 엄청난 많은 시간을 제가 봉사활동을 했었어요, 제가 그때. 왜? 내가 그거를 당했기 때문에.

지금, 그때부터 내가 지금 머릿속에 들어가는 것이

'대한민국이라는 나라는 섬나라다. 북한에 잘려서 막혀 있어서. 어디 가지도 못하는 거니까 비행기를 안 타면 못 가는 거니까. 이런 조그마한 섬나라에 있는 사람들. 외국에 대해서 무얼 알겠냐.'

가끔씩 이제 시골에 가서 할머니 할아버지들 만나면,

"아, 니네 나라에 감자 있어?"

뭐, 뭐 이상한 질문들 할아버지 할머니들이 했었어요. 그래서,

"아니요. 우리나라에 물도 없고, 공기도 없어요." (웃음)

이렇게 내가 농담을 했는데, 보면 그렇게 외국인에 대한 아무것도 모르는 사람들이 그렇게 많고, 그런데 무엇보다도 중요한 것은, 이게 피부 색깔 검은색이나 브라운에 대한 완전히 나쁜 마음을 가진

것이 뭔지는 내가, 항상 나쁘게 봤더라고.

하다못해 대학교 안의 교수들이 강의를 하는데, 한국말로 강의를 했잖아. 제가 학부를 다녔어요, 서울대에. 모든 강의가 한국말로 했는데. 강의 안의 교수님 입에서 나오는 말이,

"외국 놈!"

이런 말들을 자꾸 들었어요, 제가. [조사자: 지각이 없으신 분이네요.] 그래서 다행스럽게도 인도 놈이라는 말은 못 들었는데, 부처님이 이 나라에 소개가 되어서 그런 건지 어쨌든. (웃으며) 그래도 저는 '외국 놈'이라는 말도 나는 기분이 나쁘더라고.

'외국 사람이 꼭 왜 나쁘게 봐야 되는 것인가?'

이 나라는 세워지는 그 한국전쟁 그 순간부터 외국 사람의 도움으로 만들어진 국가인데, 수많은 아시아인들이 목숨을 여기다가 걸고 싸워서 이 사우스 코리아가 만들어진 것인데, 경제적으로 성공하는 배경에 수출했을 때, 그 트레이드 일들이 외국에서 오는, 한국 사람들이 싫어하고 더럽고 어렵고 위험한 일들, 안 하는 일들, 그 사람들이 와서 했어요. 한국 정부가 45만 원 월급을 주면서 연수생으로 이용해 먹으면서 그렇게 돈을 버는데도, 그런 사람들이 손 잘리고 아프고 그러면 아예 출국 당해버리고, 이런 일들 많이 내 눈으로 내가 봤어요.

내가 그때 통역 봉사를 했었어요. 유학생들 중심으로 외국인들 그런 것을 보면서, 지금 현재도 보면 알엔디R&D, Research and Development 중요하다고 생각해서 유학생들 막 많이 지금 여기다가 투입을 하고 있는데, 그래도 유학생들에게는 인권침해 당하는 사례들이 어마어마하게 많습니다. 한국 유학생은, 한국 학생들은 모든 것을 감수해버려요. 유교적인 차원에서. 그런데 이게 세계화 시대에 세계화 수준의 어떤 인권이 보장되는 어떤 분위기가 만들어지려고 하면은, 이주 여성들도 많이 들어왔죠. 그런데 그 이주 여성들에게 이 나라가 제대로 해줄 수 있는 게 너무나 부족한 것 많아요.

저 모든 뿌리는 내가 하나로 봤어요.

'그냥 다른 나라 문화에 대한 이해가 없다, 한국이라는 나라가.'

그래서 그런 탈출을, 'MLS Multi Lingual School'라는 프로그램이 가장 중요한 핵심 일이다라는 거를 학생 생활 때부터 내가 느끼고, 그래서 우리가 와있는 유학생들을 벌룬티어로 소개를 하면서 이런 활동이 학교별로 가면은, 지금 있는 이 아이들이 앞으로 커서 엄청나게 좋은 세상이 될 거라 믿고 그런 활동을 시작했었어요.

[조사자: 저희가 이 사업을 시작하고 있는 취지도 정서적으로 뭔가 이렇게 '그 나라의 멋진 문화들을 저희가 좀 더 알았으면 좋겠다.'라는 차원에서 그렇게 조사를 다니고 있습니다. 그러면은 뭐 이렇게 여러 문화 행사도 하시고, 문화 교실도 하시고, 뭐 그렇게 학생들 동원해가지고 인권침해 사례에 대해서도 이렇게 봉사활동도 하시고. 굉장히 바쁘시겠어요?] 네.

[조사자: 그러면은 한국에서는 혼자 이렇게 살아, 살고?] 아니요. 저는 결혼하고 이혼도 하고, 아이가 둘이 있고, 딸 둘이 지금 서울에 있어요. 하나는 지금 교대에 다니고, 하나는 지금 서울과학기술대학 거기 들어갔어요, 지금 이번에. [조사자: 지금 뭔가 훈훈한 기분도 들고요. 한국인으로서 조금 부끄러운 마음도 있습니다. 뭐 한국인들도 느끼고 있어요. 정말 그런 부분들이 정말 다 안 되어있는 부분들이 많이 있다라는 것도 있고, 다 나쁜 사람들은 아니니까.] 그렇죠. [조사자: 열심히 활동하시는 만큼 성과가 더 생길 것이라고 저는 확신합니다.] 그거 기대하니까 살죠. [조사자: 나아질 거라는 기대 때문에 살죠.] (웃음) 그렇죠. 긍정적인 생각이 있기 때문에, 무슨 일이 있든 언젠가 바꿀 거라는 긍정적인 마음으로 살고 있죠. [조사자: 대표님 덕분으로 바뀌고 있을 겁니다, 지금도.]

식사 예절의 차이로 인한 에피소드

서울대학교에 다니면서 한국의 설 명절, 설이나 이렇게 추석 보면 한국 사람들 끼리끼리만 모여서 가족들끼리만 하는 행사인데, 외국 사람들이 와 있는 사람들은, 내가 그때 당시에는 이제 유학생 생활을 했으니까, 유학생들은 기숙사에서 식당도 문 닫고 일반 식당도 문 닫고, 그냥 라면 하나 갖고 컵라면에 그냥 물 끓여서, 맛있는 것을 먹고 놀고 있을 때 한국 사람들은, 외국 사람들은 이 나라에서는 먹을 것도 없는 그런 형태가 되는 것을 봤어요. 그래서,

'아, 이 나라의 축제가 그러네, 본인들끼리만 놀고.'

우리나라의 축제 같은 거는, 인도의 축제 하면은 힌두교 축제해도 이슬람 즐기고, 이슬람교 축제해도 힌두교도 즐기고 모든 사람들이 다, 힌두교에 축제 있으면 모든 사람들이 모든 집에 무료로 방문해서 밥 먹고 가요, 무료로. 이런 제도가 있어요. 그런 거를 이제 우리가 축제라고 생각을 하는 건데, 여기 와서 보니까 축제가 그냥 라면 먹고, 그냥 컵라면에 보내도 누가 쳐다보지도 않고, 모든 곳이 문 닫아버리니까 너무, 거기서부터 내가 제일 먼저,

'아, 이때 내가 이 외국인들 위해서 무언가를 해야 되겠다.'

그래서 집에서 일단은 외국 친구들을 불러서 식사를 하고 항상 같이 즐길 수 있는 분위기를 만들었어요. 그것이 나하고 같이 옮겨서 여기 광주에 와서도 지금 우리가 여기 유네스코와 여기 국제교류센터와 우리 유니버셜문화원, 이 단체들이 함께 계속 그런 추석이나 설 행사 때, 첫 번째 날 외국 친구들이 와서 맛있는 거 만들고 같이 놀고 이렇게 하는 축제를 만들어요, 우리가. 그래서 이게 처음에 이런 일이 있어서, 목적이 뭐였냐 하면은,

'한국 문화와 이 다른 나라 문화를 계속 교류를 하자, 이것을 중심으로.'

그래도 한국 사람들이 시간이 되니까. 그래서 우리 집에서 제일 처음에 인도 친구, 네팔 친구, 방글라데시 친구, 말레이시아 친구들 이런 친구들을 다 불렀어요. 그리고 한국 친구들도 불렀어요, 학생들. 요리를 다 준비를 했어요. 했는데, 모든 반찬 하나하나마다 스푼 하나씩을 올려뒀었어요, 음식을 떠먹으라고. 그런데 한국 사람들은 무의식적으로 그렇게 하나씩 스푼이 있어도, 자기가 먹었던 스푼으로 거기서 그냥 떠서 먹으니까, 먹다가 거기서 그냥 자동적으로 가요. 그런데 이 네팔, 방글라데시 친구들이 그거를 보고 그 반찬들을 더이상 안 먹는 거예요.

그래서 내가,

'아, 큰 실수를 했네, 미리 말을 했어야 했는데, 양쪽에. 그 말을 양쪽에, 그 말을 안 했으니까는 그런 실수가 다 벌어지는 것이 아닌가.'

그래서 이런 에피소드 중에 하나가, 이게 문화 차이로써 그 친구들이 모르고 먹었던 거고, 이 친구들은 그 사람이 먹었던 것을 여기에 넣었기 때문에 더이상 안 먹는 거예요. 그래서 그런 에피소드, 인도 문화적인 어떤 차이 때문에 어떤 하나가.

손으로 먹는 일에 대한 편견

그다음에 이제 내가 두 번째 에피소드로 말하고 싶은 내용 중의 하나가, 인도 사람으로서 손으로 먹는 것에 대해서는, 모든 나라가 다른 나라의 문화에 대해서 말을 하면 뭐가 웃기는 거리던지 막 재미있고, 그 사람은 그 말을 듣고 기분이 나쁘고 안 나쁘고 신경도 안 쓰고 막 말을 해요. 예를 들어서, 나를 만나면 누구든지 한국 사람이 이렇게 질문해요.

"아, 인도 사람은 오른손으로 뭐하고, 왼손으로 뭐하죠?"

라고 픽 웃어. 그래서 내가 이 그런 친구들을 위해서 내 나름대로 한국에 오자마자 한국의 화장실 문화를 제일 먼저 따져봤어요. 이 휴지는 언제부터 시작하고, 휴지 전에는 뭘로 썼고, 그러면서 서울대학교 그 도서관에 가가지고, 헛간, 헛간에 깔려 있는 가죽 줄, 응? 신문, 시대별로 그냥 다 뽑아냈어요, 그거. 그러면서 그거 비단 줄과 가죽 줄 깔려 있는 것들로 쓱 해가지고 쓱. 화장실 문화에 대해서 제대로 내가 찾았어요.

그런데 인도는 더운 지방이고, 이 더운 지방에서는 수많은 병균들이 생길 수 있는 거라고. 아주 깨끗이 다녀요, 인도 사람들이. 아침에 일어나서 샤워하고, 저녁때도 꼭 한 번 샤워를 해요. 아무리 마이너스이고 춥더라도 하루에 한 번은 필수적으로 샤워를 해요, 인도 사람들. 근데 이제 우리 서울대 다닐 때 지하철 같은 거 타면은, 일주일 이주일, 십 일 동안 목욕탕도 안 가는 사람들이, 사람들이 이렇게 많은데 땀 흘리고 냄새나는 거, 아, 더러운 것이 뭔지는, 한국 사람들한테는 그게 안 느껴져. 내가 느낄 수 있는 거라고. 그래서 그 한국 사람들한테 내가 더러움의 개념에 대해 이야기를 해요. 더럽다는 것이 인도 사람들은 그 샤워하는 거. 그리고 어쨌든 더운 지방이니까는, 닦을 것 같으면 물보다 더 좋은 닦을 방법은 없다고.

그리고 어디든지 끝내고 나서는 비누로 손을 씻어, 인도 사람들이. 밥을 손으로 먹더라도 식탁에 가면은 식탁에 조그만 그릇에다가 따뜻한 물과 레몬 쪽지가 하나 나와. 그게 기름기 있는 손을 씻으라고 나오는 거라고. 그런데 한국 사람들은 그거를 섞어가지고 마셔버려, 인도에 가면 모르는 사람은. 그런 것처럼 그 인도의 깨끗함의 개념이 틀려요. 그 이제 한국 사람들이 그런 질문을 했을 때 내가 충분히 한국 사람들한테 이 설명을 해줘요. 그래서 손에서 먹는 것에 대해서 내가 자랑스럽게 생각한다고.

그래서 내가 우리 지도교수님이 언제 한번 식사를 하러 불렀어요. 나는 언제든지 인도문화에 대한, 누가 우습게 하던 뭐를 하던 난 신경 안 써. 문화는 절대로 비교의 대상이 아니니까. 모든 문화는 있는 그대로 합리적인 이유가 있고, 의미가 있고, 나름대로 훌륭하다고 봐요. 그거를 이해하지 못하는 사람들은 없고. 그것을 편견하는 것이지. 그래서 이제 손으로 먹는 것에 대해서 내가 우리 교수님한테 그랬어요.

"아, 내가 녹두거리 식당 주변에 가니 어디든지 손을 씻을 수 있는 데가 없더라."고.

지금은 요즘은 여기저기 물 많은데 진짜 옛날에는 식당이든 어디든지 수돗물이 없었어요. 지금 많이 바뀌어졌어요, 지금. 그래가지고

"손 씻을 데가 없다."고.

그래가지고 교수님이 나를 위해서 이제 괜찮은 식당에 갔어요. 손을 씻을 수도 있고 막 비누로 손을 씻을 수도 있는 그런 데.

그날 나는 이제 우리 교수님 앞에서 손으로 먹는 것을 제대로 보여주고 싶었어. 그래서 손을 열심히 씻어서 갔어요. 그런데 시키는 음식이, 난 또 베지테리언이라 야채만 먹고 있었어요, 그때 당시에

만 해도. 그래서 이제 돌솥비빔밥을 시켰어, 교수님이. 그런데 손을 씻어도 이 돌솥비빔밥에 손이 못 들어가니까 이제 그게 아주 웃기는 스토리 중에서 하나가 되었더라고. 내가 열심히 준비를 했어도 이 돌솥비빔밥에 손이 못 들어가는 거니까. 그래서,

'한국 사람들이 진짜 뜨거운 것들을 많이 먹구나.'

그 뜨거운 것들도 막 입에다 바로 넣고 먹는 것도 내가 깜짝 놀랐었고.

그래서 아마 인도문화와 한국문화의 이런 차이들 중에 그렇게 먹었던 숟가락을 다른 반찬에다가 넣었다가 이런 것들하고, 이렇게 손으로 먹는 것이, 우리 집에 사람들이 다 왔는데 로티•가 있어요. 이렇게 동그란 거. 이 로티는 지져가지고 그 안에 쌈밥처럼 반찬을 넣어가지고 먹어야 하는데. 이 한국 사람들은 그거를 잘라가지고 젓가락에 반찬을 그 위에다가 조금 넣어가지고 젓가락을 잡아가지고 먹는 거예요.

"무슨 맛으로 먹는가? 그래서 손맛이 안 난다."

라고 내가 말했어요, 그렇게 먹으면.

"한국말에 '손맛이 난다.'라는 말이 있는데, 한국 사람들이 밥만 맛있게 만들었을 때 손맛이 난다고 하는데, 그 맛이 더, 손으로 먹으면 더 맛있다는 것은 모른다."

이렇게 이야기를 했어요. 그때 했었어요.

• 로티는 인도 북부에서 만드는 빵의 총칭으로 차파티, 난, 푸리 등의 대표적 빵과 그 변형을 포함한다.

네팔

한국인 아내와의 연애와 결혼 내력

● **구연정보**

조사일시 : 2017. 09. 24(일) 오후
조사장소 : 경기도 의정부시 민락동
제 보 자 : 기리라주 [네팔, 남, 1975년생, 이주노동 8년차]
조 사 자 : 박현숙, 김현희

● **구연상황**

제보자가 조사장소에 도착하기 전에 조사자에게 제보자를 소개한 제보자의 아내를 먼저 만났다. 외국어로서의 한국어 강사로 활동하고 있는 제보자 아내에게 만남과 결혼에 관한 이야기를 먼저 들었다. 제보자가 조사장소에 도착하자 조사자가 제보자에게 조사 취지를 간략하게 설명하고 제보자에게 한국에 오게 된 내력과 앞서 아내에게 들었던 연애와 결혼담에 관해 질문했고, 제보자가 유머와 위트를 가미하여 구연해 주었다. 제보자의 아내가 청자로 참여하면서 이야기를 거들었다.

● **줄거리**

제보자는 일을 하다가 다쳐서 병원에 갔을 때 한국어가 서툴러서 의사소통의 어려움을 겪고 난 뒤 한국어 교육을 수강하게 되었다. 제보자는 한국어 선생님에게 첫눈에 반했다. 제보자의 고민 상담, 센터에서 가는 단체 여행 등을 계기로 교사인 아내와 사귀었고, 네팔에서 여행 중 혼인신고를 했다. 한국에서는 아내의 부모님과 함께 살고 있다. 제보자가 한국 음식이 입에 잘 맞지 않아서 아내가 네팔 양념으로 집에서 요리를 해준다.

한국에 오게 된 과정

조사자 : 일단 먼저, 한국에 몇 년도에 오셨어요?

기리라주 : 2009년.

조사자 : 한국에 오시게 된 동기가 있어요? 이유가?

기리라주 : 네, 있어요.

조사자 : 어떤 이유로 오셨어요? 돈이 없어서.

조사자 : 돈 벌러? 한국에 가면 돈 많이 번다는 이야기가 있었어요? 네팔에서?

기리라주 : 네팔에서는 외국에 일하러 가는 사람 많아요. 여러 나라에 가는데. 근데 한국, 일본, 미국 이런 나라 가면 월급 많이 받을 수 있다고, 그거 때문에 사람들이 많이 여기 오는 거예요.

조사자 : 그러면 한국에 오시기 위해 별도로 준비하신 게 뭐 있으세요? 한국어 공부?

기리라주 : 한국어 배워야 돼요. 우리나라에서.

조사자 : 네팔에서? 근데 네팔에서 한국어 교육하는 데가 있어요?

기리라주 : 네. 있어요.

조사자 : 그럼 한국어 얼마 동안 배우다 오셨어요?

기리라주 : 그때는 두 달 정도 배우고 왔어요.

조사자 : 두 달.

기리라주 : 네. 처음이라서. 우리나라 시작할 때 처음 왔어요, 우리는. 그래서 별로 거기 학원도 없고.

조사자 : 처음 어느 도시로 오셨어요?

기리라주 : 처음에? 여기 송우리.

조사자 : 서울?

기리라주 : 포천 송우리.

조사자 : 아, 포천, 거기서 그럼 취직을 하셨던 거예요?

기리라주 : 아니요. 거기서 E9 비자 있는 사람은 거기부터 다 하고 오는 거예요.

조사자 : 처음 취직한 곳은 어디예요?

기리라주 : 가산. 송우리 가산.

조사자 : 가산디지털단지?

아내 : 회사 이름이 뭐라고? **? **이라는 회산데. 패널 만드는 공장.

조사자 : 거기 얼마 동안?

기리라주 : 4년 10개월.

조사자 : 길게 계셨네요. 4년 10개월. 그러면 여기 4년 10개월 근무하시고, 그다음에 또 다른 데로 옮기셨어요?

기리라주 : 아니요. 네팔 갔어요. E9비자 있는 사람은 4년 10개월밖에 여기서 못 살아요. 그다음에 다시 갔다가 오는 거예요.

조사자 : 얼마 동안 가 계셨어요? 네팔에? 네팔에 3개월 뒤에 왔어요. 다시.

조사자 : 3개월 뒤에 다시 이 회사로 취직하셨어요?

기리라주 : 네, 거기 갔다가 딴 데를 간 거예요.

아내 : 다른 회사를 갔잖아.

기리라주 : 아니, 처음에는 그 회사에 와야 돼요.

조사자 : 그 회사를 다시 와야 되니까. 다시 왔을 때는 몇 년 더 계셨어요?

기리라주 : 일주일.

조사자 : 일주일 있다가 어디로 가셨어요?

기리라주 : 덕정리.

아내 : 지금 여기 있는 **이라는 회사예요.

조사자 : 아, 그때 옮기셔가지고 지금까지 쭉 계시는 거예요?

기리라주 : 네.

한국 직장생활의 힘겨움

조사자 : 직장생활하시면서 힘드셨던 일들 있으셨죠?

기리라주 : 네, 많아요.

조사자 : 많죠? 그 많은 힘든 이야기 좀 해주세요.

기리라주 : 힘든 이야기는 첫 번째는 우리가 이거 먹는 거에 대해서 입에 안 맞아요. 양념. 입에 안 맞고. 두 번째는 공장에서 일하는 사람은 진짜 이거 공부도 못하는 사람도 있고. 어떤 사람은 글씨

까지 못 읽는 사람도 있어요. 한국 사람 중에. 어떤 날 병원에 갔는데 그 사람 병원에 있어서. "내 이름 써줘. 여기." 그렇게 얘기했어요. 공부 못하는 사람이랑 일하기는 조금 어려워요. 걔네들이 옛날부터 배워서 오는 거라서 어떻게 하는지 몰라서 "해, 해. 새꺄." 습관이 되는 거야, 걔네들은. 그래서 네팔에서 한국에 근로자로 일하러 와도 걔네들은 조금 공부하고 있는 사람? 외국 사람이어도 조금 세상을 볼 수 있는 사람이라서 생각하는 게 달라요. 걔네들이랑 조금. 그래서 여기 와서 공장에서 일하게 되면은, 걔네들이랑 같이 일해야 되기 때문에 내 머리도 저쪽으로 그 사람처럼 만들어야 해요. 걔가 시키는 대로.

조사자 : 맞춰야 돼서. 그게 힘드시네. 맞춰주기가. 그렇죠?

기리라주 : 네.

아내 : 수준이 안 맞아? 한국 사람들이?

기리라주 : 아니, 이 기계는 이렇게 놓고 사진 찍고 있는데 지금 21세기 사람은 이렇게 바꿔서 찍으면 어떨까 생각을 바꿔야 하는데. 아니야. 이거는 이렇게 계속해야 돼요. 이렇게만 하는 거야.

조사자 : 처음 했던 그대로. 그런 게 힘드셨구나. 그리고 같이 지내다가 싸움이 나거나 그런 적은 없어요?

기리라주 : 조금 있어요.

조사자 : 어떤 일이 있었어요?

기리라주 : 한국 사람들은 군인 교육 받아서 오는 사람이라서. "야, 이거 알아서 다 해." 일 시키는데 높은 사람 있잖아요. 이거 계급이 높은 사람. 과장, 부장이 있으면 그 사람 시킨 대로 해야 된다. 이거 까만색 있어. 그 사람이, "이거 흰색으로 불러." 이렇게 하면 우리가 흰색으로 불러야 하는데. "아니야. 이거 까만색이야." 그렇게 말하고 싶어서. 안 맞는 건 안 맞아요. 안 되는 건 안 된다고. 그렇게 말하면서 싸웠어요.

조사자 : 그래서 어떻게 싸웠어요? 그 사람이 뭐래요?

기리라주 : 아니, 한국 사람이 자기보다 계급이 높은 사람이 시키면은 '네'만. '네'만. 무조건 '네' 하고 해야 된다. "그거는 아니야.

같이 일하는 사람 있으면 너도 월급쟁이고 나도 월급쟁이야. 너도 일해야 하고 나도 같이 일해야 돼요. 너는 계속 쉬고 나는 계속 일하는 거, 이건 안 맞아요." 그렇게 이야기하면서 싸운 거야. 입으로만 싸우고, 몸으로는 안 싸워.

조사자 : 입으로만 싸웠어요?

기리라주 : (웃으며) 네.

조사자 : 계속 논쟁하는 거야? 아니다. 아닌 건 아니다.

기리라주 : 아닌 건 아니다고 이야기하고, 같이 사무실 가서 풀면 알 수 있는데. 다 불만했어요. 근데 가만히 있고 그런 거 아니고, 계속 불만하고.

아내와의 연애와 결혼

조사자 : 그러면 포천에서 직장 다니셨는데 부인이랑은 어떻게 만나신 거예요?

기리라주 : 부인이랑은 하나님이 해주신 건데.

조사자 : 하나님이 떨어져 있는 사람을 갑자기?

기리라주 : 저는 이거 3년 8개월 정도 거기서 일하다가 **하다가 다쳐서 다리 다쳐서 병원 갔는데.

아내 : 뭐가 3년 8개월이야?

기리라주 : 아니 8개월 만에. 8개월 만에 거기서 다리 다쳐서, 다쳐서 병원 갔는데, 거기 의사야. 의사는 예쁜 여자들이 나오잖아요. 주사 맞고 뭐 하는데 그렇게 나오는데. 남자들이 보면 다 예쁜 여자들이 되면 마음이 좀 편해요. 난 수술하게 됐어. 됐는데 거기서 그 여자가 와서, "야! 팬티 벗었어요?" 그렇게 물어보는 거예요. 나는 팬티만 알아요. 그거 영어잖아요. 네팔부터 알고 있는데. '벗어요'는 몰랐었어요. 두 번 세 번까지 물어보는데 아, 전혀 몰라요. 뭔 말이지 몰라서 어떤 이가, 이쪽에 환자가, 한국 사람이 여기 손잡고 화장실 데리고 가다가 팬티 벗었어요. 벗어

서, '아, 나는 이거 어떻게 살아요.' 그거 때문에 한국어 배우려고 교회도 다녔어요. 일 년 정도. 그다음에 어떤 친구가, "외국인근로자 지원센터에서 한국어 가르친다. 공짜다." 그렇게 하면서.

아내 : **씨.

기리라주 : **씨, 응. 거기 가서 한국어 배우러 가는데 어떤 이쁜 여자 봤어요. 한국 사람 중에. 그 여자가 선생님으로 오는 거야.

조사자 : 뭘로 와?

기리라주 : 선생님. 선생님.

아내 : 예쁜 여자를 봤는데 그 여자가 선생님이야?

조사자 : 선생님으로 왔어. 예쁜 여자가.

기리라주 : 네. 그다음에 지금 바뀌어서 와이프가 된 거야. 그 예쁜 여자가.

조사자 : 아니, 그 예쁜 여자를 어떻게 만나서.

기리라주 : 선생님으로. 나는 학생으로 가고 그 여자는 선생님으로 오는 거야.

조사자 : 너무 압축됐잖아요. 자세하게 이야기를 해주셔야. 이야기가 되죠. 선생님을 만났는데, 원래 그러면 여기에 선착순으로 줄을 서야 되잖아요. 줄 서서 들어갔어요?

기리라주 : 어디서?

아내 : 처음에는 왔지. 처음에는 우리 반으로 왔죠.

기리라주 : 줄 서서 가는 거야.

조사자 : 줄 서서 신청하는 거야? 선생님 수업 들으니까 어떻던가요?

기리라주 : 아. 별로 좋지 않아도 선생님 이뻐서 계속했어요.

아내 : 여보, 나는 그때 부담임이고 자기 담임은 젊은 아가씨였잖아.

조사자 : 담임선생님이 예뻤던 거 아니에요?

아내 : 담임이 예뻤지.

기리라주 : 아니, 제가 이뻐 보여서 나도 봐야 되는, 저한테도 봐야 되는 사람 없으면 그 사람 다른 사람 보면, 계속 따라다닐 수 없잖아요. 빈 사람 누구 있는지, 빈 사람 찾아야 되는데 이쪽 왔어요.

조사자 : 그래서 매일 수업 가는 게 즐거웠어요?

기리라주 : 네네. 저는 괜찮았어요. 저는 그때는, 처음에는 '어떻게 한국어 배울 수 있나?' 그것만 생각 했어서 계속 다녔어요. 한 번도 빠진 적 없고.

조사자 : 그럼 좋아한다는 표현을 어떻게 하셨어요?

기리라주 : 좋아한다는.

조사자 : 혼자만 좋아한 건 얼마 동안?

기리라주 : 처음에는 혼자만 좋아하고.

조사자 : 얼마 동안요?

기리라주 : 그건 모르겠어요. 기억이 안 나고.

아내 : 처음부터 좋아했던 거구나! 처음 보자마자. 첫 수업에.

조사자 : 첫눈에 반했네.

기리라주 : 아, 처음에 ** 갈 때, "너, 결혼했어? 안 했어?" 그렇게 물었는데 난 한국말 잘 모르니까, "아직 안 했어요." 하는데 그 말이 몰랐어요.

조사자 : 그 말이 결혼 안 했다는 이야기인 줄 못 알아들으셨어?

기리라주 : 아니, "결혼했어요? 안 했어요?" 물어보는데, "아직 안 했어요. 할 거예요." 이렇게 힌트, 힌트 줬는데 우리 선생님은 몰랐어요.

아내 : 어, 나한테 힌트 준 거였어? 자기 결혼 안 했다고?

조사자 : 못 알아들어요?

아내 : 내가 그걸 힌트를 못 알아들었어?

조사자 : 그래서 계속 힌트를 못 알아들어서 어떻게 하셨어요?

기리라주 : 사실 그건 몰라. 그다음 어떻게 됐는지.

아내 : 여보, 그때 싸웠잖아. **랑 싸웠잖아. 그 사람하고 싸울 때. 싸워서 자기가 맞았대며. 그래서 네팔 가고 싶다 그랬잖아.

기리라주 : 아이, 그거는.

아내 : 그때부터 자주 스카이프로 통화하면서 자기가 맨날 물어보고 그랬잖아.

조사자 : 그러면 스카이프로.

아내 : 아니, 그때 스카이프가 아니고, 처음에는 스카이프 아니고 페

이스북으로 했었지? 응.

조사자 : 페이스북으로 일부러 자꾸 질문을 했어요?

기리라주 : 어. 질문하고.

아내 : 물어보고.

조사자 : 계속 이렇게 사인을 보내는데 몰라요?

기리라주 : 아, 몰라요.

아내 : 여보가 그때 자기 네팔 갈 건데 빨리 나랑 같이 가자고 그랬잖아.

조사자 : 왜 그러셨어요? 진짜 같이 가려고 그랬던 거예요?

기리라주 : 아니, 같이 가자고 했는데 안 가잖아요.

조사자 : 진짜 같이 가려고 그랬어요? 네팔은 그렇게 청혼해요? 결혼하자고 할 때?

기리라주 : 아니요. 달라요. 저도 결혼 안 해서 몰라요. 우리나라는 이거 부모님들이 소개해서 결혼하는 거예요. 옛날에.

아내 : 무조건 중매야.

기리라주 : 자기 계급이랑 성이랑 맞아야 돼요. 그것 때문에, 우리나라는. 아버지가, "이 사람 딸이랑 결혼해." 그렇게 하면, 하면 무조건 해야 돼요. 안 된다고 하면 안 되는 거예요.

조사자 : 그래서 "나, 네팔 가는데, 네팔 같이 갈래?" 그랬더니 뭐라 그러셔요?

기리라주 : "안 간다." 그래요. 그러고 대답이 없어요.

조사자 : 그래서 어떻게 했어요? 그러면 못 만나잖아.

기리라주 : 아니요. 만나기는 계속 만났어요. 여기서.

조사자 : 네팔 그러면 그때는 다시 가실 때가 아니었어요?

기리라주 : 처음에 얘기할 때 저는 일하고, '선생님, 선생님.' 하고

조사자 : 그냥 던진 말이구나?

기리라주 : 네. 그냥 던진 말이에요.

조사자 : 꼭 네팔에 들어가야 하는 건 아닌데?

기리라주 : 아니에요.

아내 : 그때는 가고 싶었잖아. 힘들어서 다리도 아프고 그 사람들하

고도 싸우고.

기리라주 : 아냐. 어떤 날에는 가려고 비행기 표도 구하는데 조금, 카산네 거기 가게 갔는데. 어떤 네팔 사람 만났어. 우리 동네에, 동네 사람 아니고, 동네에 있는 여자랑 결혼한 사람. 사위로 불러. 동네에서 아는 사람을 사위로 부르는데. 그 사람이, "그렇게 그만두지 말고 갈 때 네팔 가고 싶으면은, 이 회사 그만두면 3개월 동안 다른 회사에 갈 수 있는 시간이 있어. 그렇게 그만두고 그렇게 가. 그렇게 가서 올 수 있어." 그렇게 했는데, "그럼 그렇게 하겠다. 지금 안 가요. 갈 때 다시 얘기할게." 그렇게 얘기했는데, 안 갔어요. 그다음에 안 가다가 다시 시간이 끝났어요. 갈 때 됐는데, 그 사람이.

아내 : 애인이 있으니까 안 가지.

기리라주 : 애인 있어도 이거는 가야 돼.

조사자 : 그러면 두 분이 사귀기 시작한 건 언제부터예요?

기리라주 : 언제부터?

아내 : 그니까 2010년도 2학기 때 처음 우리 반이었고, 그다음 2011년도 새 학기 때 그때 5월 8일 어버이날 UFC에서 그전엔 가끔 한두 번 만나서 저녁에 만나서 일요일 날 만나서 술 한잔 마시고 그랬었는데. 그때 5월 8일 날 우리 하동. UFC에서 다 같이 이렇게.

조사자 : 경상도 하동?

아내 : 네. 여행을 보내주는 거예요. UFC에서, 이 사람들을. 그때 갈 때 버스 안에서 같이 앉아서 같이 가면서 서로 친해지기 시작했죠.

조사자 : 그다음부터 본격적으로 연애를 하신 거예요?

아내 : 네. 갔다 와서부터.

조사자 : 그럼 비밀연애 하셨는데 어디서 만나서 어떻게 데이트를 하셨어요?

기리라주 : 그런 거는 다. 비밀로 다 얘기하면 안 되잖아요.

아내 : 근데 여보, 그 얘기 해야지. 네팔 올 때 식당 아줌마한테 한국 가서 자기 목표 있었잖아.

기리라주 : 아, 처음 한국에 갈 때 한국 여자들은 안 예뻐. 예쁘기는 예쁜데 색깔은 까만색이잖아.

아내 : 네팔 사람들은. 네팔 사람들이 피부가 까맣다고.

기리라주 : 응. 까맣다고. "야, 넌 결혼 안 해?" 그렇게 물어봐요. 우리 거기서. ****인데. "아, 나는 한국 가서 예쁜 여자랑 결혼할게." 그렇게 얘기해요.

아내 : 피부 하얀.

기리라주 : 응. 피부 하얀 이쁜 여자랑 결혼할게. 농담으로 했는데 진짜로 됐어요.

아내 : 신한테 기도를 했다는 거지. 한국 여자하고, 피부 하얀 한국 여자, 예쁜 여자랑 결혼하게 해달라고 했는데. 한 가지 이야기를 안 했다는 거야. 신한테. 나이 어린 여자를 얘기 안 했다는 거야. 그 이야기를 안 했더니 신이 그거를 안 들어줬다고.

조사자 : 예쁜 여자만 들어주셨구나.

조사자 : 그럼 한국에 처음 오실 때가 몇 살이셨는데요?

기리라주 : 서른셋.

조사자 : 서른셋. 결혼은 몇 살에 하시고? 4년 전이니까. 몇 살에 결혼하셨죠? 혼인신고하신 게 몇 살?

아내 : 4년 전이면 2013년도인데. 여보. 2013년도. 그때가 이 사람이 4년 10개월 끝나고 네팔을 갔어요. 그런 다음에 나보고 나 그때 "나 여행 갈게." 그랬지. 가서 혼인신고를 하고 왔어.

조사자 : 거기서 부모님 인사드리고? 부모님이 외국인 며느리 반대 안 하셨어요?

기리라주 : 아니, 우리 엄마는 조금 달라요. 우리 저보다 먼저 그거 동생 결혼했어요. 결혼할 때 그 며느리도 성이 달라요. 옛날에는 같은 성이어야 되는데 우리 동생이 좋아해서, 연애해서 그 여자랑 결혼했어요. 달라서, "야, 너는 편한 대로, 살 수 있는 대로 하라."고 하는 거예요, 우리 엄마는.

조사자 : 어머니가 특별하게 다른 분하고 다른 거예요? 아니면 네팔 분위기가 많이 바뀌는 거예요?

기리라주 : 바뀐 거예요. 많이 바뀐 거예요, 지금. 우리 동네 옛날에는 없는데 지금 우리 동네 사람들은 다른 성이랑 결혼하는 거야.

조사자 : 지금은 다른 성이랑 많이 결혼해요?

아내 : 왜냐하면 기린은 브라만하고 크샤트리안 두 번째 계급인데 이 동생의 와이프는 그 밑에 계급인가 봐요. 그래서 밑에 계급이라 결혼을 하면 안 되는데 밑에 계급이래도 그냥 직업이 괜찮거든. 더 부자야. 그 둘이 연애해서. 학교 다닐 때 연애했나?

조사자 : 그럼 네팔은 한국은 원래 동생보다 형이 먼저 결혼을 해야 된다고 하는 인식이 있어요? 지금은 많이 바뀌었지만. 형제가 순서대로 결혼해야 한다고 그런 생각 많이 하는데, 네팔은 그런 건 없어요?

기리라주 : 우리나라에도 그런 거 있는데 부모님이 결혼해 주려면 그렇게 해주는 거야. 그런데 서로 연애하고 우리나라는 결혼 안 하고 여자 데리고 올 수 있어, 집에. "우리 와이프야. 지금부터." 와이프라고 데리고 올 수 있는데 집에서 인정해 줘요, 그런 거는. 그러면은 형이 못하는데 어떻게 해. 그걸.

아내 : 그리고 아버지가 안 계시니까. 여기도 마찬가지잖아. 우리나라도 그렇잖아. 아버지 없으면 조금 위계질서가 조금 없지.

기리라주 : 아니면 같이 해줘요. 동생 둘이 같이 해주고 그렇게 맞춰서 해주는 데 있는데. 연애 안 하면 못하는 거야. 그런 거.

아내 : 동생도 이 사람 한국 왔을 때 결혼한 거예요.

조사자 : 그러면 결혼식도 못 갔겠네?

아내 : 못 갔지.

기리라주 : 응.

조사자 : 그러면 형제분이 동생하고 둘?

기리라주 : 아니, 형도 있어요.

조사자 : 형도 있어요? 삼 형제?

기리라주 : 누나 둘. 아들 셋.

조사자 : 아들 셋. 딸 둘.

기리라주 : 네.

조사자 : 다 결혼은 하셨고요?

기리라주 : 네.

조사자 : 누나들이니까.

아내 : 큰누나가 나랑 동갑이야. 할머니야. 손주가 있어. 거기는 보통 열여덟, 열아홉 이렇게 결혼을 하니까. 작은 누나도 나보다 더 어린데 손주가 있어. 다 결혼을 해서.

조사자 : 그랬구나. 네팔에 가보셨더니 어때요? 거기 분위기나 문화 이런 게?

아내 : 처음에 갔을 때는 인제 그때 혼인신고하려고 간 것도 아니고, 그냥 진짜 총각인가 아닌가 보러 갔어. 결혼했나? 안 했나? 거짓말하는 거 아닌가. 그러니까 그런 의심을 한 거죠. 외국 사람들이 한국 여자랑 결혼해서 비자 받고 싶어서 가짜 결혼하려는 게 많아서, '이 사람도 그런 게 아닌가? 내 눈으로 확인을 해야지.' 그냥 그러고 간 거지. 갈 때 미혼증명서만 하나 가지고 갔어요. 떼어가지고 오라고 하긴 하는데. 그거 하나 가지고서는 뭐가 안 되거든요. 근데 그냥 그거 하나 떼어가지고 갔는데. 이 사람은 자기 마음의 준비를 하고 있었고.

아내 : 근데 가서 누나하고 남동생하고 같이 한 동네 살아요. 카투만두 시내에서. 근데 이 사람이 누나한테 셋팅을 해놓은 거야. 나오면 불편하지 않게 해주기 위해서. 가서 한 달 동안 있으면서 3주인가? 3주 정도 있었는데. 누나가 정말 아침에 딱 눈뜨면 차 끓여와, 또 우리 운동하고 오면 밥 차려놔, 외출하면 빨래 다 해놔. 있는 내내 정말 그 누나가 손 하나 까딱 안 하고 다 그렇게 해주고. 그리고 고향 아까 쌍카촉이라고, 쌍카촉이란 동넨데. 거기에 갔는데 고향에는 다 식구들이 다 나와서 집만 덩그러니 있어요. 형만 거기에 살고. 근데 거기도 집이 3층짜리 건물에서 형이 살면서 장사도 하고 세도 하는데. 또 이쪽으로는 산 쪽으로는 집 두 채가 있는데 거의 비어있는 거야. 다 나가서. 근데 그 비어있는 집을 나 온다고 미리 모기장도 쳐놓고, 싹 정리해 놓고, 물도 없는데 물도 다 받아놓고, 화장실 다 셋팅을 해놓은 거예요. 나

불편하지 않게 해주려고 다 해놨더라고 보니까.

그래서 일단은 그렇게 해서 어쨌든 그렇게 편하게 해주길래 애썼기 때문에 처음에 깜짝 놀랬죠. 갑자기 밥 먹는데 전기가 나가. 그리고 나중에 몰랐는데 어느 날 물어보는 거야. “오늘 목욕해, 안 해?” 목욕, 우린 매일 하잖아요. 근데 여기는 매일 안 해요. 매일 하지 말라 그래 또. 근데 매일 나한테 물어보는 거예요. “오늘 목욕해, 안 해?” 물어보는 거야. 그래서 목욕한다 그러면 그 누나네 아래층에 세 가구가 세를 사는데. 이 사람들한테 물을 안 준다는 거야. 나 목욕해야 된다고.

조사자 : 물이 귀해서?

아내 : 예. 정부에서 이틀에 한 번씩 옥상에 물탱크가 있는데 거기다 이틀에 한 번씩 물을 준대요. 그걸 나눠 써야 하는 건데. 그런데 난 그것도 몰랐지. 나 목욕한다고 아래층에다가 물을 제한하는 거죠. 미안하더라고, 나중에. 전기도 그렇지, 물도 그렇지. 막 카트만두는 먼지가 너무 많아서 마스크 하루 쓰고 갔다 오면 새까매지지, 생활은 많이 불편해요.

조사자 : 그리고 총각인 걸 확인을 하고 이제 결혼할 마음을.

아내 : 응, 총각인 거 확인하고 혼인신고했어. 그래서 혼인신고한다고 힘들었죠. 대사관 가서 서류 다 만들어서 해주고. 쉽지 않았지.

조사자 : 일시 귀국하셨을 때 고 당시에 인제 그 준비들을 하신 거예요?

아내 : 거기 가서. 아무것도 준비를 안 해놔서 미혼증명서 하나만 가지고 했는데 나머지는 서류는 내가 거기서 다 만들어서. 컴퓨터로 다. 미혼증명서 그거만 있으면 되더라구요.

입에 맞지 않는 한국 음식

조사자 : 어떤 음식이 그렇게 제일 안 맞았어요? 음식이 안 맞는 게? 여기 한국에요? 많이 안 맞아요. 별로 난 안 먹어요.

조사자 : 지금도?

기리라주 : 네.

조사자 : 그러면 집에서 주로 뭐해 드세요?

기리라주 : 별로.

아내 : 다행히 세 끼는 회사에서 다 먹어서 안 맞으면 우유에 밥 말아 먹는대요.

기리라주 : 그 물소 있잖아요. (아내를 쳐다보며) 뭐야?

아내 : 버팔로.

기리라주 : 버팔로 우유랑 애기 때부터 먹어요. 모든 집에 물소 있으면 부자집이라고 물소 우유 먹고, 물소 우유에서 만든 '기'라는 게 있어요. 기름. 그거 먹는 사람은 몸에 좋다고 우리가 아침저녁 그거 우유를 밥 말아 먹는 게 있어요.

아내 : 물소 우유는 굉장히 진해요. 달고 맛있어요. 일반 우유랑은 달라요.

조사자 : 그거에 밥 말아 먹어요? 어릴 때부터?

기리라주 : 네. 우리는 국 같은 것만 있으면 돼요.

아내 : 달.

기리라주 : 달이랑, 달이랑 밥만 있으면 되는데.

조사자 : 그래도 어쨌거나 기숙사 안 가시는 날은 집에서 밥을 먹어야 되잖아요.

아내 : 그래서 네팔에서 양념 가져온 거 있는데. 어쨌든 그 양념 가지고 대충 해줘요.

조사자 : 네팔 음식이 맞으세요?

아내 : 네, 저는 맛있어요.

조사자 : 그럼 주로 맞춰주게 되겠네요? 음식은?

아내 : 퓨전으로 해요. 나도 네팔 스타일을 모르니까. 그냥 퓨전으로 양념만 네팔 양념이지 요리법은 대충 제가 해요.

기리라주 : 냄새만 네팔 냄새 나요.

아내 : 양념 냄새만.

조사자 : 네팔은 남자분들이 요리 많이 안 하세요? 집안에서?

기리라주 : 아니요. 옛날에는 안 했는데. 지금은 우리 와이프가 맨날 네팔 남자들 요리 안 돼요. 뭐 안 돼요. 그렇게 하는데 주로 안 해요.

아내 : 아직은 내가 봐준다고 했잖아. 지금은 봐주고 있어요.

조사자 : 4년밖에 안 돼서?

아내 : 아니요. 일 다니잖아. 나는 먹고 노니까.

조사자 : 바쁘시잖아요. 교육하느라고. 그러면 지금도 한국 음식은 잘 적응이 안 되시겠네요?

아내 : 우리 엄마랑 같이 살거든요. 부모님이랑. 우리 엄마가 한 거 안 먹어요.

기리라주 : 안 먹는 게 아니라 맛없어서 안 먹는 거야.

아내 : 안 먹어요. 진짜. 우리 엄마도 약간 기분 나빠하지. 그러니까 서로 이야기를 안 해요.

조사자 : 향이 안 맞아서 그러는 거예요? 아니면 맛이 없어서?

기리라주 : 김치 같은 거는 별로, 나는.

아내 : 식당 가면 먹잖아.

기리라주 : 식당에서 나온 거는 모르겠어요. 그 김치는 처음 거기 나와 있잖아. 거기서 빼는 날은 맛있어요. 두 번째 날은 조금 맛없어요.

조사자 : 그러니까 막 금방 자른 김치가.

기리라주 : 금방 자른 김치는 맛있어요. 회사에서도 먹고. 식당에서는 그런 거만 나와요.

조사자 : 근데 맵지 않아요?

기리라주 : 맵지 않아요. 그건 맛있어요. 그날 나온 거는. 근데 이틀, 삼일 지나면 그거는 맛없어요. 써요. 많이 써.

조사자 : 그러면 입이 까다로우신 편은 아니에요?

아내 : 까다롭지는 않은데. 짜다 싱겁다 잔소리 같은 건 절대 안 해요. 주는 대로 먹는데 맛없으면 안 먹고 맛있으면 한 번 더 달라고 하고.

기리라주 : 달라고 안 했어요.

아내 : 그래서 이게 네팔 음식은 양념은 카레 양념이잖아요. 스리랑카든 네팔이든. 이 양념들은 양념이 익어야 된대요. 푹 끓여요.

조사자 : 시간이 오래 걸리는구나.

아내 : 우리처럼 살살 볶아먹고 하는 게 없고 푹 익혀야 돼서. 그래서 고기도 숯불에 구워먹고 이런 거 안 먹어요. 푹 익어야 돼. 그래서 감자탕만 먹어요.

조사자 : 그나마 감자탕이 괜찮아요?

기리라주 : 네. 해장국.

조사자 : 사골은 안 드시고? 아, 해장국? 한국 음식 중에 오랜 시간 우린 음식을 좋아하세요? 아니, 김치 반찬만 맛없는 거야.

아내 : 뭐, 야채도 안 먹으면서.

대화가 적은 옹서(翁婿)

조사자 : 그러면 이제 한국에 문화라는 게 있잖아요. 그런 거랑 네팔의 문화랑 차이가 나서 불편했거나 아니면 이상했거나 그렇게 느낀 건 없어요?

기리라주 : 없어요. 그런 거는.

아내 : 근데 왜 장인 장모하고 생전 말을 안 해요?

기리라주 : 서로 안 맞는지, 어떻게 된 건지 상황이 안 맞는지. 저쪽에서도 질문 아무것도 없고. 나만 어떻게. 저보다 나이 많은 사람한테 우리나라 문화에는 함부로 말하면 안 되잖아요. 반말을 써도 안 되고 뭐 안 되고. 내가 하는 말인데 잘못할 수도 있고 그것 때문에. 그래서 조심조심해서 하는 거보다 안 하는 게 나아.

조사자 : 그렇구나.

아내 : 그래서 같이 식당에 가잖아요. 그러면 아버지도 한마디도 안 해. 이 사람도 한마디도 안 해.

기리라주 : 먼저 아버지가 말을 시작해야 되는데.

아내 : 아버지 귀 안 들리잖아. 안 들려서.

기리라주 : 그럼 먼저 귀 안 들린다고 말을 해야지.

아내 : 자기가 어른한테 젊은 사람이 어른한테 먼저 자꾸 이야기를 하는 거야. 정말 내가 불편해서 진짜. 그래서 우리는 밥도 따로 따로 먹는다니까. 노인들 따로 우리 따로. 시간이 안 맞아서. 그거는.

조사자 : 서로 시간이 안 맞아서.

기리라주 : 응.

아내 : 아침에도 먹을 때도 한 마디도 안 하고 먹잖아.

조사자 : 한국 남자들끼리 있을 때도 그런 경우 많아요. 남자분들이 워낙 말수가 없으니까. 원래 말씀이 많지는 않으시죠?

기리라주 : 네. 지난번에 엄마 거기 양평 갔잖아요. 거기 가는 날 너무 덥다고. 거기 가서, "전화해야 되는데. 이렇게 더울 때 일하면 안 되는데. 아프면 어떡해."

아내 : 아버지가?

기리라주 : 나보고. 전화 안 받는다고, 나보고 전화하라고.

아내 : 양평에 밭이 있는데 더운데 나랑 엄마랑 모시고 갔어요. 아버지는 거기 가는 걸 싫어해요. 거기 간다고 또 잔소리를 이 사람한테 했다는 거야. 거기 왜 갔냐고. 생전 이야기 안 하더니 그런 이야기만 해?

편견과 차별, 낯섦 속에서 살아가기

● **구연정보**

조사일시 : 2018. 02. 06(화) 오후
조사장소 : 경상남도 진주시 상대 2동 YWCA
제 보 자 : 스레스탄 졸티 [네팔, 여, 1987년생, 결혼이주 11년차]
조 사 자 : 신동흔, 한상효, 이승민

● **구연상황**

〈시바와 사티〉 이야기 구연을 마친 뒤, 제보자는 기억나는 설화가 없는지 한동안 이야기를 하지 못 했다. 청자로 있던 카멜라씨와 걸퍼나씨가 제보자의 이야기를 경청하는 상황이었다. 조사자가 제보자에게 한국에서 특별하게 어려웠던 점이나 기억나는 에피소드를 묻자 제보자는 서툰 한국말, 특히, 존댓말의 어려움에 대하여 말했다. 네팔에는 나이와 상관없이 친구를 하는 문화가 있다는 점을 강조했다.

● **줄거리**

제보자가 한국에서 살면서 가장 힘들었던 일은 차별과 편견이었다. 결혼 후에 사람들은 "너 이거 아냐?"라든가 "시집 잘 왔다."라고 하는 등 차별과 무시가 배어 있는 말을 던지곤 했다. 한국어의 높임법도 제보자를 힘들게 했다. 시어머니가 자신에게 "아가, 이리 와 밥 먹어라."고 해서 제보자도 시어머니에게 "이리 와 밥 먹어라."고 했다. 그러자 시어머니가 "이리 오세요."라고 말을 바꾸었다. 한국과 달리 네팔의 학교에는 진급 시험과 유급 제도가 있어 형과 동생이 한 반에서 배우기도 한다. 그리고 네팔어에도 존댓말이 있다.

차별받는 느낌

[조사자 1: 한국에 와서 생활하는 건 좋아요?] [청자(걸퍼나): 네, 괜찮

아요. 좋아요. 처음에 힘들었지만 이제는 괜찮아요.] [조사자 2: 한국 사시면서 제일 힘들었던 게 어떤?] 차별이요?

[조사자 2: 차별이요? 어떤 차별?] 시장 같은 데 가면요. 할머니들이 있잖아요. 시장 같은데 할머니들한테,

"이거 주세요."

그라면은 어떻게 아직까지 말이,

"너 이거 좋은 거 나쁜 거를 고를 줄, 볼 줄 아는 눈이 있느냐?"

이런 식으로 인제는 그게 표현이 되는데 그때는,

"니 이거 아냐? 이거 먹어 봤냐?"

이런 식으로 하시잖아요. 엄청난 차별로 느껴지는. 지금은 아무렇지도 않는데, 그때는 엄청난 차별로 많이 느껴진단 말이에요.

첫인사에 하시는 말이,

"시집 잘 왔다."

[조사자 2: 시집?]

"시집 잘 왔다."

[청자(카멜라): "시집 잘 왔다."]

내가 잘 왔는지, 잘못 왔는지, 내가 여기서, 여기보다 네팔이 더 잘 살았다는, 어떤 강의인 줄 모르잖아요. 근데 첫인사로. 근데 친해는 사람은 그렇게 얘기를 하면은 아무렇지도 않은데 처음 보는 생전 처음 보는 아주머닌데, 물어보는 거예요.

"어디서 왔어?"

"네팔에서 왔어요."

그러니까,

"너 시집 잘 왔다."

이렇게 얘기하고, 첫, 첫인사가 그거인 거예요. 인제 그, 그분보다 내가 잘, 어떤 얘기인지 모르잖아요. 그, 물론 그렇게 얘기할 수는 있어요. 지내지면은. 근데 첫인사를 그렇게, 인사를 하시면은 그걸로 상당히 안 좋더라고요. [조사자 2: 무시하는 것 같고요.]

지금은 어떤 식으로 말, 말을 하시든 내가 그분이 한마디 하면 열 마디 할 수 있어서 괜찮은데, 초창기에는 이게 얼마나 스트레스

인지를 계속, 너무 힘든 거예요. 혼자서.

서툰 한국말에 따른 에피소드

[조사자 1: 뭐 특별히 기억나는 그런 에피소드 같은 게 있어요? 뭐 좀 속상했거나, 아니면 좀 그 곤란했거나 아니면 굉장히 재미있었거나.]

그 우리 어머님이 처음에,

“아가야, 아가야.”

라고 하셨거든요.

“이리 와. 밥 먹어.”

이라시는데, 나도 어머니한테,

“엄마.”

어머니를 엄마라고 부르라고 가르쳐주셨어요. 그다음에,

“엄마 이리 와. 밥 먹어.”

완전 똑같이 나는 그대로 배운, 그대로 하는 거니까 처음은,

“엄마 이리 와 밥 먹어.”

이라면 우리 어머니 그 뒤로는,

“이리 오세요. 밥 드세요.”

딱 말을 하시드라고요. 그런 이야기가 재미났는데. 처음에는 또 힘든 거도 만만치 않았어요.

네팔의 학교와 네팔의 존댓말

[조사자 1: 아이들 학교 다니고 있어요?] 네. [조사자 1: 초등학교?] 네. 우리 큰 애는 초등학교 3학년 올라가고 작은 애는 1학년 올라갑니다. [조사자 1: 아 1학년 들어가는 거예요? 이번에?] 네. 올해 들어갑니다. [조사자 1: (다른 화자들을 향해) 아이들은 다 있으시고?] [청자들: 네.] [조사자 1: 아이들 아직 어리니까.] [청자 1: 네.] [조사자 1: 아이들은 뭐 생

활하는 데 학교 다니고 하면은 아이들 힘들고 그러고…] 아직까지는 힘드는 건 잘 모르겠어요.

[조사자 1: 진주만 해도 학교에 학생들이 많이 있어요? 초등학생 반이 여러 개 있어요?] 음, 거의 한 3반 정도는 있어요. 2, 3반 정도는. [조사자 1: 2, 3반.] 2, 3반까지. [조사자 1: 한 반에 한 삼십 명?] 한 이십 명 있는 반도 있고, 한 반에 삼십 명 정도 있는 반도 있어요.

[조사자 1: 옛날에는 학생들이 정말 많았어요.] 저희들도 학생들이. [조사자 1: 육십 명, 칠십 명.] 거의 한 반에, 육십 명, 칠십 명 앉아서 공부했어요. 우리도, 우리 그쪽에도 지금 그래 많지 않대요. 많이 있어봤자, 한 삼십 명, 우리도 막 삼십 명 사십 명, 오십 명.

[청자(카멜라): 백삼십까지 해서, A, B, C, 섹션까지 해가지고 공부도 했어요. 진짜요.] 우리는 A, B, C라고 거, 거 거, 이런 식으로 표현하거든요. 여기는 1반, 2반, 3반 하는 거잖아요. A, B, C라고도 하고, 이제 ㄱ, ㄴ처럼 '거, 거, 거' 이라 거든요. 거, 거, 거. [청자(카멜라): 섹션해가지고.] 그 우리나라에는, 한국에는 그냥 학년이 올라가잖아요. 우리나라(네팔)에는 안 그래요. 시험치고 합격해야 학년 올라가요.

[조사자 2: 시험 떨어지면 유급?] 계속. [청자들: 같이.] 위에 오빠가 밑에 동생, 동생, 동생, 조카랑 공부해야 돼요. 실제로 그런 사람이 있어요. [청자(카멜라): 네팔에는 불합격해도, 또 다시, 또 다시 해야 돼요.] 합격할 때까지 계속 공부를 하니까 위에 고모가 조카랑 공부하는 데도 있고, 삼촌이 조카랑 공부하는, 나이 차이 얼마 많이 않으니까, 하고, 맨 위에 오빠가 뒤에 막내 동생이랑 공부하는 것도 있고.

그래서 한국에는 친구라고 하면 같은 나이를 많이 따지잖아요. 우리는 아니에요. 우리는 친구라면은 십 년 차이라도 친구고, 이십 년 차이라도 친구가 될 수 있는 거예요. [청자(카멜라): 같은 반에 공부하는 친구.] 같은 반에 공부하는 같은 나이 있는 사람들이 거의 서로 다르니까, 학년이 안 올라가거든요. 시험 합격 안 하면.

[조사자 1: 한국에 존댓말 때문에, 존댓말이 있어가지고 그래서 나이가 차이가 나도 친구가 되기 어려운데.] [조사자 2: 한 살만 차이 나도.] 그렇더라고요. [조사자 1: 네팔엔 따로 존댓말, 낮춤말 이런 것들은?] 우리나

라에도 존댓말, 왕족이 쓰는 따로 존댓말이 있고, 이제 밑에도, 세 가지 인제 존댓말, 중간 말, 낮 말 있어요. [조사자 1: 한국만큼 복잡하지는 않겠죠?] 우리도 굉장히 만만치 않습니다. (웃음) [조사자 1: 아 그렇구나.] 우리도 존댓말하고. 중간 좀, 중간 호칭. 좀 완전, 엄청 왕족의 말, 그리고 존댓말 중간 호칭. 그다음에 완전 낮은 호칭 네 가지 계급으로, 하는데.

한 채식주의자의 한국 유학기

● **구연정보**

조사일시 : 2018. 03. 10(토) 오후
조사장소 : 경기도 고양시 덕양구 현천동 한국항공대학교
제 보 자 : 비멀 [네팔, 남, 1987년생, 유학 10년차]
조 사 자 : 오정미, 한상효, 엄희수

● **구연상황**

조사팀은 진주에서 만난 스레스탄 졸티 제보자의 추천을 받아 고양시에 있는 항공대학교 박사과정의 유학생인 제보자를 만났다. 스레스탄 졸티 씨와 제보자는 친척 관계로, 제보자는 스레스탄 졸티의 안부를 조사팀에게 묻기도 했다. 항공대 건물 안에서 구술조사를 시작했고 제보자는 조사과정에서 대학원 과정의 한국 친구들을 조사팀에게 소개하기도 했다. 조사 내내 진지하고 밝은 모습으로 구술을 했다.

● **줄거리**

제보자는 국제적십자의 장학금을 받고 한국에 있는 한서대로 유학을 왔다. 한서대를 졸업한 후 현재는 항공대에서 공학을 전공하고 있으며 박사학위를 준비하고 있다. 한국말은 따로 미리 배운 적이 없고 한국에서 살면서 자연스럽게 배웠다. 한국 체류 10년 차의 제보자는 네팔인들의 커뮤니티 활동도 하며 외롭지 않게 생활하고 있고 그러다 보니 이제 한국에 정착하여 살 것 같다고 한다. 그러나 여전히 힘든 점이 있는데, 그것은 음식 적응이다. 제보자는 채식주의자이고, 한국 음식에는 고기가 대부분 포함되어 있어서 늘 음식을 주문할 때 고기를 주의한다. 현재 고향에는 부모님과 남동생들이 살고 있다. 한국에서 결혼을 한다면 네팔 사람과 하고 싶다.

한국에서의 유학생활

[조사자 1: 성함이 어떻게?] 저는 비멀이라고 합니다. [조사자 1: 비?] [조사자 1: 한국에 오신지는 몇 년도에?] 처음에 2008년도에 왔습니다. [조사자 1: 처음부터 유학하러 오신 거세요? 그때부터 항공대?] 아닙니다. [조사자 1: 그럼 어떻게?] 학사는 한서대에서 다녔습니다. [조사자 1: 아 한서대.] 충남 서산. [조사자 1: 네 알아요. 애초에 한서대도 항공 쪽이 유명한 대학이죠?] 네. 맞습니다. [조사자 1: 그리고 한서대 졸업하시고.] 2013년 무렵에 항공대 다녔습니다. [조사자 1: 대단하세요. 안 힘드세요?] 공부 쉬운 게 어디 있습니까?

[조사자 1: 근데 어떻게 해서 여기 한국을 공부하러 한국으로 유학을 오실 생각을 하셨어요?] 어 저기 저 뭐지 저 어렸을 때부터 적십자 아시죠? 적십자에서 일하는 거, 봉사 활동하는 거 있고… (녹음기 문제로 잠시 중단했다가) 거기서 뭐 거기서 네팔 적십자랑 이란 적십자랑 국제 적십자 세 개 있는 데랑 한서대 합쳐서 거기 장학금 하나 있었어요. 그 장학금 받고 한국에 들어왔습니다.

[조사자 1: 아 그래서. 유학 같은 장학생으로 유학을 오신 거.] 네 맞습니다. [조사자 1: 멋있습니다. 집안에 영광이겠습니다. 아 그러시구나. 그러면 그때까지 한국어는 네팔에서 그냥 처음.] 아닙니다. 한국어 말하시는 거죠? [조사자 1: 네.] 한국어 그냥 여기 와서 배웠습니다. [조사자 1: 근데 이렇게 잘하세요?] 배운 적도 없습니다. 살다 보다 배웠습니다. [조사자 1: 근데 한서대에 오셔서 음 한국어로 수업을 들을 때, 전혀 한국어가 안 되는데 어떻게?] 네. 그냥 거기 수업은 그냥 결석해서. (웃음) [조사자 1: 아. 네. 그럴 거 같애요. 진짜.] 그렇게 하고 뭐 위키디피아 같은 거나 교수님들이 시험은 영어로 볼 수 있고, 그렇게 했어요. 그냥. 처음엔 힘들었어요. [조사자 1: 그러게요. 처음에 그럼 조금 편안해지신 건 언제부터인 거 같으세요?] 2년 반, 2년, 네. 1년 반 지나고부터입니다. [조사자 1: 아 2년 정도가 지나고 나서.] 조금 한국어 할 수 있고 그때까지는 친구들한테 오늘 숙제 뭐인지 물어볼 수 있고.

[조사자 1: 한국 친구들은 뭐 사람마다 다 다르긴 한데 근데 친절한 편

이었어요?] 지금까지 한국, 나쁜 한국인, 만난 적 없습니다. [조사자 1: 그래요? 다행이다. 그러면 앞으로의 갑자기 궁금해요. 계획은 어떻게 되세요? 지금 박사과정이신데.] 아 제일 어려운 질문 하시네요. [조사자 1: 그쵸. 제일 어려운 질문이죠?] 이 상태는 지금 바로 대답할 수가 없습니다. [조사자 1: 박사 몇 기세요? 그러면.] 아. 이제 저 내년 졸업합니다. [조사자 1: 그러면 지금 학위 논문 쓰고?] 음 학기로서 논문 쓰기 시작 중입니다.

[조사자 1: 재미있으세요? 그쪽 분야의 공부가?] 이제는 머리, 머리 아픈데요. (웃음) [조사자 1: 그쵸 뭘 알면, 어 머리가 아프죠. 그쵸.] 재미있지만 머리 좀 아픕니다. [조사자 1: 저희도 그 과정을 해봤기에, 알고 있죠. 재밌지만 발을 빼기엔 너무 늦었죠. 그러면 지금 어 학교 주변에서 혼자 사세요. 그러면.] 네.

네팔 커뮤니티 소개

[조사자 1: 외롭진 않으세요?] 아 저 외롭지만 자주 친구들, 친구들이 만난 적 있고, 여기저기 네팔들 관계된 활동하는 적 있고, 그래서 여기선 자주 네팔 사람 만나니까. 왜냐하면 전화하면, 누구나한테 전화하고. [조사자 1: 네팔 분들이 많으세요? 한국에?] 네. 한국에 좀 많습니다. 거의 3만 5천 명 정도. [조사자 1: 그렇구나.] 그중 학생은 그냥 7백 명 정도 학생 있고, 2백 명 정도 한국인이랑 결혼하는 여성들이 지금 합치면 백 명 정도 그냥 장사하시는 분 합치면 다른 분들은 그냥 일하러 오시는 근로자들이에요.

[조사자 1: 그러면 네팔 분들에 어떤 커뮤니티?] 있습니다. [조사자 1: 대표 커뮤니티가 뭐예요?] 그 대표 커뮤니티는 NRN이라고 있고요. [조사자 1: n?] NRN. [조사자 1: 에, NRN.] 어 그거는 NON-RESIDENT NEPALIZATION이라고 있고요. 그 한국에 거주하고 네팔인, 다 거기로 모여 있습니다. [조사자 1: 그러면 뭐 정기적으로 만나서.] 네. [조사자 1: 어 굉장히 큰 힘이 되겠어요.] 에 좀. 전체가 거기

들어가고, 또 학생들한테만 공유하는 그런 모임도 있습니다. 그거는 '손시크'라고 불립니다.

채식주의자로서의 삶과 문화적응

[조사자 1: 지금 그러면 이제 한국에서 그냥 막연하게 한국에서 계속 살 생각이세요? 아니면 다시 네팔로 가야되겠다라고 생각하세요?] 현재의 생각으로는 이제 한국에서 거의 10년 좀 되니까,

'정말 나라로 들어가야겠다.'

생각했는데 그럼 이제 살다 보니까 10년 거의 지나니까 지금 다 버리고는 다시 들어갈 수가 없는 거 같아요.

[조사자 1: 그럼 한국에 계속 남아서 사는 방법으로 점점 마음이.] 네. 그렇게 바뀌었습니다. [조사자 1: 가장 결정적인 이유 여쭤봐도 돼요? 뭐 생활의 편리함. 뭐뭐, 뭘까요?] 아 그거요? 대답할까요? [조사자 1: 궁금해요.] 아 저는 채식 중이에요. [조사자 1: 에?] 베지테리언이에요. [조사자 1: 아 채식.] 예. 저는 한국에 올 때부터는 베지테리언이라서 그 상태로 보면 생활이 너무 힘들어요. [조사자 1: 생활하기가 너무 힘들다고요?] 네네. 오히려 먹는 거 없잖아요? 여기서. [조사자 2: 한국에서?] 네.

[조사자 1: 어 잠깐만. 채식주의자여서.] [조사자 2: 한국에서 살기 어려운 이유가.] [조사자 1: 아.] [조사자 2: 그쵸 맨날 고기만 먹으니 우리가.] 어디 밥은 어디 밥은 고기 위주로 하고. 이제는 한국어를 좀 하니까, 거기 요리사나 사모님이나 사장님한테, 고기 빼달라고 말할 수 있고. 처음에는 너무 힘들었어요.

[조사자 1: 서울에는 채식주의자 전용 식당도 꽤 있거든요.] 얘기 들은 적은 있습니다. [조사자 1: 저는 가봤어요.] 어 그래요? [조사자 1: 제 친구가 미국에서 살고 있는 친구가 채식주의자 정도가 아니라 이 친구는 비건이에요. 그래가지고 델리푸드도 안 먹고, 완벽하게 정말 어 그래요. 이 친구 왔을 때 일주일 내내 저는 힘들었어요. 정말 계속 그 채식주의 하는 식당을 투어를 했었거든요. 이 친구가 너무너무 행복해하는 거예요. 그래 아마

요기만 해도 그런 식당이 없을 거예요.] 네. 맞습니다.

[조사자 1: 도시는 그래도 그런 데가 있는데 그러시구나. 그럼 주로 요리를 해서 드시겠어요.] 요리하는 적도 별로 시간이 없어서, 안 합니다. 이제는 그냥 이제 고기 안 들어가는 거 몇 개 메뉴 찾았습니다. [조사자 1: 예를 들면? 예를 들면 뭐 있죠?] 김치볶음밥, 김치찌개. 비빔밥. [조사자 1: 김치볶음밥. 가끔 김치볶음밥에도 햄을 넣어주기는 하는데] 네. 거 식당마다 다 틀립니다. [조사자 1: 빼달라고 하고.] 아니 이 근처에 있는 식당에는 안 넣습니다. [조사자 1: 안 넣고. 콩나물국 (웃음)] 떡볶이. [조사자 1: 예, 떡볶이.] 제일 좋아합니다.

[조사자 1: 제가 맨날 그 친구한테 김밥을 쌀 때 그런 햄, 이런 거 전혀, 완전 야채 김밥. 싸서 주고 그랬거든요. 아유 진짜 옛날 생각나네, 진짜. 그러시구나. 현재 그럼 결혼은 안 하셨고. 한국 여자친구도 없으세요?] 없습니다. [조사자 1: 여기 남학생들이 주로 있죠? 항공과니까. 여학생들이 없을 거 같은데.] 이제는 있습니다. 저 처음에 여기 들어올 때는 별로 여자 보이는 적 없었습니다. 이제는 그렇게 많지는 않지만, 있습니다.

[조사자 1: 아니 한국에서 계속 사실 생각이면, 그런 생각도 해봤을 거 같아서. 그쵸.] 어 결혼은 네팔 여자랑 해야죠. [조사자 1: 아 그거는 아. 본인의 생각? 아니면 집안?] 집안. [조사자 1: 집안에서. 아.] 저 첫째 애라서 제가 만드는 길 위에 동생들도 걸어가니까. 그래서 부모님도.

[조사자 1: 네팔에 지금, 가족 나머지 원 가족은 다 네팔에서 계신거죠?] 네. 있습니다. [조사자 1: 부모님.] 그리고 여동생도 몇, 아 죄송합니다. 남동생도 있습니다. [조사자 1: 첫아들이신 거네요.] 제일 많이 나이 먹는 사람입니다. (웃음) [조사자 1: 네팔도 한국처럼 첫째 아들한테 대한 어떤 장자, 그걸 장자라고 하거든요. 장자에 대한 어떤 더 많은 책임과 기대 이런 게 있나요?] 있습니다. [조사자 1: 어깨가 무거우시겠어요.]

카자흐스탄

외할머니의 카자흐스탄 이주내력

● 구연정보

조사일시 : 2016. 11. 17(목) 오후
조사장소 : 강원도 횡성군 횡성읍 읍하리
제 보 자 : 히아조바 나탈리아 [카자흐스탄, 여, 1982년생, 결혼이주 11년차]
조 사 자 : 박현숙, 김현희

● 구연상황

모우에 히로꼬 제보자가 앞서 〈혀 잘린 참새〉 구연을 마친 뒤 이야기판 참여자들이 배달음식으로 간단하게 저녁 식사를 하고 있을 때 제보자가 퇴근하여 조사장소에 도착했다. 제보자도 함께 저녁 식사를 마친 뒤 조사자가 제보자에게 조사 취지를 설명했다. 그리고 이어서 조사자가 제보자에게 카자흐스탄에서 전해지는 옛이야기를 들려달라고 요청하자 잘 기억이 나지 않는다고 했다. 제보자는 잠시 후 어머니에게 들은 외할머니의 카자흐스탄 이주에 관한 구연을 시작했다. 히아조바나탈리아바흐티야렵나 제보자가 구연하는 동안 제보자를 소개한 오숙민 작가와 앞서 구연한 일본 국적의 모우에 히로꼬 제보자는 이야기판에 청자로 참여했다. 오숙민 작가는 제보자에게 적극적으로 질문을 하며 이야기판에 동참했다.

● 줄거리

외할머니는 스탈린의 강제 이주 정책으로 인하여 기차를 타고 카자흐스탄으로 이주했다. 허허벌판에서 정착해야 했던 이주민에게 카자흐스탄 사람들이 옷과 음식을 나누어 주었고, 이주민들은 카자흐스탄 사람들에게 농사짓는 법을 가르쳐 주었다. 외부로 떠도는 할아버지 때문에 외할머니가 홀로 팔남매를 키웠다. 고려인은 곳곳으로 흩어져 카자흐스탄에 정착했기 때문에 자손들이 한국어를 잘 모른다. 예전에는 러시아어를 주로 사용했지만, 카자흐스탄의 경제 수준이 높아지면서 점차 카자흐스탄어를 쓰는 사람이 많아지고 있다.

외할머니의 카자흐스탄 이주 과정

외할머니는 옛날에, 엄마가 저한테 들려준 이야기인데요. 달리와스톡이라고 (휴대폰으로 찾아보며) 한국에서 오셔가지고 다들 한국 사람들이 여기 카자흐스탄으로 와서 먼저 '달리와스톡'이라고 거기서 살다가 카자흐스탄으로 온 거예요. [청자: 블라디보스토크?] 블라디보스토크 말고 달리와스톡이라고요. 잠깐만요. [청자: 어디에요? 카자스흐탄? 러시아?] 러시아.

[청자(오숙민): 그때 이야기 들었지. 이주하면서 사람들 많이 죽었다 그랬죠. 들려주지 않았나? 그때 러시아에서 이주하다가 사람들 많이 죽었잖아.] 극동. 극동에서 한국에서 가서 극동으로 가셔서 거기서 살다가. 그래서 스탈린이, [청자: 이주시켰지, 강제로.] 다 카자흐스탄으로 아무것도 없는 들판으로 내버린 거예요. 기차 타고. 그때 기차 타고 내버린 거예요.

[청자: 그때, 외할머니가 그때 오신 거예요?] 네. 그때 외할머니가 오셨고, 그때는 외할머니 아주 젊었을 때겠죠? 근데 그때는 거기서 물도 없이, 아무 나무도 없이 아무도, 아무도 없었어요. 그래서 흙에서 그거를 파고 거기서 살았다고 하셨는데 그때 진짜 많이 죽었다고 그러셨고. 엄청 많이 죽었어요.

근데 카자흐스탄 사람들이 엄마 얘기를 했는데 많이 도와주신 거 같아요. 뭐 누구 옷도 주고 누구 음식도 갖다 주고, 그다음에 카자흐스탄 사람들과 많이 친해서 카자흐스탄 사람들이 원래 여기 살다가 저기 살다가, [조사자: 이동하는 민족.] 네. 이동하는 민족이잖아요. 농사일을 하나도 못하셨대요. 알지도 못했었대요. 그런데 한국 사람들이 와서 농사일도 가르쳐 줬나 봐요. 그때부터 농사일도 알게 되고 그렇게 됐어요.

팔남매를 홀로 혼자 키운 외할머니

그다음에 엄마가 이야기를 했는데 그때 먹을 거도 없었나 봐요. 먹을 거도 없고 병도 많고 사람들이 막 죽으니까 강아지 뱃속에서 있는 강아지 있죠. 그거를 삼켰다고 그러셨대요. [청자: 뭐라고?] 강아지들. [청자: 강아지? 뱃속에 있는 거.] 뱃속에 있는 강아지들. [청자: 태아?] 태아. 그거를 삼켰다고 그랬는. [조사자: 먹을 게 하도 없어서?] 먹을 거가 아니고 그때는 무슨 병으로. [조사자: 아, 약으로 썼나 보다.] 약으로 썼나 봐요. [청자: 왜냐면 돼지도, 돼지 태반 뱃속에 있는 거 먹거든 약으로.] 아, 그래요? [청자: 그런 거처럼 약으로 드셨을 거 같아.] 그런 거 같아요. 그냥 배고파서 먹은 게 아니고 약으로, 엄마가 약으로라고 한 거 같아요.

[청자: 할아버지가 그때 돌아가셨다고 안 했어요?] 네? [청자: 할아버지가.] 할아버지? [청자: 극동에서 오다가 할아버지는 어떻게 되셨어요?] 할아버지는 엄마도 별로 본 적은 없었어요. 한 번? 두 번? [청자: 독립운동 하셨나?] 이혼하셨나 어떻게 하셨나 모르겠어요. 그래서 할아버지도,

"막내. 인사해라. 이 막내라."고.

"나는 이 막내를 모른다."

할아버지가 오셔가지고,

"모른다."고.

그래서 엄마도 어색해가지고 그냥 딱 한 번 보신 적이 있는 거 같아요.

[조사자: 그럼 엄마는 형제분이 어떻게 되세요?] 엄마는요. 여자는 언니들 네 명 오빠들 네 명 엄마 막내예요. 여덟 명이요. 총 여덟 명. [조사자: 총 여덟 명? 언니들이 세 명인가 보다.] 네. 언니들 세 명. 엄마 막내구요.

[조사자: 근데 아버지, "이 막내는 내가 모른다" 이렇게 이야기하셨다는 거예요?] 네. 왜냐면 다들 본 거 같은데 근데 외할머니 어떻게 막내를 낳아가지고 할아버지가 없었나 봐요. 어디서 가시는지 잘 모르겠는

데 같이 안 살았어요. [조사자: 그럼 할머니 혼자서 이 팔 남매를 다 키우신 거 아니에요?] 그렇죠. 그 큰이모가 많이 도와주셨고. 그렇게 그런 얘기를 들었어요.

잠불 정착과 다문화

[조사자: 그럼 할머니는 카자흐스탄 여기에서 정착을 하셨어요? 어디에서 정착하신 거예요?] 정착? 카자흐스탄이요. [조사자: 농사짓고 살았냐고.] 카자흐스탄. [조사자: 카자흐스탄 어떤 마을이요?] 그게 '잠불' 지금은 이름 바꿨는데 옛날에는 잠불이라고 그래요. 잠불.

[조사자: 거기에 그러면 한국 사람들이 많이 모여 살았어요? 잠불에서?] 많이 모인 거는 아니요. 그래서 그때는 여기저기 다 흩어졌어요. 그래서 마을 하는 사람이 우즈베키스탄에서 엄청 고려 사람들이 한 마을이 있어요.

우즈베키스탄에서 한국말도 알고, 글씨도 알고 우즈베키스탄에서. 근데 우리는 흩어지는 사람들 거의 러시아말 다해요. 한국말을 다 잊어버렸어요. 거의 안 하고 그래서 엄마가 (한국말)못하는 거예요. 하나도. 다 러시아 말을 하기 때문에 외할머니만 알고 계시고 그리고 큰 이모. 나머지는 거의 다 러시아말 해요. 같이 한국 사람들끼리 살면서도 외할머니도 엄마도 한국말을 할 수 있을 거 같은데 근데 여기저기 다 흩어져 버렸으니까. 말을 못 하는 거예요.

[청자: 그 우즈베키스탄과 카자흐스탄이랑 민족이 좀 다른가 봐요?] 달라요. [청자: 그쪽은 유목민이 아니에요? 우즈베키스탄은?] 우즈베키스탄은 무슨 민? [청자: 농사지어요?] 거기서는 우즈베키스탄은 잘 몰라요. 우리는 그냥 소비에트에서 여러 가지 나라 다 섞여 살잖아요. [청자: 원래 다문화 민족이라 그랬지.] 응. 그렇죠. 그래서 신경을 별로 안 써요. 그냥 우즈베키스탄 사람, 카자흐스탄 사람 그렇게 살기 때문에 문화도 있긴 있는데 다 섞였어요. 러시아문화, 우즈베키스탄문화, 뭐 음식도 똑같이. 러시아 음식, 우즈베키스탄, 카자흐스탄, 키르기스스

탄 음식 다 섞였어요. 그래서 다 먹어요. 한꺼번에 이렇게 다 우리나라 음식이라고 해요. 다 섞였는데.

[청자: 다문화 국가래. 재밌는 나라야. 카자흐스탄.] [조사자: 그러니까.] 그래서 신경을 안 쓰죠. 우리는. 카자흐스탄인가 우즈베키스탄인가 신경을 안 써요. 전혀. 우즈베키스탄, 타지키스탄, 키르기스스탄 여러, 독일. 독일 사람들도 있어요. 러시아 사람들, 독일 사람들. 그래서 옛날 소유의 다 나라 다 섞인 거예요.

지금은 이제, 러시아 사람들이 조금 조금씩 빠져나가요. 키르기스스탄 이제 좀 올라가기, 카자흐스탄도 조금 올라가기 시작해가지고 러시아 말을 조금씩 조금씩 없어지려고, 학교에서도 인제 여기서도 대사관 가면 러시아 말로 별로 쓰는 게 없어요. 다 카자흐스탄 말로 쓸라고. [청자: 독립하고 나서.]

국비유학생에서 결혼이주자가 되기까지

● **구연정보**

조사일시 : 2017. 09. 22(금) 오전
조사장소 : 인천광역시 중구 운서동
제 보 자 : 발누라 [카자흐스탄, 여, 1986년생, 유학 2년차]
조 사 자 : 오정미, 한상효, 엄희수

● **구연상황**

조사자와 제보자는 대학원 강의에서 사제관계로 만났다. 조사자가 뛰어난 한국어 실력과 적극적인 성격을 가진 제보자에게 카자흐스탄 설화 구술 요청했다. 제보자가 흔쾌하게 허락해서 종강 후 제보자의 집 근처에서 만나 조사를 진행했다. 제보자는 조사를 위해 카자흐스탄의 여러 설화와 관련한 자료들, 예를 들면, 사진과 인형 등을 가져왔다. 구술하는 내내 밝고 적극적인 모습이었으며, 한국에 대한 애정을 표현했다.

● **줄거리**

제보자는 2005년에 카자흐스탄의 국비유학생으로 한국에 방문했다. 연세대학교에서 어학연수를 한 후 건국대학교 대학원 영문과에 입학했다. 그러나 아버지의 사망으로 졸업을 하지 못한 채 다시 카자흐스탄으로 돌아갔다. 2011년에 카자흐스탄에서 카자흐스탄 남자와 만나 결혼을 하였고 2014년 출산과 동시에 육아 휴직을 했다. 그리고 2016년에 한국생활이 그리워 남편과 딸아이와 함께 한국으로 이주했다. 남편은 카자흐스탄과 한국 사이를 오가며 사업을 하고, 양가의 부모님들이 한국을 방문하여 아이를 보살펴주고 있다. 가족의 지지로 제보자는 현재 경인교육대학교 대학원에서 공부하고 있다. 제보자는 한국을 두 번째 고향이라 생각하며 살아가고 있다.

한국 유학과 귀국, 결혼

[조사자: 선생님, 한국에 오신지는 언제 맨 처음에 오신 거예요. 선생님?] 저 원래 2005년도에 맨 처음에 왔다가 국가 장학생으로 왔어요, 지금. 아마 그랬었을 거예요. 건설에서 그, 2005년도에 우리나라에 한국 회사들이 투자를 했어요. 그때 투자를 했을 때, 언어 때문에 통역사들 없었어요. 그래서 좀 커뮤니케이트 하기 힘들었어요. 그래서 정부에서 그런 조건을 하신 거예요.

"우리나라에서 몇 명들을 데려가서 공부해야 해."

그래서 우리나라 대사관, 중앙아시아, 중앙아시아 카자흐스탄 대사관에서 프로그램 개발해서 한국회사들이 지원을 해가지구 우리는 두 명이 왔어요. 시험 보고, 국가시험 보고. [조사자: 그 두 명 중에 한 명.] 한 명은 시험에 떨어지고 갔어요. 그래서 제가 연세대 가고, 우리 전체 자금 지원을 다 해주셨고, 나중에 졸업을 하면 한 명은 대사관으로 가고 한 명은 건설로 가야 되는 조건이었어요. 근데 저는 대사관 안 가고 저는 **에 간다고. 그 본사에서. 연대를 졸업하고 왔다는, 거기서 제가 본사에 다녔어요. 해외사업 관리팀으로.

그다음에 제가 그, 연대 졸업하고 건국대학교 대학원에 제가 영문학과에 입학을 했어요. 거기 제가 3학기까지 공부하다가 중간에 집에 갔어요. 왜냐하면 우리 아빠 사망하게 됐어요. 그래서 거기 가서 제가 이제 거기서 한국회사에서 일하게 됐어요. 그다음에 일을 하고 근데 중간에 왔다갔다 많이 했어요 저는. 왔다갔다 출장도 많이 해야 되고 여러 세미나도 와서 한국회사가 우리나라 지점들이 있기 때문에.

그다음에 2011년도에 우리가 결혼을 해서 2014년도에 애기 낳고. 제가 지금 육아 휴가 중이에요. 그래서 제가 음, 석사과정 계속 좀 공부하고 받고 싶은 거예요.

[조사자: 그러면 선생님, 2011년도 카자흐스탄에서 결혼을 하신 거고.] 예. 남편 그때 미국에서 왔어요. 남편 5년 거기 유학했어요. 미국에.

한국으로의 이주와 정착

[조사자: 그리고 2014년에 한국으로.] 2014년에 애기 낳고, 2016년에 왔어요. [조사자: 아, 2016년에 다시 한국으로.] 애기가 어렸기 때문에. [조사자: 출산, 육아 휴직을 받으면서 한국으로 온 거군요.]

와서 지금 애기를 조금 제가, 언어에 관심 있기 때문에 애기를 좀 언어 쪽으로도 하고 싶었어요. 그래서 애기가 한국말하고 영어를 배웠으면 하거든요. 근데 지금 애기가 한국말 너무 잘해요. (웃음) 그래서 걱정하는 게 고향가면 애기가 어떻게 하지? (웃음) [조사자: 애기가 몇 살이에요?] 세 살. 지금 34개월. 딸이에요. 딸인데. 34개월인데 너무 잘 해가지고, 한국말. 지금 걱정이에요. 집에 가면 애를 어디다가 보낼까. 우리나라에 한국 학원들 없어요. 그래서 제가 여기 석사과정 졸업을 하면 한국 학원 차리고 싶어요, 우리나라에서.

그래서 지금 그것 때문에 지금. 전에 물어보셨잖아요, 뭐하냐고, 바쁘냐고. 우리나라에서 한국문화센터 있어요. 거기 대사관에서 같이 일하면서 어, 거기 한국 문화센터에서 졸업하는 애들 한국에 와서 다시 어떤 학교 가야 되는지 몰라요. 제가 그런 거 가이드 해주면서 유학을 도와줘요. 그런 애들이 살면서 여러 가지 어려움 있으니까 그런 거 도와줘요. 그리고 어, 홈스테이 프로그램 있어요. 그런 프로그램도 제가 계약해가지고 우리나라에서 오면 그런 거 같이 해주는 그런 프로그램이에요. 그래서 제가 그때 물어보셨잖아요, 뭐 하냐고. 그렇게 바쁘냐고. (웃음) 그거 때문에. 그래서 나중에는 우리나라에서 학원을 차리면서 학생들 좀 여기서 대학교까지 들어갈 수 있게.

[조사자: 일종의 유학원 프로그램을 쭉. 아, 멋있어요.] 그래서 지금 우리가 여기에 선생님이랑 같이 하는 게 [조사자: 누구?] 유 선생님. 우리, 그때 유지민 선생님 저한테 엄청 많이 도와줘요. 왜냐면 전 논문 하는 데도, 발표하는 데도. 왜냐하면 그분도 앞으로 협회 만들자고 해요. 협회, 한국이랑. 그래서 좀 그런 식으로 할 수 있게. 그래서 이런저런 조사를 많이 하고 있어요 지금. (웃음)

[조사자: 오 진짜요? 그러면 한국에 언제까지 계실 거 같으세요?] 일단

지금은 석사과정까지 받고, 가능하면 만약에 박사까지 가고 싶어요. 근데요 모르겠어요. 시간도 봐요. 근데 저가 석사 졸업할 때쯤 둘째도 갖고 싶어요. 이제 나이도 있고, 애기가 나이가 어리고 있어서. 근데 지금 너무 이기적이에요. 그렇게도 하고 싶어요.

[조사자: 그래서 어쨌건 한국에서 언제까지 체류해 있을지는 아직 모르는 거죠?] 모르겠어요. 근데 한국은 저의 두 번째 고향 같은 거라서. 저는 익숙해졌어요. 우리 아이 대부님도 한국 사람이에요. 대부. 그래서 그분들 부모님도 계시니까 저희 부모님도 여기 계세요. 그리고 왔다 갔다 많이 하니까 우리는 좀 불편이 없어요. 너무 익숙해졌으니까.

그래서 가끔, 얼마 전에 이런, 저한테 질문하셨어요.

"누라 선생님, 한국에 살면서 이상했냐."고,

"이상한 점 있었냐."고.

그래서,

"좀 이상한 점도 있었죠. 왜냐면 문화 차이도 있어요. 이런 차이 있기 때문에."

"근데 지금은요?"

그랬더니,

"지금은 우리나라 사람들이 저를 이상하게 본다."

그랬더니 (웃음) 이렇게 웃더라구요. 그만큼 한국에 제가 생활을 적응을 많이 했기 때문에. 그래서 이제 다 우리나라 사람들이 얘기해요.

"니가 한국 사람처럼 생각한다."고.

저한테 얘기해요. (웃음)

[조사자: 예를 들면 뭘 한국 사람처럼 생각해요?] 여러 가지요. 제 성격이 급해요. 한국 사람들처럼. 정말이에요. 그래서 제가 우리나라에서도 음, 공무원 갈 수 있는 기회가 많았어요. 외무부에서 일하는 데서 오라고 했는데 제가 못 갔어요. 왜나면 조금 우리나라 러시아 좀 교육을 받았기 때문에 좀 성격들이 이런 거예요.

"내일 할게요."

지금 바로 처리할 수 있는 거 내일, 이따가 모레. 저 그런 거 너무 싫어요. 지금 당장 빨리 해야 되고, 빨리 좀 그렇게, 네, 아니요, 그런 식으로. 그래서 한국 와서 더 급해졌어요. 제 성격이. (웃음) 그래서 제가 한국 회사에서 일했잖아요.

그래서 한국 친구들도,

"어, 잠깐! 잠깐!"

그렇게 저한테 많이 웃어요. 얘가 성격 급하니까 지금 바로 가서 바로 처리해야 된다고.

아마 왜냐면 제가 한국 왔을 때 저는 18살이었어요. 보시면 저는 한국 교육 많이 받았어요. [조사자: 아, 맨 처음에 왔을 때가 18살이었어요?] 18살, 19살이었기 때문에. 그래서 제가 한국, 거의 많이 교육을 많이 받았기 때문에 제가 한국 사람처럼 생각도 하고.

한 친구가 옛날에 웃었어요. 한국 사람은 오늘 자면 내일 저녁에 뭐 먹을까 하는 생각을 한다고. (웃음) 그거까지 저도 지금 1년 있다가 어떻게 살아야 하고 계획을 세워야 되니까. 그런 식으로 저도 성격이. (웃음) 너무 좋아요, 이게. 왜냐면 한국 사람들 우리나라에서 이미지가 너무 좋아요. 세계에서도 어디 가도, 아니면 성격도 많이 잘하고 부지런하고 그런 거 좀 엄청 많이. 그리고 앞서 간 나라이기 때문에 그래서. 그게 너무 좋은 거예요.

그래도 저도 애기도 어렸을 때부터 그런 거를 많이 받아요. 왜냐면 여기 한국 교육이 너무 좋아요. 잘 돼 있어요 교육 시스템이. 우리가 어린이집 보내면서 맨날 제가 아이를 봐요. 우리나라에 그니까 사이트들 있잖아요. 제가 거기에 올려요, 사진들. 여기에서 좀 보시라고, 어떻게 할 건지. 애기가 하루도, 애기가 좀 그냥 이렇게 앉아서 그런 날이 없어요. 맨날 여러 가지 지금부터 여러 가지 배워요. 아직 2살이잖아요, 2살 반이에요. 한국 나이로 3살이지만 우리나라 나이로 2살 반인데. 그런 거까지 많이 배웠기 때문에 제가 그거 진짜 우리나라에도 있었으면, 그런 걸 하고 싶어요.

한국에서의 문화적응

[조사자: 아, 근데 그래도 한국 살면서 힘들었던 부분은 없어요? 선생님?] 많죠. 많아요. 스트레스가 많죠. (웃음) [조사자: 그러니까.] 스트레스가 많아요. [조사자: 사실은 설화 얘기도 듣지만 저희가 생애담이라고 그래서 선생님들 와서 적응하는 그런 이야기도 좀 듣고 싶거든요. 근데 사실 막 물어볼 수가 없어. 이게 친분이 있지 않으면 익스큐즈 미excuse me 같아 갖고. 근데 선생님한테는 제가 편안하게 한번 여쭤보고 싶어서. 살면서 문화적으로 뭐가 제일 어려우셨어요?]

음, 솔직히 말씀드리자면 저는 음, 처음에는 언어 때문에 힘들었죠. 왜냐면 제가 한국에 왔을 때는 아까 말씀드렸다시피 프로그램에 따라 왔기 때문에 제가 한국에 올지도 몰랐어요. 저한테 전화했을 때는,

"며칠날 준비하세요."

"어디 갈 거예요?"

"한국으로."

"어딘데?"

제가 그랬어요. (웃음)

근데 18살이니까 모르잖아요. 그런 거는. 언어도. 근데 저는 영어를 잘했기 때문에 처음에는. 근데 한국에서는 길에서 영어를 잘 못쓰잖아요. 처음에 그런 사건도 많이 있었어요. 제가 잘못 안 거도 많고, 밥도 잘못 시킨 것도 많고. 그건 당연한 거고. 문화 때문에 대부분이 한국 사람들 아니면 다른 나라들은 우리를 러시아랑 비교 많이 해요. 러시아처럼 받아줘요. 그렇기 때문에.

근데 솔직히 우리는 카자흐스탄이 중앙아시아에 있기 때문에 대부분 한국 문화 조금 많이 비슷해요. 그래서 제가 문화 차이 중에서는 그렇게 많이 음, 어떻게 보면 불편을 느끼지 않았어요. 왜냐면 가끔 한국 사람들이 저한테 이렇게 보낸 적 있어요. 예를 들면 지하철에 탈 때는 어르신 분들 들어오면 제가 빨리 일어나서 제가 자리 해줘요, 양보. 그때 저한테 좀 쳐다봐요, 외국사람. 처음엔 좀 얼굴이

한국 사람 닮았잖아요.

"앉으세요."

했더니,

"어? 외국사람?"

(웃음) 그런 식으로.

그리고 가끔 이럴 때 있어요. 길 가다가 예를 들어 어떤 한국 사람이 길을 물으면 제가 거기까지 데려가요.

"가세요. 이 건물이 여기."

라고 제가 그랬어요. (웃음) 그게 우리나라 문화 있어요. 외국사람 만나면 그렇게 해요. 그래서 좀 아직까지 그게 남아있어요 저는.

그래서 아마 지금 제가 이렇게 보면 국제결혼 하는 친구들도 많아요. 제가 가끔씩 지켜보고 10년, 15년 사는 친구들이 있어요. 아, 적응하면 1년까지 적응하는 애들은 계속 살고 1년까지 적응 못하면 이혼하는 거예요. 네.

우리나라는 한국이랑 비슷해요. 왜냐하면 우리나라도 땅이 너무 넓어요. 세계에서 9번째예요. 너무 넓기 때문에 그래서 아, 우리나라에 한 민족 아니에요. 130개 민족 살아요. 그렇기 때문에 솔직히 우리는 북쪽하고 남쪽 사람들도 가끔 서로 이해하기 힘들어요. 왜냐면 북쪽은 러시아에 국경 되어있기 때문에 대부분 러시아 사람들처럼 해요. 우리는 저는 원래 고향이 남쪽이에요. 남쪽이기 때문에 우리는 옛날 때부터 문화 옛날의 습관을 지금까지 기억을 많이 해줘요. 애들한테. 차이가 많아요.

근데 지금 우리가 수도에서 살았기 때문에 조금, 한 5, 6년? 우리 가끔 엄마들 오면 야단치고 가요. 진짜 러시아 사람처럼 됐다고. 집에 오면 미리 전화해야 된다고. 예의가 아니에요. 제가 그렇게 얘기해요. 근데 우리 남쪽 없어요, 그런 거는. 새벽에 사람 와도 일어나서 양 잡고 상 차리고 그렇게 해줘요. 우리가 그런 교육을 받아왔어요. 누가 집에 간다는 미리 전화도 안 해요. 그냥 그니까 지금 보면 저한테 이상해요. 지금 제가 한국 사람들 같이 살면서 그 사람들 얘기는 30, 40년 전에 한국에도 똑같이 했다고, 대가족으로. 지금 핵

가족이지만.

우리는 아까 북쪽에 조금 그렇게 되고 있어요. 우리가 좀 핵가족으로. 근데 남쪽은 대가족이기 때문에 우리는 예를 들면 지금 삼촌집에 가고 싶으면, 엄마 쪽에 외삼촌 집 가고 싶으면 저는 묻지도 않아요. 그냥 들어가서. 그쪽에서 저 안 받아주면 저는 삐져요. 기분 나빠요. 근데 지금 우리 오빠들은 서부에 살기 때문에 가까워도 집에 와도 전화해요, 미리. 저는 계획 있어요. 왜냐면 음, 북쪽, 수도가 엄청 속도가 빠르게 발전하고 있으니까 시간 없어요. 한국이랑 똑같애요. 그래서 우리 좀 서울 살아도, 한국 살아도 그런 걸 느끼지 않아요.

[조사자: 문화적 차이는 별로?] 저는 개인적으로 잘 없어요. 개인적으로 잘 없어요.

[조사자: 그래도, 그러면 한국 살면서 제일 어려웠던 게 언어 문제?] 그런 것도 여러 점이 있기는 있을 거예요 아마. 근데 일상생활의 그거는 어, 문화 때문, 문화라고 보는 거보다 사람에 따르는. 어딜 가도 사람이 달라요. [조사자들: 맞아요.] 사람들 때문에. 근데 다 똑같이 보면 안 되고. 그게 똑같은 나라의 문화라고 볼 수는 없어요. 일상생활에 여러 가지 갈등 많아요. 저, 근데, 우리는 얘기해요. 그게 우리나라도 있을 수 있는 일이고, 한국에도 있을 수 있는 일이고, 미국에도 있을 수 있는 일이에요. 그게 사람이 다르기 때문에. 그래서 제가 그거는 살면서 힘들었다 볼 수는 없어요.

[조사자: 누라씨 그럼 여기에 카자흐스탄 다른 어머님들하고는 만나는 커뮤니티가 있으세요?] 잘 없어요, 저는. 저는 대부분 한국 사람들하고 더 가까워요. (웃음) [조사자: 카자흐스탄 친구….] 우리는 대사관에서 모임 있어요. 대사관 모임 있거나, 저랑 옛날에 같이 공부했던 친구들 있어요. 지금 다들 그, 친구들도 거의 한국 사람이에요. 한국 남자하고 결혼했기 때문에. 한국 사람들이에요, 거의. 그래도 거기 가서 주변에 한국 사람들이 있기 때문에. 저는 잘 그런 게 없어요.

[조사자: 그러면 카자흐스탄 사람이라는, 국적이 카자흐스탄이어서 받는 어떤, 한국 사람들한테 받는 선입견, 편견 이런 거는 못 느껴보시고 없으셨어요?] 저는 아까 말했듯이 대부분 한국 사람이라고 생각해요. 우

리나라에서도 똑같애요. 어디서 왔냐고 저한테 물어봐요. 그럼,

"한국에서 왔어요."

(웃음) 이렇게 얘기해요.

"한국 사람 아니에요. 한국에서 그냥 태어났어요."

이렇게 장난쳐요. 근데 한국에 있으면서 '어디서 오셨냐'고 말을 할 때 바로 있잖아요.

"어디서 오셨냐?"

고 물어봐요 저한테. 카자흐스탄에서도,

"한국 사람이에요? 아니죠?"

아마 생각해요. 저는 아마 고려인이라고, 아니면 그런 교포라고.

"아니요, 그냥 한국에서 태어나지만 않았고 나머지는 다 한국 사람이에요."

(웃음) 장난쳐요 가끔. 제가 많이 장난쳐요. 그렇게.

"한국에서 태어나지만 않았어요. 나머지는 다 한국 사람이라."고.

제가.

[조사자: 근데 진짜 그렇겠다. 19살에 왔으면.] 거의 왜냐면 한국 교육을 많이 받았기 때문에 조금 오히려 저는 우리나라 뭔가, 문화나 뭔가를 사회적으로 받아들이기 힘들어요, 저는. 저는 오히려 카자흐스탄에서 갈등 더 많아요. 여기보다. 왜 이거, 왜냐면 한국에서 당연하게 있어야 하는 거는 그쪽에서 그렇지 않아요. (웃음) 가끔 그런 거. 그래서 엄마가 웃어요.

"너 진짜 한국 사람이랑 결혼해서 살지 않았으면 큰일 날 뻔했다."고.

[조사자: 남편도 그렇게 좋아해요?] 외국인. 남편은 저한테 대부분 남편 복이 있다고 해요. 왜냐면 우리 남편도 해외에서, 어려서 미국에서 살았기 때문에 좀 생각이 달라요. 서양식. (웃음) 그래서 좀 편해요 저는 살기가.

근데 진짜 카자흐스탄 사람이었으면 제가 다음날 쫓겨났을 거예요 아마. (웃음) 집에서. [조사자: 아 진짜 카자흐스탄 사람이었으면?] 제가 진짜 카자흐스탄 남쪽이랑 결혼했었으면 다음날 쫓겨났을 거라

고. (웃음) 그런 좀 일들이 많아요, 우리는.

[조사자: 어찌됐건 앞으로도 한국에서 계속 공부를 진행하면서 한국에서 더 살고 싶으신 거네요?] 한국, 기회가 되면 당연히 한국에서 살고 싶어요. 왜냐하면 그게 개인적으로 편해요, 저한테. 하지만 저는 우리나라에도 발전을 많이 하고 싶어요. 그래서 제가 한국에서 얻었던 여러 가지 경험을 우리나라에서 좀 그거를 실현하고 싶으면서, 우리나라도 한국처럼 발전했으면, 그런 식으로.

올해 우리나라에서 엑스포가 진행했어요. 그때 그, 6월달에 진행해가지고 9월 10일날 끝났어요. 그 덕분에 아마 이제 온 세계에서 여러 가지 방문객 들어왔기 때문에 아마 우리나라에 대해서 알게 됐어요. 그래서 앞으로 여러 시스템에서도 좀 발전했으면. 왜냐면 우리나라 없는 거, 한국에 있는 거를 우리나라에 하고 싶어요. 그런 거 조금 호기심도 많고 욕심도 그런 쪽에서 많아요. (웃음)

지금 우리 큰 오빠가 사업하시는 분이에요. 가족사업 있기 때문에 그래서 제가 자꾸 얘기해요.

"오빠. 한국 배달 시스템 잘 돼 있어요. 우리나라에서 치킨 시스템 많아요. 이거 합시다. 우리나라에 프랜차이즈 하자. 오빠, 이거 우리나라에서 하자."

왜냐면 추운 나라잖아요. 추우니까. 근데 오빠가 이제 얘기해요.

"야, 내가 10년 전에 그 얘기했잖아. 사람들이 벌써 하고 있어."

그래 좋아요. 무조건 제가 하는 거 아니라도 다른 사람이 우리나라에 있었으면 제가 그거를 원해요. 그래서. [조사자: 우리나라에 있었으면 하는 게 배달, 치킨. (웃음)] 여러 가지가 많아요. 어디에서 봐도. 주차장 시스템까지 잘 돼 있어요. 가끔씩 찍어요. 제가 사진 찍고 동영상 찍어가지고 올리고 그렇게 해요. 그런 거를. 근데 지금 사업하시는 친구들도 많고 우리 오빠도 사업하시니까 제가 아이템으로 해요. 그래서 오빠가 가끔 그래요.

"컨설팅 업체를 만들지 차라리. 공짜로 다 알려줬냐."

그래서. 그때 제가 어리잖아요. 모르니까. (웃음) 그래서 그런 거 많아요.

[조사자: 재밌다. 이렇게 해서 어, 우리 누라씨가 어떻게 한국에 와서 살게 됐는지 다 알게 됐어요.] 알게 되셨어요? (웃음) [조사자: 다 알게 됐어요. 감사해요.]

러시아

남편을 만나 대구에서 살게 된 사연

● **구연정보**

조사일시 : 2018. 01. 29(월) 오전
조사장소 : 대구광역시 중구 남산동
제 보 자 : 나탈리아 [러시아, 여, 1983년생, 결혼이주 13년차]
조 사 자 : 김정은, 황승업, 강새미

● **구연상황**

제보자를 만나 인사를 하고 조사에 관해 설명했다. 제보자의 대구 사투리가 유창해서 조사자가 어떻게 한국어를 배웠는지 물어보았더니, 대구에 와서 시어머니께 한국어를 많이 배웠다고 했다. 그러면서 자연스럽게 이주내력에 관한 이야기가 이어졌다. 제보자의 표현력이 뛰어나서 웃음 속에 구연이 진행됐다.

● **줄거리**

나탈리아 제보자는 러시아에서 대학을 졸업하고 여행사에서 일했다. 그때 제보자의 한국인 남편이 러시아에 와서 식당을 하려고 했다. 당시에는 러시아에 들어가기 위한 절차가 까다로웠다. 또, 장기 체류가 어려워서 계속 한국과 러시아를 왔다 갔다 해야 했다. 제보자는 남편도 러시아에 살기 편하게 일할 기반을 만들고 자신도 한국에서 공부하기 위해서 결혼을 결심했다. 결혼해서 한국에 온 뒤 시부모님 집에서 함께 살았고, 아이가 생기자 시부모님이 키워주셨다. 남편이 식당을 열어 5년 정도 요리사를 했는데, 손님이 너무 많아 힘들어서 그만두었다. 이후 쌍둥이를 낳아 아이가 셋이 돼서 러시아로 갈 생각을 못하고 있다. 남편은 인테리어 일과 부동산 일을 겸하고 있으며, 제보자는 다문화 강사와 봉사활동을 하고 있다. 남편은 제보자에게 일하는 열정은 사장인데 통장은 마이너스라고 놀리곤 한다.

여행사에서 일하다 만난 한국 요리사

스물한 살에 대학 졸업하고, 졸업하고 인제 1년 동안 여행사에 일했죠. 우리 남편이 또 와서 식당 하려고 했어요, 러시아에. 이렇게 여기 한국에 올 일, 생각을 없었죠. [조사자: 아, 그때는.] 어, 없었는데. 그런데 이제 잘 안 되고. 왜냐면 말도 안 통하고, 우리 남편이. 또 좀 막 뭐라케야 되노.

그때 옛날에는 극동에 제가 살았거, 살거든요. 블라디보스토크 Владивосток, Vladivostok● 도시라는 거 있는데, 저기는 그때는 한국 사람 그만큼 많이 없었고, 비자 문제 때문에도 오랫동안 못했었고. 한 달, 그러니까 한 달 있다가 또 가서. 비자는 지금은 무비자지만, 옛날에는 비자 받기 위해는 서울에 있는 대사관에 가서, 허가를 받아야 되는데, 그것도 서류도 여러 개. 우리나라 들어가기 되게 힘들었거든요. 그래 비자비도 20만 원 있었거든. 그러니까 몇 번, 한 열두 번 그렇게 왔다 갔다 했거든. 그렇게 하니까, [조사자: 아이구.] 그러니까 한 2주 있다가 가서 요리도 만들고.

그래서 안쓰러워가지고, 우리 앉아서 이야기해보니까 일단 한국에 나는 공부도 좀 하고, 우리 남편은 또 여기 자리 잡고, 이카면은 조금 더 쉽게, 이제 러시아에 가서 살게끔.

대구에 정착하게 된 사연

그런데 또 이제 아기 생기고. (웃으며) 그래서 아기 생기니까, 이제 부모님한테, 우리는 따로 안 살고 부모님이랑 같이 살았거든. 부모님이랑 살고 또, 우리 애 다 키우고, 우리 남편도 일자리 잡고. 그런데 또 식당 하다 보니까, 한 5년 동안 했거든요.

● 러시아 연해주 지방에 있는 도시이다. 블라디보스토크는 '동방을 정복하라'라는 뜻이다.

"힘들다."고.

왜냐하면, 잘했어. 잘했는데 손님이 너무 많은 거야. [조사자: 아이고.] (웃으며) 그래서 손님이 많으면 좋지만, 요리사니까, 사실 뭐 제의해서 하는 거니까. 계속 바쁘고 뭐 발에 뭐 무좀 나고, 여기는 물집 생기고, 찌우고. 호텔가의 요리를 했거든요. 그래서 들어갈 때에는 돈가스, 볶음밥 이런 거 했기 때문에 이제 기름도 많이 튀고 이렇게 해가지고.

그래서 이제 인테리어 하기로 했거든요. 인테리어 회사에 들어가서, 그래서 인제 인테리어 지금도 하고, 뭐 부동산도 하고, 지금 하는데. 그때는 애들도 둘째들이 생기고. [조사자: 음, 두 쌍둥이고.] 아이고, 그러고 아이 세 명이 돼버려가지고, 이제 러시아 갈 그런 형편이 안 되어가. 아빠는 맨날 천날 일하고, 투잡 뛰고.

열정은 사장인 다문화강사

저도 뭐 요리조리. 이제 뭐 애들을 워낙 좋아하니까. 어디 가서 이렇게 일했으면 돈도 좀 되지만. 이제 돈보다는 저는 이제 봉사도 하고. 유치원에 뭐 우리나라 알리면서 이렇게 다문화 강사 하고. 이런 일 하니까 돈은 안 되고. 또 아동센터 가면은 공짜로 수업하고.

또 그냥 수업 어떻게 하겠노. 이제 만들기 재료 여기 사 와가 내 돈으로 저기 가서 막 뿌리고. 우리 남편은,

"열정 보니까 사장님이신데, 아이고, 막 통장 보니까 마이너스고." (일동 웃음)

그래가지고 맨날 놀려요.

키르기스스탄

결혼 이주와 한국생활 적응기

● **구연정보**

조사일시 : 2018. 01. 28(일) 오후

조사장소 : 경상북도 영덕군 병덕면

제 보 자 : 토레에바 아이자다(정수진) [키르기스스탄, 여, 1980년생, 결혼이주 16년차]

조 사 자 : 김정은, 황승업, 강새미

● **구연상황**

제보자를 만난 조사자들이 한국어 실력이 뛰어난 것을 보고 어떻게 한국어를 배우게 됐는지 물어보자 제보자가 관련되는 사연을 들려주었다. 이후 모국의 설화와 풍습에 대한 이야기를 들려주다가, 다시 이주생활담 구연이 이어졌다. 키르기스스탄의 풍습 때문에 시댁에서 오해가 생겼던 일이 주된 화제였다. 제보자와 함께 이주해서 옆집에 사는 키르기스스탄 친구 마두마로바 씨가 청자로 함께 이야기를 들었다.

● **줄거리**

제보자가 처음 한국에 왔을 때는 한국어를 제대로 배울 방법이 없었다. 이후에 영덕 자원봉사센터에서 이주여성을 대상으로 한 한국어 교육프로그램을 접했다. 거기서 2년 동안 한국어 기초를 배우고 이후에는 독학으로 한국어를 공부했다. 이후에는 이주여성을 대상으로 한 방문교육프로그램을 통해 운전면허 필기시험을 준비하고 합격했다. 간호조무사 공부를 했으며, 치과에서 일하고 있다. 동시에 사이버대학교에서 사회복지학을 공부하고 있는 중이다. 공부하는 게 힘들어서 사회복지 공부가 끝나면 학업을 지속하지는 않을 것이라 했다.

키르기스스탄에서는 남자와 여자의 역할이 확실하게 구분되며, 여자는 어렸을 때부터 집안일을 도와야 한다. 특히 결혼한 여자는 집안일을 제때에 해놓아야 하며, 아이들을 가르치거나 밤에 불을 피우는 등의 일을 잘 챙겨서 남편들이 집안일을 신경 쓰지 않도록 해야 한다. 제보자 역시 초등학교 때부터 집안일을 돕기 시작해서 집안일에 아주 능숙했는데, 이러한 키르기스스탄의

사정을 몰랐던 시댁 식구들은 집안일을 알아서 척척 잘하는 제보자를 보고 한 번 시집을 갔다 온 사람으로 오해했다고 한다.

초급한글 교실을 나와 독학으로 공부한 한국어

저희가 왔을 때 진짜로 교재라든가 뭐 접할 수 있는 거 없었어요, 거의. 그래서 그냥 한러사전 두꺼운 거 하나 있고. 거의 그게 다였어요. 그래서 저희가 이제 영덕에 있는 그 다문화센터에 한 2년 정도? [청자: 그것도 나중에. 2008년에.] 그것도 나중에 알게 됐어요. 애들이, 어 이제 애들 낳고, 애들 어느 정도 컸을 때 그때 알았어요.

아, 거기 센터가. 그때도 다문화센터는 아니었어요. '정보과정센터'. 아니다 '자원봉사센터'였어요. 그 자원봉사센터 안에 이제 이주여성들 가르치는 뭐 작은 교실이라든가, 한글교실이 있어서, 나중에 그걸 알게 돼가지고 한 2년 정도 다녔어요. [청자: 그래서.]

그전에는 이제 말은 어느 정도 알았고. 일단 거기 가서 이제 적는 순서라든가, 한글이라든가. [조사자 1: 2년 동안요?] 네, 2년 동안 그런 거 배우고 나서. 그런데 거기는 이제 안 가게 된 이유는 거기 계속 초급만. 초급만 가르치는 거예요. 매년 똑같은 이게 프로그램이에요. [조사자 1: 프로그램이 없구나.] 없어요. 그래서 그걸 다 이 캐치하고 나니까 이제 안 되겠다 싶어서 (웃음) 다시 또 안 가고 집에 있다가. 그냥 독학으로, 나머지는 독학. [조사자 1:아, 그렇게 하셨구나.] 네, 독학으로 하고.

한국어로 본 운전면허시험

저희 둘이 뭐 운전면허증도 이제 공부하고, 따고. 한국어로 땄습니다. 그때 2009년도? [청자: 아니, 2008년도.] 2008년도. [조사자: 공부하기 어려운데. 자동차 용어들 많아가지고 힘든데.] 그렇죠. 그 책을 진짜 외우다시피하고 그랬어요. [청자: 2개월, 2개월 만에.] 2개월 만에. [조사자 1: 훌륭하신데요.] 그러니까 오죽했으면, 저희가 학원에도 등록을 못하게… 이제 집에 남편들이 어차피 못 딸 것 같아서. (일동 웃음)

[청자(마두마로바): 집에서 먼저 필기 먼저 붙으라고.] 왜냐면 한국인들도, 한국인들도 몇 번 떨어지니까. 그래서 이제 조건이,

"필기 붙고 나면 학원 보내줄게."

이런 식으로 돼서, 저희가 한 번에 필기를. [조사자 1: 한 번에?] 86점 맞았어요. (웃음) [조사자 2: 그럼 두 분이 같이 따신 거예요?] 네, 같이. 우리 같이 공부하고 따고. 그때는 또 마침 다문화, 뭐 이주여성 가르칠 수 있는 방문 선생님 같은 그런 서비스가 생겼어요. 에, 여기 영덕군에서. 그래 그분이 와서,

"뭘 가르쳐 줄까요? 한글은 어느 정도 된 것 같은데."

이러니까, 저희는 바로 그 책을 꺼냈죠.

"이거를 해주세요, 저희한테."

그래서 선생님이 진짜 잘 해주셔가지고 두 달 만에 저희가 이제 시험치고, 합격하고, 학원 등록하고 그러고 이제 면허증을 따게 되는 거죠. 그래서 덕분에 지금 차를 몰고 왔습니다. (일동 웃음)

한국어능력시험, 간호조무사, 사이버대 사회복지학

그렇게. 예, 뭐 그게 시작점이었고, 저는 중간에 뭐 한국어능력시험 한 번 보러 갔다 왔고요. 그건 뭐 크게 저 이익을 목적으로 하는 게 아니라. 여기는 그런 거 따고 온다 해도 이제 써먹을 데가 없어요. [조사자 1: 없어요? 영덕 그 다문화센터에서 써먹을 데 없어요?] 없었어요, 그때는. [조사자 1: 지금은 어때요?] [청자: 지금도 없어요.] 지금도 없어요, 거의. [조사자 1: 지금 이렇게 먼저 오셔가지고 다음에 키르기스스탄 분들 오시는 분들 도와주시고 그렇게 하실 수, 다문화강사 하시면

좋은데.] 네, 그랬으면. (웃음)

[청자: 우리나라 사람들 이쪽으로 오면, 우리가 막아요.] (웃으며) 오지 말라고. [청자: 될 수 있으면은 도시 쪽으로 가라고. 이쪽으로 오지 말라고 막으니까 몇 명 없어요, 우리는. 그래서 저희는 네 명 그 정도.] 저희는. [조사자: 좀 있다. 그래도.] [청자: 네. 우린 오지 말라고. (웃음)] 그런데 다른 필리핀 분들처럼 사람이 많으면, 혹시라도 좀 할 수 있었는데, 사람이 없어서, 저희 나라 사람이. 그런데 능력시험은 그냥 내 능력이 어느 정도인지 좀 궁금하더라고요. 그래서 저가 가서 땄고요.

그리고는 이 치과에 일하게 됐고요. 치과에 일하게 되면서… [조사자: 일하신 건 어느 정도부터 일하셨을까요?] 한 6년 됐어요. 에, 6년 돼서. [조사자: 아, 그래도 오래되셨다, 이제.] 그다음에 간호조무사 자격증 공부하고. 그리고 하다 보니까 계속 뭔 공부를 해야 될 것 같아서 뭐 한 2년 전에 또 다른 공부를 시작하고, 지금 사이버대 3학년 올라갔습니다. [조사자: 아 3학년.] 예, 하고 있습니다. [조사자: 끊임없으시구나.] (웃음) 그래서 그거를 해 놓으면 진짜 이제 공부 안 할 것 같아요. (웃으며) 너무나 힘들어서.

진짜 그 대학 공부는 진짜 제대로 공부인 것 같아요. [조사자 1: 이렇게 나중에 또 시험도 봐야 되고.] 예. 과제 준비할 때도 그렇고. 번역기를 옆에 갖다 놓고 계속하니까. 왜냐면 저희는 전문적으로 이제 언어를 안 배웠잖아요. 그런데 거기 나오면 전부 한자에서 내려온 단어들이 많기 때문에, 사전에도 안 나와요. 그래서 한자 뜻을 이제 검색해보고 그 뜻을 다시 또 번역기에 넣고, 그래서 이해하고. 뭐 이런 식으로 공부해야 하니까.

[조사자 1: 전공 뭐를 하시는데 이렇게 어려워요?] 사회복지사. [조사자 1: 사회복지사, 괜찮은데. 다문화랑 연결해서 하시면.] 예. 이쪽에는 그런 직업이 또 어느 정도는 할 수 있지… [조사자 1: 네, 좋거든요. (청자를 보며) 같이 하세요, 그것도?] [청자: 아니요, 공부하기 싫어서. 공부하기 싫어서 저는.] 스타일이 달라요, 우리는. 네, 그렇게 살고 있습니다.

집안일을 모두 잘해야 하는 문화

(다른 이야기를 하다가 다시 이주생활담으로 화제가 넘어옴.)

제가 만약에 집에서 설거지를 안 해놨어요. 맞죠? 설거지를 안 해놨어요. 그런데 우리, 저희 신랑이 착해서 그런지 모르겠지만, 아무 말 안 해요, 우리는. 거기에 대해서 터치를 안 해요. 그러니까 내가 할 수 있을 때 하는 거고. 그런 거죠.

그런데 거기는 안 그래요. [조사자 1: 바로 안 했다.] 내가 만약에 지금 같은 나라의 남자들이랑, 아니면 내 가족들이랑,

"아오, 설거지, 어제부터 설거지 안 해 놔 가지고 너무 모였다. 내가 설거지를 좀 해야겠다."

하면, 이제 여자들은 크게 말 안 하는데, 남자들은,

"니 신랑이 가만 있나? 아, 뭐라 안 하나? 내 같으면 뭐."

이런 식으로. [조사자 1: 안 산다?] 안 산다는 아니고,

"혼났다. 어, 여자가 어떻게 설거지를 그렇게 쌓아 놓고 사나."

그러니까 그게 용서가 안 되는 거죠. 밥을 계속 시켜 먹는다 그러면, [조사자 1: '미쳤다.' 그러겠다, 거기는.]

"여자 냅뒀다 뭐하려고 맨날 밥을 사 먹나?"

약간 그런 식으로.

어, 그래 우리가, '칼이 안 들면, 이 집에 남자가 없다'는 것처럼 이 역할을 안 하는 거죠, 여자가.

[조사자 1: 그런데 상당히 바지런하고, 부지런한 사람들의 느낌이 나네요, 그러니까.] 예. 거기는 여자들이 옛날에 거의 밤, 잠을 안 자는 거죠. 그러니까 여자들이 하루종일 집안일 하고, 뭐 애들 가르치고, 애들 돌보고. 밤에는 그 이게 불 피워가지고, 전기가 없으니까 옛날에. 양 그 실 만들고. [조사자 1: 만들고. 실 짰죠, 네.] 이렇게 여자들이 좀, 이렇게 좀 많이 역할을 많이 했죠.

그러니까 남자들이 집안에 신경 안 쓰게 해야 돼, 여자의 역할은. 그래야 바깥 일이 잘 된다고 이렇게 믿었어요. 그런 거죠. 그래서 요즘은 안 그렇죠. 여자들 많이 게을러졌지만, 집안일에 대해서 많이

좀 아직도 여자한테 이렇게 묻는 게 많아요. [조사자 1: 그러네요.] 예, 용서가 안 되고 그렇죠.

어린 시절부터 모든 집안일을 배워서 시집가는 문화

그리고 또 한 가지는 애들, 어릴 때부터 집안일을 시키는 거 특징이에요. [조사자 1: 같이 하는구나.] 예, 저희도 저는 진짜 한 초등학교 2학년 때부터 설거지를 하기 시작했던 싶어요. 그래서 뭐 이제 시골 같은 데는 이게. 지금 뭐지? 뭐라 그러지 그거를? 흰색으로 칠해요. 페인트는 아니지만 약간 그런 느낌? [조사자 1: 아, 뭘 칠하는구나.] 그래서 매년 봄 되면 온 집안을 칠해요. 왜냐면 이게 때가 끼잖아요. 그래서 [조사자 1: 아, 그 되게 바지런하다.] 예. 그것도 제가 중학교 때부터 내가 혼자서 다 이거 천장까지 하고.

그러니까 집안에 있는, 그러니까 저는 이제 외할머니랑 살았기 때문에, 할머니잖아요. 그래서 할머니 많이 일을 못 하시기 때문에 거의 일을 제가 다 한 거죠. 예, 그래서 저희는 외삼촌 세 명이 있었는데요, 집안일 하나도 안 도와줬어요. (웃으며) 다 바깥으로. 어, 바깥으로. 거기다가 제가 외삼촌들 바지 다려 주고. 어, 그렇게. 그게 당연한 거였어요. 그게 당연한 거였고.

그리고 우리는 그런 말 있어요.

"하는 거는 나를 위해서지만, 배우는 거는 너를 위해서다."

[조사자 1: 오.] 이 말 하나가 아직도 이제 거의 속담 수준. 그래서 애들 맨날 그 말로 시켜 먹는 거죠.

"배우는 건 너를 위해서다."

그리고 여자가 여기는 그런 거 있잖아요.

"여자는 시집가면 그때부터 시어머니가 가르친다."

라는 거 있잖아요. 거기는 시집갈 때 아무것도 못 하면, 엄마가 욕 들어 먹어. '못 배워먹었다'라는 약간 그런 이미지예요. 그러니까 뭐든지 다 하고 시집을 보내야 되는 거예요. [조사자 1: 다 할 줄 알아야.] 다 이제 배우고.

집안일을 너무 잘해서 생긴 오해

그래서 저희는 약간 뉘앙스가 있었어요. 처음에 와서 이제 시집 오고 하니까, 이제 설거지하고 뭐든지 다 하잖아요. 저는 그게 옛날부터 생활이었고요. 초등학교 2학년 때부터 했던 거라서 몸에 완전 배어있는 거죠. 이제 설거지 있으니까 하는 거고, 이제 그런 건데. 저희 시어머니랑 이제 동네 분들이,

"이상하다. 왜 집안일을 잘 할까? 한 번 결혼해본 사람 안 할까?"

라는 오해가 생긴 적도 있었어요. [조사자 1: 그 정도로 일을 잘 하셨구나.] 예, 예.

그러니까 저는 아무것도 못하고 시어머니가 이렇게 일일이 가르쳐야 되는데, 내가 갑자기 와가지고 이제 막 잘하니까,

"이상하다, 얘는."

왜냐면 외국에서 오기 때문에 또 모르잖아요, 저에 대해서. 약간 그런 오해가 생긴 적도 있었어요. (웃으며) 그래서 나중에는 제가, 그때는 말을 못하지만 나중에는 설명을 했죠.

"저희는 어릴 때부터 배웠기 때문에, 우리는 이게 기본이다."

그러니까 그때야 좀 오해가 풀린 적이 있었어요. (웃음)

타지키스탄

장학생으로 온 한국, 앞날의 새 꿈

● **구연정보**

조사일시 : 2018. 05. 16(수) 오후
조사장소 : 서울시 광진구 화양동 건국대학교
제 보 자 : 무나바르 [타지키스탄, 여, 1995년생, 유학 2년차]
조 사 자 : 오정미, 한상효, 엄희수

● **구연상황**

건국대학교 국어국문학과 교수의 추천으로 제보자를 만났다. 조사자가 학교 내 연구소에서 제보자를 만나 취지를 설명한 후 조사를 시작하였다. 제보자는 소개 차원에서 자신의 이야기, 한국에 유학 오게 된 사연 등을 구술하였다. 조사과정에서 조사자가 제보자에게 음료와 간식을 권했지만 제보자가 먹지 않고 있어서 이유를 물었더니 조사 당일이 라마단 기간이라고 했다. 제보자는 식사는 물론이고 물도 한 잔 마실 수 없는 상황이었다.

● **줄거리**

제보자는 타지키스탄에 있는 외국어 대학에서 한국어를 전공했고, 2017년 2월에 정부 초청 장학생으로 한국의 신라대학교에 입학했다. 신라대학교에서 언어연수를 마친 후 건국대학교 국어국문학과에 입학하여 현재는 1학년이다. 한국어를 유창하게 잘하는 이유는 제보자가 알고 있는 우즈벡어와 한국어의 어순이 같기 때문이다. 제보자는 원래 한국어 선생님이 꿈이었지만 한국에서 방송 쪽 일이나 외교관 일을 하고 싶다는 꿈을 가지게 됐다고 한다.

장학생으로 온 한국 유학

[조사자 1: 한국에 온 지는 언제, 언제, 언제 됐어요?] 저 작년 2월에 왔습니다. [조사자 1: 작년 2월이면, 2017년도 2월에. 그러면 지금 한 1

년?] 조금 넘었어요. [조사자 1: 근데 어떻게 이렇게 한국어를 잘해요?] 아, 그전에 배웠어요. [조사자 1: 어디에서?] 그 고향에서, 전공이 한국어였어요.

[조사자 1: 아, 그러면 지금 교환학생으로 왔다고 들은 거 같은데. 아닌가요?] 아니요, 유학생. [조사자 1: 아예 유학으로 온 거예요? 그러면 그 전에 타지키스탄의 대학 이름이 뭐예요?] 외국어, 외국어대학교인데, 그 정도 알려진 대학은 아니에요. [조사자 1: 그래도. 거기서 한국어를 전공한 거예요?] 네. [조사자 1: 아, 너무 잘해서. 이 짧은 시간에.]

[조사자 1: 어. 그러면 어, 유학을 바로 건대로 왔나요? 아니면 언어교육원같이 중간에 뭘 거쳤어요?] 작년에 부산에서 1년 동안 어학연수 했다가 올라왔어요. [조사자 1: 아, 작년에 한, 건대에 입학은 이번에 3월에 입학을 한 거구요? 국어국문학과로 입학을 한 거고.] 네. [조사자 1: 부산은 어디? 부산외대?] 아니요, 신라대학교.

[조사자 1: 신라대학교. 궁금해요. 어떻게 처음 신라대를 가서 건대 국어국문학과에 입학을 한 건지.] 저는 정부초청 장학생이라서, 정해진 거예요. 이 나라에서. 오기 전에 정해지고 이렇게 1년 동안 부산에서 어학연수 받고 건대로 입학하고. [조사자 1: 아, 그러면 신라대학교 어학연수, 건국대학교 이 모든 과정이 정부초청 장학생이니까 정해져 있는 수순이었던 거예요?] 네. [조사자 1: 지금 몇 학년이죠?] 1학년. [조사자 1: 1학년, 응. 혹시, 너무 잘해서 중간에 편입이나 뭐가 됐나 해서. 아, 1학년. 응. 어때요? 국어국문학과 수업? 할 만해요?] 할 만하죠. [조사자 1: 재미있어요?] 재밌는데, 어렵긴 어려워요. [조사자 1: 그래요, 한국 학생들도 어려워하는데.] [조사자 2: 저도 어려워요.]

[조사자 1: 으응, 맞어. 지금 신동흔 교수님 뭐 황혜진 교수님 수업 다 들어봤어요?] 아니요, 황혜진 선생님은 안 들어봤는데, 신동흔 선생님 수업 듣고 있습니다. [조사자 1: 아 들어봤어요? 그럼 신동흔 선생님 수업 들어봤으면 설화라는 단어를 알고 있겠네요?] 네. [조사자 1: 그걸 우리가 이제 하는 거거든요. 아. 그렇구나. 몇 가지 더 개인적인 걸 좀 물어본 다음에 음, 그, 그 설화를 듣도록 할게요.] 네.

[조사자 1: 타지키스탄에서는 고향이 어디예요, 그러면?] 타지키스탄

인제, 수도 아닌데. 투르슨조다라는 도시예요. [조사자 1: 음, 투르슨조다라는 도시가 고향이에요? 타지키스탄은 수도가, 수도명이 뭐예요?] 두샨베이요. [조사자 1: 두샨베이. 근데 저 되게 깜짝 놀란 게 타지키스탄에 있는 대학에 한국어학과가 있어요?] 유일하게 하나만 있긴 있는데, 그 외국어대학교에서 가르치는 거예요. [조사자 1: 그게 본인의 대학이었던 거예요?] 네.

[조사자 1: 그런데 어떻게 한국어를 전공할 생각을 했어요?] 어렸을 때부터 외국어를 좋아해서 영어를 배우고, 터키어도 배우고 그랬는데, 계속 하나만 배우니까, 영어를 6년 이상 배웠는데 질렸던 거 같아요, 뭔가. 그게 하나, 뭐 다른 것도 배우고 싶어서 그렇게 알아봤는데 한국어가 이제 우리 학교에서 가르친다고 해서 전학하고 전공을 바꿨어요. [조사자 1: 바꿨어요? 원래는 그럼 영어영문학과?] 네.

[조사자 1: 아, 영어영문에서, 어. 왜냐면 사실 한국도 작은 나라잖아요. 예를 들어서 중국어나 일어를 전공하는 경우가 많을 거 같은데. 한국어를 전공한 게 특별해서. 어떻게 보면 특별한 계기가 있었던 건 아니고 그냥.] 네. [조사자 1: 한국어를.] 새로운 거 배우고 싶어서. [조사자 1: 배우고 싶어서, 새로운 걸. 아. 거기에, 막 타지키스탄에도 한류가 발달했거나 그런 건 아니죠?] 이제 점점 발달하고, 유명해지고 있어요. [조사자 1: 아 진짜? 뿌듯하네요.] (웃음)

고급 수준의 한국어 실력

[조사자 1: 그렇구나. 그러면 거기, 거기 타지키스탄에서는 한국어를 몇 년 배운 거예요?] 2년 동안 배웠습니다. [조사자 1: 2년 배우고, 한국에 와서 1년 배우고?] 네. [조사자 1: 굉장히 잘하네요. 타지키스탄어가 따로 있더라구요, 제가 찾아보니까. 네 그렇죠? 거기 나라 어순하고 한국말 어순이 같아요?] 아니요, 달라요. 저, 우즈벡어랑 한국어가 비슷해서. [조사자 1: 맞아요, 터키어도 그렇고.] 네. 그래서. 저 우즈벡어도 아는데 그래서 쉬웠던 거 같아요.

[조사자 1: 우즈벡어가 여기 나라의 두 번째 언어처럼 많이 쓰이는 언어죠? 보니까.] 아니요. 러시아어. 그게 두 번째로 쓰이긴 하는데. 제가, 제 도시는 우즈베키스탄이랑 가까워서 우즈벡 사람들이 꽤 많아요. 그래서 집에서 우즈벡어로. [조사자 1: 이야기하고. 아. 그나마 이제 그래도 우즈벡어랑 어순이 같아서 배우기가 쉬우셨구나.] [조사자 2: 여기는 러시아어를 더 많이 써요, 아니면 모국의 말을 더 많이 써요?] 모국어를 더 많이 쓰는데 러시아어는 이제, 이렇게 제2외국어로.

[조사자 2: 다른 쪽, 뭐 중동아시, 중앙아시아 쪽에 카자흐스탄은 러시아어가 첫 번째 언어도 카자흐스탄 말을 좀 덜 써서. 혹시 해서 여쭤봤어요. 부산에서 말 배울 때, 그쪽에 사투리 이런 거 때문에 힘들지 않았어요?] 아니요. 저 사투리에 관심이 워낙 많아서 좀 재미있었던 거 같아요. [조사자 2: 유학생들은 이렇게 부산에 먼저 온 학생들은 사투리부터 배우더라구요. 서울, 뭐 사투리가 나쁜 건 아니지만. 듣다 보니까 '아, 부산에서 먼저 왔어.' 이게 아는데 원체 서울말씨도 잘 써서. 깜짝 놀랐어요. (웃음) 특별하게 건대, 건국대 국문과를 온 이유가 있어요 혹시?] 한국어를 배웠을 때, 어학, 어학 쪽으로만 배워서. 좀 더 깊게 배우고 싶고. 좀 더 많이 배우고 싶어서. [조사자 2: 문학 같은 거?] 네. 문학도 배우고 이렇게 타지키스탄에 있었을 때 책도 한 번도 안 읽어보고 문학 같은 거는 아예 못보고 왔는데, 그래서 더 많이 알고 싶고. 그래서.

[조사자 2: 다른 대학은 어학 쪽 이런 게 강하고. 건대는 좀, 건대가 원래 좀 국문과가 설화, 구비문학 이런 거에 좀 많아요. 그쪽 전공이. 신동흔 선생님이 원체 오래 계셔서. 그래서 전공 수업도 그런 거 들으시는구나.] 네. [조사자 2: '구비문학의 이해', '구비문학의 세계' 이런 거 들으시는구나.] 지금 '현대인의 삶과 고전'을 듣는데. [조사자 2: 저기, 지정교양? 아아.] [조사자 1: 지금 그 수업 누가 하죠?] 신동흔 선생님. [조사자 1: 신동흔 선생님이 하세요?] 네.

[조사자 1: 저기 그러면 지금 한국에는 혼자?] 네. [조사자 1: 누구, 뭐 누구, 아무도 없어요?] 네. 아무도 없어요. [조사자 1: 어, 너무 가고 싶겠다. 그러면 타지키스탄은 가깝긴 하지만 카자흐스탄이랑 다 다를 거 아니에요. 타지키스탄 뭐, 유학생이나 이주민들의 무슨 커뮤니티가 있어요? 한

국에도?] 있죠. 근데 이제 대사관도 새로 생겼고, 작년에 생겼지만. 유학생, 유학생들도 많이 없고. [조사자 1: 있어요? 커뮤니티가 많이 생겼어요?] 어, 많이는 잘 모르겠지만은. 저를 이제 거기에 포함되지 않아서.

[조사자 1: 아니 그러면 타지키스탄 건대 학생이 있어요?] 네, 한 명 있어요. 대학원생. [조사자 1: 어우 그럼 친해요?] 아니요. 친하진 않아요. [조사자 1: 서로 의지하고 친하게 지내지. 남자예요?] 네. [조사자 1: 아, 남자야. 있는지는 어떻게 알았어요?] 원래 아는 사람. 네. 같이 한국어를 배우고, 먼저 와서, 이제 제가 유학 왔어요.

졸업 후의 꿈과 도전

[조사자 1: 그랬구나. 앞으로 꿈 물어봐도 돼요? 한국어 다 이렇게 열심히. 지금 한국어 실력으로도 충분할 거 같은데. 어, 언어는 충분할 거 같아요, 진짜 그쵸? 근데, 어, 꿈이 뭐예요?] 1년 전만이라도 해도, 제가 한국어 선생님을 하고 싶었어요. 이제 문학도 배우고, 여러 개를 배워서 꿈이 커진 거 같애요. 그, 지금, 외국인들이 방송도 나오고 뭐 그러잖아요. 그런 것도 하고 싶고, 작가도 이제 그런 글도 쓰고 그러고 싶고. 어, 요즘 드라마도 많이 보니까, 제, 이제, 그런 쪽으로도 이제 가고 싶긴 해요.

[조사자 1: 어, 그러니까 방송, 방송 활동을 하는 사람도 되고 싶고. 아, 글을 쓰는 작가가 되고 싶기도 하고.] 네. [조사자 1: 아 그러면, 방송 활동이라 함은 한국에서의 방송 활동을 얘기하는 거죠? 그쵸?] 네. [조사자 1: 그럼 다시 타지키스탄으로 가지 않구 한국에서 살고 싶은 거예요? 어때요?] 네, 그런 생각도 있는데 방송 그쪽으로 안 되면은 외교관 그쪽으로 할려고. [조사자 1: 아니, 한국어 실력 충분할 거 같아요. 얼굴도 예쁘고. 그렇구나.]

[조사자 1: 그러면 타지키스탄에하고, 지금 한국하고 살아봤을 때 제일 다른 점이 뭐였어요? 뭐 문화적으로나, 문화적으로.] 어, 제일 다른 거는 술 문화. [조사자 1: 아, 맞어. 맞어. 이슬람권이잖아요, 그쵸? 맞어.] 네.

[조사자 1: 술 문화. 지금 축제 기간인데. 술 전혀 안 하죠? 어때요?] 네. 마시는 사람 있긴 있는데 이제 한국처럼은 아니에요. [조사자 1: 음, 술 문화가 가장 다르다? 본인은 술을 마셔요?] 아니요. [조사자 1: 전혀 안 마셔요? 어, 오키. 오키. 또, 뭐가 달라요?] 음, 찜질방. (웃음) 저희는 없어요. 별로.

[조사자 1: 타지키스탄 날씨가 어때요. 거기가? 한국하고 비슷한가요?] 어, 비슷한데 습기가 없어요. [조사자 1: 건조하구나. 더 좋다 살기는. 술 문화, 찜질방 이런 게 다르고. 가족관계는 어때요? 한 집에 모두가 같이 살아요? 아버지가 가장이고?] 네. [조사자 1: 아, 똑같구나. 이슬람 국가가 주로 그렇긴 하더라구요.] 네. 네.

아제르바이잔

부모님의 이주내력과 나의 성장 및 유학담

● **구연정보**

조사일시 : 2018. 01. 11(목) 오후
조사장소 : 인천광역시 미추홀구 용현동 인하대학교
제 보 자 : 피루자 [아제르바이잔, 여, 1990년생, 유학 2년차]
조 사 자 : 박현숙, 김민수

● **구연상황**

조사자는 제보자를 인하대학교에서 만났다. 조사자는 제보자에게 조사 취지를 설명한 뒤에 가볍게 제보자 삶의 이력부터 물었다. 제보자는 자연스럽게 자신이 친가가 있는 아제르바이잔에서 살다가 외가인 우즈베키스탄으로 살게 된 내력부터 구연을 시작했다. 제보자는 구연 내내 밝은 에너지로 이야기판을 이끌어 나갔다.

● **줄거리**

제보자의 아버지는 아제르바이잔인이고 어머니는 우즈베키스탄인으로 같은 직장에서 만나 연애하다가 어머니 집안의 반대를 무릅쓰고 결혼했다. 부모님은 아제르바이잔에서 신혼생활을 시작했다. 어머니는 여자가 집안일을 많이 하는 우즈베키스탄 문화에서 자랐지만, 며느리를 귀하게 대접하는 아제르바이잔 문화가 좋다고 했다. 제보자는 아제르바이잔에서 삼 학년까지 학교에 다니다가 부모님을 따라서 우즈베키스탄에서 외할머니와 함께 살았다. 아제르바이잔에 계신 제보자의 할머니는 고령에도 불구하고 모든 일을 직접 하는 성향인 반면, 우즈베키스탄에 계신 외할머니는 제보자에게 충고를 많이 하며 일을 시키는 성향이다. 제보자는 우즈베키스탄에서 대학까지 졸업했다. 대학에서 중국어를 전공하고 싶었으나 인기 있는 전공으로 입학하기 위한 주변의 과도한 부정과 비리에 염증을 느껴 한국어를 전공했다. 제보자는 문학을 좋아하고 한국어에도 흥미가 생겨서 열심히 공부하여 정부 장학금을 받으며 석사과정까지 마쳤다. 제보자는 이광수의 《무정》을 연구하여 석사학위를 받고 박사과정에 진학하기 위해 한국으로 유학을 왔다. 제보자는 박사학위를 받은 후에는 한국에서 여러 경험을 쌓은 후 모국으로 돌아가 사회복지정책을 수립하는 고위공직자의 꿈을 갖고 있다.

부모님의 결혼과 결혼문화

[조사자: 그러면은 그 이야기를 그냥 하기 전에 피루자가 아까 얘기를 간단하게 하셨잖아요. 어디서 태어났고, 어디서 자랐고 어떻게 해서 지금 이제 아제르바이잔에 가게 되었는지 일단 본인의 스토리를 좀 먼저 들려주시겠어요?]

어, 그럼 부모님들부터 시작할게요. [조사자: 그렇죠, 네네.] 아까 얘기했듯이, [조사자: 이제 처음부터 다시 해주세요. 이제 녹음 시작하니까] 네. (웃음) 아까 얘기했듯이 우리 아버지는 아제르바이잔 사람이에요. 근데 엄마는 우즈베키스탄 여자. 종교적으로도 좀 틀리고 엄마는 수니(파)•이고 아빠는 시아파••예요. 무슬림 똑같은 무슬림인데 특징이 조금 그거는 예를 들면 기독교랑 그 러시아 종교처럼 틀려요. 그래서 우리 아빠는 아제르바이잔에서 우즈베키스탄에서 삼촌이 계셔서 삼촌 보러 우즈베키스탄으로 여행 가시는 거예요. 거기서 여행 참가했다가 여기서 일을 좀 해볼 생각이 들어서 일을, 옷 만드는 공장에서 과부장? 과부장으로 됐고. 일을 하시는 [조사자: 과장?] 아니 과장 밑에 있는 두 번째 과장? 부과장? [조사자: 아, 부과장.] 부과장으로 일을 하시는 거예요. 그래서 우리 엄마는 거기서 옷 만드는 디자이너로 일을 하셨어요. 엄마는 그때 열아홉 살이었어요. 그냥 어떻게 됐더니 연애하기 시작했고요. 연애를 하셨는데 근데 우리 아빠는, 우리 아버지는 다른 민족이라서 부모님들이 시집 안 보낼 거라고 그렇게 하셨어요.

근데 재밌는 거 있는데 아제르바이잔에서 신부를 훔치는 거? 그런 전통이 있어요. [조사자: 아, 신부를 훔쳐오는 전통이 있어요?] 네, 그런 전통이 있어요. 그 옛날부터 지금까지도 곳곳의 나라들에서, 나라

• 예언자 무함마드와 혈연관계가 없어도 이슬람의 지도자(칼리파)가 될 수 있다는 이슬람의 한 종파이다.

•• 예언자 무함마드의 혈통만이 이슬람의 지도자(칼리파)가 될 수 있다는 이슬람의 한 종파이다.

에서 신부 훔치는 계속 그런 전통이 남아있어요. 예를 들면 부모님들이 허락 안 해주면 그냥 밤에 와서 신부를 훔쳐 가는데 그것도 어떻게 하냐면 그 수탉 있잖아요? 닭의 남자? 수탉? [조사자: 응, 수탉.] 네, 그 수탉이 새벽 다섯 시까지 소리치는 거 시작하기 전까지 여자 부모님들이 안 오면 그 후에는 여자를 시집보내야 돼요. 근데 그전에 와서 가져가면 결혼을 못해요.

그래서 지금 부모님들이 우즈베키스탄에서 계시고 아제르바이잔으로 가야 되니까 어떻게 했냐면 우리 엄마는 세 번 그 집에서 나갈려고 하셨는데 부모님들이 계속 집에 계셨으니까 못 나가셨어요. 짐도 다 싸고 준비 돼있었어요. 왜냐하면 뭐지? 시집 안 보낸다고 하셨으니까 사랑에 빠진 사람들은 어떡해. (웃음) 다른 경우가 없다고 하시고 그래서 어느 날 할아버지도 요양원 아니고 좀 나이가 많은 사람들이 쉴 수 있는데? 요양원 아니에요. 잠깐 갔다가 쉬고 돌아오는 거예요. 그래서 우리 엄마 할머니는 의사 선생님이었어요. 집에 부모님들 안 계실 때 엄마가 형제들이랑 그냥 인사하고 나가서 가시는 거예요. 바로 그날 아제르바이잔으로 가신 거예요.

그래서 그전에도 우리 아버지는 잠깐 아제르바이잔 갔다 오셨는데 그때 무슬림 민족들이니까 옛날부터 그런 거 있었어요. 부모들끼리 애들한테 얘기 안 하고 그냥 약혼하는 걸로. 그래서 우리 아빠도 집으로 왔는데 그 할머니가,

"오, 잘 왔다. 아들아 우리 너 약혼했다."

라고 하시는 거예요. 그래서 반대하셨으니까 좋아하는 여자가 있다고 하시고 그렇게 어쩔 수 없이 훔치시는 거예요, 신부를. 훔쳤다고 하시고 아제르바이잔에서 결혼식 열리고 결혼하신 다음에 우즈베키스탄에서도 열렸어요. 그렇게 하시고 훔친 신부를, 경험을 직접 엄마가 느끼셨어요. 그거는 곳곳 사람들의 무슬림 사람들의 저쪽 곳곳에 있는 사람들의 전통이에요. 지금도 그런 거 있어요. 예를 들면 부모님이 허락 안 해주면 그렇게 신부를 [조사자: 신부를 훔쳐서?] 훔쳐서, 훔쳐서 집에 데리고 오시고 그 일주일 안에 결혼을 해요.

우리 엄마 경우에는 어떻게 하시냐면 부모님이 우즈베키스탄에

계셨으니까 지금 다른 나라잖아요. 동유럽 쪽이잖아요. 그래서 밤에 도착하시고 한 밤만 자고 새벽 아침에 우리 아버지 다른 외삼촌 집으로 데려가시는 거예요. 그 결혼식을 준비하는 시간 동안 그 외삼촌 집에서 신부로 나오시는 거예요. 그래서 엄마는 항상 그러죠. 두 번째 부모님들이 있다고 그 시집보내는 사람들? 아무리 아버지 친척이라도 그때는 엄마의 부모님들처럼 시집을 보내시는 거예요.

[조사자: 그러면 결혼을 하시고 이제 계속 아제르바이잔 여기서 사신 거죠?] 지금은 [조사자: 아니 그때, 그때 결혼하시고.] 그때는 네. [조사자: 결혼하시고 사시고 그다음에 결혼하시다가 자녀분들은 어떻게 낳으신 거예요? 몇 명이나?] 아 네, 그때는 예를 들면 아까 엄마가 우즈벡 사람이라고 하셨잖아요. 결혼을 했을 때 우즈벡 여자들이 해야 할 풍습이 있고 아제르바이잔 사람들의 풍습이 좀 틀려요. 우즈벡 여자들은 지금도 그래요. 아침 새벽 다섯 시에 일어나서 마당을 쓸어요. 마당을 쓸고 아침밥을 준비하고 그렇게 일찍 일어나야 할 이유는 시부모님이 일어나기 전에 먼저 며느리가 일어나야 돼요. 그거는 우즈벡 여자들의 아직까지 남아있는 풍습이에요. 그래서 그런 점에서 우즈베키스탄 여자들이 다들 불쌍하다고 해요. (웃음)

그래서 우리 엄마도 아무리 우즈벡 여자라서 저쪽 나라에서는 그런 거 없다는 거 모르시고 새벽 아침에 일어나서 계속 마당을 쓰시는 거예요. 그래서 중간에 그 아버지 엄마? 할머니는 기도하러 무슬림 사람들이 새벽에 기도하잖아요. 새벽에 일어나셨는데 갑자기 와서 마당 쓰는 여자를 보신 거예요. 그래서 언어를 모르니까 의사소통도 안 되잖아요. 언어가 틀리, [조사자: 다르니까.] 네, 달라서. 그래서 엄마는 저쪽 사람들이랑 의사소통을 하기 위해서는 러시아 말로만 하고. 근데 아무리 아제르바이잔 사람이라고 해도 러시아어를 아는 사람이 많지 않아요. 많지 않으니까 그 몸짓으로? 뭐하냐고. [조사자: 몸짓으로.] 그거 하지 말라고 이해하셨다고. 하지 말라고, 그렇게 하셨는데 그래서 우리 할머님은 그때,

"아, 그 여자가 좀 돌지 않았냐? 이상한 여자 아니냐? 왜 나와서 새벽에 그 마당을 쓸었냐?"

그때는 아버지가 어떤 전통 어떤 풍습이 있는 거를 알려주셨어요.

근데 여기는 아제르바이잔이니까 그런 거 할 필요가 없다고, 그래서 그런 거 할 필요가 없다고. 그래서 아까 얘기했듯이 며느리니까 시부모님 죽을 때까지 우즈벡에서는 며느리가 그거 다해줘야 해요. 밥 만드는 거, 설거지하는 거 다다다. 그런데 아제르바이잔에서는 그런 거 있어요. 삼 개월 동안 며느리가 들어온 지 얼마 안됐으니까 차가운 물이랑 무거운 일을 안 해야 된다. 왜냐하면 그 삼 개월 안에 그렇게 믿어요. 그 여자가 임신할 확률이 높으니까. 그래서 엄마가 항상 그래요.

"그때 얼마나 그 나라의 전통이 좋다."고.

왜냐하면 어떻게 살았냐면 공주처럼. 일어나서 밥 먹고 그냥 아무것도 안 하고 왜냐면 설거지할 필요도 없고, 할머니가 다 해주셔서요.

"하지 말라, 하지 말라."고.

예를 들면 무거운 것도 들지 말라고.

근데 우즈벡에서는 엄마가 얘기했듯이 우즈벡 남자랑 결혼을 했었으면 아무리 상관없어요. 애를 낳을 때까지 계속 일을 해요. 그래서 그건 좀 좋다고 하셨어요. 그래서 지금도 아마 우리도 다문화 민족이라고 할 수 있잖아요, 부모님들 민족이 달랐으니까. [조사자: 그렇죠.]

근데 엄마가 너무 대단하신 거 같아요. 우리 저쪽 곳곳의 아제르바이잔 남자들이란 이 민족이 뜨거운 사람들이에요. 빨리 화날 수도 있고 예를 들면 바로바로 직접 얘기할 수도 있어요. 어떻게 생각하고 있는지 바로 얘기합니다. 그런데 우즈벡 사람들은 한국인들처럼 돌려서 좀 부드럽게 마음에 안 들어도 그냥 참고 얘기하는 성격이에요. 그래서 아마 엄마의 그런 성격 때문에 계속 지금 올해는 부모님들이 이십팔 년을 기념으로. [조사자: 결혼하신 지?] 네. 그거 올해 이십팔 년 됐다고.

가족 이야기

[조사자: 그럼 결혼하신 지 얼마 만에 첫 자녀를 낳으셨어요?] 바로! [조사자: 바로?] 결혼을 89년도에 하셨으니까 저 90년생이잖아요. 바로 하신 거예요. [조사자: 첫째시구나.] 네. 첫째예요. 그때는 엄마가 얘기했듯이 시어머니가 엄청 잘 해주셨어요. 아껴서 그 손자들이니까 왜냐면 우리 아버지 형제들은 열 명이에요. 삼촌? [조사자: 삼촌?] 아빠의 동생? [조사자: 동생] 동생이랑 형? 남자들은 일곱 명이고 여자들은 세 명이에요. 그때는 그렇게 아이들을 많이 낳으셨으니까.

[조사자: 그럼 다 같이 모여 사는 건 아니죠?] 모여서 사는 건 아닌데 지금 다들 흩어져 있어요. 여러 나라에서 살고 있으니까. 근데 너무 좋은 느낌 있어요. 예를 들면 친척들만 형제들만 모으면 엄청 많이 모아요. 왜냐면 한 명이, 다섯 명, 네 명 그렇게 애들 많이 있으세요. 지금 후손들도 있고 지금 할아버지 할머니는 아버지 지역에 생존하고 계세요. 여든? 아니 년? 팔십칠 살이에요. [조사자: 팔십칠 세.] 네, 거의 구십. 그래서 우리 아버지 저거. 엄마가 예를 들면 엄마는 그냥 일반 수준 집이시고 아버지 쪽은 할아버지가 돈을 잘 벌었으니까 잘 사는 집이었어요.

[조사자: 그러면 태어나시기는 아제르바이잔에서 태어나시고?] 네, 두 명은. 우리는 지금 세 명이에요. [조사자: 삼 남매예요?] 여자 한 명, 남자 두 명이에요. 그래서 어떻게 했냐면 저랑 남동생은 두 살 차이예요. 이 년. 그래서 우리는 수도권 사람들이에요. [조사자: 수도권 어디?] 바쿠, 바쿠. 아제르바이잔 바쿠에서 태어났어요. 거기 두 명 거기에서 태어났고 저는 초등학교 삼 학년까지 거기에서 학교를 다녔어요. 아제르바이잔에서, 아제르바이잔으로.

그리고 98년 때 우리 우즈베키스탄으로 잠깐 여름에 여행 가는 거예요. 근데 우즈베키스탄에서 엄마의 엄마인 할머니가, [조사자: 외할머니가.] 네, 외할머니가 계속 그 달이.

"아제르바이잔에서 사니까 돌아가면 내가 자살한다."고.

계속 그렇게 우셨어요.

"돌아가지 말라."고.

"잠깐이라도 여기 살라."고.

왜냐면 외할아버지는 93년도에 일찍 돌아가셨어요, 심장 때문에. 돌아가셨어요. 그래서 우리 부모님들은 그럼 잠깐 여기에서 살다가 다시 갈까 했는데 거기 멈췄어요. 우리는 칠월 때 갔었으니까 구월에 학교 가야 돼요. 그래서 부모님들이 지금 못가면 일단 애들이 여기서 몇 년 학교 다니면 된다고. 잠깐 산다고 하며 그렇게 멈췄는데 거의 98년이면 지금 몇 년 20년 됐네요. [조사자: 그러면 98년부터 지금까지 쭉 사시는 거죠?] 네.

근데 우리는 여름마다 방학이 시작하자마자 집에 갔었어요. 왜냐하면 거기에 집이 있었으니까. 근데 그 이후에 몇 년 지나가서 우리는 아빠가 가서 그 집을 파신 거예요. 그냥 파셨어요. [조사자: 아하, 근데 엄마는 우즈베키스탄에 사시는 게 더 힘든 거 아니에요? 여자가 일을 더 많이 해야 되는.] 아, 근데 그거는 시어머니랑 같이 사실, [조사자: 살 때 얘기니까.] 살 때만. 근데 우리는 따로 살잖아요. 집에서는 아빠 엄마 애들. 그래서 그런데 그런 습관이 계속 있어요. 엄마랑 있을 때는 조금 힘들어요. 왜냐하면 막 일곱 시라면,

"일어나, 일어나!"

집안을 이걸 해야 된다고 계속 그렇게 하셨어요.

외할머니와 친할머니의 성향 차이

그래서 좀 어려운 점을 느낀 거는 할머니 할아버지 집에 가면 엄청 좋았어요. 엄청 좋았는데 왜냐면 저쪽 할머니가 아무 심부름을 안 시켜요. 설거지도 안 해요. 다 먹고 잘해주고 근데 외할머니가 오실 때마다 제가 스트레스를 많이 받았어요. 왜냐면 외할머니는 우즈벡 민족에서는 우리나라도 효도가 너무 높아요. 근데 그분은 좀 다른 관점에서 보는 것 같아요. 엄마의 엄마 오시면, 외할머니가 오시면 그냥 공주처럼 그렇게 앉아있고 아무것도 안 하세요. 그냥 시키

는 것만. 그래서 외할머니가 오실 때마다 엄청 스트레스 받았어요. 외모도 얘기하고 화장도 하지 말라고 계속 잔소리하셨어요. 그래서 우리는 다 해주고 설거지까지도 예를 들어 외할머니 차 마시면 우리가 그것도 설거지해야 되고 그런 거 없었어요. 근데 지금도 아무리 할머니가 아제르바이잔 가면 나이가 많으셔도 차 마시면,

"하지 마. 내가 할 거라고."

왜냐면 거의 구십 살이시잖아요. 지금도 허락 안주세요. 예를 들어 어떤 음식 만드시면 저도 도와줄 거라고 하는데.

"니가 도와주면 맛이 좀 달라진다."고.

"내가 할 거라고."

그래서 제가 어렸을 때 계속 외할머니가,

"가면 내가 자살한다."고.

"자살한다."고.

그 말을 제가 많이 들었었어요. 그래서 적응하기가 힘들었으니까 제가 항상 제가 너무 안타깝다고 생각해요. 어렸을 때 몰랐으니까.

"할머니가 언제 죽을 거지? 우리 언제 갈 거야?"

계속 그 소리를 했었어요. [조사자: 아, 가고 싶어서?] 네, 가고 싶어서. 왜냐하면 할머니한테 그런 거 많이 들었으니까 가고 싶었어요, 항상.

아무리 우리 여름방학 때 삼 개월 동안 집에 있었는데 그때도 부족했었어요. 왜냐하면 우즈벡은 아제르바이잔처럼 그렇게 발전된 나라 아니에요. 바다도 없고 그런데 우리는 계속 어렸을 때부터 바다도 다니고.

그래서 외할머니가 돌아가신 날에는 제가 너무 섭섭했었어요. 그 말을 안했을 걸. [조사자: '그 말 하지 말걸.' 그렇게 생각했구나] 네. 왜냐하면 지금 할머니가, 외할머니가 안 계시니까 가끔은. 왜냐면 할머니가 돌아가셨는데 우리가 돌아가는 거 아니잖아요. 계속 살고 있으니까.

초·중·고 학창시절

[조사자: 그러면 그 아제르바이잔에서는 학교를 1학년만 다니다가 가신 거예요?] 3학년까지. [조사자: 3학년까지 다니다가? 초등학교] 제가 여섯 살부터 학교를 다녔어요. [조사자: 학교 여섯 살부터 가요 원래?] 원래는 일곱 살인데, [조사자: 일곱?] 일곱 만으로 일곱 그런데 제가 유치원 다녔다가 아마 부모님들이 똑똑하다고 생각하시니까. (웃음) [조사자: 똑똑해서 빨리 올라갔구나.]

그래서 제가 3학년 동안 일 학년 마치고 3학년으로 올라갔을 때 우리는 우즈벡으로 가는 거예요. 그래서 우즈베키스탄에서 제가 다시 1학년으로 가는 거예요. [조사자: 나이 때문에?] 나이 때문이 아니고 제가 아제르바이잔에서 아제르바이잔어로 공부했고, 우즈벡 왔는데 아제르바이잔 학교가 없어서 러시아권 학교로 가기 위해서는 처음부터 갔어요. 다시 갔는데 근데 부모님들이 과외수업시키고 집에서 공부를 많이 시켰으니까 그 새해 십이월까지 일 학년 학교를 다니고 시험 보고 1월부터는 제가 3학년으로 다시 올라갔어요. 시험을 보고 그때는 학교 조건이 그랬어요. 시험을 잘 보면 올라갈 수 있다고. 못하면 계속 그렇게 공부해야 하는 거예요.

그래서 제가 올라가고 똑같은 아제르바이잔에 있는 친구들이랑 똑같이 졸업했어요. 학교를 열다섯 살 때. [조사자: 그럼 남동생은 두 살 차이라서 1학년은 같이 처음에 우즈베키스탄에서.] 아니에요. [조사자: 아니에요?] 남동생은 (웃음) 아마 남자애들은 다들 그래요. 좀 말이, [조사자: 늦어?] 늦는 거 아니고 얘기할 때는 무슨 말인지 이해 못하셨어요. 그래서 특별한 유치원 다녔어요. 말을 고쳐주는 그렇게 학교 다니고 근데 2년 차이니까 2년 차이로 졸업했어요. 우리 똑같이. 근데 남동생은 아마 일곱 살 때 간 거 같아요.

[조사자: 그러면 우즈베키스탄에 가서는 어느 도시에 사신 거예요? 외할머니 집이 어디였어요?] 수도 아니었어요. 지방. [조사자: 지방 어디?] 카르쉬라는 지방이 있는데, [조사자: 지역으로 따지면 동서남북 이렇게 따지면 어느 쪽이에요?] 그거는 잘 몰라요 (웃음) 그거는 어? 제가 나

중에 확인하고 알려드릴게요. [조사자: 네네.] 다른 지방, 수도에서 여섯 시간 차이가 있어요. [조사자: 여섯 시간 가야 해요?] 버스 타고 가면 여섯 시간이고 택시 같은 거 타면 다섯 시간. [조사자: 그럼 아제르바이젠에서는 도시에서 살다가.] 네, 수도에서 살다가 거의 시골.

[조사자: 외할머니댁 가서는 시골에서 계속 사신 거잖아요. 그리고 중학교 고등학교도 다 그 마을에서?] 그 학교에서 마을은 아니고 도시예요 큰 도시. 옛날에 하** 아모르치모르라는 그런 왕. 대단한 사람이 있는데 우즈벡 그 사람. 그 사람이 태어났던 도시예요. 전에는 수도로 알려져 있는 도시인 거 같아요.

[조사자: 그러면 거기서 이제 왔다 갔다 옮겨서 그 자취를 한 게 아니라 멀리 왔다 갔다 한 거예요? 학교 다니느라고 외갓집에서?] 아니에요. 우리는 예를 들어 한 큰 지방인데 어떻게 알려줘야 하나 예를 들면 여기 경기도. 경기도 안에 있는 큰 도시… 예를 들면 인천은 경기도예요? [조사자: 그냥 인천이에요.] 인천이에요? 인천에 인천. 인천에 다른 도시들도 있잖아요, 작은 거. 거기서도 예를 들면 카르스시 그의 바로 수도처럼. 그 도시에서 예를 들면 주변에 시골들인데 우리는 도시 사람.

[조사자: 그러면 부모님도 같이 나온 건 아니고? 학교를 다닐려면 내가 사는 곳을 옮겨야 되잖아요.] 우리 옮기는 거 우리 바로 도시에서 살았어요. 지방에 있는 큰 도시. [조사자: 지방에 있는 큰 도시.] 예를 들면 우즈베키스탄에 열두 지방이 있어요. 지방이 열두 개예요. 큰 거 다 큰 거로 나눠있었으니까 우리는 시골이 아니고, 저한테는 시골처럼 느껴졌어요. 왜냐하면 아제르바이젠에서 온 다음에. [조사자: 그러면 거기서 중학교 고등학교 대학교까지 다 나오신 거.] 아니에요, 고등학교까지만. [조사자: 고등학교까지만?] 네.

대학 시절 한국어 전공한 사연

고등학교까지만 고등학교를 제가 열다섯 살에 마쳤어요. 수도로 가는 거 대학교 다닐려면 왜냐하면 제가 어렸을 때부터 그때는 변호사가 되고 싶었는데 그래서 학교는 수도에만 있었고 그래서 수도에 있는 타쉬겐트에 있는 수도는 타쉬켄트에 있는 동방대학교에서 나왔어요. 한국어학과 전공으로. 부전공은 중국어였어요. 석사는 한국어문학. [조사자: 어디 여기 인하대?] 아니요 다 동방대학교 타쉬켄트. [조사자: 아, 석사도 거기서?] 네. 석사도 거기서. [조사자: 한국문학?] 문학. [조사자: 문학.] 네.

[조사자: 한국어과를 가게 된 계기가 있어요? 동기?] 아니 없었어요. 사실 제가 한국어를 배울 생각도 없었어요. 왜냐하면 동방대학교에 들어갈 이유는 중국어학과를 전공하고 싶었어요. 근데 거기서는 뇌물이 너무 심해가지고 중국어를 배운 사람들이 엄청 많았어요, 들어가고 싶은 사람들이. 제가 서류를 접수할 때는 서류에다가 중국어학과라고 썼는데 근데 갑자기 9월 3일에 그룹으로 나눴을 때 제 이름이 한국어학과로 간 거예요. 그래서 어떻게 됐냐면 총장님을 찾아갔어요. 그 학과장님 와서,

“너 서류 접수할 때 서류에 어느 학과인지 안 적었다.”고.

근데 제가 잘 기억하기에는 안 적으면 빈자리 있으면 적어오라고 그렇게 얘기해요. 안 적으면 안 받아들어요. 근데 그때는 제가 열다섯, 열여섯 살이었어요. 어떻게 할지도 모르고 그다음에 제가 옮기려고 했을 때 엄청 큰돈을 부탁했어요. 다른 사람이 돈 주면 중국학과로 다시 해주겠다, 근데 그렇게 하지 말라고 부전공으로 중국어 줄 테니까 그냥 참으라고.

그래서 제가 일 학년 때 한국어에 대한 관심이 없었고 일반 성적 때문에 공부했었어요. 계속 열심히 삼 년 동안 중국어를 배웠어요. 중국어 그 어학당 다니고 근데 중국어에서도 실패한 거 있었어요. 중국에 있는 대학교로 옮기려고 했는데 정부 장학생 주는 대학교였어요. 거기 접수를 했을 때도 중국어를 모르는 사람도 입학하게 되고 저 삼급까지 올라가고 HSK로 중국어로 중급을 알고 있어도 그 뭐야 돈 안 줬으니까 안 뽑았어요.

[조사자: 근데 어떻게 하다가 관심도 없었는데 석사과정 한국문학 전공

했어요?] 아 그때는 제가 너무 실망스러워서 실망해서,

'아, 한국어를 배워야겠다. 한국으로 가야겠다.'

그렇게 얘기하고 일 년 동안 과외 수업 받았어요. 좋은 선생님을 찾아가고 그 선생님이랑 일 년 공부했다가 바로 4급을 받았어요. 열심히 공부하고 그리고 세종어학당을 마쳤어요. 우즈벡에 있는. [조사자: 우즈베키스탄에 세종어학당이 있어요?] 네, 있어요. 세종학당이라고 하고 있는데, 그 학교를 마쳤다가 그 한국에 대한 관심이 생겼어요. 그래서 제가 책 읽는 거 너무 좋아해요. 그래서 우리는 우리 학교에서는 한국어를 가르쳐 줬을 때 2학년부터 4학년까지 한국어 문학도 계속 가르쳐 주셨어요. 그래서 한국어 문학에 대한 관심이 생겨서 석사를 한국어문학으로 갔어요.

[조사자: 그러면 석사 논문은 뭐로 쓰셨어요?] 석사 논문은 제가 이광수의 〈무정〉이라는 소설의 시론을 연구했어요. [조사자: 아 한국소설을 하셨구나.] 네. 사실은 거기 염상섭 여러 가지 현대적으로 관심 있는 학자들, 아니 뭐지? 작가들이 있었는데 뭐지 제가 그 한국인들도 이광수를 좋아하지 않잖아. 그래서 현대적으로 보기 위해서는 이광수를 제가 연구하기로. 근데 연구를 제가 러시아말로 했었으니까.

아니 그 〈무정〉을 연구하려면 거의 1년 동안 소설을 번역했어요. 근데 어려웠어요. 일본어로도 나오고 여러 가지 표현들이 한국인들한테 부탁했는데 무슨 말인지 해석을 못 해줬어요, 저한테. 그래서 아마 소설 한국 와서 몇 번 여기 찾아가서 도서관 찾아서 다른 소설도 봤어요.

[조사자: 그럼 몇 년도에 졸업하신 거예요?] 석사? [조사자: 그러니까 몇 년도에 대학을 들어간 거죠? 한국어과를?] 아 2007년. [조사자: 2007년에 가서.] 그리고 2011년에 학사를 졸업했어요. [조사자: 그리고 2011년에 석사를 들어갔어요?] 바로 석사를 들어갔어요. [조사자: 그다음에 졸업은? 석사 졸업은?] 2013년. [조사자: 2013년에 졸업을 하고. 그리고 한국에는 그러면?] 아, 제가 학사부터 대학교 졸업부터 정부 장학생이라서 들어왔어요. 계속 정부에서 장학금을 받고 학사 석사. 장학금 받는 거 너무 어려워요. 왜냐면 다들 부러워했어요. 왜냐면 석사

들어왔을 때 여덟 명만 뽑는데 장학금 주는 건 한 명이고 칠 명은 등록비 내고 공부를 해야 해요. 그때 그 한 명은 저였어요.

우즈벡에선 그런 거 있어요. 정부에서 장학금을 받고 다니면 졸업한 다음에 삼 년 동안 정부 기관 공무원으로서 일을 해야 해요. 그래서 제가 석사 들어와서 11년부터 13년까지는 동방대학교에서 한국어 교사로서 일을 했어요. 근데 그거는 시간강사라서. [조사자: 시간강사.] 그 이후는 그 학교에 동방고등학교가 있어요. 동방고등학교에서 3년 한국어 교사로서. 근데 그건 시간 아니고 전임교사? 16년까지는 제가 그 교사로서 일을 했어요.

[조사자: 그러면 한국에는 2017년에 오셨어요?] 아니요, 6년. 왜냐면 6년까지는 일을 했고 [조사자: 2016년 몇 월에 오신 거예요?] 2월 21일, 22.

한국에서의 박사과정 생활과 향후 계획

[조사자: 2월에 그러면 그러니까 2월에 오셔서 인하대 교육대학원 다문화전공으로 박사과정으로 오신 거예요?] 네, 다문화 교육. [조사자: 한국에 가서 공부를 해야겠다고. 더 공부해야겠다고 마음먹은 이유가 있어요?] 있어요. [조사자: 뭐예요?] 제가 고등학교 다녔을 때 중학교부터 고등학교. 라디오 방송국에서 진행자로서 일을 했었어요. 인기가 있고 팬들도 있고 좋아하는 사람도 엄청 많았어요. 아마 그때는 인기병이 생겼나 봐요. (웃음) [조사자: 인기병이?] 저를 다른 사람들이 얼마나 좋아하는지 제가 다른 사람들한테 얼마나 도와줄 수 있는 거를 알게 됐어요.

근데 제가 꿈이 있어요. 제가 장관이 되고 싶어요. 사회복지 쪽에서. [조사자: 사회복지 쪽으로.] 중학교부터 제가 자원봉사를 많이 다녔어요. 고아원, 요양원 같은 데 가서 가난한 사람들한테 도와주고 그래서 대학교 다녔을 때 장학금에서 일부를 모았어요. 1년에 한 번이라도 그런데 가서 맛있는 거 사고 그 사람들에 대한 시간 보내려고. 장학금은 많지 않았어요. 한국 돈으로 아마 만원? 근데 만원에서 천원을? 그렇게 따지면? 그래서 항상 다른 주변에 있는 사람들이 그랬어요.

"넌 마음이 너무 착하다."고.

"그렇게 다 도움을 줄 수 없다고 하지 말라."고.

그래서 지금 여기에 들어와서 지금도 연구하는 부분이 요양원 노인들이에요. 근데 민족은 고려인들이에요. 고려인 우즈베키스탄에 있는 아리랑 요양원이 있어요. 작년에도 거기 가서 자원봉사를 했어요. 2박 3일 동안 노인들이랑 같이 살고 11월 때도 예를 들면 목욕 방문 프로그램이 있었어요. 자원봉사를 했어요. 일주일 동안 고려인 강제이주로 된 고려인들이 한국 들어와서 노인들 여기 와서 목욕프로그램에서 여러 프로그램도 했었어요. 그때 제가 도움을 줄 때마다 그 사람이 얼마나 행복한 것을 볼 때는 제가 마음이 좀 편해요.

그리고 부메랑, 어렸을 때부터 항상 그랬어요. 부메랑 진짜 있다고 그 생각을 해요. 왜냐면 제가 지금 누구한테 도움을 주면 저한테 안 도와줘도 남동생 부모님들한테 누가 도와줄 수 있다고 생각해요. 그래서 노인들을 도와주는 이유가 우리 부모님도 노인이 될 수 있으니까. 제가 멀리 살면 제가 도와줬던 시간에 신이 부모님들한테 그렇게 돌려보낼 수 있다고 그렇게 생각해요. 그래서 노인들 볼 때마다 우리 아버지도 지금 나이가 좀 드셨으니까,

'우리 아버지 같다. 우리 아버지도 그렇게 노인이 되면 누가 도와줄까?'

그런 생각이 들어요. 그래서 도와줄 때마다 항상 그래요. 우리 부모님들한테도 도와주기를 신한테 기도해요. 그래서 나중에 일단 제가 50대가 되잖아요. 그럼 계획이 있는데 교수로서 일을 하고 그 이후에는 장관이 되고 싶어요. 그래서 장관이 되면 그 경력도 필요하고 공부에도 예를 들면 박사 마치고 사람들이 좀 믿을 수도 있어요. 박사 받은 사람이라고 하고 그래서 음, 러시아 사람들이 속담에 있는데 한국에도 있어요. 콩 심은 데 콩… [조사자: 콩 심은 데 콩 나고 팥 심은 데 팥 난다?] 네. 근데 러시아에선 그런 거 있어요.

"무엇을 심으면 그 결과를 얻는다."

그렇게 얘기해요. 그래서 제가 열심히 공부하면 그때 나중에 좋은 결과가 있을 수 있다고 생각해요.

[조사자: 그러면 학위를 받으면 바로 우즈베키스탄으로 돌아갈 생각이에요?] 아니에요. 왜냐하면 학위를 받은 이후에 우즈베키스탄 가서 교수가 되면 우즈벡에 있는 교수랑 똑같은 월급 받아요. 근데 여기서 있고 현지에서 최소한 3년 동안 경력이 있으면 저쪽에서는 그 사람 그 교수보다 좀 인정받는 거 좀 쉬워요. 그래서 예를 들면 우즈벡에서 여러 가지 해외, 예를 들면 한국 학교도 있고 여러 가지 학교 있어요. 그런 학교에 들어가면 꼭 경력이 있어야 해요. 그래서 졸업한 다음에 일단 여기에서 취직해 보려고.

[조사자: 경력을 좀 쌓고 우즈베키스탄으로 돌아가려고?] 아, 그다음에는 우즈베키스탄으로 가는 거 아니에요. [조사자: 그러면?] 저 박사과정 하려고. 포스트 닥Post-Doct. [조사자: 아, 포닥] 미국으로 갈 생각 있어요. [조사자: 그래도 그 아직 펼쳐 나가야 될 꿈이 굉장히 많다. 그죠?] 네. [조사자: 살아온 이야기가 재밌다.]

낯선 한국생활, 당황스러운 일화들

● **구연정보**

조사일시 : 2018. 01. 11(목) 오후
조사장소 : 인천광역시 미추홀구 용현동 인하대학교
제 보 자 : 레일라 [아제르바이잔, 여, 1991년생, 유학 5년차]
조 사 자 : 박현숙, 김민수

● **구연상황**

제보자가 〈투라지새 머리에 빗 모양이 있는 이유〉에 관한 이야기 구연을 마치자 조사자가 제보자에게 다른 이야기 구연을 요청했다. 제보자가 잠시 생각했지만 막상 떠오르는 이야가 없다고 했다. 그래서 조사자가 제보자에게 한국에서 느낀 문화 차이에 관해 질문했고, 제보자가 답변하면서 구연을 시작했다.

● **줄거리**

제보자 자신은 유럽인처럼 생겨서 그런지 한국에서 큰 차별을 경험하지는 않았다. 그런데 이화여대에서 다문화 관련 수업 시간에 본 시험 영상을 통에서 동남아권에서 온 사람들을 무시하는 한국인들의 태도를 확인할 수 있었다. 한국에서 생활하면서 경험한 재미있는 에피소드 중 하나는 소 간에 얽힌 일화이다. 정육점에 소 간을 사러 갔는데 아저씨가 제보자에게 소 간을 팔지 않았다. 제보자가 아저씨에게 왜 한국인에게만 소 간을 파느냐고 묻자 아저씨는 소 간은 생으로 먹기 때문에 외국인에게는 위험할 수 있다고 대답했다. 제보자는 소 간을 익혀서 요리할 것이라고 아저씨를 어렵게 설득하여 겨우 소 간을 구입했다. 한국 음식 중에는 오징어나 낙지 종류를 잘 먹지 못한다.

한국인의 인종에 따른 외국인 차별

[조사자: 그 지금 이제 아까 말씀하시기로는 한국하고는 다르게 거기는 다문화 관련해서 차별이 없다고 말씀하셨잖아요.] 네. [조사자: 그런데 경험하셨던 한국에서의 어떤 다문화인들에 대한, 아니면 다른 국적을 갖고 계신 분들에 대한 차별을 좀 느끼신 거예요?] 아, 저는 사실 다행히 생김새가 유럽 사람처럼 생겨서 그렇게 차별은 많이 안 받았습니다. 근데 저번에 강의 하나 더 들었고 이화여대 교수님 강의를 들으면서 뭐 동영상 같은 거 보면서, '아 진짜 약간 아시아에서 온 사람들은 특히 한국보다 좀 못사는 나라 사람들은 진짜 차별을 많이 받고 있다'고 생각하게 됐습니다. 그전에는 저는 사실 그렇게 느끼지는 않았습니다.

저는 예를 들어 그때 본 동영상은 백인 한 명이랑 그 어떤 아시아 나라 사람 한 명이 이렇게 길을 물어보면서 사람들 다가가서,

"혹시 여기 가야 되는데."

어디였지? 강남인가? 아무튼,

"가고 싶어하는데 어떻게 갈 수 있냐?"고.

물어봤더니 다들 백인한테 되게 잘 해주고 백인이 안 다가가도 사람들이 자기가 다가가서,

"아, 뭐 찾고 있냐?"고.

이렇게 물어봤는데 근데 아시아 사람은 외롭게 지도랑 아무리 다가가서 물어봐도 얘기를 안 하고,

"바쁘다."고.

하면서 사람들 지나가는데 저는 사실 항상 백인처럼 되게 착하게 사람들이 엄청 친절하게 설명해주고 어떨 때 내가 모를 때 진짜로 자기들,

"아, 알았다."고.

"그냥 따라오라."고.

하면서 그런 식으로 했어요. [조사자: 음. 그렇구나.]

외국인에게 소 간을 안 파는 정육점 아저씨

[조사자: 아니면 한국에 오셔서 생활하시면서 좀 어려웠던 점이나, 아니면 대사관 일을 하시면서 어쨌거나 일 년 동안 직장생활을 하신 거잖아요? 그런 생활 하면서 좀 어려운 점이나 아니면 뭐 재밌었던 에피소드 같은 거 있으면 좀 말씀해 주세요.] 저는 사실 어려운 거는 그렇게 많지는 않았습니다. 모르겠어요. 제가 적응을 잘해서 그런 편인지 왜냐하면 좀 처음에는 시골에서 자라와서 나중에 수도 가서도 거기서도 적응했고, 거기서 졸업하고 바로 서울 왔으니까 아마 적응력이 벌써 그 과정을 적응했나 봐요.

계속 적응하는 과정에 그래서 그렇게 큰 어려움은 없었는데 예를 들어 시장 같은 데 갔을 때 되게 사람들은 되게 착하게 대해 주는데 근데 한번 친구한테 들으면서 저도 그 경험을 하고 싶어서 갔어요. 시장으로. 시장 아저씨가 소의 간 아시죠? 소 간? [조사자: 소 간.] 네, 소의 간을 우리나라에서도 많이 먹는데 그 친구 한번 요리 해줘서 저도,

"아, 어디서 샀어? 나도 사고 싶다."

했죠.

"그 마트에선 없으니까 시장에서 샀다."

고 해서 저도 시장 가서 사려고 했어요. 근데 그때 친구 저한테 분명히 얘기했어요.

"그 아저씨가 외국인들한테 안 판다."고.

"설득을 해야 된다."고.

"그게 무슨 상관이냐?"고.

물어봤더니,

"진짜 좀 가서 경험하라."고.

해서 갔는데 그 소의 간 물어봤더니 얼만지 그 물어봤는데 아저씨,

"안 판다."고.

그랬어요.

"왜 안 파냐?"고.

물어봤더니

"안 판다."고.

"조금씩 남았는데 안 판다."고.

그러셨어요. 근데 그때 다른 아줌마가 와서 그 한국인 이모 아무튼 와서 물어봤어요. 간 얼만지 물어보고 아무튼 샀어요. 그때 저는,

"옆에서 지켜봤는데 어떻게 저한테 안 파시고 한국인한테 파실 수 있냐?"고.

아저씨한테 그때,

"아까 안 파신다고 하셨는데 아저씨 왜 파시냐?"고.

물어봤더니 아저씨가,

"외국인은 좀 위험하다."고.

"이거 익히지 않고 그냥 생으로 먹을 수 있다."고.

그러셨어요. 아, 저는 진짜 충격받았어요. 어떻게 저는,

"동물도 아닌데 그걸 익히지 않고 먹을 수 있냐?"고.

그때,

"아, 외국인은 모를 수도 있다."고.

그러셨어요. 아, 그때 진짜 아저씨 설득시키려고 노력했어요.

"저도 먼저 그리고 물에다가 넣고 삶아서 그다음으로 구울 거예요."

우리 그런 식으로 요리하는데 아저씨가,

"안 된다."고.

하시면서 아무튼 설득을 많이 시켰어요.

"아저씨 주세요, 주세요."

하면서 주셨어요.

나중에 필요할 때마다 남동생 가서 사는데 항상 그 어려움을 겪게 되는 거예요. 아저씨가 저를 그래도 어느 정도 아니까 갈 때마다 이제 어려움 없이 사는데, 남동생 가게 되면 남동생 전화해서,

"짜증 난다."고.

"이 아저씨 때리고 싶다."고.

"왜 안 파냐?"고. (웃음)

저는 전화 바꿔 주면 제가 설명할 테니까 그런 식으로 약간 외국인이면 뭐 외국인도 한국 사람처럼 사람이잖아요. 그리고 당연히 외국인도 굽거나 삶거나 그런 식으로 할 텐데 안 된대요. (웃음) 그런 면에서 뭐 어려움보다 약간 재미있는 에피소드인데. [조사자: 그러네요.]

근데 그런 식으로 생각하니까 저는 그때 깜짝 놀랐어요. 어떻게 외국인을 뭐라고 생각하는지 모르겠어요. [조사자: 보통 한국에서는 이 소 간을, 생간을 먹거든요.] 아 그래요? [조사자: 그러니까 아마 외국분들이 그 생간을 먹으면 위험하다고 생각하실 수도 있는 것 같아요.] 그래요?

[조사자: 제가 보기엔. 아저씨가 어떤 의도에서 그랬는지는 모르겠는데, 그러니까 익혀먹기보다는 생간, 갓 잡은 걸 저도 생간은 못 먹는데 그렇게 먹는 걸 즐겨 하시는 분도 계세요.] 그래요? 모르겠어요. 전 못 먹을 것 같아요. 생으로. [조사자: 그리고 천엽이라고. 안에 내장을 생으로 먹기도 하거든요. 그래서 그게 먹는 문화가 달라서 그런 걸 수도 있을 거 같아요. 다음에 만나시면 한번 물어보세요.] (웃음)

생소한 한국 음식

[조사자: 그러면 이제 소 간을 사는 데 어려움이 좀 있고 재미난 에피소드가 있었으면 혹시 한국 음식 보고 되게 놀랍거나 이렇게 충격적인 음식 또 있지 않았어요?] 음식을? 사실 처음에 왔을 때 낙지, 오징어 되게 신기하게 보였어요. 사람들이 그거 어떻게 먹는지 이해 안 갔는데.

그때 저 정부 초청 장학생으로 왔을 때 처음에는 어학당을 하게 됐어요. 전남대학교에서 육 개월 정도 어학당 했는데, 어학당 기간에 처음에는 친구랑 먹으러 갔었는데 학교 식당 안에서 학교 안에서 식당이었는데 거기서 주문했는데 낙지 들어왔어요. 아무튼 뭔지 모르는 상태에서 주문했는데 낙지가 이렇게 들어왔는데 그거 보니까 먹기가 좀 약간 그랬어요.

난 못 먹는다고 친구가 도전해본다고 아제르바이잔 친구였는데 같이 들어왔어요. 아 저는 진짜로 못 먹는다고. 생김새가 이상하니까 저는 안 먹는다고 그랬고, 친구는 먹어보고 아 맛은 좀 그렇다 해서 친구도 아무튼 끝까지 먹었는데 저는 안 먹었어요. 처음에는 진짜 약간 동물 먹는 것 같은 느낌이었어요.

[조사자: 그러니까 생낙지가 아니라? 살아있는 게 아니고 익혔는데도?] 네, 익혔는데도. [조사자: 아예 그 뭐야? 오징어나 낙지 이런 종류들은 아제르바이잔에서 먹지 않는다는 거죠?] 네, 안 먹어요. 먹지 않는 거라서 좀 이상했어요.

[조사자: 그랬겠구나. 그럼 회는?] 회는 저는 그렇게 좋아하는 편은 아닙니다. [조사자: 근데 원래 먹어요?] 아니요, 안 먹어요. [조사자: 안 먹죠?] 네. 수입산으로 들어오는데 그것도 뭐 평소에 안 먹고 특히 약간 잘사는 집들은 많이 먹을 수 있는 것 같은데 저는 안 먹는 편이라서 모르겠습니다.

중남미

중남미 유학생들의 부산 사투리 적응기

● **구연정보**

조사일시 : 2018. 12. 4(화) 오후
조사장소 : 서울시 성동구 행당동
제 보 자 : 멜리사 [도미니카공화국, 여, 1999년, 유학 2년차]
브루노 [칠레, 남, 1998년생, 유학 2년차]
조 사 자 : 김정은, 박현숙, 한상효

● **구연상황**

두 제보자에게 칠레와 도미니카공화국의 전설을 들은 후, 조사자가 제보자에게 부산에서 부산 사투리로 한국어를 배우며 생긴 에피소드가 있는지 물어보자, 두 제보자와 번갈아 가며 경험을 이야기했다.

● **줄거리**

브루노와 멜리사 제보자가 부산에 처음 와서 지냈을 때의 일이다. 브루노 제보자는 한국어를 잘 모르는 상태로 지하철을 타고 가다가 역 이름이 기억나지 않아서 다른 역에 내려서 오랫동안 헤맸다. 행인에게 길을 물어봤지만 소용없었다. 멜리사 제보자는 기숙사 경비 아저씨가 오늘 뭐 했냐고 물었는데 '오늘 어땠느냐'로 알아듣고 그냥 '좋아요' 하고 대답하기도 했다. 두 제보자는 부산에서 살면서 특별한 부산 사투리들에 대해 이것저것 배웠다. 부산에서 서울에 올라온 뒤 지역의 차이를 느꼈다. 부산에서는 외국인이 많아 크게 신경 쓰지 않는데, 서울에서는 외국인을 크게 의식했다. 서울에 살면서도 다른 외국인들과 달리 부산말을 잘 이해한다.

한국어를 잘못 해서 생긴 일들

브루노 : 우리는 부산에 왔을 때 그 한국에 처음에 왔을 때, 멜리사

랑 어떻게 지하철 탔는지 몰랐어요. 왜냐하면, 한국어 모르니까.

조사자 1 : 지금은 이 구석도(대학 앞 카페) 찾아. 근데.

브루노 : 그래서 우리는 부산에서 처음에는 지하철 탔어요. 하지만 우리 대학교 역 이름 기억 안 났어요. 그래서 우리는 다른 역에서 내렸어요. 우리는 아마 두 시간 동안 걸어서 부산에서 있었어요. 아무것도 몰랐어요. 인터넷도 없었어요. 그래서 우리는 그냥 걸어서 다른 사람한테 물어봤는데 그 사람도 우리 말을 이해할 수 없었어요. 왜냐하면, 한국어 못하니까.

멜리사 : 그 한번에 기숙사에서 경비 아저씨 나한테, "오늘 뭐 했어?" 물어봤는데 저, "네, 좋아요." 대답했어요.

조사자 1 : "오늘 어땠어?"로 들은 거죠? "오늘 어땠어?" 이렇게 해서.

브루노 : 그런 경험 많이 있어요.

어학당에서 배운 부산 사투리

조사자 2 : 사투리로, 사투리로 하게 된 경험, 있어요?

브루노 : 우리는 사실 어학당에서 아마 마지막 달에 조금 사투리 배웠어요. 조금만. 특별한 단어만.

멜리사 : "뭐하노?"

브루노 : "뭐하노?", "밥 믇나?", "가까?" 그런 거 배웠어요.

멜리사 : "가가 가가가?"

조사자 2 : '가가 가가가?'를 배웠다고?

조사자 1 : 그거 어려운 건데. 우리 사람도 '가가 가가가?' 그거 어려운데.

조사자 2 : 이제 무슨 뜻인지 알아요? '가가 가가가?'

브루노 : 네 우리는 그런 거 배웠어요.

조사자 2 : 그럼 해보세요. '가가 가가가?' (웃음)

멜리사 : "운다", "되다", "아주라", "우야노?", "우야꼬?", "우짜노?", "뭐라카노?"

브루노 : "뭐라카노?"
멜리사 : "뭐라카노?"
브루노 : "뭐라카노?"

부산과 서울 생활의 차이

조사자 1 : 서울 왔을 때는? 황당했던 거 없었어요? 서울은 괜찮았어요? 그래도?

브루노 : 네. 괜찮은 거 같은데? 사실 아직 경험을 많이 안 했어요. 너무 시간이 부족해요.

조사자 1 : 맨날 공부만 하니까.

브루노 : 네 공부만 하니까 시간이 없어요. 네.

조사자 1 : 근데 너무 그사이 말을 이렇게 잘 할 수가 있어요? 그때 그렇게 어리버리하게 다녀놓고 이렇게 말을 잘, 말도 되게 빠르고 되게 말을 너무.

조사자 2 : 부산에서 부산 사람들하고 만날 일은 많이 있었어요? 많이 없죠?

브루노 : 아 사실 나는 한국에 오기 전에 목표가 하나 있었어요. 한국어를 배울수록 그래서 나는 매일매일 한국 사람이랑 얘기를 하고 싶었어요. 이렇게 하면 활발하게 공부할 수 있고. 또 쉽게 배울 수 있었어요. 그래서 나는 사실 어학당에서 매일 수업 끝난 후에 난 방에서 공부하고 그다음에 길에서 다른 한국 사람이랑 얘기했어요. 하지만 사실 간단하게, 간단하게만 이야기했어요, "하, 화장실 어디에 있어요?"

멜리사 : 귀여워요.

브루노 : "화장실 어디에 있어요?" 그런 경험이 많이 있었어요.

조사자 1 : 우리도 관광지 가서 많이 해요.

브루노 : 그래요.

멜리사 : 브루노 감동. 귀여워요.

조사자 2 : 그러면 부산 사람이랑 서울 사람이랑 뭐 다르든가요?

브루노 : 조금 달라요.

조사자 2 : 어떻게 달라요?

브루노 : 아마 생각이나 그 왜냐하면 부산에서 거의 외국인들은 많이 가요.

조사자 1 : 많이 있구나.

브루노 : 네 그래서 보통 부산 사람들은 다른 외국인들 볼 때 아 그냥 외국인이에요. 하지만 여기 서울에서 사실 나는 반대로, 반대 생각 있었어요. 왜냐하면 서울, 수도권에 있기 때문에 아마 외국인 더 많이 있어요. 하지만 사실 여기서 서울에서 한국 사람들은 다른 외국인 볼 때, "아 외국인이에요 헬로헬로헬로 쏘리쏘리쏘리" 그런 생각 나와요.

멜리사 : "외국인, 외국인."

브루노 : "외국인, 외국인." 그런 생각 나와요. 하지만,

멜리사 : "어 영어로 얘기해야 돼."

브루노 : "어 영어로 얘기해야 해요."

멜리사 : "헬로우 마이프렌, 마이프렌."

브루노 : 하지만 부산에서 그런 경험이 없었어요. 그냥 한국 사람들은 이 거리 간단하게 얘기하고, 아니면 또 빠르게 한국어 변형했어요. 그리고 우리는 그런 경험에서 우리는 한국어를 이해할 수 없었어요. 왜냐하면, 부산 사람들 사투리나 너무 속도 너무 빠르게 얘기하고, 더 이해할 수 없어요.

조사자 1 : 거기서는 그랬구나.

조사자 2 : 우리도 잘 못 알아들어요. 부산 사람들은 말이 빨라서.

멜리사 : 대부분 부산 사투리 이해 잘 못 하는데 서울 올 때, '우와 진짜 이해해'.

브루노 : 우리는 정말 다.

멜리사 : 지하철에서 아줌마, 아줌마들은, '와 이해'.

브루노 : 다 이해가 되었어요. 왜냐, 하지만 이거 좋은 것이에요. 왜냐하면, 부산에서 한국어를 배웠을 때, 제일 어려운 한국어를 배

웠어요. 그래서 서울에 오면 또 정말 느려, 그리고 발음이 더 좋아요.

조사자 1 : 좋죠. 그죠? 쓰는 발음이니까 우리.

브루노 : 맞아요.